DATING YOU HATING YOU

Titre de l'édition originale : *Dating You / Hating You*

Design et illustrations de couverture : par Ella Laytham /
© Julija © Elena Medvedeva © TanyaSyrytsyna / Adobe Stock

Ouvrage dirigé par Isabelle Solal
Édition en langue française : *Dating You / Hating You*
Collection New Romance® créée par Hugues de Saint Vincent,
dirigée par Arthur de Saint Vincent.
Collection Hugo Poche, dirigée par Arthur de Saint Vincent
© 2017, Hugo Roman, département de Hugo Publishing
© 2024, Hugo Poche, département de Hugo Publishing
34-36, rue La Pérouse
75116 – Paris
www.hugopublishing.fr

ISBN : 9782755673364
Dépôt légal : mai 2024
Imprimé en Espagne par Liber Duplex

DATING YOU HATING YOU

CHRISTINA LAUREN

Roman

Traduit de l'anglais (États-Unis)
par Margaux Guyon

Hugo Poche

NEW ROMANCE®

En hommage aux séries *Beautiful* et *Wild Seasons* de l'auteur #1 dans la liste des best-sellers du *New York Times*

CHRISTINA LAUREN

« Des personnages aux caractères bien trempés qui vous bouleverseront, un humour qui vous fera glousser, une alchimie aussi renversante qu'exceptionnelle, *Dark Wild Night* est absolument inoubliable. Une romance contemporaine au meilleur de sa forme ! »

– Sarah J. Maas, auteur de *Throne of Glass*

« Délicieusement torride. »

– *Entertainment Weekly* à propos de *Beautiful Bastard*

« Une aventure audacieuse, touchante, à mourir de rire et surprenante de réalisme… L'une des romances érotiques les plus fraîches, drôles et pleines de sentiments authentiques. »

– *Romantic Times Book Reviews*, à propos de *Sweet Filthy Boy* (le livre de l'année 2014 du *Romantic Times*)

« Personne n'écrit des romances contemporaines comme Christina Lauren. Avec *Sweet Filthy Boy*, émotion garantie. »

– *Bookalicious*

« Vais-je cesser de tomber amoureuse des hommes de fiction de Christina Lauren ? La réponse est SEIGNEUR, NON. »

– *Fangirlish*

« Intelligent, sexy et plaisant, le *Beautiful Bastard* de Christina Lauren est destiné à devenir un classique de la littérature amoureuse. »

– Tara Sue Me, à propos de *Beautiful Bastard*

« La parfaite dose de romance que les amateurs de comédies sexy, enthousiasmés par la série *Beautiful Bastard*, attendent et adorent. »

– *The Stir*, à propos de *Sweet Filthy Boy*

« [Christina Lauren] sont devenues mon premier choix quand j'ai envie d'une romance érotique contemporaine et sincère »

– *Heroes and Heartbreakers*

« La série *Wild Seasons* est aussi torride que drôle et romantique… À nos yeux, Christina Lauren ne peut pas se tromper. »

– *Bookish*

« Malin et sexy… Lola n'arrive pas à croire que quelqu'un d'aussi merveilleux qu'Oliver (il est plutôt merveilleux) puisse l'aimer, et Lauren capture ses doutes d'une manière si puissante que les lecteurs s'identifient au personnage. »

– *The Washington Post,* à propos de *Dark Wild Night*

« *Beautiful Bastard* allie le cœur et l'érotisme cru à une réjouissante dose de sarcasme. C'est la friandise sexy par excellence pour les lecteurs de romans d'amour et les amateurs d'intrigues intelligentes ! »

– Myra McEntire, auteur de *Hourglass*

« Frais, branché et énergique, *Wicked Sexy Liar* combine l'érotisme et le dialogue sincère des personnages pour créer un cocktail explosif. »

– *BookPage*

« Christina Lauren est mon premier choix quand je suis d'humeur à rire et à m'émouvoir, une romance sexy entre les mains. »

– *Flirty and Dirty Book Blog*

« Nous sommes des superfans certifiés de Christina Lauren. »
– *Romantic Times*

« J'ai rougi. Beaucoup. »

– *USA Today*, à propos de *Sweet Filthy Boy*

Du même auteur
CHRISTINA LAUREN

La série « Beautiful »
Beautiful Bastard
Beautiful Stranger
Beautiful Bitch
Beautiful Sex Bomb
Beautiful Player
Beautiful Beginning
Beautiful Beloved
Beautiful Secret
Beautiful Boss
Beautiful

La série « Wild Seasons »
Sweet Filthy Boy
Dirty Rowdy Thing
Dark Wild Night
Wicked Sexy Liar

Romans Young Adult
Sublime
Hantée
Autoboyography

Romans stand-alones
Dating You / Hating You

© ALISSA MICHELLE 2013

À PROPOS DES AUTEURS

Christina Lauren est le nom de plume d'un duo d'écrivains, de meilleures amies, d'âmes sœurs – de jumelles de toujours ! Christina Hobbs et Lauren Billings sont les auteurs de *Beautiful Bastard* et de la série *Beautiful*, en tête des listes de best-sellers du *New York Times*, de *USA Today* et à travers le monde. Dans la plupart de leurs romans, aussi romantiques qu'empreints d'une sensualité torride, on s'embrasse. On s'embrasse beaucoup. On les retrouve sur le web – christinalaurenbooks.com – ou sur Twitter – @seeCwrite et @lolashoes –, et sur Facebook : www.facebook.com/HugoNewRomance.

Pour Kristin,
et toutes les aventures qui nous attendent.

CHAPITRE 1

EVIE

Le boulevard La Cienega est un enfer interminable de béton sinueux, mais c'est un mal nécessaire dans cette ville. Serpentant du nord au sud de Los Angeles, il forme une énorme artère qui traverse la *thirty mile zone*, également connue sous le nom de *TMZ* ou encore de *Studio Zone,* où se trouvaient les tout premiers studios de cinéma.

Pendant son âge d'or et avant que d'autres villes ne commencent à offrir des réductions d'impôts et d'énormes incitations pour convaincre les réalisateurs de filmer *chez elles*, c'était là où étaient tournés la plupart des films. Pendant des décennies, des transactions de centaines de millions de dollars s'y conclurent dans l'industrie du cinéma, mais je n'ai jamais entendu personne dans le milieu lancer « TMZ » avec désinvolture dans une conversation. Contrairement à ce qu'on pourrait imaginer. À l'image des touristes qui passent par San Francisco et appellent la ville Frisco, toute personne faisant référence de cette manière légère à ce qui constitue le cœur actuel de l'activité hollywoodienne apparaîtrait comme un outsider qui aurait lu en détail une page Wikipédia. C'est tellement archaïque, en réalité, que la plupart de mes collègues ne savent même pas que c'est de là que vient le nom du site People.

La Cienega ressemble à la plupart des rues d'Hollywood : des boutiques serrées les unes à côté des autres, des restaurants occupant tout l'espace libre, des palmiers, des panneaux d'affichage se détachant sur un ciel bleu-gris et des voitures partout. Au nord, là où la colline en arrière-plan semble émerger de l'asphalte, on trouve les studios dans lesquels sont nés la plupart des rêves hollywoodiens. Des maisons estimées à plusieurs millions de dollars se côtoient comme des blocs de briques de Tetris sur les flancs des collines, leurs fenêtres étincelantes et leurs portails surplombent la ville en contrebas.

C'est un sacré panorama si vous pouvez vous le permettre, mais comme la plupart des habitants de Los Angeles, mes pieds sont fermement posés sur le sol et la vue de chez moi se résume à l'appartement de l'autre côté de la rue, où vit un jongleur marocain qui adore se promener torse nu.

Il y a pire, je suppose.

Même si je déteste La Cienega et ses embouteillages interminables, le boulevard est à peu près la seule voie de Los Angeles qui respecte la distance à vol d'oiseau. N'importe quel habitant vous dirait que se déplacer en ville est une question de timing : en partant à quatorze heures, vous arriverez presque partout en vingt minutes. Partez à dix-sept heures comme tout le monde, et il vous faudra une heure pour parcourir huit kilomètres.

Dieu merci, je suis toujours la dernière à quitter le bureau.

Je lève les yeux en entendant frapper à ma porte, pour découvrir Daryl, dans sa gloire de cheveux blonds et d'yeux bleus, qui se tient sur le seuil. Alors que je suis le produit naturel de mes deux parents aux cheveux bruns et aux yeux marron, Daryl Hannah Jordan est le portrait de son homonyme et elle a davantage l'air de sortir de l'eau sur le plateau de *Splash* que d'avoir grandi à San Dimas, à trois maisons de chez moi.

– La journée de travail est terminée depuis une heure, lance-t-elle.

– Je finis de lire cet article avant de partir. (Je plisse instinctivement les yeux en lui jetant un coup d'œil. Daryl portait une jupe et des talons vertigineux il y a quelques heures et, maintenant, elle a enfilé une blouse et ses cheveux blondis par le soleil sont noués en queue-de-cheval.) C'est ce soir que nous allons chez Mike et Steph. Dis-moi que c'est ton déguisement, je t'en supplie.

Daryl commence à gigoter sur elle-même et semble prêter soudainement une attention démesurée à une tache invisible sur l'ourlet de sa chemise. Je sais alors qu'elle va me planter.

Je halète :

– *Non !*

– Je suis désolée ! dit-elle en s'affalant d'un air théâtral sur la chaise en face de moi.

– Connasse. Tu me laisses tomber ?

– Je n'en ai aucune envie, mais j'ai oublié que j'avais promis à mon oncle que je l'aiderais ce soir. Pourquoi ne me l'as-tu pas rappelé cet après-midi ? Tu sais que ça fait partie de ton rôle dans notre amitié !

Je glisse dans mon fauteuil. Pour se payer l'université, Daryl a travaillé au centre médical de son oncle et a profité de ses réductions d'employée autant qu'elle a pu. Elle est sublime, une peau resplendissante, des seins parfaits et un *thigh gap*[1] si impressionnant qu'on pourrait regarder la télé à travers, mais elle est aussi la première à admettre qu'elle doit une grande partie de tout cela aux efforts pionniers de la science et à son oncle, le Dr Elias Jordan, chirurgien esthétique. Daryl aura trente ans cette année et, en plus de son job à l'étage dans le département Écriture et Adaptation audiovisuelle, elle travaille pour lui de temps en temps pour payer ses *petites retouches* récentes. Comme beaucoup de gens dans cette ville, elle est déterminée à ne jamais vieillir.

---

1. Il s'agit du fameux espace situé entre les cuisses, « trou » devenu un concept très prisé et pour lequel il existe même une musculation spécifique ! (NdT, ainsi que pour toutes les notes suivantes)

Heureusement pour elle, elle n'aura bientôt plus besoin de s'en soucier, parce que je vais la tuer.

– Eh bien, cette journée a vraiment été horrible. (Je jette un coup d'œil à mon téléphone avant de le fourrer dans mon sac.) Rappelle-moi pourquoi je t'aime ?

– Tu m'aimes parce que j'écoute tes histoires inintéressantes de cinéma pendant des heures et que ma passivité te permet de satisfaire ton besoin de toujours tout contrôler.

J'aimerais pouvoir lui donner tort, mais ses arguments sont irréfutables. J'ai grandi avec l'obsession des films, c'est dans mon sang. Mon père était électricien pour Warner Bros. et ma mère assurait maquillage et coiffure pour tous les studios alentour. Quand j'ai eu huit ans, je les ai convaincus de me laisser aller à vélo jusqu'au vidéoclub du voisinage – oui, je suis vieille – afin de proposer au vieux gérant, Larry, d'y travailler en échange de locations gratuites. Il a finalement accepté de me payer quand je suis rentrée en première.

J'ai voyagé dans le monde entier, mais L.A. a toujours été, et sera toujours, mon chez-moi. Ce n'est pas seulement parce que ma famille y habite, c'est parce que mon cœur réside dans l'atmosphère, le chaos et les règles tacites d'Hollywood. C'est la raison pour laquelle je suis devenue agent d'artistes. Je n'ai jamais voulu être *dans* les films, mais j'ai toujours rêvé de participer au processus de création.

Et j'ai vraiment toujours besoin de tout contrôler, elle a totalement raison sur ce point aussi.

– OK. Mais la prochaine fois qu'un client m'arrange un *blind date* atroce que je ne peux pas refuser, tu mets un masque à mon effigie et tu y vas à ma place.

– Promis. (Elle me dévisage avec un sourire forcé.) Sans vouloir mettre de l'huile sur le feu, ton costume est-il dans ta voiture ou comptes-tu y aller avec ces airs de banquière sophistiquée mais maussade ?

J'ouvre la bouche pour lui dire exactement où elle peut se fourrer mon costume quand je remarque un mouvement derrière elle, par la porte ouverte.

Je m'écrie :

– Amélia ! (Elle passe la tête par l'embrasure de la porte.) Que fais-tu ce soir ? Je t'en prie, dis-moi que tu es libre, Mademoiselle Amélia Baker, la personne que j'aime le plus sur cette terre.

– Je dois récupérer Jay qui revient d'une semaine en colonie et je compte passer le reste de la soirée en pyjama à manger des raviolis en boîte.

Je laisse tomber la tête entre mes bras.

Je travaille dans le département Longs-Métrages, je représente des acteurs et des actrices de cinéma. Daryl bosse à l'étage, Amélia et moi sommes voisines, elle est codirectrice RH. Parce qu'elle a commencé à devenir adulte plus tôt que la plupart d'entre nous, Amélia est aussi la fière maman du plus intelligent et plus beau garçon de douze ans du monde entier.

Je suis désespérée.

– Tu ne peux pas trouver une baby-sitter ?

Amélia entre dans mon bureau et s'installe sur le bras du fauteuil de Daryl. Ses cheveux sont coupés très court sur son crâne. J'aimerais beaucoup avoir le même style – ce qui n'arrivera jamais – avec cette coiffure, on ne voit plus que son sourire éclatant, sa peau sombre lumineuse et ses pommettes dessinées.

– Un vendredi soir ? (Elle se retient manifestement d'éclater de rire.) Aucune chance. Pourquoi ?

– Parce que Daryl est la pire amie du monde et que tu es la meilleure ?

Elle s'esclaffe, je décide de laisser tomber en grognant.

– Tu as des projets pour la soirée ? (Elle se moque de moi ostensiblement.) Ce n'est pas comme si je m'attendais à ce que tu aies un rendez-vous ou quoi que ce soit, mais tu sais, on peut toujours espérer.

Je me redresse et désigne Daryl du doigt d'un air dramatique.

– J'étais censée aller à une soirée avec celle-ci.

– C'est vrai, répond-elle d'un air coupable. Mais j'ai oublié et promis à oncle Elias que je ferais ses comptes.

Amélia la désigne d'un doigt de maman :

– Tu n'as pas intérêt à te faire *encore* trafiquer le visage.

Daryl lui fait signe que ce n'est pas la peine d'argumenter. Nous évitons en général les remarques sur les opérations de Daryl, c'est une grande fille et, si parfaite que nous la trouvions déjà, elle se fait opérer parce qu'elle en a envie. Ce ne sont pas nos affaires. Bon, je peux quand même avouer qu'elle a été… un peu trop assidue ces derniers temps.

– Juste un petit rafraîchissement. (Daryl fait un grand geste avant de se tourner vers moi.) En parlant de ça, je dois y aller.

– J'imagine que moi aussi. Ça ne sert à rien de reculer pour mieux sauter.

Je glisse quelques dossiers dans mon sac en me souvenant soudain de ce que j'étais en train de lire :

– Au fait, vraiment très rapidement : avez-vous vu passer l'article sur Brad dans *Variety ?* (Je baisse la voix en jetant un coup d'œil circulaire dans les bureaux vides.) Attends, il est encore là ou pas ?

Amélia sort sur le pas de ma porte pour regarder dans la direction du bureau de Brad Kingman – vice-président de Price & Dickle, directeur de la section Longs-Métrages et connard extraordinaire – et revient en secouant la tête.

– On dirait qu'il n'y a plus que Dudley et nous.

Je désigne mon écran d'ordinateur et mes deux amies se penchent pour lire derrière moi.

– Ça ne parlait pas exactement de lui. (Je désigne l'article en question.) Mais il est écrit qu'on l'a vu dîner avec Gabe Vestes.

Gabe est une star de cinéma de première importance qui a signé avec l'agence rivale : CT Media. Et il est de notoriété publique que Brad et Gabe ne peuvent pas se voir en peinture, même si personne ne sait exactement pourquoi.

Daryl se redresse, l'air indifférent.

– Ce n'est que ça ? Je pensais qu'il s'agissait d'une histoire sordide et scandaleuse.

Je grogne avant de me concentrer à nouveau sur l'article. Son apparente certitude que cet article est insignifiant ne me rassure pas. Je suis sur mes gardes.

– Ils se sont peut-être rabibochés d'une manière ou d'une autre ? lance Amélia.

Je renifle, toujours pas convaincue.

– Je ne pense pas que ce soit le genre de Brad à moins qu'il n'y ait de l'argent en jeu.

– Eh bien, tu as tout le loisir d'y réfléchir, Nancy Drew[2], reprend Amélia, mais Jay m'attend, donc je dois filer. (Elle se tourne pour partir, mais s'arrête sur le seuil de la porte). Et avant que j'oublie, j'ai vu passer une note aujourd'hui – tu vas sûrement la recevoir cette semaine, Evie –, Brad reporte le séminaire annuel de ton département, donc tu peux l'enlever de ton planning pour l'instant.

– Il le reporte ? A-t-il expliqué pourquoi ?

---

2. Personnage éponyme du film *Nancy Drew* (Andrew Fleming) sorti en 2007. Nancy Drew est une jeune détective amateure.

Tous mes sens sont en éveil maintenant. Brad organise notre séminaire du département Longs-Métrages à Big Bear, le même week-end du mois de novembre, comme tous les ans depuis une éternité.

– Pas du tout, renchérit Amélia. Tout ce qu'on sait, c'est qu'il a été reporté *sine die*, mais je suis certaine que tu ne te plaindras pas de ne pas être obligée de passer un week-end entier dans la forêt avec ce type.

***

Quand vous avez mon âge et que vous vivez seule dans un appartement avec une entrée commune, des couloirs interminables et des petites sonnettes sur les portes, vous oubliez le sentiment d'impuissance angoissant qui vous submerge lorsque vous arrivez dans une vraie maison. Une maison avec un porche et une porte Craftsman, ainsi qu'un heurtoir qui en dit long sur les gens qui y habitent.

Un dragon en fer.

Une fleur en laiton.

Peut-être une gargouille en cuivre.

Je fixe l'angelot parfaitement terni sur la porte d'entrée de Steph et Mike et me renfrogne en me sentant soudain beaucoup moins satisfaite de mon existence qu'il y a quelques heures. Ils ont quatre ans de moins que moi et ils se sont déjà transformés en personnes à heurtoir. Personnes à porte d'entrée. *Propriétaires.*

Je n'arrive même pas à me convaincre de m'abonner à Netflix pour un an et je ne possède pas non plus la voiture que je viens de garer à deux blocs de la rue bondée. Je suis une mauvaise adulte.

Je jette un coup d'œil à ma robe noire, ma cravate bordeaux et jaune, la baguette que je tiens à la main en me demandant comment j'ai pu accepter ça. J'ai trente-trois ans et je vais à une fête costumée habillée en Hermione Granger.

Seigneur, Evie.

Sois maudite, Daryl.

Et il en faut du courage pour venir seule ici, habillée en élève de Poudlard. Je peux vous le dire. Je ressens une bouffée de panique instinctive, comme Bridget Jones lors du barbecue Catins et Pasteurs, en imaginant un instant que la porte s'ouvrira, que tout le monde me dévisagera bouche bée et que Steph murmurera, mortifiée et pleine d'empathie : « Tu n'as pas reçu le message disant que la soirée n'était plus costumée ? »

Au moins avec Daryl, cette éventualité aurait été amusante et on aurait pu se taquiner sur notre choix douteux pour la soirée du vendredi. Mais seule ? Ce n'est pas pareil. J'espère donc que le thème « Venez comme vous êtes » est encore d'actualité parce qu'une fille qui a besoin d'un Retourneur de Temps pour tout faire dans une journée est l'alter ego parfait d'une femme célibataire qui travaille à Hollywood.

Je soulève le heurtoir avec effort, en utilisant les deux mains. Il est étonnamment lourd.

Quand je le laisse tomber, il ne produit pas le bruit doux et profond auquel je m'attendais mais, au contraire, il provoque un bruit strident de métal contre le bois. Le son résonne sous le porche et, pendant un instant terrifiant, les ailes de l'angelot géant oscillent sur leurs gonds comme s'il allait s'effondrer par terre.

Je sursaute et remarque la sonnette parfaitement normale sur le mur à côté de la porte : petite, mais visible et apparemment fonctionnelle.

Donc… ce n'était pas un heurtoir.

La porte s'ouvre en grand, je distingue des éclats de rire, et vu comment les gens me dévisagent, il semblerait que j'aie causé un raffut inhabituel. Steph s'avance, une vague de parfum Prada me chatouille les narines. De sa main gracieuse et manucurée, elle immobilise ce qui est clairement, avec le recul, une décoration de porte en métal.

– Evie est arrivée ! (Elle m'enlace.) Tu es venue !

J'apprécie Steph. Nous avons travaillé ensemble à l'Agence Alterman il y a quelques années, quand j'étais encore un jeune agent avide de faire ses preuves et elle, ma stagiaire. Elle est restée dans la boîte, a décroché un poste d'agent et jusqu'à ce jour, elle a le privilège d'être la collègue – passée ou présente – que j'ai eu le moins fréquemment envie d'étrangler. Elle est chaleureuse, bien éduquée… mais une fois que j'entre chez elle, je me rappelle qu'elle s'accroche désespérément à une esthétique d'ado et tente d'adopter leur style, alors qu'elle approche de la trentaine. Et pour preuve : son costume. Je suis à peu près sûre qu'elle s'est déguisée en Miley Cyrus dans son clip *Wrecking Ball*, avec son débardeur blanc très court, son bas de maillot blanc et ses bottes. Et pour couronner le tout : je repère une table dans un coin, surmontée de cannettes de Red Bull et d'une sélection de vodkas sophistiquées disposées avec soin, destinées aux imbuvables cocktails des teen-agers.

Elle me pousse à l'intérieur en s'exclamant, bien trop fort à mon goût :

– Ce truc est seulement décoratif, espèce de cruche ! Tu as foutu les jetons à tout le monde. Et, Seigneur, Hermione, tu es superbe. C'est tellement génial que tu sois venue toute seule. Ma petite Evie si courageuse !

Courageuse ?

Le bruit que vous entendez ? Qui ressemble à des pneus qui crissent sur le sol ? C'était ma confiance en moi qui, après un dérapage incontrôlé, se stabilise avec difficulté.

Je regarde autour de moi – visages interrogatifs et sourires polis – en attendant qu'elle fasse les présentations.

Une rousse à l'air sympathique, déguisée en Ariel, le bras passé autour de la taille d'un prince Éric hispanique.

Une brune à l'air hautain, habillée en vampire, qui murmure quelque chose dans l'oreille de son petit copain vampire.

Quelques couples dans la pièce, qui ont engagé la conversation, mais se tournent soudain pour dévisager la personne qui vient d'introduire le concept de célibat dans une soirée clairement pensée pour les couples.

– Tout le monde, je vous présente Evie-slash-Hermione ! Evie, je te présente… tout le monde !

Je leur fais signe de la main en marmonnant discrètement à Steph, dans ma meilleure imitation de Bogart :

– Tu ne m'avais pas dit que c'était une soirée de couples.

– Ce n'est pas le cas, pas vraiment. Ça s'est juste fait comme ça ! s'exclame-t-elle en me tirant dans le salon. Je te promets que ce sera super.

Pendant une seconde, quand je remarque deux femmes habillées en Beyoncé et Nicki Minaj enlacées sur le canapé, je pense qu'elle doit avoir raison. Il s'agit d'un groupe ouvert d'esprit, et je suis une femme forte choisissant d'assumer son indépendance et d'aller à une fête seule. Aucune raison que je ne me sente pas à ma place ici.

Elle me dirige à travers le groupe, et nous nous arrêtons devant la table de Red Bull-slash-vodka.

Voilà donc comment ça va se passer.

– Morgan est-elle ici ? je demande, pleine d'espoir à l'idée de m'occuper de la petite fille de Steph et de son mari Mike toute la nuit, si ça peut m'aider à avoir l'air un peu moins mal à l'aise.

Elle me dévisage avec une petite moue théâtrale :

– Chez la baby-sitter. Comment ça va, le travail, en ce moment ?

Je hausse les épaules, résignée.

– Ça va. Tyler – l'acteur de Broadway avec lequel j'ai signé en mars – est loin de sa femme et de ses enfants jusqu'à fin novembre, donc je lui ai dit que j'irais prendre de leurs nouvelles. En gros, j'ai passé la journée dans un Entraînement Sensoriel pour Enfants-hashtag-Séminaire-d'Intégration où les bambins jouent avec des pâtes cuites dans d'énormes saladiers en plastique pour sept cents dollars de l'heure.

Le silence se fait, Steph se penche vers moi :

– Non ?

– Si.

En en parlant, je me souviens de mon incrédulité quand je suis arrivée dans la salle. Un groupe de femmes à l'air sophistiqué, vêtues de blanc, et leurs enfants parfaitement habillés, sans la moindre tache à l'horizon, fixaient d'un air excité les énormes saladiers de pâtes cuites. Puis l'activité a commencé, j'ai vu la joie de Bea autorisée à jouer avec de la nourriture, et mon cynisme jugeant cette extravagance parentale ridicule s'est instantanément calmé, j'ai commencé alors à me dire, *ouais c'est assez génial.*

C'est exactement comme ça que cette ville vous corrompt. Sept cents dollars de l'heure pour que des enfants malaxent des pâtes avec leurs petits poings. Ces enfants pourraient s'amuser tout autant avec des macaronis dans leur baignoire pour un dollar cinquante.

– Tu n'es pas sa baby-sitter, me rappelle Steph, poliment scandalisée.

– Je sais bien. Mais j'adore Tyler et lui avoir obtenu le premier rôle dans *Long Board* a été un grand moment pour nous deux. (Un moment dont j'avais vraiment besoin, Steph le sait.) Je suis heureuse de m'assurer que sa famille va bien même si, évidemment, je ne suis pas une baby-sitter. Et toi ? Tout va bien ?

– Ouais. Ken se comporte de manière un peu plus bizarre que d'habitude, mais…

Elle mime quelqu'un qui boit une bouteille cul sec, et j'éclate de rire. L'heure de l'apéritif avec Ken Alterman – mon ancien patron – était toujours une aventure.

Quelqu'un attire son regard de l'autre côté du salon et, en dépit de mon air suppliant, Steph me donne une tape rassurante sur l'épaule et dit :

– Attends-moi une seconde, je reviens.

Et elle s'en va.

On pourrait penser que je serais habituée à ce genre de situations maintenant – naviguer seule, dans une fête pleine de couples –, mais ça n'est jamais facile.

Je sors mon téléphone de la poche de ma cape et j'écris un texto rapide à Daryl.

Pétasse. Je suis la seule célibataire.

C'était une soirée de couples ?
Je ne savais pas !

Moi non plus.

J'aurais prétexté une gastro.

Ç'aurait sûrement été plus agréable.

Je grogne mentalement et jette un coup d'œil discret à l'heure avant de glisser mon téléphone dans ma poche. Rester trois quarts d'heure sera suffisant, n'est-ce pas ? Un laps de temps qui signifie : « Ton amitié est très importante pour moi, je suis ravie d'être venue ! » et « Non, je ne me rue pas du tout dehors pour continuer à vivre mon célibat en paix. » Je pense qu'on devrait en faire une règle : si vous n'êtes pas mariée à mon âge et si vous avez été demoiselle d'honneur plus de sept fois, alors vous devriez avoir droit à une issue de secours sans passer pour une garce mal élevée chaque fois que vous arrivez dans un événement de couples.

Ma décision prise, j'inspecte les bouteilles de vodka et choisis la plus chère dans l'assemblage des contenants multicolores.

– Est-ce la table des intrus ?

Comme je suis occupée à verser la vodka dans mon verre, je réponds sans me retourner :

– La table avec l'alcool ? Ce devrait être le cas. C'est le moins qu'ils puissent faire.

– Alors, je suis désolé, mais je dois te demander de partir, dit sévèrement l'homme, et lorsque je me retourne, surprise, il se penche à mon oreille pour murmurer encore plus doucement : « On m'avait assuré que je serais le seul célibataire engagé pour mettre l'ambiance dans cette soirée. »

Il est plus proche de moi que je m'y serais attendue, mon rire s'étrangle dans ma gorge quand je le vois.

Est-ce qu'il plaisante ? Il est célibataire ? Impossible, je ne peux pas avoir autant de chance. Ses cheveux sont bruns, avec des mèches plus longues qui lui tombent sur le front. Il se penche vers les bouteilles et ramène ses cheveux en arrière. Ce n'est pas pour les lisser – au contraire, ils tiennent quasiment en l'air –, c'est un geste inconscient. Je remarque immédiatement à quel point il semble bien dans sa peau, tranquille, assez détendu pour que je devine qu'il ne songeait pas à s'inventer une gastro pour décamper.

Il me sourit encore, je détaille ce qu'il porte et je dois fermer les yeux pour étouffer un éclat de rire. Je lui demande :

– Est-ce une idée de Steph ?

– Quoi ?

Il suit mon regard. C'est subtil, mais vu ses cheveux, ses yeux verts et ses lunettes, je comprends où il veut en venir avec sa chemise blanche et sa cravate lâche sous une veste de costume grise. Harry Potter. La cicatrice en forme d'éclair sur son front aide, elle aurait dû attirer immédiatement mon attention.

Il fronce les sourcils.

– Oh Seigneur.

Il regarde ma cape, ma cravate, ma baguette, mes cheveux que j'ai crêpés dans la voiture.

– Tu te fous de moi ? Nous sommes les deux seuls célibataires de cette soirée et nous avons des déguisements assortis ?

Cette fois, je ne peux pas me retenir de m'esclaffer. J'éclate de rire, en le surprenant autant que tous les gens qui m'ont entendue rire. Je suis petite, mais mon rire est puissant.

Il me dévisage avec un sourire amusé.

– Waouh.

– Salut. (Je lui tends la main.) Je suis Evie.

– Est-ce le diminutif d'*Evil*[3] ? (Il fait semblant d'être effrayé en me serrant la main avec hésitation.) Es-tu sûre d'appartenir à Gryffondor ? Ton rire me laisse penser que tu as un laboratoire secret et que tu construis un chien robot de l'apocalypse qui va dévorer tous les invités ici. Serpentard, sans aucune hésitation.

---

3. Evil : le diable, le mal, en anglais. Jeu de mots avec le prénom du personnage.

– C’est le diminutif d’Evelyn. Ce rire est un don. Il maintient les personnes trop sensibles à distance.

– Carter. (Il se désigne du doigt.) Je ne suis pas du genre sensible, je le promets.

Est-il en train de… flirter ? En considérant les mauvaises herbes qui poussent sur le terrain de ma vie sentimentale, il est normal que je ne sois plus sûre de rien.

Carter a un petit côté ringard, mais il est sexy. Ses lunettes ont l’air d’être des vraies, elles ont une monture épaisse et noire. Il est plus grand que moi, mais pas non plus trop – un bonus – tout comme ses yeux d’un vert étincelant, ses cheveux bruns et épais…

Je cligne des yeux en cessant de le dévisager, car je le fixe un peu trop ostensiblement :

– Ravie de faire ta connaissance.

– De même. (Il pointe encore son costume et sourit.) C’est ce que je pouvais faire de mieux avec mon manque de motivation et mon dressing peu inspirant. (Il me contemple.) Mais tu es une Hermione *extraordinaire,* toi. Harry et Hermione. Parfait. J’achète.

Mon ventre se serre.

– Mon amie Daryl devait venir avec moi, déguisée en Ron, mais elle a annulé à la dernière minute. Je ne lui parlerai plus jamais.

Carter éclate d’un grand rire surpris avant d’ouvrir une cannette et de boire une longue gorgée.

Honnêtement, je dois me forcer à rester calme et à ne pas le regarder de haut en bas. Un échec.

En vivant à L.A. et surtout en travaillant à Hollywood, je rencontre des gens beaux tous les jours. Je suis même sortie avec quelques-uns d'entre eux. Mais dans une ville pleine de visages avantageux, je me suis progressivement immunisée contre leur manque d'originalité et leurs ressemblances. Carter est mignon à sa manière : il a de grands yeux et de longs cils noirs. Sa mâchoire est bien dessinée. Avec ses lunettes épaisses, il semble inconscient de sa beauté. Il devrait aller chez le coiffeur. Quand il sourit, je vois que ses dents sont blanches, mais pas parfaitement alignées. Ça lui donne une apparence sympathique. Et ses imperfections sont surprenantes dans cet océan d'Invisalign, Botox et autres autobronzants. Il semble… *réel.*

Et avant que vous ne pensiez que je m'emballe, laissez-moi vous rappeler que je n'ai plus vingt ans et que lorsque vous rencontrez un homme à mon âge, vous le mettez immédiatement dans l'une de ces trois cases, histoire de vous simplifier la vie : comestible, non comestible ou gay. Comestible signifie que vous portez un soutien-gorge quand vous le voyez, que vous ne parlez pas de vos organes ou encore moins de vos boutons en sa présence. Non comestible et gay : aucune limite.

– C'est déjà pas mal, je n'avais pas de « plus un ». Nos hôtes illustres m'ont fait venir sous la menace. Comment les connais-tu ?

– Je travaillais avec Steph chez Alterman.

Quelque chose passe sur le visage de Carter – un souvenir, peut-être ? – mais avant que j'aie le temps d'y songer, Steph entre avec un plateau. Carter et moi poussons les bouteilles et les cannettes pour faire de la place.

– Pourquoi avez-vous choisi ce genre de boissons ? je lui demande en désignant la table. Tu attends des énergumènes de l'université ?

– Oh Seigneur, tu imagines ? (Elle laisse échapper cette exclamation comme si elle venait de jouir ; je la dévisage, le regard vide.) Les autres alcools sont là-bas.

Elle lève le menton en désignant une autre table dans le salon que je n'avais pas remarquée, avec du vin, de la bière et les alcools habituels.

Mes épaules s'affaissent avec un air faussement défaitiste.

– Mais c'est dans le territoire *marié*.

– Nous n'avons pas les stickers pour accéder à cette partie de la fête, ajoute Carter.

Steph s'apprête à lever les yeux au ciel quand elle se fige, la bouche ouverte.

– Vous allez tellement bien ensemble.

Carter et moi échangeons un regard complice.

– Nous avions tout prévu. Nous nous sommes coordonnés pour avoir l'air encore plus angoissants.

Elle lui frappe le bras.

– Sérieux ? Mikey et moi *savions* que vous vous plairiez tous les deux. Nous bossons tous dans le management des talents. Enfin, *les amis*. On ne pourrait pas rêver mieux que vous deux ensemble, n'est-ce pas ?

Juste avant de se diriger vers la cuisine, Steph plisse le nez en nous regardant, comme si nous étions deux figures de porcelaine très mignonnes qu'elle venait de rapprocher sur une étagère.

Quand Carter se tourne vers moi, nous nous dévisageons, muets et stupéfaits.

– Ces connards nous ont bien eus, murmure-t-il.

– On dirait. (Je lance un regard noir à Steph.) Ne savent-ils pas que ces trucs ne fonctionnent jamais ?

– C'est comme ce film avec Seth Rogen et Katherine Heigl où leur rendez-vous est désastreux… (Il se tait, la cannette en l'air.) Oh, attends… je crois que je ne me souviens pas bien.

Je me sens soudain bien plus légère, je sais de quel film il parle.

– Tu veux dire *En cloque, mode d'emploi* ? (Il acquiesce, je continue.) Ce n'est pas vraiment un rendez-vous. Ils se rencontrent en boîte lorsqu'elle, Katherine Heigl, sort pour fêter sa promotion. Elle rencontre Seth Rogen dans un club de L.A. qui s'appelle Plan B, ils se bourrent la gueule et couchent ensemble sans se protéger. Elle se rend compte qu'elle est enceinte huit semaines plus tard, et puis ils vont à ce rendez-vous désastreux où elle lui annonce la nouvelle.

Quand je finis par respirer, je réalise qu'il me fixe, les sourcils relevés.

– C'était un résumé impressionnant pour un film qui est sorti il y a dix ans.

Je me dandine en lançant :

– C'est mon deuxième don.

Ses yeux pétillent.

– Je dois être honnête avec toi, Stéphanie aurait dû y réfléchir à deux fois. Tu es incroyablement jolie et tu as clairement deux dons précieux, mais si on y songe pendant trois secondes, il n'y a rien de pire que de sortir avec un agent concurrent.

Seigneur, je suis d'accord. Sortir avec quelqu'un de ma profession serait un désastre : les horaires sont impossibles, votre téléphone n'arrête jamais de sonner et la tension artérielle, et la vie sexuelle, en pâtissent.

Je suis donc heureuse d'être sur la même longueur d'onde que lui et qu'il s'exprime si ouvertement. Nous sommes dans la même équipe, il n'y a soudain plus aucune pression : Équipe *Ils-sont-mignons-mais-ça-ne-pourrait-jamais-fonctionner-entre-eux*.

– Et, ajoute-t-il, je viens de réaliser que tu es la bien-aimée Evelyn Abbey. Je comprends maintenant.

Je suis prise de court pendant une seconde, je ne sais plus comment réagir. Hollywood est une ville qui compte presque quarante mille personnes, mais le monde est petit. S'il a entendu parler de moi, et de mon palmarès, ça peut être génial… ou terrible.

Je suis mal à l'aise, car je ne sais pas comment trancher entre les deux.

– Donc tu es agent, toi aussi ? Comment se fait-il que nous ne nous soyons jamais rencontrés ?

– Je bosse dans le département Écriture et Adaptation audiovisuelle (*Petit monde.* Je me détends un peu.) Mais Mike Christopher et Steph parlent tout le temps de toi.

– Tu appelles Mike « Michael Christopher » ? C'est très mignon. Ça fait un peu Winnie l'ourson.

– Nous étions à l'école primaire ensemble, on ne se débarrasse pas facilement des vieilles habitudes. Il prétend qu'être marié et avoir un enfant de trois ans qui lui fait porter un diadème est cool. Mais, au fond, je sais que ça le rend fou de savoir que je suis toujours célibataire et qu'il n'y a aucune photo de moi sur Instagram où je porte le gloss à paillettes de ma fille.

J'éclate de rire.

– Eh bien, si ça peut t'aider à te sentir mieux, tu es mille fois plus intéressant que le dernier mec que Steph m'a présenté.

Carter a le pouvoir magique de ne lever qu'un seul sourcil. Cela provoque une réaction chimique en moi, comme si une bombe s'apprêtait à exploser.

– Elle sévit souvent ?

– La dernière fois, elle a essayé de me caser avec son cousin joufflu de vingt-deux ans, Wyatt.

– C'est attentionné de sa part. Elle doit beaucoup aimer Wyatt.

J'apprécie le compliment.

– J'ai trente-trois ans, donc…

Le rire de Carter est discret, mais tout son visage sourit.

– Wyatt n'aurait pas été à la hauteur, je comprends.

– Fraîchement diplômé d'UCLA, le pauvre n'était sorti avec personne depuis des mois. (Je souris.) Ou… depuis toujours.

Je ne sais que penser de l'attention exclusive et sincère que je ressens lorsqu'il m'écoute. Je suis habituée à être celle qui se fond dans le décor, par nécessité. Presque toute ma vie, sociale en particulier, est centrée sur le travail. Je sors des coulisses lorsque j'ai besoin d'agiter le drapeau rouge ou d'aller me battre pour mes clients mais, sinon, mon travail s'effectue dans l'ombre. C'est seulement ici, avec un homme qui me contemple comme si nous étions seuls au monde, que je réalise que cela fait une éternité que personne ne m'a regardée ainsi.

Une pensée s'impose à moi : même s'il a grandi sur la côte Est avec Mike, si Carter bosse en Écriture et Adaptation audiovisuelle, il doit vivre ici. Daryl doit le connaître.

– Où travailles-tu ?

Carter sourit, comme s'il réalisait qu'il s'apprêtait à lâcher une boule puante entre nous.

– CTM.

CT Media est notre concurrent le plus féroce. Deux pulsions contradictoires m'étreignent : l'envie de sauter de joie parce qu'il vit à L.A. et l'instinct de compétition.

S'il remarque mon silence, il ne fait aucun commentaire.

– Je me suis installé ici il y a deux ans. Je dis ça comme quelqu'un qui a grandi entouré de bouches de métro et d'un million d'autres moyens pour se déplacer parce qu'ici, Seigneur ! Je vis à Beverly Hills – je n'aurais jamais cru prononcer ces mots – et prendre la voiture est un enfer.

– Vous, les gens de l'Est, vous vous êtes laissé embobiner par… (je mime des guillemets) *le métro* et *un système efficace de taxis.*

Carter ricane, hilare.

– C'est vrai. Mon cœur se trouve à Long Island. Mais maintenant, cap sur Hollywood.

– Assure-toi simplement de ne pas *trop en faire* avec Hollywood.

– Je ne suis pas sûr de savoir ce que « trop en faire avec Hollywood » signifie. Est-ce lorsque tu regardes des chaussures à cinq cents dollars chez Saks en pensant : « Je devrais probablement les acheter » ? Parce que l'on a les mêmes à Manhattan.

– Pire. C'est quand tu reconnais les chaussures à cinq cents dollars aux pieds de quelqu'un et que tu sais où la personne les a achetées. Et puis, tu la juges un peu parce que ces mocassins ne sont plus la paire la plus recherchée et hors de prix de la ville et que tu sais qu'ils étaient en solde la semaine précédente, ce qui signifie que cette personne ne les a pas achetées au prix fort.

– Waouh. Tu *es* vraiment Eve-il en personne.

– Oh non, ce n'est pas mon genre. (Je lève les mains puis montre mes chaussures plates jaunes, toutes simples.) Sachez que ces chaussures viennent de chez Old Navy, Monsieur. Achetées en solde. Mais j'ai vécu ici toute ma vie. Ne pas se laisser happer par le jeu, c'est une lutte quotidienne.

– « Le jeu » ?

– Agents d'artistes à Hollywood ? Tu sais que c'est un jeu, n'est-ce pas ?

– Certes, certes.

Il acquiesce, et je réalise qu'avec ce geste subtil, il est déjà en train de jouer. Si mon instinct est bon, il ne doit pas être mauvais. Il semblait franc et ouvert jusqu'à ce que le sujet du travail surgisse et, maintenant, un filtre s'est mis en place.

Intéressant.

Je bois une gorgée en observant les alentours. Ensemble, Carter et moi, ce petit îlot dans le salon. C'est comme si on avait dit au reste des invités de nous laisser tranquilles.

– Donc, tu bosses chez P&D.

– Oui.

Je le regarde en tentant de le déchiffrer, comme je le fais avec toutes les nouvelles têtes que je rencontre pour savoir comment instaurer un dialogue avec elles. Et celui-ci est indéchiffrable. J'ajoute :

– Sous la direction de Brad Kingman.

Carter ne réagit pas. Et si je devine bien, c'est parce qu'il connaissait déjà cette information.

– Est-ce vrai qu'il est affreusement compliqué avec la nourriture et qu'il ne consomme que du sucre brut, non raffiné ? (Carter sourit en buvant une gorgée de Red Bull.) Je fais, bien sûr, très attention à ma santé moi aussi.

J'éclate de rire.

– Oui, c'est vrai.

– Il ne peut pas être aussi extrémiste qu'on le raconte.

– Un jour, j'ai déposé un magazine de décoration sur son bureau en pensant qu'il pourrait donner la barre de céréales pour chien scotchée à la couverture à son dogue allemand chéri. Je suis passé le voir un peu plus tard et c'est *lui* qui la mangeait. Comme s'il était tellement habitué à consommer de la nourriture molle et insipide qu'il pouvait manger une barre pour chien bio sans même réaliser que ce n'était pas fait pour les humains.

Carter semble horrifié.

– Et tu le lui as dit ?

– Hum, non. (Je n'arrive pas à refréner mon fou rire.) Mais pour ma défense, il venait juste de me faire remarquer que je semblais un peu boudinée dans ma nouvelle robe. Il le méritait, après tout.

À l'instant où ces mots m'échappent, je les regrette.

Les agents sont du genre à cancaner, naturellement. En un sens, partager des confidences fait partie du job. Mais ça n'a jamais été *ma* manière de fonctionner. Je reste discrète. Je suis franche. Je bosse dur. Et même si je me suis sentie dans mon bon droit quand j'ai laissé mon boss manger de la nourriture pour chien, on ne risque pas de me surprendre à ressortir des vieux dossiers, des histoires de beuveries ou les chroniques des coucheries entre stagiaires et associés. À moins que je sois avec Daryl ou Amélia, dans ce cas, je perds toute retenue. Et en général, j'aime fréquenter des gens qui ont la même philosophie que moi. Je tiens à ma réputation.

Carter se penche.

– Il t'avait fait une remarque très désagréable.

Et bordel, en murmurant ces mots, il réussit à se comporter à la fois comme un professionnel et comme un type rassurant. Les bons agents savent déchiffrer les gens, ils les mettent instinctivement à l'aise et parviennent à les faire parler, ou restent discrets en toutes circonstances. Les excellents agents peuvent faire les trois à la fois.

Nous tendons tous à conserver nos atouts dans notre jeu sans dévoiler ce que nous pensons vraiment. Nous restons sur nos gardes, derrière nos armures, et notre détecteur de baratin est activé sur le mode le plus sensible.

En l'observant de plus près, je réalise que Carter conserve clairement ses atouts pour lui. Ouais. Et il semble aussi avoir plus d'un tour dans sa poche.

CHAPITRE 2

CARTER

Michael Christopher me trouve dans sa cuisine samedi matin, le journal ouvert sur la table, la cafetière crachotant calmement derrière moi.

– C'est une bonne chose que tu n'aies pas essayé de rentrer chez toi en voiture.

Sa voix grave est encore plus rauque qu'à l'ordinaire et, quand je lève les yeux, je souris en le voyant vêtu d'une robe de chambre en velours bleu maladroitement fermée, dévoilant un vieux T-shirt et un caleçon rayé. Ses cheveux sont dressés, on dirait les flammes d'un feu de camp.

– Bonjour, monsieur Hefner.

Il jure en marchant sur des Lego qui traînent sur le carrelage de la cuisine.

– Surveille ton langage !

J'ai entendu Stéphanie le lui rappeler au moins douze fois.

Michael grogne en se penchant pour inspecter les dommages.

– Tu n'as pas connu la douleur tant que tu ne t'es pas planté une de ces merdes sous la plante du pied.

Rassuré de voir qu'il ne saigne pas, il clopine jusqu'au placard, sort un mug blanc sur lesquelles les empreintes des mains de Morgan sont imprimées et se sert un café.

– Pourquoi te réveilles-tu toujours si tôt ?

– Je ne sais pas. Mon horloge interne refuse que je quitte New York.

– Ton horloge interne est idiote.

– Je sais. (Je ris.) Belle robe de chambre, d'ailleurs.

Il verse de la crème dans son mug et range la brique dans le réfrigérateur. Le réfrigérateur de l'appartement que nous partagions à la fac était recouvert de coupons de pizzas et de numéros de téléphone ; celui-ci est décoré d'un énorme dessin de Toccata et d'invitations à des goûters pour sa fille.

Michael se glisse sur le siège en face de moi et boit une gorgée de café.

– C'était le cadeau de Steph pour la fête des Pères.

– Eh bien, félicitations. Tu es officiellement devenu ton père.

Michael se penche sur la table pour inhaler la vapeur qu'exhale son café.

– Je ne suis pas encore assez en forme pour tes reparties cinglantes, Carter. J'ai un mal de tête épouvantable et j'essaie encore de déterminer pourquoi je portais les sous-vêtements de Steph quand je me suis réveillé.

– Nan. Non. Non.

Je secoue la tête en espérant déloger cette image mentale avant qu'elle ne soit gravée pour toujours dans mon esprit.

Je me lève et récupère l'Ibuprofène que je sais être dans le placard à côté de l'évier, l'armoire à pharmacie comme ils l'appellent. Elle est pleine d'ordonnances, de pansements et de tous les médicaments dont vous pourriez avoir besoin. Il y a même une bouteille de teinture d'iode, bon sang.

Les adultes possèdent de la teinture d'iode, ma mère a de la teinture d'iode. J'ai vingt-huit ans et je ne serais même pas capable de vous dire avec certitude à quoi sert la teinture d'iode.

C'est dans ce genre de moment que je perçois à quel point nos vies sont différentes. Michael et Steph possèdent une maison avec trois chambres dans une rue résidentielle paisible. Ils ont une boîte aux lettres sur laquelle le nom *Les Evans* est peint visiblement à la main et un tableau de croissance accroché à l'intérieur d'une porte de placard. *Ils ont un enfant.* Je vis dans un minuscule deux pièces et je possède un cactus qui fait ma fierté, car j'ai réussi à le maintenir en vie pendant six mois.

Quand m'a-t-il dépassé sur l'Échelle de l'Accomplissement de la Vie d'Adulte ?

Peut-être quand il s'est marié ou quand il a bravé les difficultés de la jungle immobilière ou alors quand il est devenu père ? Quoi qu'il en soit, je ne peux pas lui poser la question parce que, aussi responsables que Steph et lui soient devenus, ils considèrent encore qu'ils viennent de sortir de l'adolescence. Et toute mention du contraire les conduirait, pour insister, à boire directement dans un tonneau de bière ou à trouver la rave party la plus proche. Et moi, ironiquement, je suis clairement trop vieux pour ça.

Je reviens avec trois Advil et un verre d'eau.

Il marmonne des remerciements et prend les cachets en vidant le verre d'une traite.

– J'ai la gueule de bois.

– Et ça te surprend ? (Je me rassieds.) Tu as bu des vodka-Red Bull et tu as testé trois types de marijuana pendant la fête. Je n'avais plus vu autant d'alcool et d'herbe dans la même soirée depuis le master.

Il lève les yeux, l'air offensé.

– C'était une super soirée.

– Oui, mais c'était surtout une soirée costumée fin septembre.

– Morgan a beaucoup de choses prévues pour Halloween. Il y a les invitations à des goûters de toutes sortes, les parades costumées et le carnaval d'automne. Cette enfant est plus occupée que moi. Steph et moi avons dû organiser notre fête en amont.

Je me tais en espérant qu'il entende ce qu'il vient de dire, mais il semble trop occupé à tomber amoureux de son café.

Finalement, je craque :

– Le déguisement de Miley Cyrus de ta femme était mémorable.

Les yeux de Michael Christopher se mettent à pétiller.

– Si tu le dis. En tout cas, Evie montrait aussi peu de peau que toi. Vous étiez tellement mignons, en élèves de Poudlard.

Et c'est reparti.

Je bois une autre gorgée de café.

Dans ma vision périphérique, je le vois hausser les épaules.

– Steph pensait que vous pourriez bien vous entendre.

– Je t'enlève au moins cinq points de coolitude pour laisser ta femme tenter de me caser avec quelqu'un.

– Ça ne semblait pas te déranger outre mesure hier soir.

Je pose ma tasse et fais de mon mieux pour ignorer le fait que mon cœur s'accélère. C'est vrai, il y a eu plus d'alchimie entre Evie et moi durant les trois heures que nous avons passées ensemble qu'avec tous mes derniers rencards réunis, l'année dernière.

– Ce n'est pas grave. Elle est sexy, elle est drôle et ce rire ? Merveilleux.

Il se fige, et je sens qu'il s'approche un peu de moi.

– Je suis sur le point de te dire que je suis ravi que tu fricotes avec une personne que nous connaissons en imaginant nos futures sorties de couples. J'ai besoin d'un couple sympa avec qui passer du temps, Carter. Tout le monde ici a envie de parler, de raconter combien le *gluten-free* a changé leur vie ou quelle somme ils ont investie dans leur fonds de pension pour la retraite.

– Ne nous emballons pas. Je la trouve sympa, mais… voyons. (J'appuie mes coudes sur la table.) Tu vis avec Steph et tu vois à quel point son travail est épuisant. Imagine Steph sortant avec Steph. Impossible. Ce serait un cauchemar, et on finirait par se détester.

– Pourquoi la logique doit-elle toujours anéantir mes rêves ?

Il jette un coup d'œil derrière lui avant d'ajouter doucement :

– Ne répète jamais à ma femme que j'ai suggéré ça, mais tu ne pourrais pas juste la draguer un peu ? T'amuser et voir ce que ça donne ?

– Je ne pense pas que ce soit une bonne idée. Mais nous avons échangé nos numéros. (Je pose ma tasse dans l'évier.) C'était marrant de discuter avec elle, et son contact deviendra peut-être intéressant à un certain point si je bosse en Longs-Métrages.

– Je suis toujours intéressé, même si l'un de vous se fait virer, dit-il avec un sourire.

– Ce n'est pas exactement ce que je voulais dire par là, mais j'apprécie ton optimisme.

Nous levons les yeux au même moment en entendant un bruit sourd de basses et de voiture roulant trop vite dans la rue calme et endormie.

Michael se lève pour regarder par la fenêtre.

– Tu ne m'avais pas dit que Jonah avait acheté une Range Rover noire ?

– Jonah, *mon frère Jonah* ?

Je m'approche de la fenêtre.

Et, bien sûr, nous apercevons une Range Rover d'un noir étincelant dévaler la rue en ralentissant juste assez pour réaliser un virage à gauche impressionnant et s'engager dans l'allée étroite menant à la maison de Michael Christopher. Le moteur est abruptement coupé et le silence soudain me fait siffler les oreilles.

Je crains déjà cette confrontation. Je n'ai pas vu mon jeune frère depuis plus d'un an. Je n'ai aucune idée de ce qu'il fait ici. Nous regardons la portière côté conducteur s'ouvrir et une paire de jambes vêtues de jean en émerger.

– Eh bien, il a l'air… différent, dit Michael, les sourcils relevés.

– Tu ne l'as pas vu depuis ses dix-huit ans, bien sûr qu'il a l'air différent.

Je m'éloigne du comptoir pour aller ouvrir la porte d'entrée.

En réalité, la plupart des gens avec qui nous avons grandi n'ont pas vu Jonah depuis qu'il a quitté la maison juste après son bac. C'était un gamin qui se la jouait artiste, avec son appareil photo toujours autour du cou, prenant des clichés de lignes à haute tension, de murs de briques et des photos déprimantes de sincérité de gens qui semblaient incapables de sourire. C'est l'une de ces photos qui lui a permis d'obtenir une bourse dans une académie d'art en terminale. Mais alors que tout le monde planifiait son entrée à l'université, Jonah a pris son appareil photo et son sac à dos et a déménagé à L.A. Juste comme ça. Une fois là-bas, il a offert de la drogue à la bonne personne pendant une soirée et a été engagé sur-le-champ. Il a pris une photo en noir et blanc d'une légende du rock'n'roll. Le guitariste est mort tragiquement seulement quelques jours plus tard et, du jour au lendemain, Jonah est passé d'artiste crève-la-faim à photographe de couvertures pour la célèbre revue *Rolling Stone*. Le *it boy* s'est retrouvé avec des propositions de jobs, des femmes et de l'argent à ne plus savoir qu'en faire.

Ma mère ne se lasse jamais de parler de lui.

C'est étrange d'être le grand frère et d'avoir constamment l'impression d'être à la traîne.

– Je parle des tatouages et des piercings, explicite Michael en me suivant dans le couloir. Il ressemble au type cool d'un boys band.

J'ouvre la porte en grand à l'instant où Jonah gravit les premières marches.

– As-tu une idée de l'heure qu'il est ? je siffle en sortant sur le porche et en grimaçant intérieurement parce que c'est exactement le genre de phrase que notre mère dirait.

En osant prendre un air surpris, Jonah écrase une cigarette sur le perron de Michael du bout de sa botte pointue.

– Euh ?

J'explique posément :

– Steph et le bébé dorment. Comme un samedi matin dans un quartier paisible. (Je jette un coup d'œil à son jean, à son T-shirt, à la veste en cuir noir et à sa barbe mal rasée.) La plupart des gens sont encore au lit et tu arrives avec la musique à fond, comme s'il y avait vingt personnes en train de danser dans ta voiture.

– OK, *Papa.* (Il me passe devant pour entrer dans la maison en dévisageant Michael Christopher avant d'éclater de rire sans aucune bienveillance.) Alors, c'est à ça que ça ressemble d'être marié et d'avoir un enfant ? *Chaud*...

Michael ouvre la bouche pour répondre sans trouver d'insulte appropriée. Il se contente de lancer un regard étonné à Jonah. Malheureusement, Jonah ne le remarque pas, parce qu'il avance déjà jusqu'à la cuisine.

– Chouette baraque.

Je suis mon frère et le regarde se verser une tasse de café.

– Je t'en prie, Jones.

Il se tourne, s'appuie sur le comptoir en portant la tasse à ses lèvres.

– Maman m'a envoyé environ deux cents messages me demandant si je savais où tu étais. (Il avale bruyamment sa gorgée de café.) J'imagine qu'elle ne sait pas que nous ne nous sommes pas encore vus depuis que tu as emménagé ici.

– Tu es rentré à la maison une fois en quatre ans, alors épargne-moi les remontrances familiales.

– Ouais, je suis surbooké, mais je dégage du temps pour ma famille. Heureusement, maman m'a envoyé cette adresse parce que, sinon, je ne vois pas comment j'aurais appris que tu es SDF et que tu squattes le canapé de ton coloc de la fac.

– En réalité, nous avons une chambre d'amis, précise Michael Christopher, sans beaucoup d'effet.

– Je ne suis pas SDF, imbécile. J'ai juste dormi ici cette nuit.

Michael nous tapote tous les deux sur l'épaule en laissant échapper un rire gêné.

– Et si nous passions à autre chose ? Comment se passe le travail, Jones ? J'ai lu un article qui parlait de toi dans *People* l'année dernière. *People,* putain ! Génial, mec.

Mon frère tire une chaise, la retourne et s'assied à califourchon dessus. Comme un connard.

– C'était cool. Maintenant *Vogue*… ça, c'était du lourd.

Je l'examine quelques secondes.

– Jones, on dirait que tu n'as pas pris de douche depuis une semaine.

Il me sourit.

– Une putain de nuit de folie.

Michael Christopher tourne sa propre chaise et s'assied en imitant Jonah.

– Pour nous aussi, c'était une nuit de folie, n'est-ce pas, Carter ?

– C'était… assez fou.

Ils avaient peut-être de la Red Bull et de l'herbe, mais il y avait aussi un bar à sangria, un bouquet de tampons dans la salle de bains et une chambre dédiée aux mères qui allaitent.

– Ouais, on s'est *déchaînés*, continue Michael sans se laisser décourager. On a fini aux aurores. Enfin… je veux dire, un peu après vingt-trois heures parce que Morgan est de mauvaise humeur si elle ne dort pas assez et que beaucoup d'invités avaient des baby-sitters et ont dû rentrer. Mais avant ça ? *In-cro-ya-ble.*

Jonah hoche la tête comme s'il voyait ce qu'il voulait dire, et ne se moque pas de Michael, ce qui est tout à son honneur.

– Carter a même eu des atomes crochus avec quelqu'un.

Je grogne en entendant ces mots.

– Une fille ?

Jonah sourit. Je lui jette un regard noir.

– Une femme, ouais.

Jonah rit dans son café.

– Pardon. Je voulais dire une *fem-meuh*.

Je lance à Michael un regard qui se veut terrifiant.

– Comment s'appelle-t-elle, MC ? demande Jonah. Je la connais ?

Je m'interpose :

– Non !

Je ne suis pas sûr d'avoir raison, mais j'espère de tout mon cœur que c'est le cas.

– Evie, répond MC avec enthousiasme. Elle est sexy, intelligente, super bien roulée. Elle travaillait avec Steph chez Alter…

Je le coupe :

– Michael. La ferme !

Jonah applaudit, je sursaute.

– Mec, maman va *adorer* cette nouvelle.

– Ne parle pas à maman de ma vie sentimentale et je ne mentionnerai pas non plus la rotation de filles à peine majeures dans ton lit.

Il baisse la voix pour insister.

– Tu as raison. Je ne voudrais pas lui donner trop d'espoir. Tu te rappelles à quel point elle a mal vécu ta rupture avec Gwen.

J'ai l'impression d'entendre Michael Christopher grincer des dents de l'autre côté de la cuisine.

– Oh Seigneur !

Je me prends le visage entre les mains.

Gwen Talbot est la première fille dont je suis tombé amoureux, et ma mère l'adorait. Alors que la plupart des mères tenteraient de convaincre leur enfant de vingt-quatre ans qu'il est trop jeune pour avoir une relation sérieuse, et à plus forte raison pour s'engager, je pouvais presque entendre ma mère chercher un prénom pour ses petits-enfants chaque fois que j'invitais Gwen chez moi. Mais Gwen et moi n'avons jamais été sur la même longueur d'onde. Elle voulait une vie tranquille à Long Island avec une maison et des enfants. Je travaillais pour un agent et vivais dans un appartement immonde de Manhattan pour être en mesure de me rendre à tous les spectacles et rencontrer toutes les personnes influentes dans le théâtre. J'étais payé une misère et je travaillais d'arrache-pied. Nous avons rompu nos fiançailles au bout d'un an. Je ne pense pas que ma mère s'en soit remise.

Jonah adore appuyer là où ça fait mal, il continue à boire son café, apparemment ravi. Je dois me forcer à évoquer les raisons pour lesquelles lui mettre mon poing dans la gueule serait une mauvaise idée. Jonah avec sa Range Rover, son argent et ses tatouages dragon. Jonah est un enfoiré.

– Gwen était une pute, finit par dire MC en brisant le silence. Et je ne le dis pas dans le sens de mœurs légères parce que j'approuve totalement ça et que les filles devraient avoir le droit de coucher avec qui elles veulent sans être jugées. Mais la manière dont elle s'est comportée quand vous avez rompu… Quelle connasse !

Je hoche la tête pour remercier Michael parce que, ouais, Gwen était une connasse, avant de me tourner vers mon frère :

– Contente-toi de ne pas ouvrir ta grande bouche. Sérieusement, que fais-tu ici ?

– Maman m'a appelé plusieurs fois en me disant que tu ne répondais pas au téléphone. Alors, elle m'a demandé d'aller voir MC parce que si tu étais mort dans un fossé quelque part, il saurait probablement où.

– Je… attends, quoi ? demande MC, l'air insulté.

Jonah termine son café et se lève sans ranger sa chaise ni mettre sa tasse dans l'évier.

– Et puisque tu es bien vivant, je peux y aller. À plus, grand frère.

Et sur ces mots, il disparaît.

***

Le lundi matin, comme si elle avait campé dans le couloir en planifiant une embuscade, mon assistante me repère à la minute où je sors de l'ascenseur.

– Tu es arrivé ! hurle-t-elle.

– Becca, qu'est-ce que tu fais ? Il est à peine huit heures.

Sans se laisser décourager, elle commence à marcher en direction de mon bureau, un carnet à la main, et à moins que je décide de retourner dans l'ascenseur – ce qui ne serait pas la pire idée du monde –, je n'ai guère d'autre choix que de la suivre.

– Je voulais m'assurer d'être la première à te croiser. L'un des clients de Blake t'a demandé.

– Qui ?

– Le Beau avec Biceps.

Becca appelle rarement les gens par leurs prénoms. Dans le département Écriture et Adaptation audiovisuelle, nous représentons un assortiment d'écrivains et de créateurs, mais très peu d'acteurs. La plupart d'entre eux atterrissent en Longs-Métrages. Emil Shepard est l'un de nos clients et, pourtant, il me faut un moment pour savoir de qui elle parle. Si Emil veut passer de la liste des clients de Blake à la mienne, ce serait le troisième client que je dégote en deux mois, et mon premier acteur important.

Euphémisme : Blake ne va pas être ravi.

– Emil *me* demandait ?

– Il m'a appelée trois fois pendant le week-end, dit-elle en me tirant par le bras pour que je me remette en mouvement.

– Blake est-il au courant ?

Becca déchire un morceau de papier recouvert d'une écriture presque indéchiffrable et me le tend :

– Il n'y a pas eu de remue-ménage, donc je suppose que non. Mais tu dois appeler Emil ce matin si ça t'intéresse, avant que quelqu'un d'autre ait vent de l'affaire. Tu sais quel cauchemar ça peut devenir, et si Emil veut changer d'agent, il change d'agent. Tu n'es pas en train de braconner.

Elle est gentille d'essayer de me rassurer, mais la situation reste compliquée. J'aimerais passer en Longs-Métrages, mais piquer les clients de mes collègues n'est pas la stratégie idéale pour y arriver. Je ne sais même pas ce que ça pourrait signifier.

Becca m'énonce mon programme : réunions à neuf heures et neuf heures et demie, une autre à dix via Skype, une réunion de staff immédiatement après et un déjeuner avec un nouveau scénariste potentiel. Si j'avais un type, ce serait Becca. Rousse aux yeux bleus, elle est intelligente, sarcastique, en plus d'avoir un corps plantureux. Nous nous sommes rencontrés par hasard dans un coffee-shop le lendemain de mon arrivée à L.A., et je l'ai immédiatement appréciée. En réalité, je l'ai tellement appréciée que j'étais sur le point de lui proposer de sortir avec moi quand elle s'est exclamée qu'elle allait être en retard à un entretien d'embauche. Et il s'est avéré que j'étais son patron potentiel. Je lui serai éternellement reconnaissant d'avoir jeté un coup d'œil à sa montre avant que je lui propose de dîner avec moi.

Mais, malgré nos débuts peu conventionnels, nous nous sommes toujours bien entendus et nous sommes restés professionnels. Becca est très bonne dans ce qu'elle fait, elle doit en savoir plus que la plupart des dirigeants de la boîte. Ce qui signifie aussi qu'elle ferait une agente fantastique même si elle jure que ce n'est pas sa vocation.

Nous arrivons à mon bureau au moment où elle termine d'égrainer sa très longue liste.

– Carter ? demande-t-elle en remarquant que je regarde dans le vague. Tu m'écoutes ?

Je cligne des yeux, parcours la feuille du regard en m'appliquant à ne pas voir la pile de courrier et les nombreux Post-it collés sur mon ordinateur qui crient tous : *Appelle-moi quand tu seras là !*

– Oui. Mais il est possible que je n'aie pas encore absorbé assez de caféine et que les quatre cylindres ne se soient pas tout à fait mis en marche. Donne-moi une heure et repasse me voir.

– Je ne sais pas ce que tu as fait pour me mériter, dit-elle en contournant mon bureau et en déposant un mug en carton fumant à côté de mon clavier.

– Tu es une déesse. (La simple odeur déclenche un réflexe pavlovien, je me sens déjà plus alerte.) Je n'avais pas le temps de m'arrêter pour m'acheter un autre café. Je t'offre à déjeuner aujourd'hui.

Elle désigne la ligne 12 heures sur la feuille.

– Non, tu offres à déjeuner à Alan Porter. Un nouveau client potentiel. Tu te souviens ?

Je m'affaisse un peu.

– C'est vrai.

Elle m'attrape par les épaules et me conduit jusqu'à mon bureau.

– Aujourd'hui, ta journée est bien remplie, autant s'y mettre tout de suite. (Je tombe sur mon fauteuil et la regarde ouvrir les stores.) Bon lundi.

CHAPITRE 3

EVIE

– Evie, je peux te voir une minute ?

Je lève les yeux et distingue la silhouette de Brad qui disparaît déjà dans l'embrasure de la porte. Je réponds depuis mon bureau vide, en me levant de mon fauteuil :

– Bien sûr !

Les sonneries des téléphones et le cliquètement des claviers m'accueillent lorsque j'avance dans le couloir recouvert de moquette grise. Le couloir est long, étroit, il ouvre de part et d'autre sur des bureaux individuels de petite taille, à chaque extrémité se trouvent les bureaux plus spacieux des dirigeants. Les assistants ne sont pas installés devant les bureaux des agents, où il serait tellement plus facile de les trouver si le besoin se faisait sentir. Non, ils sont réunis, avec les stagiaires, dans une aile composée de grandes tables créant un lieu de travail partagé. De cette manière, si l'on en croit

Brad, ils ont l'impression de produire un effort d'équipe plutôt que de travailler seuls dans leur coin. C'est ce que Brad pense de cet arrangement, du moins. Pour tous les gens qui travaillent pour de bon, c'est insupportable.

Ma relation avec Brad Kingman a toujours été délicate. Pour commencer, Brad était agent dans le cabinet où j'ai obtenu mon premier poste, à la fin de l'université, il y a presque dix ans. À l'époque, il ne connaissait pas mon existence. Ce n'était pas un type très sympa et il avait la réputation de ne reculer devant aucune pratique louche, par exemple le braconnage de clients. Ce qui n'est pas nécessairement illégal, mais clairement pas encouragé dans le milieu. Il repérait les acteurs qui venaient d'essuyer un échec et leur suggérait discrètement que c'était leur agent qui était en partie responsable de ce revers, insistant sur ce que lui aurait pu faire pour mieux les protéger. Il ciblait le client qu'il voulait représenter, passait sur son tournage en expliquant qu'il venait voir un autre client et feignait la surprise lorsque l'acteur s'étonnait que *son* agent ne soit jamais venu le voir pendant un tournage. Brad maîtrise l'art de planter des graines qui, à la fin, se chargent de faire le sale boulot pour lui. Il l'a fait plusieurs fois sur le tournage du film *1943, l'ultime révolte* et, étrangement, est parvenu à signer avec l'acteur principal – très étrangement – juste deux mois après le clap final.

À peine un mois plus tard, on le nommait à la tête du département Longs-Métrages chez P&D.

Ce n'est pas comme ça que je travaille et je ne l'avouerai jamais en public, mais j'ai appris quelques trucs à son contact, le plus important étant : n'oubliez jamais qu'au moment où vous sortez de chez vous et mettez un pied à Hollywood, ne serait-ce qu'une seconde, les gens vous regardent.

Brad n'a réalisé que nous avions travaillé ensemble que des années plus tard, quand j'ai été engagée chez P&D. Et je suis sûre que c'est parce qu'il pense que je connais ses manières de procéder qu'il me garde si proche de lui. Pas comme une confidente ou une amie, plutôt sous son joug.

– Allez-y, me dit son assistante Kylie. (Elle jette un coup d'œil aux listes des lignes occupées et libres.) On dirait qu'il vient de raccrocher, il devrait être prêt à vous recevoir.

Kylie est une fille intelligente, raisonnablement douée pour son job, et elle doit supporter Brad toute la journée, tous les jours. Sa tolérance à la connerie doit être incommensurable.

Brad Kingman ressemble un peu au bébé miracle issu de l'union de Hugh Jackman et de Christopher Walken. Belle peau, yeux bleus austères et structure osseuse sévère. Assis à son bureau, entouré de ses prix et de photos de célébrités, face à une vue imprenable sur les collines d'Hollywood, il est l'image du succès.

Il attrape un trombone, et sa chemise faite sur mesure s'étire sur le type de torse et de bras que vous ne pouvez pas avoir sans passer tout votre temps à la salle de sport. Un smoothie vert est posé sur son bureau et, même si je n'ai aucune envie d'être ici, je souris intérieurement. Cette bouillie au kale est sa version de la junk food. Normal qu'il n'ait pas remarqué que la barre de céréales était destinée aux chiens.

– Assieds-toi, dit-il.

Je m'exécute et attends qu'il commence à parler. Il griffonne quelque chose sur un grand cahier noir avant de fermer le dossier avec une épaisse bande de cuir. Comme s'il n'avait pas pu le faire *avant* de me demander de passer le voir.

– Écoute, petite, je t'ai demandé de venir parce que j'ai besoin que tu passes la balle à un membre de l'équipe.

Je me rappelle de compter jusqu'à trois avant de répondre. Passer la balle, c'est l'un des *Bradismes* qui m'insupportent le plus. C'est son slogan stupide pour demander une faveur. Mais comme il en appelle toujours à l'esprit d'équipe, on ne peut pas dire non sans passer pour le ou la méchante.

– Quoi donc ?

Je conserve une expression neutre.

– J'aimerais que tu aides John à reconstruire sa liste.

Je cligne des yeux, perplexe. John Fineman est un collègue très bien établi qui travaille en Longs-Métrages.

– Brad, il travaille ici depuis plus longtemps que moi.

– Je suis au courant. (Il se penche en arrière sur sa chaise.) Mais nous savons tous qu'il a subi deux coups durs cette année. Maintenant, il est en plein divorce et sa concentration s'en ressent. Fais-lui une passe de temps en temps. Quelque chose dont tu as vent, quelqu'un que tu sens bien. Donne-lui de quoi s'occuper. Travail d'équipe.

Donne-lui de quoi s'occuper ? Il y a quelques années, John a remporté la part du lion (une commission à six chiffres) que j'avais méritée toute seule, simplement parce que l'appel a été transféré sur sa ligne un jour où je m'étais absentée pour assister à une réunion. John a appelé Kylie pour lui faire savoir que nous avions signé avec le client sur le projet et elle a commencé les papiers en supposant, par erreur, que c'était son client.

Il ne l'a pas détrompée.

Quand j'ai fait des pieds et des mains pour gravir les échelons, Brad a trouvé un compromis en me donnant *un peu* plus d'argent en bonus et une leçon sur l'esprit d'équipe. Eh oui, John a perdu deux clients cette année. Mais il les a perdus parce que c'est un connard sournois qui a été surpris en train de cancaner méchamment à propos d'un client devant un autre client, pas parce que *sa concentration s'en ressent.* Quand j'ai eu besoin de prendre quelques jours pour aider ma mère pendant l'opération du genou de mon père, Brad a suggéré que je lui transfère les dossiers de plusieurs de mes clients pour éviter que je sois « débordée ». Il ne m'a clairement pas offert la moindre aide, même si je ne l'aurais de toute manière pas acceptée.

– Ça ne me dérange pas de l'aider si c'est ce dont il a vraiment besoin, je commence d'un ton prudent. Mais…

– Evie. (Brad soupire en se levant de sa chaise et en s'appuyant contre le mur de verre transparent derrière lui.) Tu sais que je n'aime pas aborder le sujet, mais *tu* avais besoin d'une équipe autour de toi quand tu as essuyé des difficultés avec *Field Day.*

Je me raidis. C'est parti.

Field Day a été l'un des flops les plus importants du box-office de ces dernières années, j'étais l'agent qui représentait l'acteur principal et qui a négocié pour lui une *somme* exorbitante. C'est grâce à moi que le film a obtenu le feu vert. Pensez à *Waterworld* et *Amours troubles,* ça vous donnera une idée. Ç'a été si terrible que le film et mon client ont récolté une tonne de Razzies Awards et sont devenus l'objet des ragots du milieu. J'ai même entendu quelqu'un utiliser la formule « c'est un Field Day » comme métaphore pour un film qui n'avait connu aucun succès.

Mon legs, Mesdames et Messieurs.

Le pire, c'est que je défonçais tout avant cet épisode malheureux. J'étais l'agent le plus performant chez Alterman pendant les deux dernières années que j'y ai passées, et je suis toujours dans la frange supérieure chez P&D. Mais avec *Field Day,* ma réputation et ma confiance en moi en ont pris un grand coup. Je n'arrive toujours pas à me défaire de l'idée que c'est la première chose à laquelle pensent les gens dans le business lorsqu'ils me rencontrent.

Il semble se délecter d'avoir trouvé un moyen de pression après avoir lâché sa petite bombe. Mais, comme tout bon subalterne, je ne lui ai jamais rappelé les nombreuses fois où il a fait allusion au potentiel du film comme « de la rencontre entre *Duo à trois* et *Avengers* digne de la médaille d'or ».

Comme pour renforcer ses propos, Brad contourne son bureau et s'assied au bord de celui-ci.

– Une mauvaise décision comme *Field Day* aurait tué la plupart des agents, à plus forte raison un agent qui n'aurait pas encore fait ses preuves. Mais t'ai-je jetée dans la gueule du loup pour autant ? demande-t-il avec une expression qu'une tierce personne pourrait prendre pour de la sollicitude sincère.

Je ravale une réplique acerbe parce qu'il a raison, Brad est venu à ma rescousse. Il m'a défendue quand les autres pensaient qu'il fallait me licencier. Mais, depuis, il ne perd pas une occasion de me le rappeler.

– Non, vous m'avez défendue.

Je n'insiste pas en précisant que j'avais fait mes preuves à ce moment-là. J'étais agent depuis déjà presque huit ans.

– C'est vrai. Tes échecs sont *mes* échecs. Et tes succès… ?

Il se tait en attendant que je complète la phrase.

– … sont tes succès.

– Voilà ce que je voulais entendre ! (À ces mots, un frisson de rage me parcourt. Il contourne le bureau pour se rasseoir dans son fauteuil.) Tiens-moi au courant, tu peux y aller. Ferme la porte derrière toi.

Et me voilà congédiée.

***

Après ma dernière réunion de la journée, je retrouve Daryl et Amélia au Café Med pour le dîner. Il doit encore faire environ vingt degrés sur la terrasse, mais Daryl a enfilé un énorme sweat beige et porte des lunettes noires même si le soleil s'est couché depuis plus d'une heure. Los Angeles, quoi.

Le Café Med est un petit restaurant très sympa sur Sunset Boulevard, ce qui signifie qu'il est fréquenté par les stars. Sur le trottoir d'en face, une femme avance, juchée sur des talons compensés de dix centimètres, vêtue d'un kimono de soie. Une voiture se gare au coin de la rue, le pare-brise arrière décoré d'un diorama du désert. Nous avons autant de chances de voir une célébrité débarquer que de tomber sur un homme vêtu d'un tutu et poussant une poussette pleine de cannettes d'aluminium.

– Il paraît que tu as vu Brad aujourd'hui, me dit Amélia, avant d'ajouter avec un grand sourire : J'imagine que c'était l'éclate !

– Il te traite toujours tellement mal, renchérit Daryl.

– Je ne sais pas. Il se comporte comme un connard avec tout le monde, mais sous un angle différent à chaque fois. C'est un type intelligent. Il sait comment nous atteindre.

Nous levons toutes les deux les yeux lorsque Steph esquive l'hôtesse avec un sourire et avance en direction de notre table.

– Désolée pour le retard. (Elle accroche son sac au dos de la chaise vide à côté de Daryl et s'installe.) Le rendez-vous client le plus long de l'univers.

– Nous n'avons pas encore commandé. (Je lui tends un menu.) Mais le vin arrive.

– Alléluia, marmonne Steph en jetant un coup d'œil à la carte.

– Alors, vous vous êtes bien amusées vendredi soir ? demande Daryl.

– Oui, fais-je, en toute honnêteté.

– Ça signifie que tu me pardonnes de ne pas être venue ?

Steph acquiesce frénétiquement, mais j'enfourne un morceau de pain dans ma bouche et fais non de la tête tout en mâchant.

– Je dois y réfléchir.

Daryl fait mine d'avoir reçu une balle dans la poitrine.

J'ouvre la bouche pour raconter la soirée à Amélia et à Daryl lorsque je réalise que si Steph a vingt-sept ans et Mike vingt-sept ans… alors, Carter a le même âge… soit six ans de moins que moi.

Six ans.

Comme si elle avait lu dans mes pensées, Steph pose son menu et lance :

– Tu as eu l'air de plaire à Carter.

Je ne sais pas pourquoi je n'ai pas pensé à la différence d'âge pendant la fête, mais ça me semble maintenant un facteur rédhibitoire.

C'est logique.

Je ne suis jamais sortie avec un mec plus jeune que moi. Et la différence entre vingt-sept et trente-trois est significative. Nous n'allons pas sortir ensemble, bien sûr, mais dans l'éventualité où je lui enverrais un texto en l'imaginant nu, six ans font-ils de moi une cougar ?

Je remercie le serveur qui pose la bouteille de vin devant moi, avant de me tourner vers Steph.

– Seigneur, Steph. Je viens de réaliser qu'il a ton âge.

– Qui est Carter ? demande Amélia. Je n'ai jamais entendu parler d'un Carter.

– C'est un ami de Mike et Steph, je lui explique avant de boire une gorgée de vin. Il est marrant. Daryl le connaît peut-être. Il bosse en Écriture et Adaptation audiovisuelle chez CTM.

– Carter Aaron ? Je n'ai jamais travaillé avec lui, mais j'ai entendu qu'il était bon dans son domaine.

– Il est bon, renchérit Steph avant de battre des cils dans ma direction. Et « marrant » ? Il est *sexy*, Evie. Carter est superbe, intelligent, et c'est un garçon très bien qui pourrait même être assez bien pour toi.

J'ignore le fait qu'elle sous-entend que je suis compliquée.

– Il est *jeune*. Ce que tu as oublié de mentionner.

– Il a vingt-huit ans !

– *Ouf !* je grogne. (D'accord, j'ai seulement cinq ans de plus que lui.) J'étais déjà à l'école quand il est né.

– À l'école *maternelle*, réplique Steph.

– Ce sont des années importantes.

Je me souviens de mes vingt-huit ans, j'avais l'impression que mes copains mecs étaient des Muppets coincés dans des corps adultes de sexe mâle, tentant d'évoluer dans le monde.

– Eh bien, les mecs de la côte Est sont plus matures, raisonne Steph.

Amélia et moi échangeons un regard sceptique.

– Vingt-huit ans, c'est l'âge qu'on donne une fois qu'on en a trente, dit-elle.

Je hoche la tête.

– Et ça fait trois ans que j'ai trente ans.

– Ce qui signifie que tu es au sommet de ta puissance sexuelle ! chantonne Daryl. Allez, détends-toi un peu.

(Elle esquisse une petite danse et me jette un regard lourd de sens.) Un mec plus jeune…

Je grommelle.

– Honnêtement, Evie, dit Steph. J'ai l'impression que tu cherches toujours une bonne raison pour ne sortir avec personne. (Ses mots résonnent dans mon esprit, même lorsqu'elle continue.) Il est marrant. Vous vous êtes amusés. Pourquoi ne l'appelles-tu pas ?

– Je ne cherche pas de raisons pour ne sortir avec personne.

Je fronce les sourcils, offensée.

– Et pourtant, s'immisce Daryl, c'est ce que tu fais. Tu es compliquée et tu fais toujours la difficile.

Je jette à Daryl un regard noir.

– Dixit la fille qui est *aussi* célibataire.

– D'accord, mais écoute. (Amélia lève une main.) Je comprends ce que tu veux dire sur la question de l'âge, mais cinq ans, ce n'est pas si terrible. Te poserais-tu la question s'il avait cinq ans de plus ?

Je marmonne :

– Arrête de faire ta maligne, Amélia.

Elle éclate de rire.

– Je pense que tu devrais l'appeler.

– Vous ne m'avez pas entendue quand j'ai dit qu'il bossait aussi en tant qu'agent ? Un agent *plus jeune.*

Amélia grimace.

– Et sinon, lance Daryl en enlevant enfin ses lunettes de soleil, tu ne nous as pas dit de quoi vous avez discuté avec Brad.

– Oh, il veut que j'aide John Fineman pour m'assurer qu'il ait *quelque chose à faire*. (Je ris.) Dans quel univers est-ce que je vis ? C'est John qui m'a montré les ficelles quand j'ai commencé chez P&D.

Je jette un coup d'œil circulaire sur la terrasse, pour m'assurer qu'il n'y a personne que nous connaissons, avant de me retourner vers les filles.

– Vous savez, c'est comme quand quelqu'un fait quelque chose de mal et se met à questionner tout ce que *les autres* font. C'est ce que je ressens au sujet de Brad en ce moment.

– Comme quand quelqu'un a une liaison et se demande soudain si l'autre est fidèle, ajoute Daryl en hochant la tête.

– Peut-être. (Je hausse les épaules.) Quelque chose se trame, c'est sûr.

– Je sais qu'il demande qu'on envoie beaucoup de comptes de résultat dans son bureau, ajoute Amélia. Je ne comprends pas ce que ça signifie, mais c'est suffisamment inhabituel pour que les filles des finances le remarquent et se mettent à bavarder.

– Pourquoi est-ce que ça me met mal à l'aise ? (J'attrape mon verre.) Je ne fais pas confiance à Brad, tout simplement.

– Voilà exactement la raison pour laquelle tu devrais appeler Carter, insiste Steph. Soulager ton stress par des orgasmes.

Mes amies ne m'aident pas du tout.

CHAPITRE 4

CARTER

MC et moi sommes les deux seules personnes à se féliciter que je vive à L.A. maintenant. Mon frère, évidemment, s'en fiche royalement et mes parents… eh bien, même au bout de deux ans, ils sont encore violemment opposés à mon choix. Que Jonah vive à Malibu ne les dérangeait pas parce que ce dernier est jeune, qu'il réalise ses rêves et qu'il n'a jamais tort. Mais Carter déménageant à Beverly Hills ? *Catastrophe.*

J'appelle mes parents le lundi soir pour leur assurer que je ne suis pas mort.

– Bonne nouvelle, dit mon père. Mais tu devrais voir ton frère plus souvent. Il se sent seul.

– Jonah ? (J'éclate de rire en retournant mon fromage grillé dans la poêle.) Crois-moi, ce n'est pas le cas.

– Va le voir, renchérit ma mère sur l'autre ligne. Vous êtes voisins.

– Maman, il vit à Malibu. C'est à une heure de voiture.

Mon père tousse.

– Et il y a une heure de trajet entre la maison et Brooklyn, mais nous allons voir vos tantes tous les week-ends, et tu sais ce qu'elles ont à Brooklyn ? *Des arbres décorés avec de la laine,* Carter. J'ai vu quelqu'un se promener avec un paon la dernière fois que j'y suis allé. Quand je me suis arrêté pour prendre un café, j'ai vu qu'ils vendaient aussi des bobines de fil. Du café et des bobines. Qui a pu avoir l'idée de mettre ces deux choses ensemble ?

– D'accord, donc je vous inscris dans la colonne *non* pour Thanksgiving à L.A., dis-je en posant mon sandwich sur une assiette. Il y a ici des choses bien plus bizarres que du café et des bobines.

Un long silence se fait avant que ma mère ne reprenne la parole :

– Jonah a dit que tu dormais chez Michael Christopher, parce que tu n'avais pas d'appartement.

Je me frotte les tempes. C'est bien son genre.

– Jonah raconte n'importe quoi.

– Sois gentil, me réprimande-t-elle. Il a aussi dit que tu avais rencontré une fille.

Je croque dans mon sandwich, mâche et déglutis pour me donner le temps de masquer mon irritation contre mon frère.

– C'est une amie d'amis, Maman. Je l'ai rencontrée à une soirée.

– Tu as rencontré cette fille en boîte de nuit ?

– Non, pendant une soirée costumée, pas une rave party. C'est une amie de Michael et de Stéphanie, donc je ne pense pas qu'elle soit un pur produit d'Hollywood.

– Tu tires cette conclusion parce que *Michael* l'apprécie ? demande ma mère.

J'éclate de rire.

– Nous avons passé trois heures ensemble. C'est un peu tôt pour que je vous raconte sa vie. Mais je te promets que c'est une fille bien.

– Elle vit à Los Angeles, Carter, grogne ma mère. Ça ne me convient certainement pas. Je ne comprends pas pourquoi tu n'as trouvé personne ici. Elle a sûrement de faux seins et ce… ce poison qu'ils s'injectent dans le front.

– Du Botox ? je devine.

– Oui.

– D'accord, mais on va se calmer. Jonah vit à L.A., et je ne me souviens pas de vous avoir entendu raconter de telles conneries à son propos.

– Primo, surveille ton langage. Deuxio, je ne vois presque jamais ton frère, donc ce n'est pas une référence. (Elle soupire.) Ton frère a toujours été un rêveur. Tu es mon fils responsable. Appelle-le.

Je soupire.

– D'accord, Maman. Vu nos emplois du temps, trouver un moment pour se voir sera peut-être un peu compliqué, mais je l'appellerai.

– Voilà mon gentil garçon.

***

Dans ce milieu, ne pas avoir de nouvelles de quelqu'un pendant une semaine ne signifie rien. Nous sommes tous surbookés, avec des tonnes de scripts, de livres à parcourir, de séquences d'audition à visionner, de coups de téléphone à passer et de mails à lire. On repousse toujours le moment de rappeler les gens, et on le fait selon un ordre de priorités.

Une semaine, ce n'est rien du tout.

Je le rappelle à mes clients tous les jours. Je leur répète : pas de nouvelles, bonne nouvelle. S'ils n'ont pas de nouvelles, ils n'ont pas essuyé de refus. Mais quand il s'agit de votre rêve, le temps a une tout autre signification, et même les personnes les plus patientes peuvent craquer.

« Ne m'auraient-ils pas rappelé tout de suite s'ils avaient adoré ? »

« S'ils me voulaient, ils m'auraient déjà appelé, n'est-ce pas ? »

La patience, c'est facile en théorie. Je devrais le savoir, parce que même si j'ai dit à Michael Christopher que je ne comptais pas revoir Evie, je n'arrête pas de penser à elle. Jeudi après-midi, je n'ai toujours pas eu de nouvelles et je commence à devenir fou.

Je pense à ce que je lui ai dit en lui donnant mon numéro vendredi soir : « Je sais que nous sommes tous les deux d'accord pour éviter de sortir avec des gens du milieu, mais nous pouvons être amis. La balle est dans ton camp et si tu veux casser du sucre sur le dos de nos patrons, travailler avec moi un peu ou juste passer du temps avec quelqu'un et concocter un plan diabolique pour dominer le monde sans aucune attente romantique, tu as mon numéro. »

Elle a ri, m'a ébouriffé les cheveux un peu plus longtemps que cela n'aurait été approprié pour une relation platonique, et puis elle est partie.

Ce que *j'aurais* dû dire, c'est : « Tu me plais beaucoup. Pouvons-nous échanger nos numéros et trouver un moment pour nous voir tout nus ? »

Mon téléphone sonne, je me précipite pour répondre en le cherchant à tâtons sous une pile de dossiers.

– Allô ?

Je suis à bout de souffle.

– Salut. (C'est Michael Christopher.) Comment ça va ?

Je me lève pour fermer la porte de mon bureau avec le pied.

– Très bien. Je n'ai pas eu de ses nouvelles, si c'est la raison pour laquelle tu m'appelles. Encore.

Il se tait un instant.

– Portais-tu la fameuse cravate vendredi soir ?

Je me rassieds dans mon fauteuil en souriant.

– De quelle cravate parles-tu ?

– Tu *sais* de quelle cravate je parle. Le crime contre l'humanité.

Je baisse les yeux vers ma chemise et lisse la fameuse cravate sur ma poitrine. Il me connaît très bien, apparemment.

– Oui. Cette cravate, c'est mon porte-bonheur. Et, bonus, elle correspondait au déguisement Harry Potter.

Il grogne.

– Tu la portes aujourd'hui, n'est-ce pas ? Ça ne va pas du tout, Carter.

– Evie ne peut pas refuser de m'appeler à cause d'une *cravate*.

– Écoute, je suis un mec et Stéphanie doit toujours trouver les arguments pour me convaincre de ne pas porter un jogging pour aller au restaurant, donc je ne vais pas te jeter la pierre. Mais même *moi* – un mec négligé –, j'ai conscience que cette chose devrait être balancée à la poubelle, histoire d'abréger ses souffrances. J'ai l'impression d'être agressé visuellement chaque fois que tu la portes.

– Sans vouloir être dramatique.

Une boîte de trombones traîne à côté de mon ordinateur, j'en attrape un et le déforme d'un air absent.

– Je ne dis pas que c'est la faute de la cravate, mais je pense tout de même que tu ne devrais pas porter un truc que tu as mis en première pour une compétition de *mathlétisme*[4], Carter.

– Quand j'ai *gagné* la compétition de *mathlétisme*, je corrige en lançant le trombone dans la

4. Compétitions de mathématiques qui se livrent à tous les niveaux, de l'école au supérieur.

poubelle et en levant les bras en signe de victoire quand il tombe à l'intérieur. Pour ton information, je portais cette même cravate pour mon entretien d'entrée à l'université, le jour de l'examen du SAT et le soir où j'ai couché avec Samantha Rigby en première année de licence. Les objets de qualité se bonifient avec l'âge, comme cette cravate.

– Tu es la personne la plus superstitieuse que je connaisse.

– Je suis un homme compliqué. Mais tu t'impliques un peu trop dans cette histoire, à mon avis. M'as-tu appelé seulement pour me harceler ?

– Non, c'était juste pour le plaisir. J'étais au travail, en train de réfléchir à ce que Steph et moi allions faire ce week-end, quand j'ai réalisé que ça faisait déjà une semaine que vous étiez ensemble et que nous n'avions pas encore organisé de soirée de couples. Et puis, j'ai commencé à penser à cette cravate…

Je fais tourner un stylo entre mes doigts.

– Michael.

– Tu sais que je ne fais ça que pour t'embêter. Tu es ma cinquième roue du carrosse préférée.

– Très drôle.

Mon téléphone vibre contre mon oreille. Je viens de recevoir un texto. Ma mère m'a déjà appelé deux fois depuis l'autre jour – pour savoir si j'avais contacté Jonah, j'en suis sûr –, mais je n'ai pas pris la peine de la rappeler. C'est mal, je sais, et si c'est elle qui m'écrit maintenant, j'aurai deux options : grandir un peu et appeler mon frère ou apprendre à préparer mes propres lasagnes. Mais je n'ai *vraiment* pas envie d'en arriver là, parce que ma mère est la meilleure cuisinière de l'univers.

J'écarte le téléphone pour jeter un coup d'œil à l'écran, mais ce n'est pas le nom de ma mère sur l'écran. C'est celui d'Evie, elle m'a déjà envoyé plusieurs messages.

– Je te rappelle, dis-je à Michael avant de raccrocher.

Salut, toi.

Sans vouloir te harceler, connais-tu un agent qui s'appelle Elsa Tippet ?

Elle passe un entretien ici.

On va boire des verres ce soir et Steph m'a dit qu'elle avait déjà travaillé avec toi.

Oui, j'ai bossé avec elle chez Bradford.

Elle était sympa.

Et coucou !

Quelques minutes s'écoulent, et je me demande si c'est tout ce qu'elle avait à me dire.

Elsa a travaillé chez Bradford en étroite collaboration avec moi pendant quatre ans avant mon départ pour L.A. Mes collègues les plus vulgaires l'appelaient *The Bone Collector*[5] à cause de sa propension à s'envoyer en l'air dans le cadre du travail. Je signale au passage que je n'ai jamais couché avec Elsa et que je ne l'ai jamais appelée par ce surnom. Mais l'idée qu'elle parle de moi avec Evie me met particulièrement mal à l'aise.

Je me concentre à nouveau sur le scénario ouvert sur mon bureau. Je lis. Je regarde mon téléphone. Rien. Une minute supplémentaire s'écoule. J'ai parcouru des yeux la moitié de la page et je n'ai toujours pas la moindre idée de ce que ça raconte. Je jette un nouveau coup d'œil à mon téléphone.

Devrais-je lui en dire plus sur ma relation avec Elsa ? Ajouter quelque chose ?

Probablement.

Devrais-je lui proposer d'aller boire un verre ? *Réfléchis, Carter.*

Mon téléphone vibre encore.

J'ai confirmé pour ce soir
et mentionné ton nom.

Apparemment, elle a quelques
dossiers sur Carter Aaron…

Oh Seigneur.

5. Jeu de mots avec le titre de film *The Bone Collector* (Phillip Noyce, 1999) et le mot *bone* qui, en argot américain, signifie « sexe masculin ».

Je suis intriguée.

Je n'ai pas de dossiers sur Elsa. Mais sur d'autres personnes, en revanche…

J'y vais. Je te tiens au courant plus tard.

Une heure plus tard, je n'ai reçu aucune nouvelle d'Evie et je viens d'oublier ses messages quand son prénom s'affiche sur mon écran.

Oh mon Dieu. Elsa t'ADORE.

Oh non !

Cette fille serait prête à se damner pour toi, je n'en reviens pas.

Elle est arrivée dans ma boîte un an après moi. Elle a dû… connaître quelques mecs là-bas. Euh, je commence à avoir très peur de ce qu'elle te raconte.

J'attends cinq minutes, puis dix. Rien. Merde.

Evil ?

Je regarde la télé, presque deux heures plus tard, quand je finis par recevoir une réponse.

Ça y est, on vient de se quitter.

Eh oui, ses histoires étaient
vraiment élogieuses.

Et Evil, lol.

Je te l'avais dit.

C'est le correcteur automatique
de mon téléphone.

Comme s'il savait.

J'espérais entendre des obscénités.

Apparemment, tu es mignon,
sexy, responsable.

Et tu ronfles.

Peut-on revenir au moment où tu disais
que j'étais sexy ?

Ça te dit, un dîner ce week-end ?

Oui. Oui, vraiment.

Donc je m'apprête immédiatement à écrire à Michael Christopher.

VIVE LA CRAVATE
PORTE- BONHEUR.

Non.

Si.

NON !

SI !

Elle m'a invité à dîner.

OUIIIIIIIIIIIIIII !

JE VAIS COURIR TOUT NU DANS LA RUE.

Noooooooooon.

CHAPITRE 5

EVIE

– Tu te sens nerveuse ?

Je lève les yeux vers Daryl depuis la machine à ischiojambiers, en plein effort.

– Pourquoi ? (J'écarquille les yeux, effrayée.) Tu vas ajouter plus de poids ?

Elle me dévisage sans ciller, puis jette un regard circulaire sur la salle de sport en soupirant.

– Oh. À cause de Carter ?

– Oui, à cause de Carter, dit-elle en grognant. Je n'arrive pas à croire que je sois devenue ta confidente depuis que tu vis un feuilleton amoureux. Je suis moi-même en pleine traversée du désert, mais je pourrais probablement réciter la totalité de tes textos de mémoire. Que fais-je de ma vie ?

– Désolée. Et j'ai essayé de ne pas trop y réfléchir. Genre, je me suis convaincue que je m'apprêtais à sortir avec un vieux pote agent, pour que ce soit moins impressionnant.

– Je n'arrive toujours pas à croire que tu lui aies proposé de dîner avec toi. (Elle boit une gorgée d'eau.) En temps normal, tu te fais désirer mais cette fois, tu as craqué. Tu vas *tellement* coucher avec lui.

Je me bouche les oreilles. Bien sûr, j'ai envie de coucher avec lui, mais Carter et moi ne faisons que nous écrire depuis la semaine dernière et, à chaque échange, il me plaît un peu plus. Voilà pourquoi je commence à avoir le trac. C'est bien beau de flirter tant qu'il est de l'autre côté d'un écran. Draguer est un jeu d'enfant quand on a plusieurs minutes pour réfléchir à la réponse parfaite, aussi drôle que spirituelle. Mais en face à face, je vais tout gâcher, n'est-ce pas ?

Même si j'essaie de l'éviter, j'ai du mal à ne pas être cynique. Comme chaque fille célibataire de mon âge que je connais, des bars aux clubs de lecture et autres activités intermédiaires, j'ai connu un nombre incalculable de mauvais coups d'un soir et de rendez-vous angoissants issus des sites de rencontre. Personnellement, je préférerais mourir seule dans une maison pleine de chats vêtus de pulls assortis plutôt que de retenter l'expérience.

Je m'efforce de ne pas penser à la pression qui monte sans arrêt, mais les signaux sont omniprésents. Les films, les livres et presque toutes les chansons qui passent à la radio parlent d'amour. Sans oublier mon horloge biologique personnelle, qui ne perd pas le compte des jours et des années. Mes parents, qui m'ont eue sur le tard, approchent de leur soixante-dixième année. Cela fait longtemps qu'ils ont pris leur retraite après leur carrière à Hollywood et quand ils ne sont pas occupés à faire du jardinage ou à élever leur shih tzu, ils me posent des questions sur ma vie sentimentale.

Mais, bien sûr, j'entends toujours cette voix persistante qui me suggère de ne pas les écouter, de tout laisser tomber et d'acheter des chats tout de suite. Le problème, c'est que je n'aime pas les chats. Je serai peut-être une épouse pitoyable un jour, mais je suis certaine que je serais une dame aux chats encore plus désastreuse.

– Evie ?

– Désolée. (Je soupire en poussant les poids à la force de mes jambes.) J'étais en train de me demander comment je pouvais devenir une dame aux chats totalement timbrée sans posséder un seul félin.

– Ne raconte pas n'importe quoi. (Daryl m'aide à me lever en me rappelant un détail.) Ce n'est qu'un rendez-vous. Si ça se passe bien, tu me raconteras tous les détails salaces demain. Si c'est nul, tu rentres chez toi et nous planifierons le moment où nous arrêterons d'essayer de sortir avec des mecs pour nous marier et payer moins d'impôts.

– Ça ira. (Je prends une grande inspiration en la regardant prendre ma place sur le banc.) D'ailleurs, comment ça se passe avec ton nouvel assistant ?

Daryl éclate de rire et répète l'exercice sans me quitter des yeux :

– Éric ? Disons que je l'aide plus qu'il ne m'aide.
– Oh non.

Parmi tous les changements étranges qui ont eu lieu au boulot ces derniers temps, le boss de Daryl l'a appelée dans son bureau lundi pour l'informer qu'elle aurait un nouvel assistant : le neveu de Brad Kingman. Quarterback d'UCLA souffrant d'une blessure récente, Éric Kingman mesure un mètre quatre-vingt-dix, il est sublime, mais il n'a pas inventé le fil à couper le beurre. Il lui a fallu deux jours pour comprendre que les gens qui l'appelaient en demandant Daryl n'avaient pas le mauvais numéro.

Je souris.

– Ça ne s'arrange pas, alors ?

– Je ne dirais pas ça… (Elle s'assied et hausse les épaules avant de se lever de la machine.) En résumé, le sèche-linge de son complexe d'appartements a surchauffé et toutes ses chemises ont rétréci. La vue de mon bureau s'est beaucoup améliorée depuis.

J'éclate de rire en me dirigeant vers le tapis de course. Mon assistante, Jess, est une bénédiction divine et je serais capable de tuer quiconque tenterait de me la prendre.

– Sexy ou non, je n'échange pas avec toi.

Daryl hausse les épaules.

– Il est mignon, il me fait rire, mais quand la haute saison aura commencé, je prévois de le brûler sur un bûcher s'il n'est toujours pas capable de répondre à un fichu mail.

Je suis certaine que Daryl s'en sortira. Sur l'indice de performance, elle se trouve dans la moyenne, mais elle est belle à couper le souffle et assez agréable pour que n'importe quelle agence ait envie de la garder.

– Tu es si bonne dans ton domaine, Evie. Tu gères tellement bien le stress et les acteurs. (Daryl laisse échapper un long soupir.) Éric ne se souviendra probablement jamais de tout ce que j'ai essayé de lui apprendre cette semaine. Avec un peu de chance, Brad finira par se rendre compte qu'il n'est pas fait pour ce job.

Tout ce que j'espère, c'est qu'on ne rejettera pas la faute sur Daryl si Éric fait une connerie. Parce qu'il faut se rappeler un million de détails à la fois, et le simple fait d'essayer d'en dresser la liste en pensée suffit pour se sentir totalement submergé. Pour couronner le tout, l'organisation de P&D est un concentré d'excentricités. De petites excentricités vraiment irritantes.

Par exemple, le service juridique refuse de lire les mails ou les contrats s'ils ne sont pas rédigés avec deux polices particulières.

Je pense aussi au dédain étrange – et injustifié – de John Fineman pour tous les scénarios dont le personnage féminin se prénomme Maria.

Ou encore le fait que Brad a un jour licencié de but en blanc une assistante dont les talons claquaient trop fort sur le sol de marbre, près des ascenseurs.

Quand on est agent, on doit gérer beaucoup de choses – flatter les ego, coordonner les projets, rationaliser les attentes et, surtout, générer du profit –, mais on ne doit jamais laisser ses émotions peser dans la balance.

Daryl et moi nous laissons happer par nos pensées, j'attrape mes écouteurs. Soudain, je comprends. Je suis peut-être célibataire parce que je vis exactement ma vie de cette manière : en supposant que je ne dois jamais laisser mes émotions peser dans la balance.

***

Carter et moi nous retrouvons à Eveleigh, un restau rustique fondé sur le principe « de la ferme à la table » sur Sunset, à West Hollywood. Il est situé à équidistance entre nos deux bureaux, comme si nous allions sortir du travail et descendre la rue pour aller dîner. Et même si un jeu de séduction s'est instauré par messages interposés, j'aurais aimé considérer plutôt la possibilité qu'il s'agisse *simplement* d'un dîner détendu entre collègues, parce que je ne sors pas du tout du travail. Ai-je l'air d'en attendre trop ? Suis-je trop bien habillée ? Je suis déjà en train de concocter une explication crédible sur ma tenue de travail : une robe bustier en coton noir et des sandales dorées, mais quand je donne mes clés au voiturier et lève les yeux sous l'auvent recouvert de vignes, je me retrouve face à face avec Carter qui porte une chemise et un pantalon fraîchement repassés. Il ne vient pas non plus de sortir du travail.

Depuis la dernière fois que je l'ai vu, j'ai tenté de me convaincre qu'il ne serait pas aussi mignon que dans mes souvenirs. Ce qui me conviendrait, parce que je l'apprécie avant tout pour sa personnalité. Mais il *est* aussi mignon, il est même encore plus beau avec ses cheveux bruns décoiffés, son menton bien dessiné et ses yeux doux et honnêtes derrière ses lunettes. Et lorsqu'il sourit, son charisme irradie les alentours.

– Salut, *Evil* ! dit-il en marchant vers moi.

Je me sens tout à fait à l'aise lorsque je lui fais un câlin.

Il m'entoure de ses bras et je frissonne un peu en devinant la force de son corps contre le mien.

– Je suis heureux de te voir.

Pas de pensées lubriques. Pas de pensées lubriques.

– Moi aussi.

Le câlin dure encore quelques instants, comme si nous étions de vieux amis qui venions de nous retrouver après une longue séparation. Ce n'est pas bizarre, nous nous sentons en terrain connu.

Je sais qu'il faut faire des efforts pour avoir une relation. Ma mère me l'a toujours répété, j'ai conscience que l'équilibre permettant à deux personnes de mener la même vie est fragile. Mais j'ai toujours pensé que les efforts ne devaient pas surgir tout de suite. Avec le temps, ouais, je comprends qu'il faille faire des compromis une fois la phase lune de miel terminée, quand vous devez vous avouer que retrouver les chaussettes de l'élu de votre cœur traînant sur le canapé vous rend folle. Ou que l'entendre avaler bruyamment du lait en mangeant des céréales est irritant. Mais au début, être avec quelqu'un devrait être la chose la plus naturelle et la plus agréable du monde.

Je n'ai jamais ressenti ça avant, mais l'alchimie existe clairement entre Carter et moi. Mon sang se met à bouillonner quand je suis près de lui, et je ne peux pas m'empêcher de sourire. Il sent très bon et me tient serrée contre lui avant de s'écarter légèrement.

Il se redresse et me dévisage.

– J'avais oublié à quel point tu étais jolie.

– Moi aussi.

Attendez, qu'est-ce que je viens de dire ?

– Waouh, j'aime qu'on me dise que je suis joli.

Il me prend la main et nous nous approchons de l'hôtesse. Sa main est grande, musclée, et je n'arrive pas à détacher mon esprit de la sensation de sa peau contre la mienne. Ce n'est donc pas un simple dîner entre collègues.

Se tenir la main est peut-être une manière simple et innocente de montrer sa proximité avec quelqu'un ou son désir, mais les sensations qui montent en moi depuis que nos doigts entrelacés me semblent tout sauf simples. On dit qu'il y a plus de terminaisons nerveuses dans les doigts que dans les lèvres.

Nous nous frayons un chemin dans la salle, jusqu'à notre table et je pourrais jurer que je ressens chaque centimètre carré de contact entre nous. Quand il lâche ma main pour me laisser m'installer, mon corps se glace instantanément.

Il déglutit, et je suis fascinée par son cou et le mouvement de sa pomme d'Adam, et son sourire qui s'élargit progressivement.

– Tu es bien calme, dit-il.

– Je suis contente d'être ici.

Être si franche ne me ressemble pas, mais je n'arrive pas à m'en empêcher. Mon filtre semble avoir cessé de fonctionner depuis que je suis sortie de ma voiture.

– Moi aussi, répond-il avant de reporter son attention sur le serveur qui énonce les spécialités et prend la commande des boissons.

– Je prendrai une vodka Red Bull, lance Carter. (Je ricane. Le serveur grimace et prend note quand Carter l'arrête.) Non, ce n'est pas vrai. Désolé. C'était une plaisanterie. Un *private joke*. Pas très drôle. Je prendrai une IPA pression.

Le serveur ne relève pas l'humour.

– Stone ou Lagunitas ?

– Lagunitas.

La langue de Carter effleure sa lèvre inférieure. Je suis incapable de détourner le regard.

Le serveur se tourne vers moi.

– Un verre de Preston Barbera.

Lorsque le serveur s'éloigne, Carter appuie un coude sur la table.

– Tu as de belles épaules.

– Euh… quoi ?

Il désigne ma robe.

– Ta robe. Tes épaules…

Il s'éclaircit la gorge et ajoute calmement :

– Tu es juste… resplendissante.

Je murmure des remerciements en buvant une grande gorgée d'eau glacée pour apaiser le bouillonnement qui fait rage sous la surface de ma peau.

– Alors, quoi de neuf à Carterland ?

Il sourit en sentant que je change de sujet.

– Boulot. Éviter les appels de mes parents. Envoyer des messages à une agente sublime. Tu vois le genre.

Je rougis et dévie encore la conversation :

– Tu évites tes parents ?

– Ils veulent que je fasse des efforts avec mon frère, c'est la dernière façon qu'ils ont trouvée de me signifier leur désapprobation depuis que j'ai emménagé ici.

– Oh non…

Il chasse le sujet d'un geste de la main.

– Ma mère est certaine que je vais finir SDF et acheter des cristaux de méthadone à un type qui vit dans un carton sur Skid Row. J'ai essayé de lui dire que j'habitais un immeuble avec portier et que je ne savais même pas où se trouve Skid Row, mais elle n'est toujours pas convaincue.

Le serveur apporte nos verres, du pain et sort un petit carnet pour prendre la suite de notre commande.

– Mes parents vivent tous les deux à Burbank maintenant, j'explique à Carter lorsque le serveur s'éloigne à nouveau, donc je les vois plusieurs fois par mois. J'imagine aisément l'inquiétude de ma mère si je déménageais de l'autre côté du pays.

– Oui, mais mon frère a emménagé ici à dix-huit ans et ça n'a fait aucune vague.

Je prends un morceau de pain.

– Je ne savais pas.

– Jonah a pris son appareil photo et ses vêtements, et il est parti. Un soir, il est allé à une fête alors qu'il venait d'arriver et s'est retrouvé à prendre des photos qui ont été publiées dans *Rolling Stone.*

– Tu te moques de moi.

– Non. Ensuite, ç'a été *Elle,* puis *People.* Pour une raison étrange, mes parents pensent que la foudre ne tombe qu'une fois et que je suis destiné à échouer.

J'ai envie de lui rappeler que tous les parents s'inquiètent pour leurs enfants, surtout dans un endroit comme Hollywood, mais un détail attire mon attention.

– Attends, Jonah Aaron est ton frère ?

– Euh… oui. (Il écarquille les yeux et se fige, un morceau de pain à la main.) Je t'en prie, dis-moi que tu n'as pas couché avec lui.

J'éclate de rire.

– Non. Mais il me semble bien que mon amie Amélia, oui. (Je bois une gorgée de vin, en réfléchissant.) Je crois qu'elle l'a rencontré lors d'une soirée *Vanity Fair*, quelque chose dans le genre.

Carter sourit d'un air un peu chagrin.

– Je devrais peut-être aller la voir pour m'excuser de la part de ma famille. (J'éclate de rire et il réalise ce qu'il vient de dire.) Enfin, non, corrige-t-il, les sourcils froncés. Coucher avec un Aaron de sexe masculin est un privilège. Le meilleur coup de toute une vie. Je devrais clarifier que… mais passons à autre chose. Ça se passe bien, au travail ?

Je m'esclaffe en m'essuyant les lèvres avec ma serviette.

– Très bien. Je suis en train de monter un dossier qui a tout pour devenir juteux.

Quelque chose chez Carter me pousse à la confidence, contre mon instinct habituel, et je dois lutter pour ne pas lui donner tous les détails.

Mais il remarque que je me retiens, et il est assez poli pour ne pas me tirer les vers du nez. Il effleure la table.

– Superstitieux ?

L'arrivée du serveur avec nos entrées l'empêche de répondre.

Il avale une gorgée de bière après avoir mangé une première bouchée de steak, puis il repose son verre sur la table.

– Pour répondre à ta question, je ne dirais jamais que je suis superstitieux parce que ça porte malheur.

Mais on m'a souvent accusé de l'être et, à ce qui paraît, c'est l'un de mes traits de personnalité les moins charmants.

Je lui souris en mangeant un peu de brocoli. Il développe :

– Je considère mes défauts comme des *excentricités*. Il est possible que je possède une cravate porte-bonheur. Toucher du bois, c'est l'un de mes trucs préférés. Je lance du sel par-dessus mon épaule gauche. Je fréquente des puits à souhaits et je laisse toujours mon téléphone sonner deux fois avant de répondre.

– C'est tellement dérisoire que c'en est adorable.

– Et toi, alors ?

– Je suis certaine que mes amies te diraient que je déborde d'excentricités.

Carter s'installe confortablement sur sa chaise en me faisant signe de continuer.

– Je me suis déjà illustrée par mon don pour me souvenir de détails cinématographiques absurdes.

– Je ne sais pas si ça compte, ça peut être considéré comme un atout, vu ton travail. Il va falloir que tu trouves plus excentrique, *Evil*.

Je souris.

– Je suis incapable de manger à un buffet, un vrai problème puisque la plupart des événements auxquels je suis invitée en comprennent au minimun un. C'est comme si je voyais dans chaque innocente cuillère pour se servir le nombre incalculable de mains sales qui l'ont touchée. Je regarde toujours le marathon de vingt-quatre heures de *Christmas Story* et je suis obsédée par la crème pour les mains.

Il s'arrête, sa fourchette à quelques centimètres de sa bouche.

– La pensée qui vient de me traverser l'esprit n'a probablement pas grand-chose à voir avec tes histoires de crème pour les mains.

Je fais mine de lui donner un léger coup de pied, mais il le bloque entre ses chaussures.

– Lorsque je suis au téléphone ou quand je suis assise face à mon bureau et que je réfléchis à quelque chose, j'ai tendance à attraper instinctivement un tube de crème. Plus l'appel dure longtemps et plus je me tartine de crème. À la fin, mon téléphone me glisse des mains.

– OK, c'est assez génial. (Carter se frotte les mains en réfléchissant.) Je vais t'avouer autre chose pour que tu ne te sentes pas mal à l'aise à cause de ta phobie des microbes ou de tes mains pleines de crème : je suis dans le brouillard tant que je n'ai pas bu mon café du matin. Je sais que les gens le répètent souvent, mais dans mon cas, c'est une maladie. Je me suis brossé les dents avec de la crème à raser plus d'une fois et me suis soulagé dans la plante en pot préférée de ma mère.

– Je ne sais pas si tu fais bien de m'avouer ça.

Carter s'essuie la bouche avant de poser la serviette devant lui.

– Ton sourire est vraiment très malicieux là, *Evil*.

Je me désigne du doigt.

– Moi ? Tu devrais voir le tien.

Il se penche en avant :

– C'est parce que j'apprécie ta présence. Je ressens le même frisson de plaisir que lorsque je lis un tweet parfaitement orthographié, posté par l'un de mes clients.

J'éclate de rire, parce que je vois très bien ce qu'il veut dire.

– C'est toujours un grand plaisir.

Il se mordille la lèvre inférieure avant de la sucer sans me quitter des yeux.

Je ne pensais pas que Carter était une personne très portée sur le sexe le soir où nous nous sommes rencontrés. Peut-être parce que je ne montrais pas mes épaules ou que nous étions tous les deux habillés comme des préadolescents, mais c'est très clair maintenant.

Il sirote sa bière en observant la glycine du patio qui donne sur le trottoir. C'est un quartier très agité, mais l'ambiance s'est un peu apaisée ce soir et les rues semblent pleines de promeneurs qui flânent.

– Il fait si chaud à l'automne, dit-il en portant son verre à sa bouche encore une fois. (Je le regarde avaler, en sentant une bouffée d'anxiété me submerger parce que, putain, il me plaît.) Ça me surprend toujours.

Je crois qu'il me plaît *vraiment.*

– Ici, l'été arrive toujours tard. Les mois de juin et juillet sont plutôt agréables. Mais l'été commence vraiment en août et dure jusqu'en octobre.

Il se tourne vers moi en souriant.

– Je ne sais pas si je parviendrai un jour à m'y habituer.

– Ç'a été dur pour toi de quitter New York ?

Il secoue la tête.

– Pas vraiment. J'y ai réfléchi pendant des années, mais j'ai toujours hésité, parce que c'était un peu le territoire de Jonah.

– Je peux comprendre.

– Mais quand ma carrière a évolué, L.A. était la seule option viable. (Il fait tourner sa cuillère sur la table, en la fixant d'un air absent.) Il y a de quoi faire à New York pour les agents artistiques – le théâtre est très important, bien sûr –, mais… je ne sais pas… (Il prend une grande inspiration, l'air encore plus contemplatif, avant de soupirer et de se tourner vers moi en souriant à nouveau.) J'avais besoin de changer d'air. J'aime travailler en Écriture et Adaptation audiovisuelle, mais j'aimerais bosser un peu plus avec les acteurs. Je prends mon temps.

Sa franchise me bouleverse de plus en plus. Il semble tellement franc et direct, mais on sent chez lui une profondeur cachée. Pas étonnant qu'il soit bon dans son travail.

– Et toi, as-tu déjà envisagé de quitter la Californie ?

– Pas vraiment. (Je me gratte le nez.) Je suis une bien trop grande fan de cinéma pour partir.

– Où as-tu grandi ?

Je désigne un point derrière moi, comme s'il pouvait voir quelque chose de là où il se trouve.

– Pas à L.A. même. À San Dimas.

– La ville de Bill et Ted[6] ! chantonne-t-il.

Je réponds en riant :

– C'est ce que tout le monde me dit. Eh oui. C'est une petite ville. J'étais *tellement* ringarde au lycée.

Il renifle d'un air sceptique.

– Honnêtement. J'étais hyperringarde.

– Tu ne peux pas me surpasser : j'ai fondé le club de magie de mon lycée, le bien nommé Club du Rassemblement.

Je hoche la tête :

– J'étais la présidente et l'unique membre du club de mangas avant que les autres enfants ne se mettent à aimer.

– C'est cool, les mangas.

– Pas à l'époque, crois-moi.

Carter se penche, clairement prêt à sortir l'artillerie lourde :

– Je ne suis sorti avec aucune fille jusqu'en terminale, parce que j'aimais les comédies musicales et que les filles pensaient que j'étais gay. Les mecs ne me draguaient pas non plus et ce n'était pas parce

---

6. *L'excellente aventure de Bill et Ted* est une comédie de science-fiction américaine réalisée par Stephen Herek, sortie en 1989.

qu'ils pensaient que j'étais hétéro. Ils me trouvaient trop timide.

– Mon premier concert, c'était Hanson. (Je m'arrête en le dévisageant.) Ma pire angoisse serait que quelqu'un poste une vidéo de moi dansant toute seule pendant toute la performance.

– Tu essaies de me faire peur. (Il sort son téléphone et se concentre dessus pendant trente secondes avant de le tourner vers moi.) Regarde-moi ça.

Carter doit avoir quatorze ans sur la photo. Son nez est trop grand pour son visage. Ses cheveux ont l'air d'avoir été coupés par un parent négligent. Il rit, sa bouche est pleine de métal.

– Je peux rivaliser.

Je sors mon téléphone et ouvre la page Facebook de ma mère, en trouvant facilement son post de jeudi dernier, une photo de moi en troisième. C'était bien avant que je fasse opérer ma myopie au laser, je porte donc des lunettes aux verres plus épais qu'un cendrier et une cravate parce que je m'essayais au style skateur.

Carter plisse les yeux en regardant de plus près.

– Tu rigoles, Evie ? Tu es mignonne là-dessus.

Waouh, il est aveugle.

– Carter.

– Quoi ?

Il lève les yeux et quelque chose – non, tout – en moi fond. Quand il cligne des yeux, il conserve la même expression douce qui me fait chavirer. Il fixe ma bouche.

– Quoi ? répète-t-il en souriant. Tu sais que j'espère t'embrasser plus tard, même si tu me montres toute ta collection de photos du collège.

Mon cœur se met à battre plus fort dans ma cage thoracique, comme un tambour dans une jungle déchaînée.

Je lâche :

– Je suis plus vieille que toi.

Il hausse les épaules comme si cette remarque était tout à fait naturelle.

– Et alors ?

– Nous faisons le même métier.

Je le regarde réfléchir un instant et se mordiller les lèvres avant de répondre :

– Ce n'est peut-être pas idéal, mais ça ne me dissuadera pas.

Mon cœur va éclater dans ma poitrine.

– Je suis mariée à mon travail, c'est une information de notoriété publique.

– C'est parfait, parce que moi aussi. Ce sera comme si on trompait nos boulots, *ensemble*, s'exclame-t-il, apparemment ravi d'avoir trouvé une faille dans laquelle s'engouffrer.

J'ai conscience de ma posture raide sur ma chaise. La femme de la table d'à côté nous dévisage sans aucune subtilité. Une alarme de voiture retentit quelque part dans la rue, le serveur récupère des assiettes sur la table derrière moi. Je sens que Carter voit ce que je vois, sans s'inquiéter de mes réactions.

– Je suis assez nulle dans ce domaine. Mais j'ai un super plan de repli au cas où l'amour ne me sourirait pas, il inclut des petits animaux vêtus de pulls, dont je serais la maîtresse.

Il sourit d'un air chaleureux et, peu à peu, je sens que je dois baisser les armes.

– Ça peut être cool, ça aussi.

Le silence qui suit ressemble à un énorme gouffre qui s'ouvre sous mes pieds. Je décide de sauter.

– Ça te dirait de rentrer avec moi après le dîner ?

Je le prends manifestement de court et il écarquille légèrement les yeux derrière ses lunettes.

– Oui.

***

Parce que nous sommes en Californie du Sud et que personne ne se déplace sans sa voiture, ou avec quelqu'un dans sa voiture, Carter me suit jusque chez moi. Mon immeuble est situé à Beverly Grove, au sud du Santa Monica Boulevard, un quartier plein de maisons tentaculaires et de vastes pelouses sur lesquelles sont disséminés des immeubles récents construits dans le style Art déco. L.A. est une ville comme ça : banlieue et ville étrangement mêlées.

Je le retrouve devant la porte d'entrée et essaie de sourire comme si c'était tout naturel, mais ça ne l'est *pas du tout.* Le dernier homme qui est entré chez moi, c'était mon père. Avant lui, Mike qui est venu dîner chez moi avec Steph. Avant ça, je ne sais même plus. Probablement l'électricien.

Je sens que nous ne savons pas vraiment quoi dire ni l'un ni l'autre. La tension monte entre nous. Il possède ce charisme sexuel face auquel je ne suis pas sûre d'être à la hauteur. Je ne cesse de rejouer dans ma tête notre câlin devant le restaurant, la sensation de son corps contre le mien, tout en os et en muscles fermes.

Je suis en partie soulagée que Carter ne soit pas du genre à bavarder dans une situation pareille. Allons-nous coucher ensemble ? Je sens que le sexe est imminent, mais je préférerais me fourrer un tisonnier brûlant dans l'oreille plutôt que de me fier à mon instinct.

Il pourrait me parler de la météo, des embouteillages ou de la probabilité des séismes, ou de l'un de ces nombreux sujets de conversations typiquement californiens, mais il se contente de me suivre chez moi et s'arrête dans le salon pour regarder autour de lui.

C'est un joli appartement et j'en suis fière, même si je suis rarement chez moi pour autre chose que pour dormir. Le bâtiment est moderne, mon appartement est un loft comportant un salon, une cuisine et une alcôve près de la fenêtre où j'ai disposé une table. Il y a un vase de fleurs dessus, et on sent encore l'odeur subtile de menthe poivrée qui émane de la bougie posée près des plaques de cuisson. Je vois les yeux de Carter s'écarquiller en remarquant l'énorme écran plat dont j'ai hérité de mon père quand il est passé au mode écran plat obscène.

– Le type qui vit en face est jongleur. (Je fais un geste en direction de la fenêtre.) Apparemment, c'est un hobby pour lequel les vêtements sont optionnels. Je ne vais pas te mentir : c'est plutôt sympa.

– J'allais dire que cet endroit est cool, mais ce détail le rend incroyable. Je peux t'assurer qu'aucun des appartements que j'ai visités ne comportait de jongleur nu dans le voisinage.

– Il jongle souvent le matin…

Le sous-entendu – *passer la nuit ensemble !* – flotte entre nous. Il avance d'un pas, en passant de l'étape Explorer l'Appartement d'Evie à la phase Explorer Evie.

Carter est seulement à quelques centimètres de moi, il tend la main et la pose sur ma hanche. Le silence se fait.

Je demande, nerveuse :

– As-tu soif ?

Les bruits des voitures montent, un chien aboie bruyamment dans le voisinage.

Carter secoue la tête.

– Non, ça va.

– OK.

Je me mords les lèvres.

– Tu as faim ? Tu as besoin d'aller aux toilettes ?

Il rit.

– Non.

Ma main tremble lorsque je prends la sienne pour le guider dans le couloir.

– Evie ? (Il retire sa main.) Nous pouvons rester là.

Je secoue la tête et il me suit sans un mot jusqu'à ma chambre.

Il s'arrête sur le seuil.

– C'est juste que… je ne pense pas que nous devrions… (Il jette un coup d'œil au lit avant de me regarder.) Pour l'instant.

Je murmure nerveusement :

– D'accord. J'ai juste envie d'être ici. Mes parents m'ont donné tous les meubles du salon et je n'ai pas envie de penser à ça la prochaine fois qu'ils viendront s'asseoir sur leur vieux canapé.

Il plisse les yeux et sourit.

– Tu es étonnante.

Il le dit comme si c'était une bonne chose. Comme si c'était *génial.* Nous nous dévisageons pendant quelques secondes. J'attends que la gêne se dissipe, mais rien ne se passe.

Carter lève les mains pour les poser sur mon visage et me sourit.

Oh Seigneur, mon cœur va exploser. Je n'ai clairement plus envie d'épouser Daryl.

– Ça va ? murmure-t-il, sa bouche à quelques centimètres de la mienne.

– Ouais.

Il se penche et pose ses lèvres contre les miennes.

Je suis incapable, je suis honnêtement incapable de décrire ce que je ressens en l'embrassant.

La fermeté douce de ses lèvres m'émerveille, tout comme le contraste avec les poils râpeux de sa lèvre supérieure et de son menton. J'imagine la sensation dans mon cou et plus bas, encore plus bas. Ses mains sont magnifiques, il me serre contre lui, me caresse le dos.

Je suis parcourue par un courant électrique lorsque sa langue touche la mienne, qui se déchaîne lorsqu'il laisse échapper un petit gémissement discret et glisse une main sur mes fesses. J'ai l'impression d'être redevenue une adolescente, parce que je n'arrive pas à me lasser de sa bouche. J'aimerais que ce baiser ne s'arrête jamais. Je voudrais qu'il m'embrasse de toutes les manières imaginables : multitude de petits bisous ou baisers langoureux et profonds.

J'ai l'impression de l'embrasser depuis toujours et de n'avoir jamais reçu de vrai baiser avant ce soir. Il est plus grand que moi, je dois monter sur la pointe des pieds, tendre tout mon corps pour m'approcher de son visage. C'est comme si j'avais besoin de le sentir contre moi de tous les moyens possibles.

Lentement, ses mains glissent sur mes hanches, il me guide vers le lit.

Il m'allonge sur les coussins. Je crois n'avoir jamais ressenti un désir aussi puissant. Le type de désir qui vous consume, où les baisers sont presque trop excitants même si mon corps en demande toujours plus.

Carter est sur moi, nous bougeons ensemble et je le sens dur contre mon entrejambe. Il attrape mes jambes nues et je remonte un genou sur ma poitrine, en écartant les cuisses, pour qu'il se colle à moi. Il laisse échapper un petit grognement avant de murmurer que nos corps s'emboîtent.

La manière dont il bouge, dont il se frotte à moi, me donne déjà envie de jouir parce que, Seigneur, ça fait bien trop longtemps. *Nos corps s'emboîtent.* Et si cette parodie de sexe me rend déjà folle, comment survivrai-je nue tout contre Carter, en lui laissant l'accès à mon intimité ? Je sens la tension et la chaleur entre mes cuisses, mais il s'écarte. Je lui demande de revenir, je l'attrape par les hanches, mais sa main se pose, chaude et immobile, sur ma cuisse et glisse juste sous ma culotte. Il grogne en me sentant trempée sous ses doigts.

Je deviens frénétique, comme si on venait de me passer à l'essoreuse, et je dois serrer les dents pour m'empêcher de pousser un cri.

Un gémissement étouffé m'échappe, il retient son souffle. Puis s'écarte pour me regarder.

– Tu es bien réservée, murmure-t-il en m'embrassant dans le cou. Que dois-je faire pour que tu te déchaînes ?

Sa main bouge et sa bouche glisse de mon cou à ma joue. Même quand je me cambre, les yeux fermés, je sens que les mouvements de son corps épousent les miens, il m'embrasse partout, en me disant de jouir, de l'embrasser, de lui dire ce que j'aime. Quand j'ouvre les yeux, il me contemple toujours. Il sourit et se penche pour m'embrasser.

– Je peux ? demande-t-il, le regard clair et sérieux.

J'acquiesce. Le soulagement ressemble à une drogue qui brûle et court dans mes veines.

On va le faire.

Je défais maladroitement sa ceinture, sans plus me préoccuper d'où et quand nous allons coucher ensemble, et il rit, créant une petite bulle d'air chaud contre mes lèvres. Je comprends qu'il ne rit pas de moi mais à cause de *ça*, de ma frénésie maladroite.

Je caresse son ventre et halète en sentant son sexe, excitée à l'idée de le faire bander si dur, frissonnant à cause de cette sensation de pouvoir. Il bouge entre mes mains, et je glisse une jambe autour de ses hanches pour que nous puissions nous mouvoir ensemble, laisser nos corps faire le travail et nos bouches se dévorer.

J'avais oublié le sentiment fiévreux qu'on ressent quand on laisse quelqu'un d'autre nous toucher, l'espoir désespéré qu'il nous fera jouir. Mais très vite, je me rends compte qu'il y arrivera et il y arrive, avec la main. Je m'efforce de ne pas fermer les yeux quand l'excitation monte, mais il me contemple avec une telle intensité que je dois serrer les paupières pour me concentrer sur la sensation de ses doigts sur mon clitoris et de sa queue dans ma main… je m'abandonne.

Les bruits qui lui échappent m'achèvent, ses grognements calmes, il se met à bouger plus vite, si dur dans ma main, la baisant avant de jouir dans un gémissement désespéré : son sexe vibre entre mes doigts, le fruit de sa jouissance brûlante se déverse sur ma peau.

Il rit encore en immobilisant mes hanches avec la main qu'il a utilisée pour me caresser. Elle est trempée et l'intimité de ce geste – savoir qu'il sait ce que je ressens et qu'il vient de me faire jouir – me redonne envie de lui.

Nous restons silencieux dans l'obscurité.

Carter trouve ma bouche et m'embrasse avec une paresse satisfaite.

– Ça va toujours ? demande-t-il de sa voix rauque.

– Ouais. Toi ?

– Je me sens au top, tu rigoles ? Je n'aurai pas à le faire moi-même plus tard.

Je commence à rire, mais il étouffe mon hilarité en m'embrassant.

– Je crois que j'ai taché ton dessus-de-lit. Désolé…

Je m'écarte en tâtant le tissu.

– Mon lit doit se demander… mais quelle est cette substance ?

Il rit encore plus fort dans mon cou et juste au moment où je commence à m'inquiéter de me comporter un peu trop comme… une *célibataire*, il lance :

– Le mien se poserait la même question.

– Tu es incroyablement sexy. Je ne peux pas croire que tu n'aies couché avec personne récemment.

– Et tu es sublime. Nous ne sommes pas célibataires à cause du manque d'opportunités.

J'acquiesce en le regardant.

– On m'a suggéré que je faisais la difficile. Et que j'étais peut-être un peu trop obsédée par le travail.

Il rit encore et se penche pour m'embrasser.

– Je pense que nous avons tous les deux besoin d'autre chose dans notre quotidien.

CHAPITRE 6

CARTER

Samedi soir, Michael Christopher et moi avons été chargés de faire à manger, ce qui signifie que Carter va préparer le dîner et Michael empêcher Morgan de jouer avec les casseroles et les poêles. Il est installé à la table et elle s'amuse à lui lancer ses Cheerios dessus.

Steph entre, exhalant une bonne odeur d'herbe coupée, et un vent d'air frais s'engouffre par la porte derrière elle. Même si c'est le week-end, elle est partie travailler pour gérer les déboires d'un acteur qui a atterri en prison. Ça me rappelle la remarque d'Evie – elle est mariée à son travail – et je sais que ce genre de choses, les soirées passées à bosser, les dîners ratés, sont exactement ce dont elle parlait.

Elle nous regarde, impressionnée par le dîner, et s'assied :

– Waouh. (Elle ne demande même pas comment les plats se sont matérialisés devant elle.) Bon travail, Carter.

– J'apprécie de cuisiner dans une vraie cuisine avec de vrais ustensiles.

Steph m'adresse un sourire compatissant tandis que MC me jette un regard noir, envieux.

– Donc, comment ça va ? demande-t-elle.

– Je suis surbooké. Emil Shepard a été transféré dans ma liste, ça génère de la paperasse, c'est plus compliqué que ça en a l'air.

Elle grimace.

– Oh Seigneur ! Blake perd-il la tête ?

– C'est ce qu'on pourrait penser. Mais honnêtement, il a à peine levé un sourcil. (Je hausse les épaules et découpe un morceau de poulet pour le disposer dans une assiette.) Il a peut-être une copine. Le vieux Blake m'aurait déjà arraché les jambes et m'aurait roué de coups avec.

– Il y a quelque chose dans l'air. Cette journée a été tellement merdique. (Steph grimace en jetant un coup d'œil à Morgan.) Oups ! Bouche-toi les oreilles, bébé !

Nous attendons dans un silence tendu en se demandant si Morgan va se mettre à chantonner joyeusement « merdique ». C'est déjà arrivé avec *bordel, enculé* et *connard.*

Cette fois, elle n'en fait rien.

Soulagée, Steph se tourne vers moi.

– Comment s'est passé ton dîner ?

MC lève la tête. Je prends le temps de mâcher avec l'espoir que mon expression ne me trahira pas. Mon cœur se met à battre plus vite lorsque je repense à la nuit dernière. Cela fait des années que je n'ai pas ressenti une telle alchimie avec une femme.

– C'était super. Elle est juste… elle est pu… (Je jette un coup d'œil à Morgan sans finir ma phrase.) Géniale. Elle est géniale.

– Génial, renchérit Steph avec un sourire.

Elle me dévisage en s'attendant à ce que je développe, mais je ne sais pas quoi ajouter. J'ai envie que ma relation avec Evie évolue et je pense que c'est possible. C'est pour cette raison que je n'ai pas voulu coucher avec elle tout de suite alors que j'en avais vraiment envie.

– Elle ne m'a donné aucun détail, elle non plus. (Steph plante sa fourchette dans son poulet.) Vous êtes cruels.

– Suis-je censé te parler de notre premier baiser dans la salle de lecture de Poudlard ?

Ses yeux s'illuminent :

– Vous vous êtes embrassés !

– *D'accord,* ma chérie. (Michael pose une main sur son avant-bras.) On va s'efforcer de ne pas effrayer le gentil garçon. Ils nous diront ce qu'ils veulent quand ils en auront envie. Mais j'espère qu'ils se souviendront des gens grâce auxquels ils se sont rencontrés quand ils choisiront leurs témoins de mariage.

– C'est ce qui arrive quand on est vieux et mariés avec un enfant ? (Je leur souris en retour.) On n'a plus rien d'autre à faire que jouer les mères maquerelles avec les autres ?

Ils se penchent en avant tous les deux, en s'exclamant à l'unisson :

– Nous ne sommes pas vieux !

– Nous avons une vie sociale de dingue !

Morgan qui pense que l'exclamation de ses parents doit être célébrée fait des bulles avec son lait jusqu'à ce qu'il déborde de son bol.

– Non, non, dis-je. Vous êtes pleins de jeunesse. Bien sûr. Mais vous êtes aussi… installés.

– Installés ? pouffe Steph. Je t'en prie. *Nous* – elle désigne son mari et elle – sommes des fêtards. Nous sommes capables de faire la fête jusqu'au bout de la nuit. Crois-moi.

– Vous allez encore parfois en boîte ?

Je hoche la tête d'un air encourageant.

– Bien sûr.

Elle désigne son bras dans un geste anodin, mais je suis bientôt tiré de mon ahurissement en réalisant qu'elle me rappelle qu'elle a un *tatouage* et que les gens tatoués vont souvent en boîte.

– Ce club qui s'appelle *Foxtail* est super cool. On devrait y inviter Evie.

– Ou on pourrait l'emmener à *Orchid*, n'est-ce pas, Steph ?

– Cet endroit est chouette, acquiesce-t-elle. Des cocktails maison, n'est-ce pas ? Ou est-ce dans l'autre…

Elle claque des doigts pour tenter de se souvenir du nom.

– *Aréole*, complète Michael pour elle. Maintenant, cet endroit… (Il siffle.) Cet endroit est fouuuuuuuuu.

Il appuie sur le mot comme s'il avait deux syllabes. Steph hoche la tête.

Je dois poser la question :

– Y a-t-il vraiment un club qui s'appelle *Aréole ?*

– Oh ouais, c'est genre l'endroit le plus cool de L.A., dit-elle. Oh. (Elle semble se décourager.) Non, mon cœur, je crois qu'il ne s'appelle pas *Aréole.* L'aréole est une partie du téton, n'est-ce pas ? Je pense plutôt que c'est *Aréola*.

– Oui, ce n'est pas pareil.

– *Aréola*, renchérit Michael en évitant mon regard.

– Vous y êtes déjà allés ?

– Nous ? Voyons, lance MC avec une petite toux qui signifie *bien sûr*. Nous… eh bien… non. On *voulait* y aller, mais ils n'ouvraient pas avant 21 heures. C'est ça, mon cœur ? 21 heures ? (Steph acquiesce en retirant un haricot écrasé des cheveux de Morgan.) Et c'est… c'est vraiment tard. Pas pour *nous*, mais tu sais, pour Morgan.

– Elle ne dort pas bien quand une baby-sitter la garde sinon, *Seigneur*, on passerait tout notre temps là-bas. (Steph esquisse une petite danse sur sa chaise.) Ce serait ouf.

– Ouf, répète Michael. On foutrait le bordel.

– *Aréole*. (Je souris.) Merveilleux.

***

Mon téléphone sonne sur le siège passager quand je bifurque sur Santa Monica Boulevard. Je l'ignore, en laissant passer devant moi un conducteur pressé du lundi matin, et attends que le feu passe au vert pour pouvoir avancer de cinq mètres avant qu'il ne repasse au rouge. Je ne cesserai jamais de m'étonner qu'un trajet de huit kilomètres puisse durer presque une heure.

Je suis sur le point de changer de radio quand mon téléphone se remet à sonner… encore… et encore. Je lui jette un coup d'œil, l'écran est contre le siège, et je calcule mentalement combien de temps je vais encore passer dans la voiture. En Californie, il est illégal d'utiliser son téléphone au volant, j'enfreindrais donc la loi en lisant ou en répondant à un texto. Je suis sur le point de me convaincre que je peux attendre quand il se remet à sonner.

Sans arrêt.

Quand le feu passe au rouge, je glisse le téléphone sur mes genoux, déverrouille l'écran rempli de notifications : appels manqués et messages de Becca.

Mon badge ne fonctionne pas, je n'arrive pas à entrer dans le bâtiment.

La sécurité refuse de me laisser passer.

OK. Tarah et Kyle ne peuvent pas entrer non plus.

Que se passe-t-il ?

Je n'arrive pas à accéder à ma boîte mail.

CARTER !

AU SECOURS, HELP, PEU IMPORTE !

RAPPELLE-MOI TOUT DE SUITE.

Je compose son numéro en entendant la tonalité retentir via le Bluetooth de ma voiture.

– Carter.

– Salut. (J'accélère en traversant l'intersection. Mon cœur se serre étrangement.) Que se passe-t-il ?

– Aucune idée. (Quelqu'un parle et Becca répond.) OK. (Plus fort, elle me dit.) Regarde tes mails. Nous avons rendez-vous à West Hollywood. On se retrouve là-bas.

Et elle raccroche. Ahuri, j'attends le prochain feu pour ouvrir ma boîte mail et trouve une note de deux lignes avec l'en-tête officielle de CTM, contenant une adresse et une heure : 9 h 30.

Aucun détail supplémentaire. Au lieu de continuer tout droit, je tourne à droite direction La Cienega.

***

Après m'être garé dans un parking sous terrain, j'émerge sur la terre ferme et fixe le gratte-ciel à la structure en verre et en fer. Il ressemble à tous les autres immeubles de bureau : pas de nom apparent ni de logo sur la façade.

Je ne vois pas d'autre explication : nous changeons de bureaux, ou quelque chose d'affreux est arrivé à notre immeuble… mais je n'ai rien entendu aux informations. Et Becca, calme, maîtresse d'elle-même et réactive à quatre-vingt-dix-neuf pour cent du temps, ne décroche plus son téléphone. L'air climatisé me frappe en plein visage quand j'entre, combiné avec l'adrénaline qui pulse dans mes veines, je sens mon instinct de New-Yorkais se réveiller.

Il reprend possession de moi.

Je marche dans l'imposante entrée de marbre en vérifiant encore une fois mon téléphone avant de le glisser dans ma poche. Le comptoir d'accueil qui se trouve à quelques mètres de moi est surmonté d'énormes écrans exhibant les mots Price et Dickle, les logos et les affiches de films de certains des acteurs qu'ils représentent.

L'oxygène quitte mes poumons.

P&D vient de déménager. Est-ce ici que leurs bureaux ont été transférés ?

Sur le côté, je remarque une petite table temporaire surmontée d'une feuille de papier sur laquelle je lis *CTM inscrivez-vous,* derrière laquelle est installée une jolie blonde entourée par deux gardes en uniforme.

Nos bureaux vont-ils être transférés dans le même bâtiment que ceux de P&D ? La mise en scène est si étrange que je ralentis le pas, comme si un drapeau rouge venait de s'agiter devant mes yeux.

Je m'approche lentement de la table et attire l'attention de la belle blonde qui porte une oreillette. Malgré ma nervosité, je lui offre mon plus beau sourire.

– Bonjour, ça va vous sembler étrange, mais…

Elle répond, le visage fermé :

– Vous bossez chez CTM ?

J'acquiesce. Elle jette un coup d'œil à sa liste.

– Aaron. *Carter* Aaron.

Elle renifle, feuillette quelques pages.

– Vous voilà, Aaron Carter. (Elle me tend un bloc.) Vous saviez que vous avez le même nom qu'un Backstreet Boy ?

– Vous pensez à Nick Carter. Aaron Carter est son jeune frère. Mon nom est Carter *Aaron,* pas Aaron Carter.

Je sens qu'elle s'est déjà désintéressée de moi lorsqu'elle agite ses cils si faux qu'ils semblent défier les lois de la gravité. Je ne peux pas la blâmer. Je ne suis pas censé connaître le nom du frère d'un membre des Backstreet Boys. Sauf que je le connais, parce que c'est une chose que j'ai dû expliquer des dizaines de fois dans ma vie.

Je jette un coup d'œil discret à sa liste. Je reconnais quelques noms. Cameron du département Écriture et

Adaptation audiovisuelle, Sally des Droits étrangers et quelques autres encore.

– Pouvez-vous me dire ce que je fais ici ?

– Remplissez ces formulaires, répond-elle en désignant le bloc que je tiens à la main. Rendez-vous au deuxième étage. Oh, et signez pour obtenir votre badge.

Elle me tend un badge avec mon nom, je signe avec réticence. Elle m'adresse un vague sourire et me montre la direction des ascenseurs. Un garde passe son badge pour que je puisse entrer par les portes sécurisées et, une fois dans l'ascenseur, j'appuie sur le bouton du deuxième étage.

Je sors mon téléphone et envoie un message rapide à Evie.

Je crois que je suis dans ton immeuble.

Je ne comprends pas ce qui se passe.

Tu m'appelles ?

Après quelques instants, un tintement bruyant m'apprend que je suis arrivé à l'étage supérieur. Quand les portes s'ouvrent, une femme d'âge moyen m'accueille, accompagnée d'autres vigiles.

D'accord...

On me demande de m'asseoir dans une salle. Je n'obtiens aucune réponse de l'apparitrice, mais elle m'assure que l'explication ne saurait tarder. La salle est spacieuse, très lumineuse, occupée par des rangées de fauteuils confortables. Les immenses fenêtres donnent sur West Beverly Boulevard.

Des gens attendent déjà, je reconnais seulement quelques têtes. Personne ne semble savoir ce qui se passe. La salle se remplit lentement, mais reste pourtant plongée dans un silence lugubre. Chaque fois que quelqu'un entre ou s'assied, en faisant grincer un fauteuil sur le sol ou en émettant un quelconque autre bruit, un frisson parcourt l'assistance, puis plus rien. J'ai l'impression que nous avons treize ans et que nous attendons d'être appelés dans le bureau du principal.

– Carter.

Je me tourne pour voir Kurt Elwood, qui travaille aux Longs-Métrages, avancer vers moi en passant une main dans ses cheveux, avec son expression maussade habituelle.

– Il me semblait que j'avais vu ton nom en bas. (Je détaille sa tenue.) Ça va, mec ?

Son teint tire vers le vert et des gouttes de sueur perlent sur sa lèvre supérieure.

Il sort un cachet contre les brûlures d'estomac de sa poche et l'avale en grimaçant.

– Tu sais à quoi ça me fait penser ?

Je suis son regard en étudiant la pièce. Tout le monde semble confus, mais personne ne panique.

– Ça ressemble à un plan de licenciement. Ils nous sortent du bâtiment, ils nous ôtent l'accès à nos dossiers via le système informatique.

– Quoi ?

Cette supposition déclenche un vent de panique en moi, je jette un nouveau regard circulaire dans la pièce. J'ai émis la possibilité qu'on *déménageait.* L'entreprise recrute sans arrêt, je n'ai jamais pensé à la possibilité d'un plan de licenciement.

– Tu ne penses pas qu'ils pourraient faire un truc pareil ? Le département Longs-Métrages ne génère plus d'argent. Les gens ne vont plus au cinéma. Le piratage tue nos profits. Même vous, les types du secteur Écriture et Adaptation visuelle, vous n'êtes pas en sécurité, P&D est dirigé par des monstres. (Il me dévisage.) Quoi ? Tu crois qu'ils vont nous offrir des cadeaux de départ et nous laisser nous envoler vers de nouveaux horizons ? Non, ils vont nous recevoir individuellement pour limiter l'émotion collective. Pourquoi penses-tu que tout le monde n'est pas là ? (Il attrape un deuxième cachet, le fixe avant de l'enfourner dans sa bouche.) Ça fait deux semaines que ça se prépare.

Je suis déchiré entre le désir de détourner les yeux du médicament rose qui colore ses dents et le besoin d'en savoir plus. Tous les événements étranges, non expliqués, me reviennent en mémoire et je me demande s'il voit juste. Emil Shepard ne semblait plus très satisfait de CTM depuis un moment. S'il a eu vent de cette opération, alors il a pu demander à être transféré dans ma liste afin d'être libéré de ses engagements par mon licenciement. Il lui suffisait d'attendre pour ne plus être lié par un contrat. Si Blake était au courant, cela expliquerait certainement son absence de réaction surprenante suite au départ d'Emil.

Kurt s'exclame soudain :

– Seigneur, j'ai quarante-deux ans. Personne ne veut d'un agent d'âge moyen, médiocre par-dessus le marché ! Ils veulent des requins ! Je ne peux pas rivaliser ! Oh mon Dieu, grogne-t-il, je viens de m'acheter un bateau !

– Bon, respirons un bon coup. (J'espère avoir réussi à masquer mon agitation.) Nous ne savons même pas ce qui se trame. Ne tirons pas de conclusions hâtives. Pourquoi nous amèneraient-ils chez P&D s'ils nous licenciaient ? Pourquoi ne pas le faire dans notre propre bâtiment ?

J'essaie de l'éloigner du reste du groupe. Il éclate de rire en me donnant une tape dans le dos.

– Jeune Carter naïf et plein d'espoir. Tu devrais peut-être prendre l'un de ces cachets. (Il pose les derniers Rennie dans ma main.) Écoute-moi bien : à midi, plus personne n'aura de job.

CHAPITRE 7

EVIE

Je traverse le parking sous-terrain, mon téléphone coincé entre l'épaule et l'oreille, tout en fouillant dans mon sac pour trouver mon badge. Je suis en retard, cet appel traîne en longueur, mais si j'arrive à mener à bien la négociation, le jeu en vaudra la chandelle.

– Parlons sérieusement une minute, dis-je dans le combiné en mettant enfin la main sur mon badge. Vous obtenir un entretien avec Tyler ne me pose aucun problème, mais vous allez me promettre que ce sera pour qu'il rencontre un réalisateur. Il ne sera pas de retour avant novembre et en dehors de ses obligations professionnelles, il veut consacrer un peu de temps à sa famille. Si la rencontre a lieu selon mes conditions, je noterai la date dans mon agenda et organiserai cette entrevue.

Je franchis les portes transparentes en me dirigeant droit vers les ascenseurs.

– D'accord. (Je passe mon badge sur la borne.) Consultez votre agenda. Je demanderai à Jess de vous rappeler cet après-midi.

Mon assistante Jess, qui espionne normalement tous mes appels, est aux abonnés absents ce matin. Étrange.

Les portes de sécurité ne s'ouvrent pas, je glisse à nouveau ma carte dans le lecteur. Aucune lumière ne s'allume, pas de tintement non plus.

– À très vite. Merci, Nev.

Je range mon téléphone dans mon sac et traverse la réception pour atteindre le poste principal de sécurité, en jetant un vague coup d'œil à la table improvisée de l'autre côté, entourée de deux vigiles qui attendent, stoïques.

Je me penche sur le comptoir de marbre et regarde le vigile que je connais bien.

– Salut Jake, qu'est-ce que cette table fait là ?

Jake lève les yeux et regarde en direction des ascenseurs.

– Mademoiselle Abbey, votre carte ne fonctionne pas ?

Je la lui tends en secouant la tête.

Les verres de ses lunettes scintillent dans la lumière lorsqu'il baisse les yeux vers son écran avant de se redresser :

– Votre carte a été verrouillée. Je dois vous envoyer au deuxième étage.

– Verrouillée ? Au deuxième étage ? C'est l'étage de la réception et du centre de conférences de P&D. Personne ne *travaille* là-bas.

– Je ne peux rien vous dire de plus, mademoiselle Abbey, mais vous n'êtes pas la seule dans cette situation. Je vous accompagne jusqu'aux ascenseurs.

Il contourne le bureau en faisant signe à l'autre vigile qu'il reviendra dans une minute.

– Je ne comprends pas. (Je sors à nouveau mon téléphone.) Je vais appeler Amélia, elle saura ce qui se trame.

– Je crois que Mlle Baker est déjà arrivée, dit-il en passant son badge avant de me suivre jusqu'aux ascenseurs pour appuyer sur le bouton du deuxième étage. Ne vous inquiétez pas, je suis certain que tout se passera bien.

À l'intérieur de l'ascenseur, je manque lâcher mon téléphone en réalisant qu'il est resté en silencieux toute la matinée. J'ai reçu des messages de Daryl et de Carter, un message de Steph. Un texto étrange, tout en majuscules, de la part de Jess :

EVIE, QUE SE PASSE-T-IL ?

Mes mains tremblent quand je ferme mon application sans lire les autres messages et ouvre le navigateur Internet pour aller jeter un œil au site de *Variety,* car quoi qu'il survienne dans cette ville, *Variety* – ou Twitter – en ont vent tout de suite. Bien sûr, il n'y a pas de réception dans l'ascenseur et la page Internet commence à peine à se charger lorsque les portes s'ouvrent avec un ding sonore.

Une voix résonne dans le silence. Abasourdie, je jette un regard circulaire dans l'immense hall, une foule de personnes se tourne vers moi.

Une femme me sourit :

– Je vous en prie, asseyez-vous. Nous venons de commencer.

La réception, habituellement vide, a été remplie de chaises occupées aux deux tiers. En marmonnant des excuses, je glisse mon téléphone dans ma poche et me hâte de trouver une place vide.

– Bonjour, dit la femme avec un sourire éclatant et un peu forcé.

Elle a de longs cheveux roux qui ondulent jusqu'au milieu de son dos. Je ne sais pas qui c'est, mais elle me fait penser à une présentatrice télé. Elle est sophistiquée, propre sur elle, et ressemble en tout point au genre de personne qui va vous dire que tout va très bien… ou que vous feriez mieux de décamper au plus vite.

– Comme vous avez tous pu vous en rendre compte, ç'a été une *sacrée* matinée. Je m'appelle Lisa et je travaille dans le département des Ressources humaines du bureau new-yorkais de CTM.

Attends. Elle travaille pour *qui* ?

Je suis sur le point de lever la main pour lui demander ce qui se passe quand je remarque une paire d'yeux verts familiers qui se tournent vers moi, quelques rangs plus loin.

Carter.

Quand j'ai vu son nom dans la liste de mes messages reçus, j'ai supposé qu'il allait me demander si j'avais le temps de lui rouler des pelles dans la voiture pendant l'heure du déjeuner. Mais il est *ici*, dans ce repaire silencieux de l'ahurissement ? J'essaie de comprendre, mais mes pensées tournent en boucle dans ma tête comme un disque rayé : *La déléguée RH de CTM se trouve dans le lobby de P&D.*

Carter écarquille les yeux pour me faire comprendre qu'il est aussi perdu que moi, avant de se tourner à nouveau vers la femme.

Que se passe-t-il, putain ?

Je m'affale sur ma chaise, en fixant ses cheveux avant de regarder autour de moi pour chercher des visages connus. Je reconnais Donald, du service Comptabilité. Rose, qui travaille avec moi au département Longs-Métrages, et quelques autres. Je distingue une masse des boucles sombres qui dépasse les autres têtes. Dieu merci : Jess est là. Je finis par trouver Daryl, installée au fond de la salle.

Elle lève les mains avec l'air de dire *enfin* et, vu son expression, elle semble aussi désorientée que moi. Elle désigne son téléphone au moment où des bruits de pas attirent notre attention vers la personne qui parle.

Lisa tend une pile de dossiers à un homme qui se tient à côté d'elle.

– Vous devez tous être en train de vous demander ce qui se passe, ou alors vous avez peut-être déjà eu la nouvelle : CTM et Price & Dickle ont fusionné.

Elle continue à parler, mais il me faut plusieurs longues secondes pour comprendre ce qu'elle dit, et quand les mots font enfin sens, le bruit strident qui retentit dans ma tête ressemble à des pneus qui crissent lors d'un freinage d'urgence.

CTM a fusionné avec Price & Dickle.

Nous ne sommes plus qu'une seule agence.

Nous sommes une seule agence avec une masse salariale démesurée.

Mon estomac est plein d'un acide qui me ronge les entrailles.

Je jette un coup d'œil à Daryl, qui semble arrivée à la même conclusion que moi, avant de regarder dans la pièce. Quelques personnes hochent la tête, mais pas beaucoup. La plupart des visages, dont celui de Carter, sont devenus blêmes.

– Et si vous n'étiez pas au courant, continue-t-elle en regardant l'assistance, ne vous inquiétez pas. La nouvelle a été rendue publique il y a seulement une demi-heure.

Une demi-heure.

Je repense à tous les détails sortant de l'ordinaire au bureau ces dernières semaines, car je sais que ce type de décision ne se prend pas du jour pour le lendemain. Quelques personnes haut placées étaient au courant, elles ont eu le loisir de développer une stratégie, de se positionner. La grande question est :

depuis quand se préparent-ils ? La question encore plus essentielle est : qui sont-ils ? Qui savait ?

J'ai envie de vomir.

– Pour être parfaitement franche, nous ne savons pas encore exactement comment va se dérouler la fusion, explique Lisa. Nous devons attendre que les choses se calment avant de déterminer comment nous procéderons et comment la nouvelle structure fonctionnera. Mais la nouvelle sera bientôt connue, nous voulions vous rassembler pour vous communiquer l'information en privé.

Certains gigotent sur leur siège. Le type assis à côté de moi parcourt son fil Twitter, probablement à la recherche d'informations.

– Comme beaucoup d'entre vous le savent, continue Lisa, P&D et CTM ont des bureaux à New York comme à Los Angeles. P&D est l'entreprise à l'origine de l'acquisition, c'est elle qui rapatriera du personnel des deux bureaux pour consolider la fusion, et sera également libre d'organiser des transferts de personnel à New York. (À ces mots, j'ouvre la bouche, incapable de me concentrer sur la suite.) Voilà les détails dont vous discuterez avec les directeurs de vos services. Mais en bref – et c'est la bonne nouvelle –, si vous vous trouvez dans cette pièce, c'est qu'il y a de grandes chances que vous ayez toujours un job dans ce bureau ou un autre.

… de grandes chances que vous ayez toujours un job dans ce bureau ou un autre.

Ça signifie… c'est *quelque chose au moins. N'est-ce pas ?*

La plupart des employés présents ont laissé échapper un soupir de soulagement. Je jette un coup d'œil à Carter. Il continue à fixer Lisa, immobile.

– Pardon, vous pouvez développer ? marmonne-t-il, avant de s'éclaircir la gorge pour continuer. Certains d'entre nous seront transférés à New York et d'autres resteront ici ? Quand la décision sera-t-elle prise ?

Lisa se tourne vers lui et lui sourit comme s'il venait de lui poser une question innocente du genre : les distributeurs automatiques de la salle de repos seront-ils remplis de Coca-Cola ou de Pepsi ?

– Le choix des personnes qui restent ou qui sont transférées appartient aux dirigeants de vos départements respectifs.

Et le ton sur lequel elle prononce cette dernière phrase, avec une indifférence presque journalistique, ne fait rien pour apaiser la panique qui monte en moi. Je glisse une main entre mes genoux pour les empêcher de trembler. J'ai l'impression que le sol vient de s'ouvrir sous mes pieds.

Un brouhaha nerveux commence à monter dans la salle.

– Honnêtement, j'adorerais pouvoir vous donner plus de détails, dit Lisa en élevant la voix, mais comme vous pouvez l'imaginer, nous commençons à peine à les connaître nous-mêmes.

Du coin de l'œil, je vois les épaules de Carter se contracter, sa tête se baisser. Il semble avoir la même réaction que moi : comme s'il sentait le poids du monde sur ses épaules et cherchait des yeux un récipient pour accueillir son vomi.

Je regarde Daryl avec insistance en me demandant si nous pensons toutes les deux à la même chose : nous travaillons pour l'entreprise acquéreuse. Nous sommes censées avoir un avantage, n'est-ce pas ?

Ce soir, je vais dévorer le plus gros paquet de cookies que je pourrai trouver.

***

Peu après ces révélations, nous sommes rapidement congédiés. On nous donne des documents et on nous dit où nous adresser pour obtenir plus d'informations. C'est comme si toutes les personnes réunies dans cette salle qui sont surchargées de travail avec un programme par-dessus la tête – comme moi – venaient d'être réduites en un instant à une seule et unique interrogation : avons-nous toujours un job et des responsabilités ? Maintenant, nous attendons tous là que les responsables déterminent ce qui se passe.

Carter parle déjà en privé avec Lisa. Je marche droit sur Daryl.

– Où est Amélia ? demande-t-elle, et je me rends soudain compte de son absence.

Je ne l'ai pas vue depuis la veille.

– Je ne sais pas.

Je fouille la salle du regard encore une fois. Amélia bosse aux Ressources humaines depuis plus longtemps que Daryl et moi – ils ne peuvent pas la licencier. N'est-ce pas ?

– Attends. Quand je suis arrivée, Jake m'a dit qu'elle était déjà là.

– Je lui écris. (Daryl pianote sur son téléphone.) Elle ne nous aurait pas caché ça.

Elle se fige et je comprends immédiatement à quoi elle pense.

– Si elle était au courant, elle n'aurait pas eu le droit de nous en parler.

Les épaules de Daryl s'affaissent.

– Quelle horreur ! (Elle joue avec l'élastique de sa tresse en regardant autour d'elle.) Je reviens. Je viens de voir passer Éric, je vais lui demander s'il sait quelque chose. J'en doute, mais son oncle est le patron, après tout.

Elle se lève puis s'arrête net et chuchote :

– À moins que Brad ait été viré ?

– Oh Seigneur… est-ce… serait-ce possible ?

Je n'arrive pas à faire taire la lueur d'espoir dans ma voix.

– Pourquoi pas ? Ce serait inattendu, mais tous les coups sont permis. Je reviens dans une seconde.

Une fois qu'elle a tourné les talons, Carter vient me parler. Mon rythme cardiaque s'accélère, encore.

– Que se passe-t-il, putain ?

Ses doigts s'attardent sur mon bras, il le serre et, pendant quelques secondes psychotiques, la situation me semble presque comique.

– Aucune idée. J'ai bossé toute la matinée et quand je suis arrivée au bureau, je ne pouvais plus entrer. Comme tu as pu le remarquer en me voyant entrer ici à bout de souffle, je viens de débarquer. Mon amie Amélia travaille aux RH et nous sommes en train d'essayer de déterminer si elle sait quelque chose mais… je ne pense pas qu'elle soit autorisée à nous dire quoi que ce soit.

– C'est n'importe quoi. Fusion égale réduction des effectifs.

– Je sais.

Je me sens assez sûre de ma position chez P&D, mais malgré toutes les victoires à mon palmarès, l'échec de *Field Day* revient au galop dans mon esprit.

La climatisation du lobby semble ultra-méga-glaciale, je frissonne et croise les bras sur ma poitrine en essayant de me réchauffer.

– Je te prêterais bien ma veste si nous n'étions pas soudain devenus des collègues qui sortent ensemble dans la situation la plus angoissante de l'histoire de l'univers.

Seigneur, je n'y avais même pas pensé.

Nos téléphones se mettent à vibrer en même temps.

– Eh bien, voyons voir. J'ai reçu un mail de Price&Dickle.

– Moi aussi.
– Est-il trop tôt pour aller prendre un verre ?

***

Une nouvelle carte magnétique à la main, je me dirige vers mon bureau à l'étage du dessus, plongé dans un silence lugubre.

La cacophonie des imprimantes et des voix qui répondent au téléphone n'existe plus que dans mes souvenirs. Les appels sont directement envoyés sur boîte vocale. Mais que pourraient bien dire les employés s'ils répondaient ?

On nous a priés de bien vouloir revenir demain pour la transition – apparemment, les membres de CTM n'ont accès ni aux ordinateurs ni à leurs dossiers – mais ceux qui disposent d'un bureau chez P&D ont pu monter. Que pourrait-on faire d'autre ?

La proposition de Carter a beau être attrayante, il est vraiment beaucoup trop tôt pour commencer à boire. Même si personne ne semble *travailler* le moins du monde : il s'avère que les employés de P&D n'ont plus accès à leurs ordinateurs, eux non plus. Ils se sont tous réunis en petits groupes devant les bureaux, les gens chuchotent, nerveux, en regardant autour d'eux.

Qui pourrait les blâmer ? Les questions flottent dans l'air comme des bulles suspendues au-dessus des têtes, et les responsables qui auraient pu y répondre sont hors de vue. *Qui a un poste aujourd'hui ? Qui en aura encore un demain ?*

Je repense aux fusions dont j'ai eu vent ces dernières années. Les pires sont celles qui ont lieu rapidement, sans que la direction ait eu le temps de prévoir tous les détails et de créer un plan pour combiner les départements et gérer les effectifs surnuméraires. Mais j'ai remarqué des détails curieux ces deux dernières semaines, j'espère donc que le projet ne date pas d'hier et qu'ils ont un putain de plan.

Je jette un coup d'œil circulaire et distingue beaucoup de nouveaux visages dans les zones communes. La plupart des agences ont beaucoup d'employés subalternes, parce qu'une grande partie du travail consiste en coups de téléphone, mails, lettres, et à assurer la gestion de plannings. Cette nouvelle agence va en compter deux fois plus et les employés rassemblés ici – en particulier ceux qui viennent d'être diplômés – le savent. J'imagine qu'ils sont tous censés rentrer chez eux, mais qu'ils restent pour avoir l'impression de posséder une sorte de contrôle sur la situation, avec l'espoir d'influencer les décisions. En outre, qui préférerait rester chez soi alors que de telles décisions sont en train de se prendre ?

Je traverse le couloir sans parler à personne, déchirée entre l'envie de frapper à la porte de Brad pour exiger des réponses et de me cacher sous mon bureau. Par chance pour lui, il est introuvable : son bureau est fermé, vide, les lumières sont éteintes.

Dans le silence agréable de mon propre bureau, je décide de ne pas allumer les lumières et m'effondre sur ma chaise pour la première fois aujourd'hui. Je me demande si je ferais mieux de m'enfermer ici jusqu'à ce qu'il soit temps de rentrer à la maison ou de revenir demain pour apprendre qu'il s'agissait seulement d'une plaisanterie de mauvais goût.

Mais il y a peu de chances. Je vois la tête blonde de Daryl par la fenêtre intérieure, faisant son chemin dans ma direction avec Amélia – Dieu merci – sur ses talons.

– Tu te caches ? Tu avais raison, dit Daryl en entrant dans mon bureau. (Elle referme la porte derrière elles, grogne et s'installe sur mon petit canapé en repliant les jambes sous elle.) Éric est à l'ouest. Il ne sait rien. Sa seule inquiétude était de savoir si le distributeur automatique fonctionnait encore pour qu'il puisse acheter ses Fritos au chili. Alerte rouge : il a réussi à les acheter tout seul.

Amélia s'assied à côté d'elle en fermant les yeux, s'installant contre les coussins. Elle semble épuisée.

– Ça va ? Jake m'a dit que tu avais passé la matinée ici.

Elle grimace en avouant :

– Je regrette de ne rien pouvoir vous apprendre de plus, les filles. On a été quelques-uns à recevoir un coup de téléphone à 22 heures hier soir, nous disant que nous devions arriver le plus tôt possible ce matin. Je suis arrivée à 5 heures. Je ne vous ai rien dit à cause de la confidentialité, bla-bla-bla.

Elle enlève ses chaussures et s'étire les jambes.

– Mais, de toute manière, je ne sais rien de plus que vous. Apparemment, P&D s'intéressait à CTM depuis un moment, mais les associés ne voulaient pas vendre. Ils ont dû changer d'avis. J'imagine qu'ils ont passé ça sous silence à cause de ce qui est arrivé à Fairmount, où les agents les plus influents ont eu vent de ce qui se passait et ont pris la fuite avant même que la transaction soit terminée. (Elle lève le menton vers moi.) Tu avais finalement peut-être flairé le truc, Nancy Drew[7].

– Donc, si nous sommes encore là, c'est que nous n'avons pas perdu notre travail ? (J'ai la tête qui tourne.) Savent-ils comment ils vont procéder ?

Elle secoue la tête.

– Je suis sûre que oui, mais je n'ai pas vu les documents qui expliquent comment tout va s'organiser. Nous aurons les détails demain.

Hum, c'est un cauchemar.

– Il y a un article dans *Variety*, dit Daryl en levant les yeux de son iPad avant de le tourner vers nous pour que nous puissions lire.

À la surprise de tous, lundi matin, la célèbre agence artistique Price & Dickle, grâce à l'expertise du groupe de Private-Equity William Trainer, a fait

7. Cf plus haut, note 2.

l'acquisition de l'agence concurrente Creative Talent and Media. La nouvelle entreprise conservera le nom d6e P&D et, d'après le PDG Jared Helmsworth, sera une agence offrant un service complet. Dans son communiqué, Helmsworth explique : « Avec des bureaux situés à New York, Los Angeles et Londres, cette fusion offrira à nos clients l'accès aux esprits les plus fins et les plus créatifs du milieu, avec plus d'opportunités pour obtenir des contrats de contenu digital, télévision, cinéma, littérature et sport. » Le prix de l'acquisition n'a pas été rendu public. Il semblerait que, dans les jours qui viennent, l'agence restructurée soit forcée de licencier une partie de ses effectifs, y compris des agents, mais quand *Variety* a demandé des détails au porte-parole, il nous a été répondu que « toute spéculation à ce stade serait prématurée. » Affaire à suivre.

Nous nous affaissons dans nos sièges en nous plongeant dans nos pensées, mal à l'aise.

– Ce n'est pas comme si on apprenait quelque chose dans cet article, finit par dire Daryl. Donc, pourquoi est-ce que je me sens encore plus mal ?

Amélia ferme les yeux.

– Voilà la raison pour laquelle ma mère m'a conseillé de me trouver un mari riche.

– Je ne pense pas que tu aies matière à t'inquiéter. Tu diriges pratiquement ton service. (Je me tourne vers Daryl.) Combien de temps reste-t-il sur ton contrat ?

– Un an et demi. (Elle sourit pour la première fois depuis une heure.) S'ils me proposent une indemnité royale de licenciement, ça me va. J'ai besoin de vacances. Et toi ?

Chaque agence fait les choses différemment, mais chez P&D, les contrats à durée déterminée sont constamment renouvelés. Ça ne pourrait pas être pire.

– Cinq mois.

Une vague d'angoisse me submerge.

Mes amies n'ont apparemment toujours pas appris à bluffer, parce que leurs expressions accentuent ma nausée. Il serait très facile, et très bon marché, de me licencier.

Amélia se reprend rapidement.

– Evie, tu n'as pas à t'en faire. Ce n'est pas le meilleur timing, mais tout se passera bien. Tu es une pointure.

– Mais Brad alors ? Il adorerait avoir une bonne raison de se débarrasser d'un vagin.

– Tu es un vagin dans lequel il ne se glisse pas.

J'éclate de rire avant de grogner.

– Ou alors il laissera planer le doute pour les cinq prochains mois avant d'oublier de renouveler mon contrat. (Je glisse sur mon siège.) Oh ! Sans mentionner le problème Carter. (Je me frotte le visage.) Je finis par rencontrer un type qui me plaît, hétérosexuel et ne vivant pas chez sa mère, et voilà qu'il travaille ici.

– Pardon ?

Daryl écarquille les yeux. Je hoche la tête.

– Il bosse chez CTM, tu te souviens ? Et on dirait qu'il a survécu à la première vague d'épuration. Il travaille avec nous maintenant.

Amélia me dévisage, l'air aussi amusée que choquée, mais Daryl reprend rapidement ses esprits :

– OK, commençons par prendre une grande inspiration. *Respireeeeeez.* Deuxièmement, ça va très bien se passer avec Carter, attendons de voir…

Daryl s'arrête net, et je sais exactement ce qu'elle allait dire : *attendons de voir si tu as encore un job demain.*

– Attendons de voir comment les choses se mettent en place, choisit-elle d'ajouter à la place. Et troisièmement ? Nous ne sommes même pas sûres que Brad travaille encore ici. Personne ne sait où il est, Kylie a disparu de la circulation, elle aussi. S'il n'est pas là, ton palmarès, à l'exception de quelques accidents, parle de lui-même. Ne te dévalorise pas. Je le sens bien.

Seigneur. Faites qu'elle ait raison.

***

J'imagine que Carter a lui aussi vidé une bouteille de vin tout seul hier soir et que c'est la raison pour laquelle je n'ai aucune nouvelle de lui.

Du moins, c'est ce que je me répète.

Inutile de dire que je ne suis pas la meilleure version d'Evie, ce matin. Ma mère, qui lit religieusement *Variety* et *Deadline,* m'a appelée au moins sept mille fois hier. J'ai fini par lui répondre en achetant mon café chez *Verve*, à 6 h 30, après environ deux heures de sommeil agité.

– Evie, ma chérie. Je suis en chemin.

– Maman, non. Je ne suis pas chez moi.

– Je te retrouve quelque part. Dis-moi où.

Je soupire en m'asseyant à une petite table dans un coin. Je n'ai même pas besoin de lui demander à quoi elle pense pour savoir exactement à quelle conclusion elle est arrivée.

– Je n'ai pas envie que tu viennes pour me coiffer.

Ma mère a été coiffeuse pendant presque trente-cinq ans, son accomplissement ultime a été marqué par les épisodes de *Dynasty* en 1984, quand elle a été personnellement chargée de la perruque de Joan Collins. D'après ma mère, un bon brushing résout tous les problèmes.

– Ça t'aidera à te sentir mieux, dit-elle, et j'entends le thème musical familier de *Good Morning America* en fond sonore. (Selon ma mère, rien de mieux pour arranger une journée difficile que des cheveux propres, un massage du cuir chevelu et l'assurance que procure une laque de qualité.) Je pourrais peut-être rafraîchir un peu ta coupe ?

Tes cheveux ont tellement poussé et tu sais qu'ils ont tendance à fourcher au niveau des pointes.

– Ça va aller. Je n'ai pas besoin d'une coupe de cheveux. Coupe les cheveux de papa. Je dois aller travailler.

Même si je ne sais même plus ce que le mot « travailler » signifie.

Mon téléphone sonne encore quand je sors du *Verve*, un café à la main. Je dois regarder deux fois l'écran pour m'assurer que je lis le bon nom.

Carter.

– Allô ?

– Salut, dit-il et si je ne me trompe pas, il a aussi la gueule de bois et un besoin désespéré de caféine. Comment ça va ?

Le ton de sa voix me donne envie d'éclater de rire. On doit ressentir la même chose : le calme avant la tempête.

– Ça va. Un peu… fatiguée.

– Ne m'en parle pas, répond-il d'une voix rauque. Je voulais te dire que je serai chez P&D ce matin. J'imagine que tout a déjà été transféré, les ordinateurs, les dossiers. Apparemment, ils s'en sont occupés cette nuit, après nous avoir informés de la fusion et de la première série de… coupes.

– Waouh, ça semble… dur.

– Bref, je voulais juste te le dire. Je sais qu'il s'agit d'une situation inhabituelle, c'est le moins qu'on puisse dire.

Mon cœur se met à battre un peu plus vite. Carter est tellement sympathique. Ça n'arrange rien.

– Au moins je te verrai aujourd'hui alors. Comment les gens le vivent-ils de ton côté ? Steph m'a dit que l'équipe d'Alterman a paniqué en se demandant s'ils seraient ou pas embarqués dans cette affaire.

– J'ai parlé à Michael Christopher hier soir et plaisanté en lui disant que je m'installerais peut-être dans sa chambre d'amis si j'étais licencié.

J'aimerais lui faire un câlin. P&D est une petite entreprise, impitoyable de notoriété publique.

– As-tu eu vent de quelque chose de ton côté ?

– Pas vraiment. J'ai reçu un mail hier soir, un résumé de ce que nous savions déjà.

Il soupire.

– C'est ce que je pensais.

– Et toi ? Ça va ?

– J'ai connu des jours meilleurs. (Il laisse échapper un petit rire.) Enfin, j'imagine que j'ai encore un job. Contrairement à mon assistante. Ce qui explique qu'elle n'était pas à la réunion hier.

– Oh Seigneur, Carter, je suis désolée.

– Merci. Honnêtement, Becca était géniale. Je vais être perdu sans elle. Je ne sais pas comment je vais m'en sortir.

Je me sens mal pour lui, je sais dans quel état je serais si j'avais perdu Jess, à plus forte raison un jour pareil.

– Mais sur une note plus optimiste, on dirait que je vais finalement rencontrer l'illustre Brad Kingman.

La terre s'ouvre sous mes pieds.

– Pardon ? Qu'as-tu dit ?

– Brad Kingman ?

– C'est le directeur de mon département, Longs-Métrages, et non pas de la division Écriture et Adaptation audiovisuelle.

– Je sais, répond Carter. (J'imagine qu'il hausse les épaules.) Mais c'est la directive qu'on m'a donnée. Je dois rencontrer Brad.

CHAPITRE 8

EVIE

À dix heures, mon téléphone sonne. Je garde les yeux rivés sur l'écran en face de moi et soupire de soulagement lorsqu'après une deuxième sonnerie, il se tait. Je pense *ouf*, en terminant de rédiger un mail. *Je n'ai envie de parler à personne aujourd'hui.*

Moins d'une minute plus tard, on frappe à ma porte et je lève les yeux pour découvrir mon assistante, Jess, qui se tient sur le seuil.

– C'est ce que je pensais, dit-elle en hochant la tête vers le téléphone. Malgré l'absence de lumière (elle désigne la fenêtre à côté de la porte), j'étais sûre que tu étais là.

– Je suis désolée, lui dis-je, l'air un peu coupable. Est-ce que je te décevrais si je te disais que j'ai la trouille ?

Elle rit en entrant dans mon bureau, puis ferme la porte derrière elle.

– Pas du tout. Maintenant que nous avons à nouveau accès aux ordinateurs, la plupart des gens sont sur LinkedIn ou font des recherches Google type *Comment survivre à une fusion.*

J'appuie sur « envoyer » avant de lever les yeux.

– Même si je ne sais pas pourquoi nous nous cachons tous. Personne n'a vu Brad et, hier, la confusion était telle que je suis certaine qu'aujourd'hui, ça ne peut pas être pire !

Jess s'éclaircit la gorge, je plisse les yeux dans sa direction, lasse tout d'un coup.

– Quoi ?

– Eh bien, la raison pour laquelle je t'ai appelée… (Elle grimace. Les créoles dorées pendues à ses oreilles scintillent sous les lumières des néons. Elle s'agrippe au dos de la chaise sur laquelle elle s'appuie.) Il est ici. Quand tu n'as pas répondu, il m'a appelée. Il veut te voir.

– Brad ?

– Brad.

Je me fais toute petite sur ma chaise.

– Mince alors.

– Il a passé sa matinée à recevoir des gens, il semble que ce soit ton tour. Comme il le dit si bien : « Sus à l'ennemi ! »

Je grogne. Donc, *il reste*. Pour de bon.

***

Tout le monde lève les yeux en me voyant me diriger vers le bureau de Brad. S'il reçoit des gens, qui sait ce qu'ils ont subi ? Soulagement ? Colère ? Larmes ? Tout est possible.

Je ne me pose plus de questions sur mon apparence – un très bon point, ça arrive alors que je viens d'avoir trente ans – mais avec tous ces yeux rivés sur moi, j'ai l'impression d'être une mannequin trébuchant sur un podium. J'aurais vraiment dû mettre mon soutien-gorge rembourré.

Je vois du coin de l'œil plusieurs têtes se tourner, leur attention s'arrête sur quelqu'un au bout du couloir. Je suis leurs regards.

Carter.

Il porte un costume gris anthracite qui semble avoir été fait pour lui par des elfes tailleurs magiques. Il met en valeur ses épaules, se resserre au niveau de la taille, épouse parfaitement son corps. Je tire sur l'ourlet de ma robe en me sentant soudain mal fagotée.

Il me rejoint en quelques enjambées.

– Salut.

J'essaie de ne pas quitter la zone de sécurité du regard : sa cravate. Elle est bleue à petits pois verts et je sais déjà que, si je lève les yeux, je verrai à quel point elle met en valeur la couleur de ses iris.

Ouaip… tout à fait.

– Hey.

Je sens le poids des regards sur nous. Pourquoi n'observeraient-ils pas la catastrophe sur le point de se produire ? Si j'étais eux, je n'en raterais pas une miette. Même s'ils ne savent pas que j'ai tenu son pénis dans ma main il y a quelques jours et que maintenant, apparemment, nous travaillons ensemble. C'est peut-être évident sur mon visage…

Ou alors ils ne nous regardent pas du tout pour cette raison. Ils nous regardent peut-être parce que Carter est le nouvel arrivant sublime du service.

Je ressens un mélange étrange de possessivité et de malaise.

– Je suis en route pour aller voir Brad. (Je suis impatiente de mettre un peu d'espace entre nous, dans ce bureau plein d'yeux curieux.) Comment ça s'est passé pour toi ?

– Je ne sais pas encore. Notre rendez-vous de huit heures a été décalé. J'y vais maintenant. Kylie s'apprêtait à m'accompagner.

C'est seulement à cet instant que je remarque l'assistante de Brad, Kylie, qui se tient à quelques mètres de nous, occupée à mater le cul de Carter. Quand elle remarque mon regard, elle s'approche. Carter lui sourit. Elle lui sourit en retour, ses joues et son cou rougissent légèrement.

J'ai l'impression qu'on vient de m'asséner une gifle. Une étrange prémonition me vient soudain.

Kylie s'éclaircit la gorge et avance vers nous avant de s'arrêter devant la porte du bureau de Brad.

– Vous pouvez entrer, dit-elle en souriant à Carter si longuement que c'en est bizarre. (Ou alors, c'est seulement bizarre pour moi, parce que je la dévisage comme si elle venait de commettre un crime de lèse-majesté en posant les yeux sur lui.) Il va vous recevoir tous les deux.

Interloquée, je demande :

– Pardon, Kylie a dit qu'il allait nous recevoir tous les deux ? Genre… ensemble ?

– Oui.

– Tu sais pourquoi ?

Mon esprit revient à la sensation de ma main dans le pantalon de Carter. Son sperme sur ma…

Je secoue la tête. Brad ne peut pas être au courant, même si je ne vois pas d'autre explication plausible.

– Nan. (Elle nous regarde à tour de rôle.) Y a-t-il un problème ?

– Aucun problème. (Carter me fait signe d'entrer.) Merci, Kylie.

– Je vous en prie. (Elle lève le pouce dans sa direction avant de chuchoter.) Tu vas tout déchirer !

C'est une blague, putain.

Avec une petite toux gênée, Carter baisse les yeux lorsque je lui passe devant, et nous entrons ensemble dans le bureau de Brad.

Brad Kingman cultive une apparence d'inaccessibilité, vous savez, quand on sent que quelqu'un pense être meilleur et bien plus intelligent, avec une longueur d'avance sur tout le monde. Il fait aussi ce truc que tous les gens les plus intimidants font : vous regarder droit dans les yeux quand il vous parle. Quand vous parlez, si vous êtes assez important pour qu'il accepte de vous écouter, il vous donne l'impression d'être la personne la plus fascinante du monde. Mais une chose est sûre : si vous ouvrez la bouche, il vaut mieux pour vous que vous sachiez ce que vous allez dire. Si vous entrez dans son bureau, allez droit au but. Il ne discute jamais de la pluie et du beau temps, et il ne soigne certainement pas son relationnel.

Mais quand Carter passe la porte, un Brad Kingman que je n'ai jamais vu se lève pour le saluer.

– Carter. (Il lui offre un grand sourire et contourne le bureau pour lui serrer la main.) Ravi de te rencontrer, fiston.

Fiston ?

Carter semble abasourdi, mais il se reprend rapidement.

– Ravi de vous rencontrer également, dit-il, le dos droit, le menton levé en ponctuant ces mots d'une poignée de main énergique.

Il semble calme.

Bien, il a fait ses petites recherches.

Brad lui donne une tape dans le dos et lui fait signe de s'asseoir avant de s'intéresser finalement à moi.

– Evie. Ça a été un peu la folie ici, n'est-ce pas ?

Il tire une chaise pour moi, je souris pour le remercier.

– Absolument.

Brad revient derrière son imposant bureau en noyer et prend quelques instants pour nous regarder à tour de rôle.

– Vous vous êtes déjà rencontrés ?

Je jette un coup d'œil à Carter et souris, le visage blafard :

– Oui, nous nous connaissons déjà.

– Eh bien, voilà de quoi je parle toujours, *voilà* une équipe. Carter, sache qu'Evie est ma protégée. Si tu as la moindre question, si tu as besoin de quelque chose, Evie sera l'interlocutrice idéale. Compris ?

Le compliment me fait rougir, mais la mention condescendante – « sa *protégée* » – me déplaît.

– Absolument, répond Carter en me jetant un coup d'œil gêné. Jusque-là, elle m'a été d'une grande aide.

Brad frappe sur le bureau et incline son fauteuil en arrière.

– Bon à savoir. Maintenant, si j'essaie de me mettre à votre place, j'imagine que vous êtes toujours un peu perplexes et que vous vous demandez ce qui se passe. N'est-ce pas ?

– Plutôt oui, fait Carter avec un petit rire.

– Je comprends. Je comprends tout à fait. (Il se redresse et pose les mains devant lui.) Evie te dira que je crois au travail d'équipe, Carter. Et ici, chez Price & Dickle, nous sommes aussi forts que notre maillon le plus faible. Pas vrai, Evie ?

Je réponds à travers mes dents serrées.

– Tout à fait, Brad.

– Ce qui signifie que tous nos joueurs doivent être capables de gagner. Je vous ai fait venir tous les deux ensemble pour plusieurs raisons. La première c'est – et ça reste entre nous – que je pense que vous êtes les meilleurs éléments dont nous disposons. J'ai beaucoup entendu parler de toi, Carter. C'est pourquoi je t'ai arraché aux griffes de la division Écriture et Adaptation audiovisuelle, tu es fait pour le département Longs-Métrages. À vous deux, vous parviendrez à remettre ce département à flot.

Il attrape deux dossiers dans le bas d'une pile et ouvre le premier.

– Tu as commencé en tant que commis aux finances d'une agence à New York ? demande-t-il, et Carter acquiesce. Et qu'as-tu tiré de cette expérience ?

Carter se décale sur son siège en me jetant un coup d'œil avant de reporter son attention sur Brad. Je n'étais pas au courant.

Apparemment, il y a beaucoup de choses que j'ignore sur lui. C'est une première pour moi : apprendre à connaître un petit ami potentiel durant une séance de torture à peine voilée dans le bureau de notre patron.

– Bien sûr, j'ai entendu beaucoup de potins, avoue Carter avec un sourire. Certains agents se comportent comme si toute personne ne faisant pas partie d'une négociation n'existait pas et les ignorent royalement. Par ce biais, j'ai surpris beaucoup de conversations qui ne me regardaient pas.

J'ai l'impression qu'il joue la carte de la modestie pour une raison que je ne comprends pas, qu'il ne veut pas dévoiler son jeu. Si je devine bien, Brad le sait aussi.

– Et c'est tout ? demande Brad.

Carter hésite.

– C'est une bonne manière de voir comment les gens supportent la pression, en les observant de l'extérieur. On apprend à faire la liste des réactions, à anticiper qui sera apte à sauver le navire en cas de merde.

Brad sourit et parce que je connais Brad, je sais que la formulation de Carter lui a plu. Si ç'avait été moi, au contraire, il aurait grimacé et m'aurait réprimandée. Je me sens mal à l'aise. Je savais que Carter était charmant, mais j'espérais secrètement que ç'avait à voir avec le désir que je ressens pour lui. Apparemment non, parce qu'il sait parler à Brad.

– Commencer en bas de l'échelle et la gravir inlassablement, dit Brad en hochant la tête.

Carter sourit, et son charisme se diffuse dans le bureau.

– Quelque chose comme ça.

Brad prend quelques notes avant de se tourner vers moi.

– Evie, de son côté, pourrait convaincre une grenade de ne pas exploser. C'est une compétence que tu dois acquérir, Carter. Beaucoup de gens ont la possibilité de devenir des agents corrects, mais il faut être un agent extraordinaire pour repérer le talent et encore plus doué pour le garder près de soi. Il y a eu quelques accidents… (Il se tait pour créer un effet.) Mais la plupart du temps, elle a su prouver qu'elle avait sa place au sommet. Bordel, elle a même formé certains des meilleurs agents de cette ville.

Je me mords la langue. Ça ne ressemble pas à Brad de faire autant de compliments. Je me prépare au couperet.

– Maintenant, comme je l'ai dit, je pense que vous êtes les meilleurs, mais je dois être honnête. Je ne sais pas si nous pourrons vous *garder* tous les deux…

– Pardon ?

Brad lève les mains en nous faisant signe de le laisser terminer.

– Vos salaires sont similaires, c'est pourquoi je vous ai fait venir ensemble, et je ne sais pas si P&D sera en mesure de renouveler vos deux contrats. Du moins pas ici, à L.A.

Nous regardons droit devant nous, abasourdis. Je me mets à rougir, mon ventre se noue. J'ai cinq ans de plus que Carter et je travaille comme agent depuis mes dix-neuf ans. D'après l'aperçu que j'ai eu de ses qualités, Carter semble être un agent génial, mais il ne vit à L.A. que depuis deux ans et il débute en Longs-Métrages. Genre, il débute *aujourd'hui*. Dans quel univers notre valeur ajoutée est-elle comparable ? Parce que c'est un homme ? Qui aurait pu penser qu'un pénis avait une telle valeur ?

– Brad… commence Carter, l'air abattu.

Je ferme les poings et me force à prendre une grande inspiration.

– Il n'est pas encore sûr que l'un de vous sera transféré, ajoute-t-il, mais je vais être honnête : c'est possible. Nous allons tous devoir nous mettre au travail et voir qui sera le meilleur atout pour la nouvelle équipe de Longs-Métrages.

– Je ne comprends pas. P&D est l'une des agences les plus prestigieuses du pays. Pourquoi ne pouvez-vous pas nous garder tous les deux ? (Je jette un coup d'œil à Carter.) Brad, il suffit de regarder les chiffres, mes performances parlent d'elles-mêmes…

– En dehors de ton échec avec *Field Day*, dit-il en hochant la tête. (Je me raidis sur ma chaise. Aborder le sujet maintenant… qu'il aille se faire foutre.) Écoute, petite, le monde du cinéma souffre en ce moment. Il y a de plus en plus de dépenses. On doit faire des coupes dans ce genre de circonstances, c'est la vie. Vous n'êtes pas les seuls à être affectés.

Je jette un coup d'œil à Carter.

Il fixe Brad.

– Quand vous dites, « du moins pas à L.A. », commence-t-il, voulez-vous dire que si l'un de nos contrats n'est pas renouvelé, il y a une chance qu'un poste nous soit offert à New York ?

Brad hoche la tête.

– Il y a un poste à L.A., c'est certain. À New York, c'est une possibilité. Idéalement, il y aurait deux postes ici, mais il est trop tôt pour le savoir. Pour savoir quoi que ce soit, en fait.

Nous restons silencieux tous les deux. Je contemple un nœud qui s'exhibe sur le bois brillant, parfaitement travaillé. Il a la taille de mon poing, mais n'occupe qu'une minuscule fraction de la surface de l'énorme bureau de Brad. J'aimerais appuyer dessus pour tirer la chasse d'eau et faire disparaître cette conversation dans les toilettes.

– Ce que je veux que vous fassiez tous les deux à court terme, dit Brad en attirant à nouveau mon regard, c'est oublier cette situation. Vous disposez tous les deux d'un contrat que P&D honorera, et nous verrons pour la suite. Evie, il reste cinq mois sur ton contrat actuel. Carter, tu dois signer à nouveau dans six mois. Au moment du renouvellement, il n'y aura peut-être plus qu'un poste. Mais vous n'êtes pas en compétition. Pas exactement.

Les mots *pas exactement* tombent comme des briques.

– Consolidez votre carnet d'adresses, rencontrez les équipes opérationnelles, tous les deux, continue Brad avec une légèreté feinte. Parlez à l'équipe de New York qui nous rend visite. Rassurez vos clients et réfléchissez à une manière de les conserver – nous en reparlerons un peu plus tard dans la semaine. (Il se tourne vers moi.) Evie, je ne pense pas que tu auras de problèmes pour garder tes clients, puisqu'ils avaient déjà signé avec P&D, donc je compte sur toi pour que tu montres les rouages à

Carter, que tu lui expliques comment on travaille ici. Tu pourrais peut-être le présenter à tes collègues et à certains de tes contacts.

Je suis au bord du malaise. Comme avec John Fineman, Brad m'oblige à transmettre une partie de mes contacts, durement obtenus, à un collègue. Et pas seulement à un collègue : à *Carter*, mon nouveau presque-copain avec qui je ne suis pas *exactement* en concurrence pour un poste.

– Bien sûr.

Ai-je vraiment le choix ?

– Carter, reprend Brad, tu as assez de charisme pour séduire cette ville tout entière et je pense que tu y parviendras. Écoute Evie, apprends-lui les ficelles, elle sait de quoi elle parle. (Il nous jette un coup d'œil.) Du moins pour l'instant. (Il se balance en arrière sur son fauteuil.) Je suis persuadé que vous formerez une équipe formidable. Essayez de le voir de cette façon.

Il sourit, se gratte le menton et nous dévisage de ses yeux d'un bleu glacial.

Brad Kingman vient de nous congédier.

***

Dans le couloir, Carter et moi fixons le sol, les murs, les bureaux au loin. On pourrait parler de cette situation pendant des heures. Mais, étrangement, j'ai beau avoir apprécié sa compagnie, ses baisers et son sexe, Carter est la dernière personne avec qui j'ai envie de parler de tout ça maintenant.

Je sens qu'il est tendu. Nous sommes *tous les deux* tendus, mais je dois réfléchir un peu par moi-même avant de l'aider à réfléchir.

Il siffle doucement.

– C'est ahurissant.

– Je suis d'accord.

Je dois détourner le regard de sa mâchoire contractée.

– Quand j'ai appris la nouvelle de la fusion, ma plus grande peur était de travailler avec ma nouvelle copine. Ça complique tout. Tu ne trouves pas ?

Mon cœur se met à battre plus fort en entendant ces mots.

– Et maintenant, c'est comme si… (Il secoue la tête en passant une main dans ses cheveux épais.) J'ai *besoin* de ce job. J'ai déménagé ici pour ce job.

Je lui rappelle :

– Ma vie tout entière est ici. Je travaille chez P&D depuis cinq ans. Je réalise que cette situation est vraiment désagréable pour toi, mais j'ai construit mon carnet d'adresses à L.A. Je me suis taillé une *carrière* ici.

Tu as assez de charisme pour séduire cette ville tout entière, et je pense que tu y parviendras.

Je repense aux paroles de Brad en serrant les poings. Brad veut que Carter prenne possession de la ville : quel est mon rôle dans cette histoire ?

Carter me jette un coup d'œil et, pendant un instant, je vois passer de l'irritation dans ses yeux verts. Mais elle se dissipe aussitôt.

– Ce n'est probablement pas le moment d'en parler. (Il ferme les yeux et prend plusieurs grandes inspirations.) Écoute. C'est la pire chose qui aurait pu arriver entre nous, et je m'en rends compte. (Il pose sa main chaude sur mon avant-bras.) Mais nous allons nous en sortir, ne t'inquiète pas.

Sans raison apparente, sa tentative pour me rassurer m'énerve encore plus. Cette situation est merdique pour tous les deux, c'est vrai, mais je n'ai pas besoin qu'il me donne des leçons et me dise que tout ira bien alors qu'il n'en sait pas plus que moi. Et surtout, je n'ai pas besoin qu'il me rassure après qu'on vient de lui faire comprendre qu'il est le favori pour ce job.

Sans un mot supplémentaire, nous nous éloignons dans des directions opposées : je me dirige vers la salle de repos pour boire un verre d'eau tandis que Carter part vers les toilettes.

Je sais que je devrais manger la barre de céréales que j'ai mise dans mon sac ce matin, mais mon estomac semble avoir fermé boutique pour la journée.

***

Pour nous accompagner pendant la transition, P&D a convié quelques membres de l'équipe de New York. Et comme l'a suggéré Brad, j'ai rendez-vous en début d'après-midi avec un agent senior que j'ai déjà rencontré plusieurs fois, une femme que j'admire profondément. Elle s'appelle Joanne Simms, c'est un véritable requin. Elle a commencé à la division Longs-Métrages, puis est passée au département de la TV et de l'Audiovisuel, mais elle connaît *tout le monde.* Au premier abord, c'est la personne la plus adorable de l'univers. Mais dès que les négociations commencent, elle sort les dents. C'est ma Kathy Bate de *Beignets de tomates vertes.* Si vous vous trouvez sur sa place de parking, elle vous rentrera dedans sans y réfléchir à deux fois. Et elle mettra peut-être même le feu à votre voiture.

Son bureau temporaire se trouve près du mien et dispose d'une vue magnifique sur la ville et les montagnes. Ce bureau était occupé par Tom Hetchum, le directeur juridique chez P&D. Tom n'est plus des nôtres.

Joanne me fait signe d'entrer et tandis qu'elle termine sa conversation téléphonique, je me tiens près de la fenêtre en tentant de calmer mon cœur battant. J'adore la vue de L.A. de ce côté de l'immeuble. Ça me rappelle le nombre de personnes qui y vivent, la myriade d'opportunités dont elle fourmille, l'espace dédié à chacun dans la masse des immeubles. Je ne suis pas du genre optimiste, mais je ne suis pas non plus exactement pessimiste. Je suis une personne du genre attendons-de-voir-tant-que-nous-n'en-savons-pas-plus. J'attends toujours avant de me former une opinion, mais quand j'ai fait mon choix, je ne change plus d'avis.

Et maintenant, j'ai besoin que Joanne raccroche son téléphone et me dise que c'est du grand n'importe quoi, que tout ira bien.

Mais elle ne me dit rien de tout ça. La rencontre est plutôt prometteuse. Joanne est drôle, elle adore son travail et ce qu'elle fait. Et c'est une femme qui ne laisse jamais les mecs se mettre en travers de son chemin. Exactement le genre de personne que j'aimerais devenir.

Nous parlons de sa liste de clients, des miens et de mes possibilités pour l'élargir. Nous parlons des clients dont j'hériterai sûrement après le licenciement d'autres agents et de la manière dont je peux gérer la panique de mes clients à l'idée de devoir travailler avec un nouvel agent. Cette conversation a des airs de planification de long terme et même si je n'aurai pas la chance de travailler avec Joanne puisqu'elle bosse dans le département Écriture et Adaptation audiovisuelle à New York, savoir qu'elle me soutient me rassure un peu.

À la fin de l'entretien, je me sens mille fois mieux et je suis sur la même longueur d'onde que Carter : je parviendrai à m'en sortir. Au moins, je suis certaine d'avoir ma place ici, et qu'une personne haut placée chez P&D en est également consciente.

Le couloir est calme lorsque je quitte son bureau, et je profite de ces quelques instants paisibles pour m'asseoir et réfléchir à ce qui s'est passé ce matin. J'ai vu Carter se diriger vers le bureau de John Fineman un peu plus tôt, j'ai instinctivement envie de l'attendre. Je me sens tellement mieux après ma conversation avec Joanne, j'ai envie de donner de l'espoir à Carter. Mais quand je le vois sortir, j'ai la sensation que son entretien ne s'est pas passé aussi agréablement. Sa position est bien plus précaire que la mienne et je l'apprécie *vraiment.* Je n'ai pas envie qu'il soit transféré à New York, tout comme je n'ai aucune envie d'y aller moi-même.

– Comment ça s'est passé avec John ?

Il sourit sèchement.

– C'est la première fois que je parle autant pendant un entretien.

J'éclate de rire.

– John n'est pas connu pour être un bon communicant. J'étais assise à côté de lui pendant un dîner de Noël et disons que je ne comprends pas comment il peut avoir autant de contrats. Il n'est pas réputé pour sa… sociabilité. (J'ai un peu l'impression de marquer mon territoire, en insistant sur ma familiarité avec des gens qu'il vient de rencontrer. Je sais que je devrais jouer en équipe, Carter est le petit nouveau, après tout. Donc j'opte pour des encouragements.) Je suis sûr que tu as été génial. Je parie qu'il a succombé à ton charme.

Carter me dévisage pendant quelques instants et j'ai la très claire impression qu'il sait exactement ce que je fais.

– On dirait que ça s'est bien passé avec Joanne.

J'acquiesce en souriant.

– Quand la rencontres-tu ?

– Un peu plus tard cette semaine.

– Tu veux sortir déjeuner ? Je pourrais te parler du fonctionnement de l'agence. Et te raconter qui couche avec qui et où trouver du bon café.

Il cligne des yeux sans sourire, regarde au loin.

– Je pense que je vais m'acheter un sandwich et parcourir tous les mails que j'ai reçus. J'ai un million de choses à faire. Une autre fois, peut-être ?

Je connais les gens. Et je sais quand on me remet gentiment à ma place.

– D'accord.

Il se pince le nez. Et puis il lève les yeux avec un sourire chagrin.

– À plus tard ?

Il se tourne et s'éloigne dans le couloir. Sa posture change immédiatement, il redresse les épaules et son cul est sublime dans son pantalon de costume. On tourne la tête sur son passage. Quelques stagiaires font des commentaires, l'air surexcité et admiratif. Comme si une star de football américain venait de passer dans le couloir. L'enthousiasme qui a suivi ma rencontre avec Joanne disparaît soudain et je vois exactement ce qu'elles voient : assurance, charisme…

Concurrence.

CHAPITRE 9

EVIE

– Comment fais-tu pour ne pas aimer les choux de Bruxelles ? demande Amélia à Daryl en agitant sa fourchette devant la mine dégoûtée de notre amie.

Nous venons de nous retrouver en urgence pour une *happy hour* de nourriture et non d'alcool. Je ne suis pas du genre à boire quand je suis stressée. En revanche, j'ai tendance à manger compulsivement.

Daryl agite la main, comme si une mauvaise odeur émanait du plat.

– Ça a un goût de cul dans la bouche. C'est suffisant comme raison ?

– J'adore les goûts de cul dans la bouche. Je prends sa part.

Amélia me dévisage pendant un moment avant de me servir en choux de Bruxelles.

– Heureusement que nous sommes entre nous.

– En parlant de ça, on aurait dû inviter Carter, lance Daryl. Il est mignon et il doit flipper autant que nous.

Comme Daryl bosse au département Écriture et Adaptation audiovisuelle, l'impact de la fusion n'est pas le même pour elle. Son équipe a subi des coupes, mais il est bien plus économique de garder Daryl que de la licencier avec indemnités. Elle ne risque rien pendant au moins encore un an.

Je secoue la tête en avalant une énorme bouchée et ajoute.

– Il n'en avait pas *envie*.

Pour l'instant, je ne leur ai donné qu'un résumé en quelques points :

• Me cacher dans mon bureau, morte de peur à l'idée d'être virée.

• Aller voir Brad.

• Penser que je ne vais pas être virée.

• Surprise ! Il n'y aura peut-être qu'un job pour nous deux.

• Et dans nous deux, il y a moi et le petit nouveau avec qui je meurs d'envie de coucher.

– Vous n'avez pas… *tu sais*… (Daryl fait un geste sexuel très cru.) Il y a quelques jours ?

– Parle comme un être humain normal, Daryl, lance Amélia.

– Préliminaires. Et c'était génial. *Orgasmus maximus.* Mon dessus-de-lit et moi avions hâte de recommencer.

– Et donc, comment ça va se passer maintenant ? demande Amélia. Vous ne pouvez pas travailler ensemble *et* coucher ensemble, n'est-ce pas ?

– Vous n'allez peut-être pas du tout travailler ensemble, mais vous pouvez toujours coucher ensemble, non ? raisonne Daryl.

– Super, sauf que l'un de nous va se retrouver au chômage comme un clochard. La possibilité d'être virée par sa faute n'est pas très aphrodisiaque. (J'attrape une chips et la mâche en réfléchissant.) Nous devons nous voir jeudi pour parcourir nos nouvelles listes de clients. Et après ça, j'imagine que nous ferons comme si nous allions travailler ici pour toujours, même si l'un de nos contrats ne sera pas renouvelé. Brad a suggéré New York mais… je ne sais pas.

Daryl pâlit.

– Tu déménagerais ?

– Bon Dieu non. Mais P&D a beaucoup de ressources. Je ne vais pas commencer à m'inquiéter maintenant.

– Carter aussi a beaucoup de ressources, non ?

Daryl prononce ces mots avec un clin d'œil et Amélia lui tope dans la main.

Mon téléphone s'illumine sur la table, nous regardons toutes les trois le nom de Carter s'afficher.

– Oh *merde,* murmure Daryl. C'est comme s'il *savait…*

Je fixe l'écran sans décrocher. La sonnerie retentit pendant de longues secondes.

Amélia soupire.

– Tu veux bien répondre à ton fichu téléphone ?

Je l'attrape et glisse le doigt sur l'écran.

– Salut Carter.

– Salut.

Je me lève et m'éloigne dans le restaurant en direction des fenêtres.

– Comment tiens-tu le coup ?

J'éclate de rire en passant le doigt sur la vitre.

– Je suis en pleine dégustation du menu de *Post and Beam,* donc ça va.

Carter rit aussi, et je réalise à quel point nous semblons mal à l'aise tous les deux.

– Écoute, j'ai réagi impulsivement quand tu m'as proposé de déjeuner avec toi, j'ai probablement été un peu trop sec. Je sais que c'est fou, mais je n'ai pas envie que le boulot s'interpose dans ce que nous avons commencé, tu comprends ?

J'acquiesce sans savoir quoi répondre. C'est tellement compliqué maintenant.

– Je sais. Et tu embrasses très bien.

– Toi aussi. (Il se tait un instant.) Tu penses qu'on est en concurrence pour ce job ?

– Brad a tout fait pour qu'on le prenne ainsi. Mais je ne sais pas si nous y sommes *obligés.* Nous allons bien trouver un moyen pour nous rendre tous les deux indispensables.

– Alors, n'arrêtons pas de communiquer. Si nous sommes honnêtes l'un avec l'autre, tout ira bien, n'est-ce pas ?

Je lance, d'un air enthousiaste :

– Bien sûr.

Après quelques phrases, nous nous mettons d'accord pour en parler le lendemain.

J'ai l'impression que nous sommes sur le pont du Titanic en plein naufrage et que nous affirmons : *Il est insubmersible. Dieu lui-même ne pourrait pas couler ce bateau.*

***

Date : 14 oct. 2015 à 5:03
De : Bradley Kingman <bkingman@PriceDicklepartners.com>
À : Aimee Miller ; Dudley Thompson ; John Fineman ; Timothy Brown ; Andrew Murphy ; Carter Aaron ; Evelyn Abbey ; Rose McCollough ; Ashton Garcia
Objet : Dan Price
Marqué : TRÈS CONFIDENTIEL

Cher tous,
J'ai appris hier soir que Dan Price rompait son contrat avec son agent chez Lorimac. Si quelqu'un pense pouvoir l'attirer dans nos filets, tenez-moi au courant et j'arrangerai une rencontre. C'est un client potentiel à 5 M$ pour nous. Evie gérait les crédits de ses scénarios chez Alterman il y a quelques années, donc je pense à elle. Si vous avez la moindre objection, faites-le-moi savoir d'ici 9 h.

Date : 14 oct. 2015 à 5:07
De : Carter Aaron <caaron@
PriceDicklepartners.com>
À : Bradley Kingman
CC : Aimee Miller ; Dudley Thompson ;
John Fineman ; Timothy Brown ; Andrew
Murphy ; Evelyn Abbey ; Rose McCollough ;
Ashton Garcia
Objet : Re : Dan Price

Laissez-moi l'opportunité de faire mes preuves, Brad. Nous avons des amis en commun à New York.

C.

Date : 14 oct. 2015 à 5:08
De : Evelyn Abbey
À : Bradley Kingman
Objet : Re : Dan Price

Je serais ravie de travailler à nouveau avec Dan. Nous nous entendions très bien à l'époque et je suis certaine de pouvoir le convaincre de nous rejoindre.

Merci,
Evie

Date : 14 oct. 2015 à 5:08
De : Evelyn Abbey
À : Bradley Kingman

CC : Carter Aaron
Objet : Re : Dan Price

Carter et moi avons répondu en même temps. On dirait que nous sommes tous les deux partants pour l'ajouter à nos listes. Ça me semble l'opportunité rêvée de tenter une stratégie de représentation en équipe. On en discute un peu plus tard aujourd'hui ?

Evie

Date : 14 oct. 2015 à 5:43
De : Bradley Kingman
À : Aimee Miller ; Dudley Thompson ; John Fineman ; Timothy Brown ; Andrew Murphy ; Carter Aaron ; Evelyn Abbey ; Rose McCollough ; Ashton Garcia
Objet : Dan Price

L'avenir appartient à ceux qui se lèvent tôt. Bon timing, Carter. Joanne vient de m'appeler. Dan a été nommé l'Homme le plus Sexy de l'année 2017 par *People*, la chose n'a pas encore été rendue publique. Ce serait énorme pour nous. Carter, Kylie organisera une rencontre entre Dan et toi cette semaine. Bon boulot.

Brad

CHAPITRE 10

CARTER

Jeudi après-midi, Michael Christopher s'installe à une table dans la cour attenante au bâtiment de P&D. Le soleil brille dans le ciel bleu sans le moindre nuage à l'horizon et il attend que je me calme en grignotant son sandwich au beurre de cacahuète et à la gelée. Je fais les cent pas.

Dire que la situation est « tendue » reviendrait à dire qu'Usain Bolt est « rapide ». La plupart des dirigeants semblent ravis de la fusion, parce que ça fait de P&D un conglomérat énorme et monstrueux, mais nous nous comportons tous comme des oiseaux angoissés en ne cessant de nous jeter des regards en coin comme si nous complotions non seulement pour piquer le job du voisin, mais aussi pour dévorer ses propres enfants.

La situation avec Evie n'est guère plus flamboyante. Nous sommes passés des prémices d'une amitié à l'une des nuits les plus sexy de ma vie, puis à échanger des banalités lorsque nous nous croisons dans le couloir au boulot. Après notre conversation de mardi soir, je pensais que nous allions faire front ensemble et discuter de tout ce qui se passe, mais elle a été tellement débordée par les réunions que je l'ai à peine vue hier. Ni toute la semaine, en réalité.

Et même si j'aimerais croire que nous démarrons sur un pied d'égalité avec Brad, je sais que ce n'est pas le cas. Je ne crois pas me tromper en pensant qu'il m'apprécie vraiment, et d'après ce que j'ai entrevu, il existe une animosité de longue date entre eux, mais elle a pourtant travaillé avec lui pendant des années. Sans oublier l'atout que ses contacts locaux lui confèrent. Je sens bien qu'elle et ses collègues se serrent les coudes. Elle sort l'artillerie lourde, pour se rendre indispensable…

Mais n'avions-nous pas dit que nous pouvions travailler ensemble ?

– Veux-tu t'asseoir un instant et manger quelque chose ? dit Michael. Je vais devoir prendre un cachet contre le mal des transports si je continue à te regarder.

Je sors les mains de mes poches et m'assieds à côté de lui sur le banc. Il sort quelque chose d'un sac de papier marron et me le tend ainsi qu'un sachet de chips.

– Mange.

Je baisse les yeux. Sandwich à la gelée de raisin, coupé en triangle.

– Tu m'as préparé un pique-nique ?

Il hausse les épaules et mord dans son sandwich.

– Je savais que tu n'étais pas dans ton assiette.

– Merci.

– J'imagine qu'il n'y a pas eu de changement ?

En sortant du travail, jeudi soir, j'ai débarqué comme un fou furieux chez Michael et Steph pour leur raconter tout ce que je savais de la fusion, y compris l'entrevue où Brad a lancé sa petite bombe. Ils ne savaient pas quoi dire ni l'un ni l'autre, et je ne peux pas les blâmer. C'est une situation de merde sans solution évidente. Donc, après avoir appelé Evie, j'ai décidé de rester chez eux pour un marathon *Buffy* et j'ai dévoré à moi seul une tarte entière à la crème de coco.

– Rien de nouveau.

Je repose mon sandwich et appuie les coudes sur la table.

– Je sais que Brad n'aime pas Evie, dit Michael, et pourtant il ne la lâche pas d'une semelle comme s'il jouait un petit jeu pervers.

Ça semble bien décrire la situation.

– Il a eu le culot de parler de *Field Day* devant moi. Pas très classe. (Je grogne en posant le front contre la table.) Elle me plaisait vraiment, Michael. Non, au présent : *elle me plaît.* Je n'arrive pas à voir la situation sous un jour positif.

– Je sais, mec.

Il me tapote l'épaule comme pour me rassurer.

Je me redresse en regardant en direction de la pelouse et des voitures qui avancent dans la rue, un peu plus loin. Michael reste silencieux pendant quelques instants, il pianote sur sa cuisse.

– Il n'y a qu'une chose que tu puisses faire, dit-il finalement, et je cligne des yeux. Tu dois te débarrasser d'elle.

– Me *débarrasser* d'elle ?

Il acquiesce en croquant dans son sandwich.

– Fais-la passer pour incompétente.

Je suis bouche bée.

– C'est quoi ce plan diabolique ? Elle me plaît !

Il cligne des yeux avant de me dévisager longuement tout en continuant à mâcher. Je continue :

– D'ailleurs, Brad a commencé à l'écraser en s'assurant que j'avais conscience qu'il me favorisait. Personne ne pensera qu'elle est incompétente.

Il me fixe, le regard vide. J'explose :

– Sans oublier que c'est aussi ton amie, connard !

Il enfourne une poignée de chips dans sa bouche avec un sourire satisfait.

– Seigneur, je te connais tellement bien. Tu as tout d'un boy-scout, Aaron. Je voulais juste m'assurer que nous étions sur la même longueur d'onde.

Je le dévisage.

– Heureusement que tu as apporté le déjeuner parce qu'autrement, tu ne me serais d'aucune aide.

Il rit en s'essuyant la bouche avec une serviette en papier rose.

– Écoute, Evie te plaît et tu lui plais. Vous êtes doués pour résoudre les problèmes et si deux personnes peuvent trouver le moyen de coexister, c'est bien vous. Montrez à ces types qu'ils ont tort et qu'ils ont besoin de vous deux. N'est-ce pas ce que font les agents ? Persuader les autres de faire ce qu'ils n'ont en réalité aucune envie de faire.

– C'est littéralement l'opposé de ce que font les agents. As-tu jamais écouté ta femme quand elle parle de son travail ?

– Peu importe. Fais ce que vous savez faire habituellement. Sauve ton poste et récupère la fille.

Je lui envoie mon sachet de chips au visage.

– Tu es un imbécile.

– Tu crois ?

Je me lève, ramasse mes déchets et jette le tout dans la poubelle. *Sauve ton poste et récupère la fille.* C'est peut-être un imbécile, mais je n'arrive pas à m'empêcher de me demander s'il n'a pas raison, cette fois.

***

Après le déjeuner, je rentre dans le bâtiment en faisant des adieux tragiques à Michael Christopher et à cette belle journée ensoleillée. Je commence à peine à prendre mes marques dans mon nouveau bureau, à mémoriser les noms et les postes, à apprendre à qui je peux me fier et qui je dois éviter.

Le bâtiment exhale une odeur de peinture fraîche et de produits de nettoyage. En comparaison avec l'ambiance seventies funky de CTM, tout semble flambant neuf. Quand j'avance dans le couloir, un brouhaha constant de voix, de téléphones qui sonnent, de touches de clavier m'accompagne. À New York, on entendait toujours le bruit des voitures, même au douzième étage. C'était l'arrière-fond constant de toutes les conversations, du matin au soir. On y était tellement habitués qu'en dehors d'un coup de klaxon particulièrement sonore ou d'une sirène, on oubliait aisément que nos bureaux se trouvaient en plein cœur de la ville. Le bâtiment de CTM était situé à côté d'une caserne de pompiers, et le retentissement des sirènes qui s'allumaient et qui s'éteignaient était devenu si fréquent que personne ne faisait de réflexion quand nous étions coupés en pleine phrase dans la salle de conférences. Il suffisait d'attendre que le calme revienne.

Les locaux de P&D sont bien plus silencieux, et pourtant on a *l'impression* qu'il y a plus de bruit. L'insonorisation des fenêtres à double vitrage semble amplifier le moindre son à l'intérieur. Et quand j'entre dans mon bureau, je me rappelle encore une fois que je ne pourrais pas rêver meilleur point de vue.

Le bureau d'Evie se trouve de l'autre côté du couloir, mais elle n'est toujours pas revenue. J'ai remarqué qu'elle aime accueillir ses clients dans son coin canapé et si je me penche pour jeter quelque chose dans la corbeille à papiers, sans le faire exprès, bien sûr, je dispose d'une vue imprenable sur ses jambes, je vois la manière dont elle les croise, la manière dont elle…

Mon nouvel assistant, Justin, frappe à la porte avant de passer la tête dans l'ouverture. J'en ai hérité d'un agent de P&D, victime de la fusion, et il me fait penser à un chien de la SPA qu'on viendrait de récupérer au refuge. S'il est encore ici, c'est qu'il a été considéré apte, mais nous n'avons pas encore trouvé notre rythme de travail. Il est nerveux, c'est le genre de mec qui utilise des smileys plutôt que des mots dans ses messages et qui dit « nous » pour se référer à ce que je dois faire.

« Nous allons recevoir un appel de Patricia de chez Fox à 11 heures. »

« Nous avons un déjeuner à 13 heures avec Peter du service juridique. »

« Nous devons discuter de ce point avec Brad. »

Et rien à voir avec Becca. J'ai tout essayé pour chercher un moyen de la faire réengager, mais on m'a répondu par la négative. Apparemment, les fusions, c'est un peu au petit bonheur la chance.

Becca m'engueulait en permanence et avait raison à 98% du temps. Becca m'interpellait quand je ne l'écoutais pas et me criait dessus quand je laissais traîner des tasses de café vides. Becca corrigeait mes fautes de grammaire sur des Post-it. Becca et son scénario dingue que je n'ai jamais réussi à déchiffrer. Becca me manque.

– Vous êtes de retour, me dit Justin en entrant dans mon bureau.

Comme la plupart des stagiaires et des assistants, Justin vient à peine d'atteindre l'âge de boire de l'alcool et semble tout droit sorti d'une publicité pour *Topman* ou *Abercrombie*.

– Salut. Ouais.

Je détaille mon bureau, les mains sur les hanches. Mes affaires viennent d'être déballées. Il semble tellement vide.

– Votre déjeuner s'est bien passé ?

– J'ai vu un ami.

– Nous avons eu plusieurs visites. (Il baisse les yeux vers ses notes.) Angela de la division Écriture et Adaptation audiovisuelle. Esther du service juridique. Aimee de… (Il se fige et plisse les yeux.) Il y a beaucoup de femmes sur cette liste.

– Écoute, dis-je en avançant vers la porte. (Je m'assure que personne ne nous écoute et la referme doucement.) Sais-tu où se trouve Evie ?

– Evelyn… Miss Abbey ? demande-t-il de manière formelle, et j'acquiesce.

Justin sort en trottinant et revient environ vingt secondes plus tard.

– Jess m'a dit qu'elle n'était toujours pas revenue de son déjeuner.

– Jess ?

– Son assistante.

– Ah oui, c'est vrai. (Je me sens perturbé, j'ai envie de voir Evie le plus tôt possible. Cet après-midi, nous avons rendez-vous avec Brad pour parler de nos listes de clients, et je préférerais que nous fassions front ensemble plutôt que comme des étrangers qui ne s'adressent pas la parole.) Pourras-tu me prévenir quand elle sera de retour, s'il te plaît ?

– Nous avons rendez-vous avec Joanne dans environ cinq minutes, me rappelle-t-il.

Je reste silencieux pendant quelques secondes pour qu'il s'entende parler, mais rien ne semble le choquer.

– Merci Justin. Je vais y aller. Envoie-moi un texto si tu vois Evie.

Les yeux de Justin s'illuminent – je lui ai enfin donné quelque chose à faire – et je culpabilise soudain. Les fusions ne sont jamais faciles, mais être sous les ordres d'un supérieur qui ne sait pas sur quel pied danser ? Ce doit être une torture.

– Absolument, lance-t-il, enthousiaste. J'ouvrirai l'œil et je vous enverrai un message à la seconde où elle sera de retour ! Bon courage. (Il se tourne pour partir, mais s'arrête sur le seuil.) Au fait, si Mlle Abbey ne refait pas surface d'ici là, n'oubliez pas votre rendez-vous avec Brad à 14 heures.

Comme si je pouvais l'oublier.

***

Je me rends dans le bureau de Joanne avec un optimisme de façade. En temps normal, je déborderais de confiance en moi. Je suis plein d'entrain, et travailler en équipe ne me fait pas peur. Bien au contraire. En outre, jusque-là, tous les gens que j'ai rencontrés chez P&D ont été accueillants, enthousiastes et convaincus de ce que je peux apporter à la nouvelle entreprise.

Joanne travaillait dans le bureau de L.A. avant d'être transférée à New York il y a quelques années. D'après les bruits qui courent, elle aurait quitté la Californie parce que Brad est incapable de travailler avec une femme. Après l'avoir vu interagir avec Evie, je le crois volontiers. Joanne est entrée chez P&D en même temps que lui, je me demande s'il a fait en sorte qu'elle parte ou si elle est arrivée à ce choix par elle-même. Hollywood est un monde d'hommes présomptueux dotés de petites bites.

Malheureusement, ma bonne humeur ne dure pas. Il s'agissait d'une entrevue classique destinée à faire connaissance, où il suffisait à Joanne de me poser des questions en se basant sur mon portfolio, sur ce qu'elle avait lu sur Internet ou entendu de la bouche de Brad. Mais, clairement, Joanne *connaît* Evie. Clairement, elle *apprécie* Evie. Alors que je sentais une sorte de complicité avec Brad, dans le genre respect viril, ce que je n'apprécie pas particulièrement, une froideur glaciale a régné sur mon entretien avec Joanne. Elle n'a pas cessé d'insister sur la chance immense que j'ai de travailler avec Evie, de me répéter à quel point elle est géniale et respectée, à quel point je peux apprendre d'elle.

En gros, le thème de la journée est « Evie est géniale » et il est à peine 13 heures.

Le ventre serré, je reçois un message de Justin au moment où je me dirige vers la salle de conférences.

Il m'apprend qu'elle est arrivée, a déposé ses affaires dans son bureau et nous attend déjà dans la salle de conférences.

Merde, c'est raté pour le front uni. Il est de plus en plus clair qu'Evie a une énorme longueur d'avance. Non seulement elle est belle, intelligente et géniale dans son travail, mais les seniors lui tressent des couronnes. J'ai beaucoup de pain sur la planche.

J'arrive devant la salle de conf et je la vois à l'instant où j'entre.

J'ai beau l'avoir vue des dizaines de fois, je suis toujours surpris par sa beauté, comme si je l'oubliais chaque fois qu'elle quitte mon champ de vision. Ses cheveux bruns sont remontés en chignon, elle porte une veste de tailleur ajustée sur un chemisier. Je remarque qu'elle a mis une jupe et lorsque je m'assieds à côté d'elle, il faut que je rassemble tout mon courage pour ne pas poser les yeux – ou les mains – sur ses jambes sous la table. J'imagine à quoi elle ressemblerait, allongée sur l'immense table ou peut-être debout face au mur de fenêtres…

Concentre-toi, Carter. Pense à la récompense finale.

En dehors de salutations impersonnelles dans le couloir lorsque nous nous croisons, nous n'avons pas échangé un mot depuis notre brève conversation téléphonique mardi soir. Bien sûr, c'est un peu bizarre, étant donné qu'il y a une semaine, je glissais ma main dans sa culotte et pensais déjà à la prochaine fois où je la verrais nue.

Brad n'est pas encore arrivé, nous sommes seuls, mais je chuchote par précaution :

– Je me demandais si tu accepterais de sortir avec moi ce soir. Dîner ? Élaborer une stratégie.

Elle termine de noter quelque chose et lève les yeux vers moi. J'envie son masque de sérénité lorsqu'elle jette un coup d'œil circulaire dans la pièce. Je suis proche d'elle, mais pas trop. Je n'empiète pas sur son espace vital, mais j'essaie clairement de lui faire comprendre que j'aimerais vraiment, vraiment, reprendre là où nous avions laissé notre relation.

– Dîner ? répète-t-elle. (Je peux sentir les battements de son cœur à cette distance. Ses pupilles se dilatent imperceptiblement, nous continuons à nous dévisager.) Tu veux dîner avec moi ?

J'ai l'impression d'avoir laissé tomber une allumette dans une flaque d'essence et même si je ne devrais pas, je rêve de me pencher pour l'embrasser dans le cou.

– Ouais. Si tu n'es pas déjà prise.

Elle me jette un nouveau coup d'œil et je déglutis en m'efforçant de garder les yeux fixés sur les siens et de ne pas les laisser vagabonder en direction de sa bouche. Regarder sa bouche pourrait m'amener à *me souvenir* de sa bouche, ce qui pourrait m'amener à imaginer sa bouche en d'autres circonstances, ce qui serait une très très mauvaise idée.

Evie sort son téléphone pour consulter son planning, fronce les sourcils tout en faisant défiler les heures.

– J'ai une réunion à 17 heures. Que veux-tu dire par élaborer une stratégie ? Élaborer une stratégie pour quoi ?

Élaborer une stratégie pour se retrouver nus tous les deux ?

Brad choisit ce moment pour entrer dans la salle. Il s'installe, pose des documents devant lui avant de nous regarder.

– Evie, Carter, comment ça va ? Vous vous entendez bien tous les deux ?

J'imagine qu'Evie a la même réaction que moi et pense intérieurement *c'est quoi ce bordel ?*

– Tout à fait, lançons-nous tous les deux.

Et je sens son pied effleurer légèrement le mien sous la table. Eh oui, *voilà* exactement ce dont nous avions besoin. Nous contre eux. Un front uni. Je réprime un sourire. Nous pouvons le faire, j'en ai la certitude.

Kylie entre et pose une pile de dossiers devant Brad. Il chausse ses lunettes avant d'ouvrir le premier.

– OK, super, dit-il d'un air absent.

Si nous avions répondu : *C'est n'importe quoi, Brad. À cause de vous, nous sommes sur les nerfs. Il y a une semaine, nous étions à deux doigts de nous envoyer en l'air comme des fous, mais maintenant nous en sommes arrivés à chercher les faiblesses de l'autre pour les exploiter*, il aurait eu la même réaction. Brad est vraiment un enfoiré.

Je suis content qu'il ait mangé une barre de céréales pour chiens à cause d'Evie.

– Nous allons parler de vos clients aujourd'hui, continue-t-il en feuilletant les dossiers et en parcourant les fiches client. Il en manque sûrement quelques-uns, mais nous allons nous contenter des plus importants pour l'instant. (Il lève les yeux vers moi.) Carter, tu vas travailler avec Dan Price, n'est-ce pas ?

Je hoche la tête.

– J'ai déjà contacté son équipe. Nous jouons au chat et à la souris, mais je ne désespère pas de les avoir bientôt au téléphone.

Je sens qu'Evie gigote sur son siège à côté de moi et il y a quelque chose dans sa posture… une raideur nouvelle. Son pied s'éloigne du mien et, du coin de l'œil, je la vois croiser les bras.

Est-elle… en colère parce que j'ai obtenu de travailler avec Dan Price ?

Mon cœur se serre, la série de mails me revient en mémoire. Evie a répondu en proposant de bosser avec lui et Brad m'a donné le feu vert sans tergiverser. À ce moment-là, c'était un simple enchaînement de mails dans le brouillard hystérique post-fusion de ma boîte de réception, mais je commence soudain à penser qu'Evie a jugé que ma réponse était sournoise.

Oh merde. *Vraiment ?* N'aurait-elle pas fait la même chose ?

Je cligne plusieurs fois des yeux en revenant à moi. Brad ergote :

– … j'imagine que tu attends encore des clients qui viendront de CTM, y compris Emil et quelques autres, donc pour l'instant, je voudrais que tu commences tranquillement, en te concentrant sur l'objectif de rassurer tout le monde, de leur expliquer que rien n'a changé. Mais réussir à obtenir la signature de Dan serait un grand coup. (Il parcourt quelques documents avant de me regarder, je hoche la tête pour lui montrer que j'écoute. Il se replonge dans sa lecture.) Le premier des nouveaux joueurs de la liste de tes clients P&D sera Jett Payne. Jett a joué dans quelques films indépendants et dans les séries MTV les plus populaires de ces dernières années. Son personnage a été tué dans l'épisode final lorsqu'on lui a offert un rôle plus important dans une série encore plus intéressante et, à mon avis, il va exploser. Ton expérience dans la télé te sera utile, mais discute avec Joanne à son sujet : elle a aidé beaucoup d'acteurs à passer du monde de la télé à celui du cinéma.

Il me tend le dossier et j'y jette un coup d'œil en prenant quelques notes.

Dan est un poids lourd du cinéma, Jett une étoile montante. Jusque-là, je suis gâté.

– Ensuite, Carter, tu travailleras avec Jamie Huang, l'enfant chérie de la télé-réalité.

Il est impossible de ne pas percevoir de la moquerie dans le ton de sa voix, mais je fais mine de l'ignorer. La télé-réalité est l'un des marchés les plus importants dans la tranche des dix-huit à vingt-cinq ans, et l'émission de Jamie fait constamment partie du top cinq. Elle est omniprésente sur les réseaux sociaux, ce qui ne signifie pas grand-chose si les gens *n'achètent* pas ce que vous achetez, mais d'après ce que j'ai compris, ses fans suivent ses conseils. L'un de mes amis l'a rencontrée brièvement et elle lui a fait savoir qu'elle avait très envie de faire du cinéma.

– Le manager de Jamie s'appelle Allie… (Il regarde ses notes.) Allie Brynn. Elle fait du bon boulot : Jamie est montée rapidement et a beaucoup de succès sur Internet, mais elle est bête comme ses pieds.

Evie s'éclaircit la gorge – de façon significative –, mais Brad n'y prête pas attention.

– Allie s'occupe d'elle, et l'essentiel de son job consiste à la pousser à faire ce qu'on veut qu'elle fasse.

– J'ai compris.

Je note le nom d'Allie. J'ai beaucoup travaillé avec des managers par le passé. Pour la plupart, ils me facilitaient la vie.

– Alex Young est l'un de nos plus gros clients, Carter, et je pense qu'il serait très bien avec toi, continue Brad.

Mon rythme cardiaque s'accélère. Alex est un chanteur-compositeur dont l'album *Breakout* a eu un succès retentissant au Royaume-Uni et il promet de devenir une star aux États-Unis.

Mes mains transpirent.

– Je te le confie à cause de ton passé dans le théâtre et la musique à New York. Tu travailleras en collaboration avec l'équipe Musique, ce qui n'est pas tellement de ton ressort, je te l'accorde, mais il est très demandé pour des bandes-son de longs-métrages. Personnellement, je pense qu'il ne faut pas se presser et que tu peux choisir très soigneusement les films sur lesquels tu le mettras. Tu auras moins de clients qu'Evie au début, mais Alex mettra ta liste en valeur.

Je lève les yeux du dossier d'Alex en direction d'Evie. Elle semble impressionnée. *Nous pouvons le faire*, je pense. Nous sommes complémentaires et nous pouvons leur vendre l'idée d'une équipe. Dans mes rêves les plus fous, nous deviendrions un sous-département spécialisé à nous deux. Enfin, si tout se réalisait comme je l'entends.

– Demande à ton assistant de m'apporter ta liste actuelle – les clients qui restent après la fusion – pour actualiser tes attributions. On travaillera à partir de là, dit Brad, et je hoche la tête en attrapant mon téléphone pour envoyer un texto rapide à Justin.

– Evie, lance Brad, et elle se redresse sur sa chaise. Je sais que tu as déjà une liste très fournie et que tu travailles sur des contrats pour Adam Elliott et Sarah Hill. C'est génial. (Il secoue la tête et ajoute de mauvaise grâce.) Vraiment. Je suis ravi.

Super. Adam et Sarah sont des personnalités de premier plan, ils sont déjà connus dans l'industrie du cinéma. Brad jette un coup d'œil au dossier d'Evie, ouvert devant lui.

– J'aimerais que tu t'occupes de Marian Isaac.

Je m'en veux de ma réaction. J'ai failli éclater de rire, parce que même si Marian rapporte beaucoup d'argent à l'agence, ce ne sera pas une partie de plaisir pour Evie. Marian est une mannequin devenue une actrice très populaire, connue pour être un vrai cauchemar. Elle est exigeante, souvent impolie avec les journalistes et les fans. Ses crises de nerfs avec le dernier réalisateur pour lequel elle a tourné sont devenues légendaires. Je ne suis pas surpris qu'un autre agent ait profité du prétexte de la fusion pour s'en débarrasser.

Evie acquiesce, l'expression indéchiffrable, mais je dois admettre qu'elle ne semble pas particulièrement surprise. *Evie pourrait convaincre une grenade de ne pas exploser*, a affirmé Brad. C'est exactement ce qu'il voulait dire.

– Lorimac l'a laissée tomber, ajoute Evie.

– C'est vrai, répond-il avec un petit rire. Elle leur a fait gagner trois millions de dollars l'année dernière, et ils l'ont quand même jetée comme une vieille chaussette.

– Qui s'occupait d'elle avant ?

– Chad, répond Brad avec un sourire sardonique. Il était ravi de passer la main.

– Je n'en doute pas.

Evie lui lance un regard entendu et j'aimerais savoir de qui on parle pour ne pas continuer à me sentir comme un novice ignorant.

Mais je n'ai aucune idée de qui est Chad.

Brad se penche et hoche lentement la tête.

– Je ne doute pas que tu sauras la gérer.

On dirait un coup de poignard.

Et je me sens de plus en plus mal parce qu'en plus de sa liste actuelle, il lui offre un gros nom avec la possibilité de signer avec deux acteurs supplémentaires. Trois de ces clients lui rapporteront d'énormes commissions à coup sûr.

Pourquoi est-ce que je me culpabilisais à l'idée de m'occuper de Dan Price ?

Brad se redresse et jette un coup d'œil à sa pile de dossiers.

– Suivant : Keaton Avery. Je suis sûr que tu te souviens de la petite prise de bec qu'il a eue avec ce paparazzi l'année dernière, donc je veux être certain que soigner son image sera ton objectif numéro un.

Son stylo se fige sur le bloc posé devant elle, mais elle reste impassible. Keaton a joué dans un film nominé aux Oscars l'année dernière et il promet de devenir la nouvelle coqueluche des films d'art et d'essai.

Putain.

– Et Trent Vanh, dit Brad. Il vient juste de terminer le tournage de *Dans l'œil du tigre.* (Je m'appuie contre le dossier de ma chaise, fiévreux. Trent a remporté un Emmy l'année dernière.) Il espère jouer dans des films, donc nous devons lui trouver au plus vite un gros contrat.

Brad sort le dernier dossier du tas d'Evie. Je sens ma pression artérielle augmenter d'au moins dix points en me demandant ce qui peut bien lui rester.

– Et pour finir, je te confie Seamus Aston, le YouTubeur.

Seigneur. Je serre les poings sous la table. Evie pose les mains devant elle.

– Il se trouve que Seamus et Jamie vont jouer dans le nouveau film de Ridley Scott, donc vous allez devoir vous coordonner. Seamus a dix-sept millions d'abonnés sur sa chaîne, il dispose du soutien des adolescents, comme vous pouvez l'imaginer, et vient d'obtenir un rôle dans l'un des films les plus prometteurs de l'année prochaine. Mais, continue Brad en se balançant sur sa chaise, il ne faut pas se mentir, c'est un *vrai* connard.

Je pense : *Et tu en sais quelque chose.*

Au même instant, Evie attrape son sac et en sort un petit tube de crème pour les mains. En dépit de la tension générale, je devine ce qu'elle s'apprête à faire et je dois me retenir de sourire lorsque je la vois déverser la crème dans la paume de sa main et commencer à l'étaler.

– Pas de problème, dit-elle.

Brad sourit.

– Voilà une réponse qui me plaît, petite. Ravi que tu prennes mes principes à cœur. *Joueur d'équipe.*

Evie a pour réputation de garder son calme et d'être capable de gérer des divas, mais je sens que quelque chose m'échappe. Brad semble bien trop aimable, comme s'il l'aidait à gravir le sommet d'une montagne. Soit il compte la laisser planter le drapeau, soit il projette de la pousser du haut de la falaise.

– Je sais que la balance semble un peu déséquilibrée, m'explique-t-il. Mais Evie connaît la ville et le milieu. Comme je l'ai déjà dit, c'est une chose d'attirer les talents, mais c'en est une autre de les garder sur la durée.

Je réponds :

– J'ai compris.

Oui, Evie a plus de contacts et d'expérience dans le milieu cinématographique, mais ça ne fait pas nécessairement d'elle un meilleur agent. En toute logique, je sais que ce que dit Brad fait sens. Mais sa condescendance me met hors de moi.

La réunion se termine, nous commençons à rassembler nos affaires. Tout espoir s'est évaporé. Oui, nous pouvons travailler comme une équipe et, oui, nous avons des compétences complémentaires. Mais ai-je vraiment envie d'être perçu comme celui qui a tout à apprendre d'elle, qui bénéficie de son expérience ? J'essaie de me calmer, mais mon cœur se met à battre plus vite et je dois éviter son regard.

Je m'attarde en faisant semblant de parcourir un dossier pour qu'Evie et Brad sortent d'abord, mais je ne suis pas surpris de la trouver dans le couloir au moment où j'émerge de la salle de conférences. Elle m'arrête d'un regard en s'appuyant contre le mur. Elle a une longueur d'avance et semble en avoir conscience.

– Eh bien, c'était intéressant.

Elle croise les bras sur sa poitrine.

– C'est une manière de voir les choses.

– À propos d'élaborer une stratégie, lance-t-elle en regardant ailleurs. Comme je te l'ai dit, j'ai un rendez-vous à dix-sept heures, mais on pourrait se retrouver plus tard. Ça pourrait être sympa de mettre les choses à plat.

Putain.

Mon cœur tambourine comme un marteau-piqueur contre mon sternum, mon ventre est un abîme de culpabilité.

– En fait, j'avais oublié que j'avais dit à Michael que je garderais Morgan ce soir. Elle doit apprendre à nager et je lui ai promis de l'accompagner à la piscine et de m'occuper d'elle jusqu'à ce qu'il vienne la chercher.

– Oh, répond-elle, consciente qu'il s'agit d'un mensonge. (*Elle sait.*) Une autre fois alors.

– Bien sûr.

Evie a l'art de rester impassible en apparence, mais je vois son regard se voiler.

– Tu es content de ta liste ?

L'amusement que je distingue dans sa voix me laisse penser qu'elle ne le serait pas si elle était à ma place.

– Ouais. En plus des personnalités que j'amène chez P&D, j'aurai de quoi m'occuper. Et toi ?

– Ravie. (Elle sourit.) En fin de compte, je suis soulagée que tu aies récupéré Dan Price. Je ne sais pas comment j'aurais trouvé du temps pour lui *et* Adam, Sarah, Seamus…

Je m'immobilise en retenant ma première réaction : la mettre face à son comportement passif-agressif. J'échoue.

– Donc, tu *étais* en colère à cause de mon mail à propos de Dan ?

– Je n'étais pas en colère, réplique-t-elle d'un ton plat. (Elle était clairement en colère.) J'ai juste trouvé ironique que tu m'appelles seulement quelques heures avant pour me dire qu'on ne devrait pas cesser de communiquer. Et puis, tu fais en sorte de me piquer un client que Brad pensait me confier.

Est-elle sérieuse ?

Cette situation n'est agréable pour personne. Nous voyons clair dans le jeu de l'autre, c'est du moins mon impression. Je donnerais toujours mon petit doigt pour la baiser toute la nuit, mais à l'instant où Evie me dévisage comme si j'étais un adversaire de l'autre côté du terrain, je décide de fermer cette porte pour en laisser une autre ouverte. Je ne peux pas tout mener de front. Et si je ne peux pas obtenir la fille, je peux au moins essayer de sauver mon poste.

– Je ne t'ai pas prise en traître, lui dis-je. Je t'ai mise en copie du mail, n'est-ce pas ? C'était clair et net. Il n'y avait aucune arrière-pensée.

Suit un moment de silence gêné avant qu'elle ne se tourne et ne s'éloigne dans le couloir sans un mot supplémentaire. Je continue à la regarder longtemps après qu'elle a disparu, probablement dans son bureau.

Justin arrive derrière moi.

– Comment ça s'est passé ? me demande-t-il en désignant la salle de conférences.

Je lui tapote l'épaule et souris.

– Super. En fait, j'ai pas mal de recherches à mener. Dis-moi, que sais-tu à propos de YouTube ?

Je commence à élaborer un plan dans ma tête tandis qu'il babille, surexcité, et même si j'ai l'impression d'être sournois, une stratégie fait son chemin dans mon esprit. J'ai besoin de ce job. J'ai besoin de trouver un moyen pour faire en sorte que ça fonctionne. Brad pense peut-être qu'Evie est la bonne personne pour ce poste, mais c'est seulement parce qu'il ne sait pas de quoi je suis capable.

Si je dois travailler jour et nuit, sans relâche, et apprendre tout ce que je dois apprendre – et plus encore – à propos de ma liste de clients *et* de la sienne, c'est exactement ce que je ferai.

Hors de question de perdre face à *Evil*.

CHAPITRE 11

EVIE

Date : Vendredi, 30 oct. à 16 : 12
De : Kylie Salisbury <ksalisbury @PriceDicklepartners.com>
À : Carter Aaron ; Evelyn Abbey
Objet : Séminaire annuel

Bonjour Evie et Carter,
Brad a demandé que vous soyez tous les deux en charge du séminaire annuel du département à Big Bear. Il est fixé pour le week-end du 14 au 16 janvier. Comme Evie le sait, je l'ai organisé ces deux dernières années, donc faites-moi savoir quand vous aurez un moment pour qu'on discute tous les trois du format, des activités et autres détails importants.

Bien à vous,
Kylie

J'ai lu ce mail à peu près sept fois et je ne suis toujours pas sûre de l'avoir bien compris. J'entre dans le bureau de Daryl et lui demande de confirmer que je n'ai pas halluciné. J'appelle Amélia pour qu'elle me confirme que je ne suis pas en train de me faire des idées.

Le séminaire n'était-il pas annulé ? Pourquoi est-il reconduit et pourquoi des *agents seniors* sont-ils censés l'organiser ? Suis-je sur le point d'avoir un infarctus ?

Apparemment, non. Et pour couronner le tout, Carter et moi sommes chargés d'une tâche qui fait normalement partie des attributions d'un assistant : organiser le séminaire du département.

Brad, c'est un sacré numéro.

Puisque la nouvelle ne vient pas de Brad lui-même, je ne peux pas deviner l'intention cachée, mais je suis certaine qu'il y en a une. Il est possible que Kylie lui ait demandé un peu de répit, mais il est encore *plus* probable que ce soit sa manière d'inaugurer les *Hunger Games* de P&D.

Je m'appuie contre la porte de Daryl en me frottant le visage.

– Ça signifie que je serai obligée de lui parler.

Il y a deux semaines, je ne m'en serais pas plainte parce que (soyons honnêtes) j'avais envie de trouver le moyen de le déshabiller à nouveau. Mais après les derniers revirements – *Allons dîner, oh attends, tu as une meilleure liste que moi, je n'ai plus envie de dîner avec toi* –, je commence à penser que la meilleure stratégie consistera à réduire nos échanges au minimum.

Ce qui… à ma grande surprise, n'est pas si difficile. Entre les nouveaux clients et les nouveaux collègues de travail, en plus de mon planning habituel, j'ai été complètement submergée. Au cours de ces deux dernières semaines, je suis arrivée au travail à 8 heures et j'en suis repartie tous les soirs longtemps après que les bureaux s'étaient vidés, j'ai eu neuf déjeuners professionnels, sans compter les onze réunions informelles autour d'un verre en *after work*, qui s'ajoutent aux rendez-vous client pendant les horaires de travail. J'ai à peine vu Carter. Sauf quand je jetais un coup d'œil furtif dans le couloir après avoir entendu sa porte claquer, pour profiter de la vue de son cul moulé dans son pantalon de costume…

Je m'accorde une courte pause entre un déjeuner pro et un rendez-vous hors des murs de P&D, en espérant pouvoir attraper Carter au vol. Parce que les chances que je lui tape dessus ou que je me jette à son cou sont à peu près équivalentes. Je décide alors de demander à Daryl, qui me doit une faveur depuis la soirée de Steph, de jouer le rôle de chaperon et de témoin potentiel.

Je suis une super amie.

Nous nous arrêtons devant sa porte et je lève le poing pour frapper une fois, hésitante.

En général, Carter ne ferme pas sa porte. Je le vois constamment dans l'entrée, occupé à parler à des gens ou avec deux ou trois agents dans son bureau. Nous travaillons différemment, j'ai tendance à aller droit au but, de manière amicale mais brève, alors qu'il erre et bavarde dans les locaux pour croiser le plus de monde possible. *Tout le monde* aime Carter. J'ai conscience que cette semaine est difficile pour lui aussi, mais il semble toujours disposer de quelques minutes pour dire bonjour à quelqu'un, s'arrêter et discuter de la pluie et du beau temps.

Je réalise que nos manières de travailler sont complémentaires, et mon ventre se réchauffe.

Ne serait-il pas bien plus sympathique de collaborer, au lieu de nous affronter ?

La situation ne serait-elle pas bien moins compliquée s'il ne s'était pas instantanément métamorphosé en connard menaçant et compétitif ?

– Arrête, me dit Daryl, et je cligne des yeux.

– Arrête quoi ?

– Arrête de gigoter dans tous les sens. Tu es censée être la dure à cuire. Les dures à cuire ne trépignent pas. Et ne me fais pas cette tête : n'est-ce pas exactement la raison pour laquelle tu m'as demandé de venir ?

– OK, d'accord, d'accord. (Je ferme les yeux en invoquant mon Ninja intérieur.) Je suis Uma Thurman dans *Kill Bill.* Linda Hamilton dans *Terminator 2.* Sigourney Weaver dans *Alien* – parce que, soyons honnêtes, c'est dans ce film qu'elle s'est révélée. Les séquences dans lesquelles elle…

– Veux-tu bien te concentrer une minute ?

Il s'écrie :

– Entrez !

Et je suis un peu perturbée par le son de sa voix, profonde et calme, très différente de son intonation de tous les jours. Je me rappelle la dernière fois où j'ai entendu cette nuance, dans mon lit, et j'ai envie de foncer la tête la première dans le mur le plus proche.

Cette situation serait mille fois plus simple si je n'avais pas autant envie de l'embrasser que j'aimerais le rouer de coups.

J'ouvre la porte et lève les yeux : il est assis derrière son bureau, les cheveux emmêlés, les lunettes de travers. Il semble tout chiffonné.

– Salut, Evie.

Son expression est difficile à déchiffrer. De la surprise, peut-être ? De la nervosité ? Il semble un peu stressé. Tant mieux.

Carter jette un coup d'œil derrière moi, en direction de Daryl qui me rentre dedans quand je m'arrête net.

– Merci de prévenir, dit-elle en se frottant le nez.

Je devrais faire plus attention. Elle a dépensé beaucoup d'argent pour ce nez.

– Nous n'avons pas été officiellement présentés, dit Carter, et il s'approche de Daryl pour lui serrer la main. Carter Aaron. Le nouveau.

– Daryl Jordan. Sagittaire.

– Bélier, réplique-t-il avec un sourire espiègle. Nous sommes les signes les plus compatibles du Zodiaque.

Dieu tout-puissant.

Daryl sourit, charmée.

– Ravie de l'apprendre, ajoute-t-elle, dans la mesure où tu es le nouveau je-ne-sais-quoi de ma meilleure amie.

Je me tourne vers elle, les yeux écarquillés. *Traîtresse.*

– Je ne savais pas que tu t'intéressais à l'astrologie, dis-je en me demandant à qui je dois jeter un regard noir. Tu lis ton horoscope tous les jours, Carter ?

Ta lune compétitive éclipse mon bonheur ensoleillé, enfoiré.

– Pas en ce moment, répond-il, à nouveau sérieux. Mais ma mère est férue d'astrologie et elle avait pour habitude de nous lire notre horoscope tous les matins au petit déjeuner. Quand j'entends quelqu'un y faire allusion, ça me rend un peu nostalgique.

Sombre c…

– C'est tellement mignon.

Daryl craque visiblement. Lui demander de m'accompagner était une erreur. Je me demande s'il est encore possible de la pousser discrètement en dehors de la pièce.

– Malheureusement, je n'ai pas l'occasion de la voir aussi souvent que je le voudrais, mais j'espère y aller bientôt pour les vacances. Quand il y aura un jour férié. Enfin… (Il replace ses lunettes sur son nez, mais ne se recoiffe pas. Il nous fait signe de nous asseoir et se réinstalle sur son fauteuil.) Je suis écrasé de travail. Quoi de neuf ?

– J'imagine que tu as lu le mail de Kylie.

Il secoue la tête et se tourne vers son écran.

– Et tu te plais ici ? demande Daryl. Tu as trouvé tes marques ?

J'entends le double-clic de sa souris et le regarde parcourir le mail.

– Ouais, articule-t-il lentement. Je me fais des amis, j'apprends les rouages. Les gens étaient un peu réticents au début, mais je pense avoir dépassé cette phase. Je commence à apprécier la dynamique de l'équipe.

Comme moi, il relit le message plusieurs fois avant de lever les yeux.

– C'est du sérieux ?

Je hausse les épaules.

– J'imagine.

– Brad ne considère-t-il pas que nous avons assez de pain sur la planche comme ça ?

– Il veut nous empêcher de sortir la tête de l'eau ou alors il estime que Kylie n'a pas suffisamment bien bossé ces dernières années.

Carter me regarde avec l'air de désapprouver :

– Elle est très compétente, Evie.

Daryl me pince le bras et, sérieusement, *c'est quoi ce bordel ?* On était en train de se demander pourquoi Brad nous infligeait ça, alors pourquoi se préoccupe-t-il soudain de Kylie ?

J'ignore les tentatives de Daryl pour m'intimer de garder mon calme et toise Carter :

– Je n'en doute pas, mais les séminaires ne sont peut-être pas son truc.

Il rit sèchement en secouant la tête, avant de relire le mail.

– Tu as vraiment une dent contre elle.

Je dois prendre une grande inspiration pour encaisser la remarque. Depuis deux semaines qu'il est ici, a-t-il déjà été témoin d'une altercation avec Kylie ? Et pourquoi ressent-il le besoin de la défendre devant *moi* ? J'ai envie d'attraper son agrafeuse et de la lui balancer à la figure. Mais les bons agents parviennent à se maîtriser pour ne pas perdre leur sang-froid, à moins qu'il soit vraiment nécessaire de déchaîner la bête. Un agent *génial* ne perd jamais son sang-froid, mais déchaîne la bête si besoin.

C'est une différence de taille… et je dispose encore d'une marge de progression pour être tout à fait géniale.

– OK, dans ce cas, dis-je calmement en me dégageant de l'emprise de Daryl. Je vois bien que tu es débordé. Je peux m'en occuper seule, si tu préfères.

Daryl secoue la tête.

– Evie, je ne pense pas qu'il défende…

– Je ne suis pas *débordé,* la coupe Carter.

– Bien sûr que non.

Et en entendant le ton avec lequel je prononce ces mots, il rougit, car je sous-entends que sa liste est plus que raisonnable.

Je jette un coup d'œil à son bureau. Il est bien plus vivant qu'auparavant. Les murs sont couverts de photos encadrées de paysages de la côte Est, de portraits de lui avec des clients, son diplôme, un exemplaire du premier contrat qu'il a obtenu. Une plante verte égaye la pièce et, à l'endroit où se trouve mon canapé, il a disposé une ottomane et deux fauteuils avec des coussins colorés. Ce bureau dégage une impression de chaleur et de confort, on a envie de s'y installer pour discuter, se faire des amis et peut-être signer un contrat ou deux.

Pourquoi faut-il qu'il ait l'air si sympathique sous tous les aspects ?

Je sais qu'il n'ouvrira plus la bouche, maintenant que j'ai lâché ma petite bombe et que Daryl semble avoir abandonné l'idée de jouer les médiatrices.

– Bref, je continue avec autant de désinvolture que possible, j'étais simplement venue savoir quand tu voulais discuter de l'organisation du séminaire avec Kylie.

Il se lève et me fait signe de le précéder.

***

Au moins, nous ne devons pas tout inventer de A à Z. Kylie ne nous donne aucune information vraiment intéressante : il s'agit d'un séminaire pour le département Longs-Métrages et ses équipes auxiliaires. On boit, on prend part à des activités en équipe, on boit. On écoute Brad raconter des histoires ennuyeuses dont il est le héros. En gros, c'est une beuverie géante avec deux ou trois jeux au milieu, ce qui ne semble pas très compliqué à mettre sur pied, encore moins dans la mesure où il y aura des organisateurs sur place. Je commence à me détendre.

Je ne peux m'empêcher de remarquer que Kylie dirige toute son attention sur Carter tandis qu'elle énumère les activités qu'elle avait choisies les deux années précédentes. Mais… je ne peux pas la blâmer. Moi non plus, je n'arrive pas à détacher les yeux de Carter. Quoi qu'il en soit, comme Carter a laissé entendre que j'avais *une dent contre Kylie* – quelle idée, enfin ! –, je m'efforce d'avoir l'air aussi peu affectée que possible par l'attraction évidente qu'elle ressent pour lui. En temps normal, je poserais des questions et tenterais de détourner son attention sur moi, mais puisque la situation est tout sauf *normale* – et que je sais que tant qu'il y aura suffisamment d'alcool et de nourriture à cet événement, personne ne se souciera des détails –, je ne m'implique pas trop.

Tout semble assez simple et nous sommes sur le point de retourner dans nos bureaux respectifs lorsque Kylie chuchote : « Les gars… »

Nous tournons la tête pour la regarder.

Elle prononce ces mots sur un ton d'excuse et regarde autour de nous pour s'assurer que personne n'écoute aux portes.

– Il s'agit des dispositions générales, mais rappelez-vous que c'est LE week-end préféré de Brad. Ajoutez à ça la fusion, le fait que les nouveaux doivent s'acclimater à l'esprit de l'entreprise, il s'attend *vraiment* à… un événement important. D'accord ?

Son mince sourire nous fait comprendre qu'elle est soulagée de ne plus en avoir la charge et qu'elle s'attend à un bain de sang si nous déconnons.

Carter doit le sentir, lui aussi, parce qu'il m'arrête d'une main dans le couloir.

– As-tu le temps d'en discuter ? marmonne-t-il, mal à l'aise. Je sais que nos plannings sont surchargés, mais Kylie a eu l'air d'insister et je ne suis jamais allé à un séminaire organisé par Brad. Je peux dégager mon après-midi si besoin. Si c'est possible pour toi, bien sûr.

Je secoue déjà la tête.

– Impossible. Je pars tôt pour retrouver un acteur en plateau. Je finirai aux alentours de 19 heures. (Je me tais en me demandant si je vais regretter ce que je m'apprête à dire.) On pourrait peut-être se retrouver après ? À moins que tu n'aies déjà prévu quelque chose.

– Ça me va très bien. Je dégagerai mon emploi du temps pour te retrouver où tu veux.

J'imagine pendant un instant lui proposer de venir chez moi avant de réaliser qu'il s'agirait d'une énorme erreur.

– Que penses-tu de BOA, à 19 h 30 ?

Il le note dans son téléphone.

– 19 h 30. Je vais faire une réservation et on se retrouve là-bas. Merci, Evie.

***

Carter est déjà installé quand j'arrive, l'hôtesse me conduit à la table. Il s'est changé. Il porte une chemise blanche au col ouvert et un pantalon noir. L'effet est immédiat : parce qu'il ressemble à une personne normale, il est à la fois plus difficile et plus simple d'interagir avec lui. Plus simple, parce que je ne ressens pas le besoin d'être aussi charismatique que lui, contrairement à ce que je ressens tous les jours au bureau. Plus difficile, parce qu'il ressemble tellement à la version de Carter Potentiel Boyfriend que ça me déchire le cœur. Je regrette tellement de ne pas pouvoir revenir en arrière.

Je m'assieds, déplie ma serviette et la pose sur mes genoux.

Nous remercions tous les deux le serveur lorsqu'il remplit nos verres d'eau.

Carter me surprend en déclinant toute proposition de cocktail… donc, je fais de même.

Le serveur énonce la liste des spécialités et nous dit qu'il reviendra une fois que nous aurons eu le temps de jeter un coup d'œil au menu. Le silence se fait. Le contraste entre ce dîner et le premier que nous avons partagé est éclatant. Et plus nous restons silencieux, plus il semble compliqué de trouver quelque chose à dire.

Un cocktail avec une bonne dose d'alcool aurait vraiment été le bienvenu.

Le soleil filtre à travers la fenêtre et je regarde en direction de la rue en m'émerveillant du calme qui règne sur ce carrefour, à une heure où les bureaux sont fermés.

Je lui jette un coup d'œil et le surprends en train de m'observer. Il détourne les yeux et se concentre à nouveau sur son menu. Ses yeux brillent derrière ses lunettes. J'avais oublié à quel point ils étaient verts et à quel point sa bouche était parfaite.

– Donc, dit-il, et je réalise que je viens d'être surprise en flagrant délit à mon tour.

– Donc.

Il me regarde bien en face, mais je n'ai aucune idée de ce qui lui passe par la tête. J'adorerais posséder une bague permettant de décoder les pensées de Carter. Un demi-sourire étire ses lèvres.

– Comment ça va ?

J'éclate de rire, son sourire s'accentue et devient un vrai sourire hilare, charmant, ridicule, qui n'a rien à voir avec son sourire dans un contexte professionnel.

– On aurait dû commander à boire.

Je suis tellement soulagée que sa franchise soit de retour que j'ai envie de me jeter à son cou.

– Ouais, une bonne centaine de cocktails. (J'aligne nerveusement ma fourchette et mon couteau sur la table.) Carter. Je suis vraiment contente qu'on se soit retrouvés. J'aimerais qu'on recommence à zéro.

Il acquiesce et boit une gorgée d'eau.

– Moi aussi. Mais pas *tout* non plus. Nos débuts n'étaient pas si terribles.

Le sous-entendu me fait rougir.

– Je suis d'accord. Au bureau, la situation est inextricable, mais je suis persuadée que nous pouvons être plus efficaces en travaillant ensemble.

Il semble soulagé, lui aussi, et il me prend par la main.

– Je suis d'accord. Ça n'a pas été top entre nous.

– Et je pense qu'ils auraient vraiment tout intérêt à nous garder tous les deux. Plus j'y réfléchis et plus je me rends compte qu'il y a beaucoup de poids morts dans le département Longs-Métrages… mais *nous* n'en faisons pas partie.

– Évidemment, je ne suis pas là depuis aussi longtemps que toi, renchérit-il en hochant la tête dans ma direction, et j'apprécie qu'il reconnaisse mon expérience. Mais ouais, je suis d'accord. (Il se penche en avant.) Nous sommes tellement complémentaires. Rose et Ashton seraient bien mieux à New York. Ils adorent le théâtre, Broadway serait idéal pour eux. Ils choisiraient peut-être d'être transférés si on leur donnait le choix.

– Exactement.

Nous sommes d'accord sur un point, ce qui apaise un peu l'atmosphère. Je sens la tendresse revenir, son sourire est authentique. Le serveur s'arrête pour prendre nos commandes et nous nous lâchons la main. Une fois qu'il s'éloigne, nous nous regardons dans les yeux.

– Il y a beaucoup de positif dans cette situation. J'adore le département Longs-Métrages, tu me plais. J'ai du mal à supporter la situation mais, en même temps, je suis ravi de bosser chez P&D.

– J'en suis heureuse. Et tu me plais aussi.

– Nous avons passé un très bon moment la dernière fois, ajoute-t-il en me reprenant la main. Je ne pense pas te l'avoir déjà dit.

J'éclate de rire. Ses yeux s'écarquillent de surprise et d'amusement quand je réponds :

– J'en avais une vague idée.

Il s'éclaircit la gorge.

– Je suis désolé si tu t'es sentie trahie lorsque je me suis porté volontaire pour gérer les contrats de Dan.

– Ce n'est pas grave. J'aime beaucoup Dan et nous avons travaillé ensemble par le passé, mais ta liste en a plus besoin que la mienne.

Il fronce les sourcils et je réalise que j'ai parlé trop vite. Pourquoi dois-je toujours être dans la compétition avec Carter ?

– Je ne le dis pas pour être désagréable. (J'aimerais qu'il me croie.) Je suis honnête. Je pense que tu peux facilement le convaincre de signer. Dan est un mec simple, il suffit de l'appeler et de lui demander ce qu'il attend.

Il retire sa main de la mienne et boit une gorgée d'eau en secouant la tête. La rupture de contact brise l'intimité de l'atmosphère.

– Dan m'en parlera quand il sera prêt. Et je sais comment il travaille. Il veut avoir l'impression de tout contrôler et je n'ai pas envie d'être insistant en le harcelant.

Carter a des instincts merveilleux, mais à cet instant, il a tort. Purement et simplement. Dan aime qu'on lui coure après. J'ai travaillé avec lui et je le sais : il n'aime pas être celui qui décroche son téléphone pour passer un coup de fil, il veut être celui qui choisit de répondre ou pas.

– Je pense juste vraiment…

– Seigneur, Evie, laisse-moi faire mon job, d'accord ? lâche-t-il.

J'ouvre la bouche et laisse échapper quelques sons indistincts avant de marmonner :

– Bien sûr.

Je sens qu'il regrette immédiatement sa réponse. Mais il est trop tard. La tension est remontée de plusieurs crans.

Nos plats arrivent et nous nous penchons sur nos assiettes, en mangeant en silence.

Carter pose sa fourchette après quelques bouchées :

– Evie.

– Non, sérieusement, tout va bien.

Je lui offre mon plus beau sourire, parce que je n'ai vraiment pas envie qu'il pense que j'essaie de l'influencer. C'est une situation impossible : si je l'aide, je peux perdre mon job. S'il ne se bat pas pour obtenir une meilleure liste, c'est lui qui le perdra. Et nous ne pouvons pas résoudre nos problèmes en nous embrassant, même si c'est ce que je désire le plus au monde.

– Tu as raison. Ça ne me regarde pas. Fais comme tu le sens.

Carter hoche la tête et je décide de lancer les hostilités :

– Maintenant, parlons de ce séminaire.

***

Le dîner s'est passé aussi bien qu'on pouvait l'imaginer. Nous avons un plan solide pour l'événement de janvier, nous disposons tous les deux d'une liste de choses à régler chacun de notre côté avant de nous revoir pour en parler. Nous sortons ensemble du restaurant et, de fil en aiguille, Carter me raconte que Michael a offert un kit de moulage sexy à Steph pour leur anniversaire de mariage. Il voulait mouler son pénis pour qu'il devienne un jouet sexuel qu'elle pourrait mettre dans sa valise chaque fois qu'elle partirait en voyage. En ouvrant le cadeau, elle a pensé qu'il essayait subtilement de lui dire qu'il avait un cancer et qu'il s'agissait d'un moyen de se souvenir de son pénis après sa mort.

Je ris si fort que Carter doit m'attraper par le bras pour s'assurer que je ne vais pas tomber à la renverse. Je lui en veux d'être si drôle, et je m'en veux d'avoir tellement envie qu'il me touche. Je n'arrive pas à me faire à l'idée que ce n'est pas près de se reproduire.

Nous nous écartons et continuons à marcher sur Sunset, en direction de Doheny. Il fait chaud, mais la chaleur n'est plus écrasante comme début octobre. Je lui jette un coup d'œil, il prend une grande inspiration pour se calmer.

– C'est joli, n'est-ce pas ?

Il regarde en direction du ciel où scintille la lune.

– Je me demande si je vivrai un jour dans un endroit où l'on voit les étoiles.

– C'est pour ça que les vacances existent.

Il sourit.

– Les vacances ? *Qu'est-ce que c'est ?*

J'éclate de rire.

– Je sais. J'imagine qu'on aurait intérêt à ne pas faire de plans sur la comète cette année.

Il me sourit d'un air doux et triste en même temps avant de reprendre contenance. Il désigne la colline au loin.

– Je vis à quelques blocs de là.

Je regarde par-dessus son épaule dans cette direction. Son appartement se trouve quelque part dans ce quartier.

Son lit.

Je ne suis jamais allée chez lui. Enfin, bien sûr que je n'y suis jamais allée : nous avons vécu une relation qui a duré à peine un *week-end*. Même si cette histoire semble représenter un événement bien plus important dans ma vie amoureuse qu'elle ne l'a été en réalité. Je n'arrive pas à décider si ça signifie *Ne Laisse Pas Tomber Ce Type* ou *Ta Vie Amoureuse Est Pitoyable, Ma Pauvre.*

En tout cas, ce n'était clairement pas une invitation à aller chez lui, parce que nous savons tous les deux qu'il ne se passera plus rien entre nous, même si nous avons conscience que, dans d'autres circonstances, nous nous serions jetés l'un sur l'autre à l'issue de ce dîner. Et étant donné que je sais que…

nous sommes tous les deux stressés comme jamais,

Carter est drôle, vraiment très drôle,

Carter a un super-pénis,

… le sexe serait incroyable, je n'en ai aucun doute.

Mais nous nous contentons d'échanger un bref câlin et nous nous quittons sur le trottoir. Je le regarde disparaître en direction de la colline plantée d'arbres sans pouvoir décider si nous avons avancé ou si nous avons fait un pas de côté ce soir. Devrais-je lui être reconnaissante pour ce pas de côté ? Il réveille des émotions intenses en moi – la plupart sont positives, mais je souffre de la situation – et quand il est sur la défensive et qu'il réagit n'importe comment, j'ai envie de l'étrangler. Il faut que nous tentions de tirer le meilleur profit possible de cette situation. J'apprécie Carter, mais il est évident que nous ne faisons pas ce métier pour le plaisir d'arriver à la deuxième place. Avoir signé avec Adam Elliott et Sarah Hill était un coup énorme pour moi, et Carter doit sentir la pression monter. Et, bien sûr, il a envie d'assurer la présence de Dan dans sa liste.

Et de mon côté, je devrais peut-être essayer de faire preuve d'un peu plus d'empathie pour que nous trouvions le moyen d'être amis.

Comme si l'univers trouvait cette option totalement hilarante, au moment où je monte dans ma voiture, je reçois un mail d'un émetteur VIP. Il vient de Dave Cyrus, mon contact spectacles chez *Hollywood Vine.*

Date : Vendredi, 30 oct. à 21:42
De : Dave Cyrus <dcyrus@hollywoodvine.com>
À : Evelyn Abbey <eAbbey@PriceDicklepartners.com>
Objet : Dan Price

Evie,
Ce mail pour te demander si Dan va atterrir dans ta liste. C'est ce qu'on raconte, en tout cas. J'en saurai probablement plus, très bientôt, mais si tu as une info pour moi, j'aimerais être sur le scoop et écrire un article Hot Buzz quand il signera. Tiens-moi au courant.

Dave

Je grogne et laisse retomber la tête en arrière, en fermant les yeux. C'est énorme. Dave a entendu dire que Dan allait signer avec moi. Un Hot Buzz, ça signifie à la fois un article papier dans l'édition imprimée du magazine mensuel – avec une diffusion incroyable dans l'industrie du film – ainsi qu'un énorme écho dans l'édition en ligne. Ce serait la promo rêvée pour Dan et une merveilleuse carotte à lui présenter pour le convaincre de rejoindre P&D.

Je suis sûre à 98% que je pourrais appeler Dan à l'instant, lui demander ce qu'il compte faire et le convaincre de rejoindre ma liste.

Mais je ne le ferai pas.

Parce que je ne suis pas du genre à planter des couteaux dans le dos des gens.

Date : Vendredi, 30 oct. à 21:47
De : Evelyn Abbey
À : Dave Cyrus
Objet : Re : Dan Price

Dave, ça me tue de devoir te dire ça, mais un collègue va signer avec Dan, et je ne peux pas utiliser cette info en âme et conscience pour lui saper son coup. Tu me ferais une énorme faveur si tu lui offrais la même opportunité. Il s'appelle Carter Aaron. Il est nouveau chez P&D et nous avons eu la chance de le récupérer après la fusion, il est génial. Je te revaudrai ça au centuple. Son mail est caaron@PrinceDicklepartners.com

Evie

Date : Vendredi, 30 oct. à 21 : 59
De : Dave Cyrus <dcyrus@hollywoodvine.com>
À : Evelyn Abbey
<eAbbey@PriceDicklepartners.com>
Objet : Re : Dan Price

Tu t'adoucis avec l'âge ?
Je te taquine. Bien sûr que je vais contacter Carter. Envoie-moi un message quand tu auras envie de prendre un verre.

Dave

CHAPITRE 12

CARTER

C'est une blague.

Je fixe mon téléphone, la bouche ouverte, du dentifrice me coule sur le menton et je reste immobile jusqu'à ce que l'écran se mette automatiquement en veille. Après avoir craché dans le lavabo, je relis le mail. Incroyable. Dave Cyrus veut me parler de Dan Price.

Je réponds rapidement en lui disant que je suis clairement partant pour discuter et lui donner toutes les informations dont il a besoin. *Hollywood Vine* bénéficie de la plus importante distribution de tous les quotidiens à Los Angeles. Approcher Dan avec un atout pareil me garantit quasiment de le faire entrer dans mon équipe. Le débaucher *et* décrocher ce genre de presse, c'est exactement ce dont j'ai besoin en ce moment. Ça pourrait tout changer.

Evie avait raison, il est temps d'agir.

J'ai fait toutes les recherches imaginables à propos de Dan Price. Je sais qu'il veut avoir l'impression de diriger même s'il est entouré d'amis d'enfance qui influencent la plupart de ses décisions – une bataille constante et, d'après la rumeur, la raison du désaccord qu'il a eu avec son agent actuel. Il regrette le rôle qui l'a fait connaître, un justicier qui voyage dans le temps, mais est assez intelligent pour ne jamais y faire allusion pendant ses interviews. Je sais aussi avec qui il est sorti, quel type de musique il apprécie et qu'il ne sait toujours pas différencier les infinitifs des participes passés sur Twitter. En matière de casseroles, l'année dernière, il a couché avec l'épouse de la vedette avec laquelle il partageait l'affiche, devenue aujourd'hui son ex-femme, et il a passé une semaine dans un bordel de Vegas à vingt ans. Cependant, il n'est jamais en retard, il est toujours respectueux pendant les interviews et ne pose jamais de problème sur les tournages.

Ces détails peuvent paraître insignifiants, mais je ne gagne pas d'argent si mes clients ne travaillent pas, une tâche impossible si l'acteur en question est un cauchemar et que personne ne parvient à le supporter.

Nous sommes samedi, mais je suis toujours le petit nouveau, ce qui signifie que même si les bureaux sont techniquement fermés, les jours de repos n'existent pas pour moi, week-end d'Halloween compris. Surtout depuis que j'ai reçu le mail de Dave. Je dois m'occuper de Dan Price maintenant.

Je jette un coup d'œil à ma montre, il est neuf heures et quelques et j'ai assez de temps pour passer un coup de fil rapide à Dan avant d'aller bruncher avec le vice-président Développement chez Paramount. En temps normal, je demanderais à Justin de programmer le coup de téléphone, mais ça ne peut pas attendre. La ligne sonne seulement une fois, une voix rauque décroche.

– Téléphone de Dan Price.

– Ici Carter Aaron…

– Aaron, salut ! C'est Caleb, le manager de Dan.

– Caleb, je me souviens de toi. Nous nous sommes rencontrés à New York, on a bu un verre dans ce petit bar…

– … à Brooklyn, c'est vrai ! Je m'en souviens. Je t'ai battu au billard ce soir-là.

– C'est vrai, espèce d'arnaqueur. Je ne suis même pas sûr d'avoir le courage de remettre ça.

– Hé hé.

Il semble très content de lui, je sens que j'ai bien joué mon coup. Caleb influence énormément les décisions de Dan, l'avoir de mon côté est définitivement un plus.

– Écoute, Caleb, je me demandais si je pouvais parler à Dan…

– Il est en plein tournage, répétition et tout le tintouin, mais je lui dirai que tu as appelé. Je suis sûr qu'il en sera ravi.

Je brandis le poing en l'air.

– Génial. Fais-lui savoir que je suis libre tout le week-end, pas besoin d'attendre lundi.

– Pas de problème. Évite les tables de billard, lance-t-il en riant à sa propre plaisanterie.

Il raccroche et je souris.

***

Quarante minutes pour parcourir dix kilomètres un samedi ? Quel enfer !

Il y a autant de voitures sur la route à New York, mais là-bas, il existe au moins des bus et le métro et on a aussi la possibilité de *marcher*. Tous les lieux sont interconnectés, et prendre les transports en commun est presque toujours plus facile que se déplacer en voiture. L'agglomération de L.A. compte trois cents kilomètres d'autoroutes et dix mille kilomètres de rues – je sais, j'ai cherché sur Google – et pourtant, il y a toujours des embouteillages, où qu'on aille.

Ce qui signifie bien entendu que je suis coincé sur Sunset Boulevard lorsque mon téléphone sonne dans l'habitacle, via le Bluetooth. Je sursaute en pensant qu'il s'agit de l'appel de Dan que j'attends, mais c'est le nom de ma mère qui apparaît sur l'écran.

Je décroche uniquement parce qu'il vaut mieux ne pas tout remettre systématiquement au lendemain.

– Salut, Maman.

– Comment ça va, mon cœur ? Tu es en voiture ?

– Oui. Je suis parti bruncher et il y a des embouteillages. Je ne sais pas si je pourrai te parler longtemps, parce que j'attends un coup de téléphone important. Si j'ai un double appel, je serai obligé de le prendre.

– Un samedi ?

– Un samedi.

Je sais ce qu'elle va ajouter.

– Tu ne travaillerais pas le samedi si tu avais un travail normal.

Je l'ignore et me frotte le front.

– Est-ce Jonah qui va t'appeler ?

Je me fige, confus :

– Non, pourquoi m'appellerait-il ?

Elle me répond par un silence et je réalise trop tard qu'elle pense – *parce que c'est ton frère et que vous vivez dans la même ville, sans oublier que je t'ai demandé de le contacter –,* mais elle dit :

– Je n'ai pas eu de nouvelles de lui depuis une semaine et il ne prend plus mes appels. Je tombe toujours directement sur sa messagerie qui m'horripile.

Je me mets à sourire parce que son message vocal d'accueil est épouvantable : « Ouais c'est Jonah. Tu sais ce qu'il te reste à faire. » Je suis heureux de savoir que même notre chère mère a, elle aussi, envie de le frapper quand elle l'entend.

– Je suis sûr qu'il te rappellera quand il aura un moment. Tu passes ton temps à me rappeler à quel point il est occupé.

– Cette fois, c'est différent, dit-elle, l'air tendue. Il ne vient jamais nous voir, mais il répond *toujours* au téléphone. Je l'ai appelé quatre fois sans arriver à le joindre et maintenant, son téléphone ne sonne plus du tout, je bascule directement sur sa boîte vocale. Ton père est tellement inquiet… (J'entends mon père crier un peu plus loin : Non, Dinah, je ne suis pas inquiet !)

J'inspire profondément.

– Maman, veux-tu que je…

– Je veux que tu l'appelles, me coupe-t-elle, et s'il ne répond pas, je veux que tu ailles chez lui pour t'assurer qu'il va bien.

J'ai envie de lui répondre – honnêtement – que je n'ai pas le temps d'aller à Malibu aujourd'hui. Mais j'appréhende cette conversation comme un jeu d'échecs, en imaginant le coup suivant : elle pourrait répliquer qu'elle n'avait pas non plus le temps de me porter pendant neuf mois, mais qu'elle l'a fait quand même. Ou qu'elle n'avait pas le temps de faire mes lessives, de préparer mes repas ou de nettoyer les choses atroces qu'elle trouvait dans la salle de bains, mais qu'elle s'est exécutée sans se plaindre.

Je préfère tenter de faire diversion.

– Il est peut-être en voyage…

– Carter.

– OK, écoute. Je vais l'appeler maintenant et fusionner les appels. Comme ça, tu pourras lui crier dessus quand il répondra.

Je suis coincé dans les embouteillages, donc je compose le numéro de Jonah. Je tombe tout de suite sur sa boîte vocale.

– OK, il ne répond pas, lui dis-je en rebasculant sur sa ligne. (Je laisse tomber la tête en arrière. Je n'ai pas le temps d'aller chez lui et de revenir pour honorer mon rendez-vous. S'il est en plein coma éthylique, je l'assassine.) Je vais repousser mon rendez-vous et je passerai le voir.

– Merci, mon chéri.

– Pas de problème, Maman.

– Tiens-moi au courant dès que tu sauras quelque chose, d'accord ? Il y a un portail sécurisé, je vais t'envoyer le code.

– Super.

Je me passe une main sur le visage en soupirant profondément.

***

Je parviens à décaler mon rendez-vous un peu plus tard dans la journée sans problème. J'ai plusieurs heures devant moi.

Malibu se trouve à environ quarante-huit kilomètres à l'ouest de Beverly Hills. Il me faut une heure pour arriver. Tout en conduisant, je passe des appels et décide de la façon dont je vais tuer mon frère s'il n'est pas déjà mort quand j'arrive.

J'emprunte Latigo Canyon, une route à deux voies qui serpente à travers les collines recouvertes de maquis et d'où on aperçoit l'océan à chaque virage. Les maisons sont énormes, la plupart ne sont pas visibles depuis la route à cause des hautes clôtures et des grands arbres.

J'arrive dans la rue de Jonah et je m'arrête pour entrer le code de sécurité sur un clavier illuminé. Le portail métallique s'ouvre sur un long chemin sinueux, jusqu'au sommet de la colline où se trouve une maison blanche surmontée d'un toit en terre cuite. J'avais oublié à quel point cette maison était ostentatoire. Deux étages recouverts de stuc de couleur coquille d'œuf. Elle doit faire environ quatre cent cinquante mètres carrés. Mon appartement *et* ma place de parking pourraient entrer dans le salon de Jonah.

Je repère son Range Rover noir garé devant le garage. Il a plutôt intérêt à être mort.

La brise marine me fouette le visage quand je sors de la voiture. Un chemin mène jusqu'à un perron en béton teinté et à une énorme porte à double battant. Je toque deux fois en me retournant pour regarder derrière moi. Maintenant que je suis à proximité de la maison, le jardin semble bien plus négligé que ce à quoi je m'attendais. Une série de jarres, plantées de fleurs mortes, longent une pelouse qui gagnerait à être tondue. Tout est silencieux. Il est tôt, mais pas si tôt non plus. La dernière fois que je suis venu, de la musique provenait du jardin près de la piscine et des signes de vie de toutes sortes se manifestaient partout. Des gens qui allaient et venaient, plusieurs voitures qui entraient ou sortaient. Des jardiniers, un pisciniste et une femme de ménage. Cette fois, je n'entends pas le moindre bruit.

Comme je suis de nature anxieuse, un trait que j'ai hérité de ma mère, je commence sérieusement à m'inquiéter.

Je suis sur le point de retourner dans ma voiture pour appeler… je ne sais pas… *quelqu'un,* lorsque la porte s'ouvre derrière moi. Le type qui avance sur le seuil est plus petit que Jonah, très bronzé, il exhibe une musculature impressionnante – le genre à travailler en extérieur. Torse nu, il ne porte qu'un vieux short et a l'air paumé.

Je n'ai aucune idée de qui il peut être.

– Salut, lance le type et agitant une part de pizza. Tu es entré par le portail, donc j'imagine que tu as le droit d'être ici.

– Oui, je suppose. (Je regarde autour de moi pour m'assurer que je suis au bon endroit.) Je suis Carter, Jonah est-il ici ?

Il comprend soudain, et son visage s'illumine.

– C'est toi le frère ! Mec, vous vous ressemblez tellement tous les deux !

J'enlève mes lunettes de soleil et m'efforce de garder mon calme.

– Il est là ?

L'intrus regarde derrière lui.

– Je crois qu'il cuve sur la terrasse.

Et il me fait signe d'entrer.

Il y a beaucoup de blanc dans la maison de Jonah : sol blanc, murs blancs, escaliers blancs, mais pas grand-chose en dehors de ça. À vrai dire, il n'y a presque plus de meubles.

– Je ne crois pas que tu te sois présenté.

Je suis l'inconnu dans l'immense entrée, qui *pourrait* contenir mon ancien appartement, mon nouvel appartement et une grande partie de la maison de Michael Christopher. Nous traversons la cuisine et nous dirigeons vers la porte du fond. Le mec à la pizza et au short doit avoir à peu près mon âge, ses cheveux bruns sont frisés et il sourit d'un air arrogant que je lui ferais volontiers disparaître d'un revers de main. Si je devais deviner, je dirais « acteur » le jour et serveur la nuit.

Ou… gigolo ?

En me trouvant dans la maison de Jonah étrangement vide, avec cet inconnu, je réalise que je ne connais pas si bien mon frère que ça.

– Je m'appelle Nick, dit-il en s'arrêtant devant la porte arrière de la maison. Jonah est là-bas.

Et bien sûr, le voilà, assis sur une chaise longue dans un jean et une veste de cuir, près de la piscine géante.

– Merci.

Je sors sur la terrasse, médusé par la vue spectaculaire. Encore une fois, je comprends pourquoi Jonah a acheté cette maison. Elle se trouve assez haut sur la colline pour qu'on puisse distinguer l'océan et on a l'impression de se trouver au centre du monde. Il y a des palmiers partout, et l'espace est tellement *vaste*.

Mais quand je jette finalement un coup d'œil à mon frère qui avait disparu de la circulation, le sentiment que quelque chose ne tourne pas rond s'accentue. L'eau de la piscine est marron et quelques feuilles éparses tourbillonnent à la surface de l'eau. Les pots de fleurs sont vides : la terrasse a connu des jours meilleurs.

– Salut. (Je crie presque parce que Jonah ne semble pas avoir remarqué ma présence.) Tu sais qu'il fait genre vingt degrés dehors, n'est-ce pas ?

Il me jette un coup d'œil à travers ses lunettes.

– Qu'est-ce que tu fais là ?

– C'est maman qui m'envoie. Elle m'a dit que tu ne répondais plus au téléphone.

Il regarde à nouveau ailleurs.

– Ouaip. Je ne sais plus où je l'ai fourré.

Je m'assieds à côté de lui.

– Tu n'en as pas besoin ? Pour… je ne sais pas, le travail par exemple ?

Il attrape une bouteille de bière sur la table en verre à côté de lui et en boit une grande gorgée. Il n'est pas encore onze heures. J'essaie de tenter une approche différente.

– Qui c'était le gars ?

– Nick.

Il boit encore une gorgée.

– Il m'a donné son nom. Mais il vit ici ?

– Ouais.

Je me penche pour m'appuyer sur mes coudes.

– Est-ce… est-ce que c'est ton copain ?

– Le copain de qui ?

Il plisse les yeux.

– Eh bien… le tien.

Jonah se tourne pour me regarder en face, par-dessus ses lunettes.

– Mec, je me fiche de savoir avec qui tu couches. (Je hausse les épaules.) Ce n'est pas comme si nous étions proches tous les deux. Mais, un jour, tu as découpé les élastiques de tous mes boxers parce que j'avais bu ton jus d'orange, tu as jeté mes vêtements quand j'ai oublié les tiens dans le sèche-linge et tu serais capable d'écharper toute personne qui foule le sol de chez toi en chaussures. La première conclusion que je suis censé en tirer est que tu as un colocataire. Vivre avec toi, est un véritable cauchemar. Que Nick soit ton petit copain semblerait l'explication la plus plausible.

Il s'assied.

– Les gens peuvent changer, tu sais. Il n'est pas *si* difficile de vivre avec moi.

– En quelque sorte. Les gens peuvent parfois être influencés par des événements ou des personnes, mais fondamentalement ils ne changent pas qui ils sont vraiment.

– Et tu es en train de dire qu'au fond, je suis un connard.

J'y réfléchis pendant quelques instants.

– Ouais.

Il éclate de rire.

– Tu es un enfoiré.

– Pourquoi as-tu pris un colocataire ? (En regardant autour de moi, j'ai l'impression de commencer à avoir une petite idée sur la question.) Tout va bien ?

– Sommes-nous sur le point d'avoir une conversation grand frère/petit frère ?

– Maman en serait ravie. Je te garantis qu'elle doit déjà raconter à tous les voisins de New York que tu as été enlevé par un groupe terroriste parce que tu ne réponds pas au téléphone. Comptes-tu lui faire savoir que tu vas bien ?

Il hausse les épaules et je glisse ma main entre mes genoux pour m'empêcher de le gifler.

– As-tu des ennuis ? Genre… tu as acheté un putain de manoir à Malibu. L'argent ne peut pas être le problème.

– As-tu la moindre idée de combien cette baraque me coûte ?

– J'ai du mal à payer mon loyer, donc ouais. (Je fais un signe vague de la main.) Mais je ne peux même pas imaginer l'étendue…

– Je ne pourrais même pas me permettre de payer ton loyer maintenant. (Il enlève ses lunettes de soleil et les balance sur la table.) Mec, être moi, ça coûte très cher. Je vis ici, j'organise des soirées et je dois me montrer avec les bonnes personnes et porter les vêtements qui vont avec. Je me suis peut-être un peu emballé, mais ce n'était pas un problème tant que mes photos faisaient la une. Tu comprends ? Ce n'était pas un problème tant que j'avais du travail.

– « Avais » ?

Jonah appuie la tête contre le dossier de son transat et laisse échapper un long soupir las.

– J'ai bossé pour un designer – haute couture – et il n'a pas été content de moi. En général, je me fiche que les gens apprécient ou non mon travail, c'est de l'art, c'est ouvert à plusieurs interprétations. Mais cette fois… j'ai perdu mon self-control. Il y avait un autre shooting, mais je n'ai pas réussi à trouver la bonne lumière, j'ai fait quelques retouches pour corriger les ombres et ça a alimenté les racontars des magazines féminins et des sites people, les gens se sont mis à dire que j'avais aminci le mannequin sur Photoshop et que je déconnais. Certaines blogueuses mode me sont tombées dessus, en *me* critiquant… et disons que le temps a viré à l'orage.

Je clarifie :

– Donc, tu as fait un mauvais shooting et ton attitude de diva merdique t'a attiré des ennuis.

Il me lance un regard noir et remet ses lunettes. Je tente de le rassurer :

– Ça va s'arranger.

Je sors mon téléphone et, pour la première fois, je lance une recherche Google sur mon frère. Après avoir parcouru les liens, je tombe sur l'article auquel il fait allusion : l'un des sites les plus trash parmi les sites people le qualifie de *has been, nullos* et *connard arrogant du monde de la mode.* C'est à cet instant que je suis ravi que ma mère soit incapable de chercher quoi que ce soit sur Google.

– Je ne vois pas comment.

Jonah se lève et s'éloigne en direction de la maison. Je continue, sur ses talons :

– De quel montant de dettes parle-t-on ?

Il lance la bouteille vide dans la poubelle et ouvre le frigo pour sortir une autre bière, il n'y a que ça à l'intérieur. Il s'assure que nous sommes seuls et ferme une série de doubles portes, nous enfermant dans son énorme cuisine blanche.

– Seulement les cartes de crédit ? dit-il en arrachant l'étiquette de sa bouteille. À peu près cent.

– *Mille ?*

Mon rythme cardiaque s'accélère brusquement.

– Et puis il y a la maison. Et le Rover. Je me suis déjà débarrassé des autres voitures.

– Seigneur. (Je me laisse tomber sur un tabouret.) Maman…

– … n'en saura jamais rien, complète-t-il d'une voix ferme. Ce ne sont pas tes affaires et ce sont encore moins les siennes.

– Elle voudra t'aider…

Mais je m'arrête en pleine phrase, parce que je lis déjà la réponse dans son regard. Elle ne peut pas l'aider. Nos parents vivent une vie simple, ils sont économes. L'échelle des dettes de Jonah dépasse de loin leurs capacités financières. Ils ne comprendraient pas. Si je ne voyais pas l'argent couler à flots en permanence en Californie, et surtout dans mon milieu, je ne parviendrais pas non plus à comprendre.

Je m'assieds et réfléchis un moment. Il y a bien une raison pour laquelle Jonah s'est fait un nom et même si je pense qu'il devrait revenir au genre de photos qu'il prenait avant – Seigneur, notre mère possède l'une de ses premières photos, un cliché en noir et blanc d'une palissade derrière laquelle se couche le soleil, elle est accrochée au-dessus de la cheminée depuis ses dix-sept ans –, ce n'est pas comme ça qu'il s'est fait connaître.

– Nous allons trouver un plan.

Il hoche la tête mais ne lève pas les yeux. À mon grand étonnement, je sens un instinct de protection inconnu me submerger.

Les gens adorent les histoires de come-back. Je peux le faire.

– Apporte-moi ton portfolio. J'ai beaucoup d'appels à passer.

***

Après plusieurs heures à hausser le ton avec Jonah, j'ai eu enfin une illumination. Je lui demande :

– Que fais-tu le 17 ?

Je ne sais pas comment je vais convaincre Evie d'accepter, mais je m'en soucierai plus tard.

– Je travaille mon bronzage. (Il hausse les épaules.) Comme hier et avant-hier.

– Avec ta veste en cuir ?

Il se balance sur l'une de ses énormes chaises de la salle à manger en fixant le plafond.

Je me penche pour lui donner une pichenette et rediriger son attention vers moi.

– Evie et moi supervisons un shooting la semaine prochaine, et…

– Evie ? demande-t-il en souriant.

– Mec. La ferme. Écoute. J'ai un très bon ami de New York qui est directeur artistique chez *Vanity Fair*. Il me doit une faveur, donc je suis à peu près sûr qu'il n'y aura pas de problème. Du moins je l'espère.

– Pour un long-métrage ? demande Jonah, et j'acquiesce. (Il y réfléchit avant de retrousser son nez comme s'il avait senti une mauvaise odeur.) De qui s'agit-il ?

– Jamie Huang et Seamus… (Je m'arrête en pleine phrase.) Tu me poses sérieusement la question ? J'essaie de t'aider en prenant des risques et… (Je réalise soudain que j'ai perdu la notion du temps.) Merde, où est mon téléphone ?

Je le trouve sous un tas de photographies et laisse échapper, affolé par l'heure :

– Putain ! Je dois y aller.

Jonah a l'audace de paraître contrarié.

– Quoi ? Où ?

– J'ai déplacé un rendez-vous pour pouvoir venir ausculter ton cadavre et, maintenant, je vais être en retard. (Je fourre mon téléphone dans ma poche et récupère les clés sur la table, sous un autre portfolio géant.) Prépare-toi du mieux que tu peux et sois là à midi le vendredi 17. Je demanderai à mon assistant de te transmettre l'adresse.

***

Après une courte nuit à jouer à oncle Carter allant de porte en porte avec Morgan pour demander des bonbons, et un dimanche passé à tenter de me remettre de mes émotions et à faire des recherches, je reçois un mail d'Evie qui me demande si j'ai le temps de parler du séminaire, ce matin. La simple idée de la voir me fait frissonner d'angoisse, et je ne parle même pas du fait que j'ai changé de photographe sans la prévenir. Elle va mal le prendre. Seigneur, à sa place, je serais furieux. Je ne cesse de me demander à quoi je pensais en proposant ce plan à Jonah, mais à vrai dire, je n'ai pas pensé. Je n'ai jamais été aussi lessivé de toute ma vie.

Nous échangeons quelques mails et nous mettons d'accord sur un horaire, et même s'il serait plus facile et rapide de s'envoyer des textos, j'ai la sensation qu'après l'étrange va-et-vient entre intimité et répulsion de vendredi soir, elle essaie de mettre des barrières entre nous.

***

Le lendemain, mon ami de chez *Vanity Fair* m'appelle lorsque je sors de ma voiture, alors que je suis déjà en retard. J'extirpe un dossier de mon sac, rempli d'informations et d'idées que j'ai rassemblées pour le séminaire, en priant le Seigneur des Ex-Amants-Devenus-Rivaux que cela suffise à adoucir Evie et à la convaincre d'accepter que Jonah s'occupe des photos.

Au bureau, Jess m'apprend qu'Evie m'attend dans la salle de conférences. Je la vois à travers le mur de verre transparent, la tête baissée, les cheveux dans les yeux. Elle est occupée à prendre des notes dans un carnet. Sa peau sans défaut est légèrement rosée, un teint que les maquilleurs tentent de reproduire sans succès. Ses yeux bruns sont encadrés par de longs cils épais, ils scintillent. Evie dégage vraiment quelque chose. On ne la remarquerait peut-être pas dans une foule – c'est peut-être intentionnel –, mais c'est mon rayon de soleil personnel. Petit, mais puissant. Discret, mais plein d'assurance. J'aimerais pouvoir lui parler sans avoir l'impression que je ne peux plus respirer. Ça m'aiderait à feindre l'indifférence.

Elle boit un smoothie dont la couleur est assortie à la barrette qui trône dans ses cheveux.

Ouh, je suis mal.

– Désolé pour le retard. (Je m'assieds en face d'elle.) J'ai eu un empêchement.

– Un empêchement ?

Elle fait tourner la paille dans son verre en plastique.

– Du boulot, je clarifie, légèrement irrité de devoir lui rendre des comptes. Kylie m'a envoyé les documents fournis par l'organisateur de l'an dernier. Je les ai imprimés et j'ai ajouté quelques idées qui me semblaient pertinentes.

Je place les documents sur la table en face d'elle, en évitant son regard et en espérant qu'elle va changer de sujet. Je suis certain qu'elle se demande pourquoi je suis soudain si serviable et plein d'entrain à propos de ce séminaire.

Je sens qu'elle me dévisage, qu'elle plisse les yeux en saisissant les feuilles de papier que je lui ai tendues. Elle les consulte, l'air épuisé. Elle n'a toujours pas dit un mot et tandis qu'elle se concentre sur les documents, je fais mine de trier le reste de mes papiers et m'assure qu'elle a un stylo. Je suis bien plus empressé que je ne le suis en général.

Je lance avec une nonchalance feinte :

– Au fait, je devrais le mentionner avant qu'on commence : j'ai demandé un changement de photographe pour le shooting de VF la semaine prochaine.

Elle lève les yeux et fronce les sourcils, perplexe.

– Pourquoi ?

Je me demande si je dois mentir ou non et réalise qu'il vaut mieux être honnête

– Je pensais que nous pourrions engager Jonah.

– Jonah, *ton frère* ?

– Oui. (Je me gratte les sourcils.) Il vit une période difficile et je lui ai dit que je l'appuierais pour le job.

Elle repose le dossier.

– Tu penses qu'ils vont accepter un changement de dernière minute ?

Je me détends un peu, soulagé que sa première réaction n'ait pas été la colère. Je m'essaie à sourire en espérant compenser le fait que mes mains n'arrêtent pas de trembler.

– Ils ont déjà accepté.

Elle fronce encore les sourcils, puis ses yeux s'écarquillent et, alors, je me rends compte de ce que je viens de dire.

Oh. Oh, merde.

– Pourquoi l'as-tu décidé sans m'en parler ? demande-t-elle lentement.

Je secoue la tête.

– J'ai envoyé un message à un ami qui bosse là-bas hier pour savoir si c'était possible et il s'est empressé de me rappeler pour me dire qu'il n'y avait pas de problème.

Evie me dévisage pendant plusieurs instants chargés de tension.

– Je pense qu'il s'agit d'un conflit d'intérêts. Brad sera de mon avis.

Je sens la menace dans sa voix et je tords la bande en carton autour de mon mug de café en réfléchissant à une réponse adaptée.

– Je lui en parlerai.

– Je ne comprends vraiment pas comment on en est arrivés là. (Elle semble perplexe.) Tu m'as raconté que vous ne vous entendiez pas bien. C'est la première séance photo de Jamie et de Seamus. Tu veux vraiment que…

– Que je m'entende bien avec Jonah ou non n'a aucune importance. C'est la bonne personne pour le job.

– Alors, pourquoi n'as-tu pas pensé à lui la semaine dernière ?

– Parce que je pensais qu'il était occupé.

– Comment pouvais-tu imaginer une chose pareille ? demande-t-elle en secouant la tête. C'est de la chair à canon pour tabloïds depuis des mois.

La rougeur monte dans mon cou. Evie connaissait la situation de Jonah alors que je n'en savais rien jusqu'à samedi dernier. Je me sens humilié.

– Nous sommes d'accord sur le fait que ce qu'on raconte de nous ne reflète pas toujours la réalité de nos compétences.

Elle se mordille la lèvre inférieure, l'air absorbée dans ses pensées, mais sans répondre. Evie : le calme avant la tempête.

– Ça ne me dérange pas que ton frère prenne les photos, finit-elle par dire. C'est toujours un photographe connu, malgré les racontars. (Elle se tait et me dévisage intensément.) Mais as-tu pris en compte ma réaction si tu choisissais pour moi ? Tu représentes Jamie. Je représente Seamus. C'est un énorme shooting pour *Trick* et on ne peut pas appréhender un tel événement à la légère.

J'acquiesce pour lui donner raison, mais je pense que je n'ai pas suffisamment insisté, si j'en crois son expression.

– Si ça ne te dérange pas qu'il prenne les photos, si tu n'as aucune réserve sur sa notoriété, alors pourquoi es-tu aussi irritée ?

J'aimerais me frapper en plein visage à la seconde où ces mots s'échappent de ma bouche. Evie ne me montre vraiment aucune irritation. Je dois apprendre à contrôler mes pulsions : cette combinaison de compétition et de désir me rend complètement fou.

Soudain, elle rougit, l'air indignée – ce qui m'excite curieusement – tout en restant maîtresse d'elle-même. Elle commence à rassembler ses affaires.

– Tu as raison. Ce qui est fait est fait. Je demanderai à Jess de t'envoyer par mail les indications pour la tenue de Seamus ainsi que mon avis sur les documents que tu m'as donnés aujourd'hui à propos du séminaire. (Elle referme le dossier dans lequel elle a glissé les feuilles et se lève.) Justin pourra envoyer les modifications que tu jugeras nécessaires à Jess.

– Allons-nous nous parler par l'intermédiaire de nos assistants maintenant ? je demande, en levant les yeux vers elle.

– Ça semble être la meilleure option, pour des raisons évidentes.

Puis elle fait le tour de la table et quitte la pièce.

CHAPITRE 13

EVIE

– Evie, tu vas tout casser si tu continues comme ça, s'écrie Daryl en posant la main sur ma cuisse pour m'obliger à ralentir le rythme. Que t'arrive-t-il ?

Je laisse échapper, à bout de souffle :

– Carter.

Je me lève, attrape ma bouteille d'eau et bois plusieurs longues gorgées. La transpiration dégouline dans mon cou, tous les muscles de mon corps sont en feu. Je me donne à fond ce matin, ça fait un bien fou. Je préfère m'épuiser à la salle de sport que d'envoyer un coup de poing dans le plexus solaire d'un collègue de travail.

Je devrais probablement me sentir mortifiée, après tout, je suis partie en pleine réunion hier. Mais qu'il aille se faire foutre, lui et ses avant-bras parfaits, son sourire si craquant, et sa diva de frère.

Je suis à bout de nerfs, je rêve de le plaquer contre le mur et de plonger la main dans son pantalon à chaque instant. Ce n'est pas une vie.

J'en ai tellement marre.

– Sans vouloir appuyer là où ça fait mal, parce que tu as l'air à fleur de peau, mais pour que les choses soient bien claires : Carter fait partie de la catégorie des connards, n'est-ce pas ?

– Oui, Carter est à ranger dans cette catégorie maintenant. (Je m'essuie le front avec une serviette.) Et j'apprécierais que tu t'en souviennes la prochaine fois qu'il te fera du charme. Te rappelles-tu la fois où tu voulais te venger de Brant et où je suis allée au mariage de ton cousin en jouant le rôle de ta fiancée lesbienne ? Je t'ai embrassée, *avec la langue.* C'était ma manière de te prouver mon soutien, Daryl.

Elle éclate de rire.

– Je suis tellement désolée, tu as raison. Mais, franchement, tu aurais vraiment dû me prévenir qu'il était aussi sexy parce que… eh bien, bordel, Evie. Il est hyperbaisable.

– Merci de m'enfoncer.

– C'est un peu cruel de ma part, mais j'adore vous voir interagir. Je savais que tu avais tendance à être autoritaire, mais qui aurait pu deviner que les jeux de pouvoir t'excitaient tant que ça ?

– Les *quoi* ?

Je trébuche en avançant vers les haltères.

– Tu m'as entendue.

– De quoi parle-t-on ? demande Amélia en soulevant ses haltères tout en nous dévisageant à tour de rôle.

Je secoue la tête, elle passe à la machine à squat.

Daryl s'accroche à la barre de métal et me lance un regard ironique :

– Evie est en plein déni, elle tente de se convaincre qu'elle déteste Carter.

– Ohhh. Moi, j'adore Carter. (Amélia réattaque ses exercices avec les haltères. Elle se penche en avant puis se redresse en continuant.) Il est venu signer des feuillets fiscaux. J'ai cru un instant que les filles des RH n'allaient jamais le laisser partir, ce qui en dit long. C'est un sacré charmeur.

– Tu réalises que tu parles de mon ennemi juré, n'est-ce pas ?

Quand elle termine l'exercice, Amélia m'aide à me positionner, la barre sur les épaules, derrière mon cou.

– Ton ennemi juré. Je n'en crois pas un mot.

– Tu t'es laissée avoir par son charme, toi aussi.

Elle me sourit.

– Tais-toi et fais tes squats. (Elle sursaute comme si quelque chose venait de lui passer par la tête.) J'oubliais ! Brad a signé un contrat avec quelqu'un, tu ne devineras jamais qui.

Je m'arrête, repose la barre sur son support et croise son regard.

– S'il s'agit de Gabe Vestes, je hurle.

– Exactement. Gabe, avec qui Brad déjeunait juste avant que la fusion devienne publique. Je ne sais pas exactement ce qui se passe, mais mon petit doigt me dit que Brad a une idée derrière la tête.

– *Je savais* que quelque chose se tramait. Brad a été pris en flagrant délit quand il a insinué qu'il n'avait aucun talent à l'époque où je bossais encore chez Alterman. Je ne vois pas pourquoi ils enterreraient si soudainement la hache de guerre. (Je m'écarte de la machine et me tourne pour les regarder en face.) Brad devait être au courant pour la fusion, et s'il savait qui serait mis à la porte chez CTM, il a senti le besoin de faire ami-ami avec Gabe.

– Encore un coup bas, lance Amélia.

– Pourquoi penses-tu qu'il a demandé à ce que ce ne soit plus Kylie qui organise le séminaire ? demande Daryl en s'asseyant sur le banc à côté de nous.

Amélia réfléchit.

– Il a peut-être d'autres projets pour elle. (Elle nous offre un grand sourire avant d'ajouter.) Ils sont peut-être amants.

Je frissonne, dégoûtée.

– J'ose espérer que Kylie a un peu plus de jugeote que ça.

Tu vois, Carter ? Je n'ai rien contre elle, après tout.

– Et meilleur goût. (Amélia jette un coup d'œil à sa montre.) Je dois filer. La réunion pour établir les fiches de paie commence dans moins d'une heure, et je ne peux pas être en retard.

Une fille intelligente préserverait les bienfaits de sa séance de sport matinale en prenant un petit déjeuner léger et sain. Une omelette peut-être. Une barre de céréales complètes. Un smoothie.

Apparemment, je ne suis pas une fille intelligente. Je me rue vers Sidecar Donuts et commande trois beignets au caramel beurre salé et un latte géant. Mais je *suis* assez intelligente pour laisser deux beignets sur mon bureau et en emporter un seul pour la réunion de huit heures dans la salle de conférences.

Café : OK. Sucre et calories : OK.

Aplomb : en cours d'acquisition.

Mon estomac, et mon aplomb, sont en chute libre quand j'entre et tombe nez à nez avec Carter. J'espérais disposer de quelques minutes supplémentaires pour me préparer psychologiquement. Il lève les yeux, me jette un coup d'œil discret et tente un sourire qui ressemble plutôt à une grimace avant de se concentrer à nouveau sur son téléphone.

Depuis hier, je ne sais plus comment me comporter avec lui. Je préférerais ne pas me retrouver en tête à tête avec lui. Mon cœur bat la chamade, mes parties intimes sont en alerte maximum et mes mains sont moites. C'est perturbant, putain. Pour couronner le tout, je suis soudain très consciente du beignet que je tiens à la main et du fait que Carter se contente d'une bouteille d'eau pétillante pour survivre à la réunion. De l'eau. Je le déteste.

Il est assis entre deux chaises vides, mais je fais mine de ne pas les voir et m'assieds volontairement de l'autre côté de la table. Que la bataille commence.

Je perçois le bourdonnement des néons au plafond. La pointe du crayon de Carter se met à crisser sur les feuilles de son carnet lorsqu'il lâche son téléphone pour annoter des idées qui semblent foisonnantes. Je parie qu'il griffonne l'alphabet ou qu'il énumère les coups bas qu'il a planifiés pour les mois à venir.

La salle se remplit, le reste des équipes du département arrive progressivement. Les réunions matinales sont la pire chose au monde : aucun être humain normalement constitué ne peut supporter la compagnie de Brad à une heure pareille.

Nous regardons tous en direction de la porte en entendant l'écho de la voix tonitruante de notre patron et voyons Kylie trottiner derrière lui pour ne pas se laisser distancer, malgré ses dix centimètres de talons. Avant même de me saluer, Brad fixe mon beignet et, sans un mot, il l'envoie balader dans la poubelle qui se trouve juste derrière moi.

Un gémissement s'étrangle dans ma gorge :

– Qu… qu… ?

– Allons, Evie, dit Brad en tirant une chaise. (Il lève les yeux et distingue mon expression horrifiée.) Quoi ? Tu es déprimée ? Crois-moi, tu n'as pas besoin de ça.

Je ne sais quoi répondre. Une tempête fait rage dans ma poitrine, le rouge me monte aux joues.

– C'était mon petit-déjeuner.

Il ne répond pas et se contente de s'asseoir en demandant calmement à Kylie d'allumer le projecteur. J'entends Rose murmurer que c'est un connard, mais en dehors de ce murmure, le silence est total.

Kylie couine :

– Le service traiteur va arriver d'une minute à l'autre. Donc… tu pourras manger quelque chose. Genre un fruit ou une barre de céréales…

Je n'ai pas envie d'un fruit ou d'une barre de céréales, j'ai envie du *putain de beignet* que j'avais acheté.

Non, ce dont j'ai vraiment envie, c'est renverser mon café brûlant sur Brad, Monsieur Amabilité.

Mais je ne peux pas faire ça non plus.

Je baisse les yeux pour reprendre mes esprits et remarque que les deux boutons du haut de ma chemise se sont ouverts, révélant mon soutien-gorge rose. Je les referme rapidement en m'étranglant de surprise.

J'ai la claire impression que je me promène comme ça depuis un moment. J'ai dû arriver la chemise ouverte dans la salle de conf. Je réalise après coup que j'ai senti une brise légère sur ma poitrine. Carter se trouve *là*, bien en face de moi ; nous étions seuls il y a quelques minutes. Il a tout vu. Ce qui explique son coup d'œil et son petit sourire sournois, ce qui justifie aussi l'assassinat que je projette de perpétrer sur sa personne dans les heures qui viennent.

Le sang me monte aux tempes. Je toise Carter avec tant de haine que j'espère qu'il en aura mal aux pommettes.

La fille du service traiteur entre en poussant un chariot débordant de fruits et de muffins au son d'avoine dépourvus de calories et de saveur. Je repense à mon délicieux beignet et me demande ce que les gens penseraient de moi si j'allais le récupérer dans la corbeille. Je repousse cette idée et tente de me concentrer. J'ai tellement faim que je meurs d'envie de tenter le tout pour le tout. Mais je finis par abandonner l'idée du sucre et du délicieux surplus de gras de mon beignet puisqu'apparemment, nous sommes tous soumis à la diète de quinquagénaire obsédé par la diététique de Brad. Super.

Bien sûr, nous sommes bien trop polis pour prendre quoi que ce soit à manger avant que Brad ne se serve lui-même. Et il ne semble pas avoir faim.

Mon ventre gargouille comme un loup affamé… donc, tant pis pour les convenances.

Je me lève et me dirige vers le chariot, dédaignant les muffins qui ressemblent à des briques pour empiler des myrtilles sur une petite assiette. Quand je reviens à la table, Brad me dévisage comme si je venais d'enfreindre une loi capitale. Rose réprime un sourire et fixe ses mains. Rose et moi n'avons pas toujours le même sens de l'humour, mais je sais que cette fois, si je croise son regard, elle s'esclaffera.

– Commençons. (Brad tapote une pile de dossiers devant lui et se penche en arrière sur sa chaise en jetant un coup d'œil à Rose.) Comment ça s'est passé avec Tom, lundi ?

– Bien, lui répond-elle. Le contrat Paramount est signé. Tout roule.

Il hoche la tête, satisfait :

– Carter, comment se goupille le shooting pour *Vanity Fair* ?

Carter me glisse un regard en coin.

– Tout est prêt.

– Qui prend les photos, déjà ?

Il hésite et fait semblant de regarder ses notes avant de répondre :

– Ah, c'est Jonah. Jonah Aaron.

– Vous n'êtes pas de la même famille ? demande Brad, distrait.

Sûr de lui.

– Si. Jonah Aaron est mon frère.

Brad lève les yeux et toise Carter pendant quelques secondes.

– C'est ton frère, le photographe ?

Et voilà, voilà le moment où Carter va recevoir la raclée qu'il mérite. Je n'ai pas exagéré. Engager Jonah, c'est du grand n'importe quoi. Et le plus génial, c'est que je n'aurai rien à voir là-dedans parce que Brad est sur le point de se charger du sale boulot à ma place.

L'incident du beignet est oublié, je me détends en regrettant de ne pas pouvoir troquer les myrtilles contre du pop-corn, histoire de profiter pleinement du spectacle.

Carter rougit.

– Oui. Mon jeune frère. Mais je peux vous assurer qu'il a les compétences requises.

L'expression de Brad reste indéchiffrable, et j'ai l'impression d'entendre les gouttes de transpiration rouler dans le cou de Carter. Je serais capable d'embrasser Brad. Maintenant que j'y pense, j'ai oublié la fête des Patrons. Je me souviendrai de lui envoyer une carte l'année prochaine.

– Vous avez dû voir passer certaines de ses photos dans *Rolling Stone,* continue Carter. Je peux vous transmettre une liste de recommandations si vous le souhaitez.

Silence. On croirait entendre les mouches voler, je fixe Brad en attendant l'explosion. Ça arrive… Encore quelques secondes…

Mais il ne se passe rien. Au contraire, un sourire digne du Grinch se peint sur les lèvres de Brad, il dévoile toutes ses dents parfaitement blanches dans une grimace de carnassier.

– C'est exactement c'est ça dont je parle ! lance-t-il en écrasant le poing sur la table.

Connard.

– Carter sait fédérer les troupes et joue toutes ses cartes. (Brad se penche sur la table pour toper dans sa main.) Je dois t'avouer que je ne suis pas surpris. Regardez-le bien, lance-t-il à l'assistance. Voilà comment on travaille.

Je glisse sur ma chaise, furieuse. Nous avions *déjà* un photographe, donc je ne vois pas vraiment de quoi parle Brad. Carter n'aurait pas dû faire le changement sans me demander mon avis, et il le sait. Que Brad lui passe en plus de la pommade est horripilant. Brad met Carter sur un piédestal, ce n'est pas son habitude. Il existe une loi non écrite à propos des agents. Ils se distinguent avant tout par la quantité de contrats et de publicité qu'ils génèrent. Cette année, je serai l'agent le plus renommé de P&D.

Mais visiblement, d'autres facteurs jouent aussi. Comme avoir un pénis. Apparemment, c'est essentiel.

L'ambiance devient soudain plus tendue autour de la table. Les gens dans l'assemblée ne semblent pas apprécier… n'apprécient pas que le nouveau venu soit célébré comme un exemple, ou alors ils partagent mon opinion : engager un membre de sa famille pour réaliser des photos de couverture est un choix plus que douteux. Mais, volontairement, je ne réagis pas, refusant de croiser le moindre regard. Je prends une grande inspiration et bois une gorgée de café en imaginant qu'il brûle Carter et non ma langue. Mon téléphone vibre, je jette un coup d'œil à l'écran.

Peux-tu penser à donner à Seamus
l'heure du début du shooting
de la semaine prochaine ?

Je cligne plusieurs fois des yeux sans comprendre. Brad a cessé de complimenter Carter, j'entends maintenant la voix nasale d'Ashton en fond sonore.

T'es-tu trompé de destinataire ?

Est-ce bien Evelyn Abbey ?

Pourquoi oublierais-je d'informer mon propre client ?

Je voulais juste être sûr de mon coup.

Contacte Jess avec la liste des infos dont tu as besoin.

Carter laisse échapper un petit rire arrogant et secoue la tête en glissant son téléphone sur la table.

Livide, je tape un autre message.

Tu aurais pu me dire que les boutons de ma chemise s'étaient ouverts.

Les boutons de ta chemise s'étaient ouverts ?

Tu es assis juste en face de moi.

Tu ne peux pas ne pas l'avoir remarqué.

Eh bien, je ne l'avais pas remarqué ;-)

Bordel. Carter vient-il de me faire un doigt via un smiley ?

Mon cœur bat si fort que j'entends à peine ce qu'Ashton dit. Je dois ressembler à un lutteur à bout de souffle. Le mépris que je ressens pour Carter à cette seconde suppure de tous mes pores.

Je ne suis pas tout à fait certaine de pouvoir qualifier ce sentiment, parce que je ne l'ai jamais ressenti auparavant… mais ça ressemble à de la haine.

Je viens de déclarer la guerre à Carter Aaron.

***

De retour dans mon bureau, je m'apprête à engloutir les deux autres beignets avec un désespoir manifeste. J'ouvre si grand la bouche que j'en ai mal aux mâchoires. Le café et les myrtilles ont disparu de mon radar personnel, je vis pour ces beignets.

Mais comme je n'ai vraiment pas de chance, Carter entre à l'instant où j'avale la moitié d'un beignet en une seule bouchée.

– Salut Evil, dit-il sans quitter son téléphone des yeux. Jonah arrivera à onze heures vendredi prochain. Ça te convient ? (Il lève les yeux et sursaute en remarquant mes joues de hamster.) Je… je vais te laisser une seconde pour répondre.

Et il reste là, à me regarder mâcher derrière ma main, les sourcils relevés, l'air amusé. La pâte à beignet est si épaisse qu'il me faut une éternité pour déglutir. Il ajoute avec un sourire moqueur :

– Tu devais être morte de faim.

Quand j'ai retrouvé l'usage de la parole, je réplique :

– Tu as dû remarquer que Brad a jeté mon petit déjeuner à la poubelle.

Il jette un coup d'œil au sucre en poudre qui s'est éparpillé sur mon bureau.

– Tu as bien fait d'anticiper cette éventualité.

Je me lève et marche lentement jusqu'à la porte en désignant théâtralement Jess, assise devant son ordinateur, à côté des autres assistants.

Carter me suit et regarde dans sa direction.

– Ouais ?

– *Voilà* mon assistante, Jess. Parle-lui du programme.

Il regarde encore à travers la porte en saluant Jess de la main, tout en lui offrant un adorable sourire.

– Comment va ta chatte ? Elle vient d'avoir des petits, non ? s'écrie-t-il.

Son visage s'illumine.

– Bien ! Les premières nuits ont été difficiles, mais on lui enlèvera ses points la semaine prochaine. Merci d'avoir demandé de ses nouvelles.

Lorsqu'elle me jette un coup d'œil, elle ressemble à une biche surprise par des phares en pleine nuit. C'est une blague.

– Donc, c'est bon pour toi ?

Je tourne la tête dans sa direction. Il est beaucoup trop proche de moi. Je ne peux pas lui envoyer un coup de pied dans les couilles à cette distance. Je me redresse et recule d'un pas.

– De quoi tu parles ?

– Peut-on commencer le shooting à 11 heures au lieu de midi la semaine prochaine ? (Il détache les syllabes comme s'il s'adressait à une attardée mentale, avec un air de fouine sournoise.) Jonah a un « truc » à 15 heures.

Je devrais faire ma difficile et insister pour qu'il aille poser la question à Jess mais, apparemment, le comité de soutien d'Evie vient d'imploser et je ne peux plus compter sur personne.

– Seigneur, tu es chiant. Laisse-moi regarder mon planning. (Je me rassieds derrière mon bureau.) D'ailleurs, j'apprécie que tu me demandes mon avis, comme toujours.

Il soupire.

– Ça n'a rien à voir avec ça, Evie.

– Ah bon ?

J'allume mon ordinateur, tape mon mot de passe d'une main tremblante. J'espère qu'il ne le remarque pas. La dernière chose que je souhaite, c'est que Carter s'aperçoive de l'effet qu'il a sur moi.

Il plonge ses mains dans ses poches.

– Écoute, si Brad avait un problème avec le fait que Jonah prenne les photos, alors oui, on pourrait revenir là-dessus. Mais ça ne le dérange pas.

Carter sait aussi bien que moi que Brad a eu tort de lui passer cette faveur. Même un chien aveugle serait en mesure de deviner que Carter agit par népotisme.

– Brad Kingman est-il vraiment un modèle d'éthique ?

– J'aimerais juste éviter de perdre mon job. Ma seule erreur a été de ne pas te demander ton accord à l'avance, je l'ai bien compris. Peut-on passer à autre chose ?

Je le dévisage en silence avant de finir par répondre :

– Ai-je vraiment le choix ?

Cette phrase doit produire son petit effet, parce que, pour la première fois depuis que je connais Carter, il ne trouve pas de réponse appropriée.

– La semaine prochaine… vendredi ? je demande, professionnelle. (Carter acquiesce.) 11 heures, ça devrait le faire. J'ai dit à Seamus d'arriver à 8 h 30 pour le maquillage, histoire d'être sûre qu'il n'ait pas de retard.

Carter écarquille les yeux.

– C'était plutôt malin.

– N'aie pas l'air surpris, s'il te plaît.

Ça le fait rire, mais il ne prend pas la peine de me corriger.

Au moment où il se tourne pour partir, Rose passe la tête par l'embrasure de la porte avant d'entrer sans s'annoncer.

– Tu préfères que je vous laisse ou… lui demande Carter.

– Tu peux rester. Ça va. J'ai besoin de votre avis à tous les deux.

Oh super. On va avoir droit à la minute « indiscrétion ».

Je jette un coup d'œil à Carter, sans parvenir à savoir s'il a déjà eu affaire à elle ou non. Son expression est indéchiffrable, ce qui signifie qu'il doit savoir à quel point Rose est friande de ragots. Je crains toujours que les conversations professionnelles tournent aux commérages et au *name-dropping* chaque fois qu'elle fait son apparition. Je ne suis pas nécessairement contre les commérages ou le *name-dropping*, mais il faut se poser des limites et choisir son public avec précaution. Et le public *approprié*, Seigneur, est constitué de personnes qui aborderont le sujet avec la bonne combinaison d'ironie et de crédibilité.

Mais au lieu de déballer une histoire de flirt ou un problème de clients ou de harcèlement sexuel, Rose lâche un grief incroyablement personnel au milieu de mon bureau :

– Ashton a reçu un bonus supérieur de *sept mille* dollars au mien.

J'écarquille les yeux.

Carter recule d'un pas, comme s'il tentait de disparaître dans un trou de souris.

– Comment le sais-tu ?

Nous parlons d'argent toute la journée avec nos clients, mais nous nous confions rarement sur nos revenus personnels avec nos collègues. Et c'est précisément pour cette raison. Équité et bonus ne font pas bon ménage.

– On discutait de nos objectifs de fin d'année hier. Tu sais, après la fusion, tout le monde perd un peu la tête. Quand on est retournés dans nos bureaux, on avait reçu nos primes. J'imagine que comme on parlait d'argent, il s'est senti assez à l'aise pour me donner le montant de sa prime.

– A-t-il signé avec plus d'acteurs que…

Elle me coupe en secouant la tête.

– Pareil. Nous sommes à peu près à égalité. (Elle jette un coup d'œil à Carter.) C'est n'importe quoi, hein ?

Je lance :

– Inacceptable. Tu dois en parler à Brad. Ou aller directement voir les comptables et leur demander de vérifier les montants.

Rose halète.

– Je ne peux pas faire ça !

– Alors, tu peux t'asseoir sur tes sept mille balles.

Je hausse les épaules. Elle grogne :

– Ça craint !

– Parle avec Brad, la presse gentiment Carter.

Carter, si naïf. Comme si Brad n'était pas déjà au courant.

Elle lève les yeux vers lui, consternée.

– Il n'en aura rien à foutre.

Je lève les mains en l'air, exaspérée.

– Honnêtement, Rose, si tu es seulement venue pour te plaindre – alors qu'il n'est pas en mon pouvoir de t'aider –, c'est que l'argent n'est pas ta motivation principale pour ce job.

Elle fixe le sol en hochant la tête.

– Je sais. Je sais, c'est juste tellement frustrant.

– Je comprends, ma chérie, mais tu dois devenir ta propre avocate. Personne ne va se battre pour toi.

Avec un petit sourire de remerciement, elle tourne les talons et s'éloigne.

Carter s'écarte du mur.

– Waouh, Evie. Tu lui as drôlement remonté les bretelles.

Je le regarde, avec ses yeux verts derrière ses lunettes, ses joues rasées de près et ses cheveux vaporeux. C'est une bonne chose qu'il soit si beau, parce que son attitude ne va pas lui attirer que des amis.

– Tu aurais pu ajouter quelque chose si tu avais voulu.

Il réfléchit quelques instants et hausse les épaules.

– Est-elle sûre que c'est vraiment le cas ? Je n'ai jamais entendu parler de telles disparités de salaires. (Il semble réaliser ce qu'il vient de dire.) Enfin si, évidemment. Je sais que ça arrive mais… (Il grimace en faisant machine arrière.) C'est nul pour elle. J'espère qu'elle réclamera son dû.

Il ne peut pas être sérieux.

– Ce n'est pas une erreur rare et mathématique de comptabilité, Carter. Ces disparités de salaire sont un problème *quotidien.* Ça m'est déjà arrivé.

– Vraiment ? Tu sembles toujours tout contrôler, j'ai du mal à imaginer que quelqu'un prenne quelque chose qui t'appartient.

Il s'approche encore d'un pas, s'appuie contre mon bureau en me regardant en face. Il est si proche qu'on pourrait croire que nous sommes en train de flirter mais, évidemment, ce n'est pas le cas.

– Ça arrive tout le temps dans le milieu. Simplement, tu ne le vois pas. Ça ne t'affecte pas.

– Ce n'est pas juste.

Je hoche la tête.

– Je suis bien d'accord.

– Alors, que penses-tu que nous devrions faire ?

Je fais mine de ne pas remarquer son regard qui se pose sur mes lèvres un instant. J'ai l'impression que nous ne parlons soudain plus d'inégalités salariales. Je murmure :

– Je ne sais pas.

Je suis de plus en plus convaincue qu'embrasser Carter serait un pas dans la bonne direction.

Ses yeux vont et viennent sur mon visage, il se penche…

Pendant un… deux… trois battements de cœur erratiques, j'ai l'impression qu'il va m'embrasser.

– On dirait que ta chemise ne veut pas rester fermée aujourd'hui, chuchote-t-il en hochant la tête.

Je sursaute en suivant son regard et, bien sûr, les deux boutons ont sauté, lui offrant une vue plongeante sur mon décolleté.

– Oh.

Je le regarde, mais au lieu de s'approcher pour m'embrasser (je pense toujours qu'il s'apprête à le faire), il s'écarte et me lance un regard indéchiffrable avant de quitter le bureau.

CHAPITRE 14

CARTER

ÇA A BIEN FAILLI DÉGÉNÉRER

Si tu ne parles pas d'un braquage de banque, alors ça ne m'intéresse pas.

J'ai failli mettre mon nez dans les seins d'Evie dans son propre bureau.

D'accord, ça m'intéresse.

Elle est tellement culottée et directe.

Ce qui est aussi sexy qu'intimidant, et sa chemise n'arrêtait pas de s'ouvrir.

Et quand je le lui ai dit, c'était genre… impossible de partir sans l'embrasser.

Mec.

Rappelle-moi qu'elle est le diable.

Non, vraiment pas.

Elle est adorable.

On aurait dit qu'elle avait envie de m'embrasser.

Ou de te mordre ?

Ouais, mais dans le bon sens.

Ou le mauvais.

Du côté de qui es-tu ?

Aucun. Je veux juste que vous vous épousiez et qu'elle donne naissance à un bambin qui fera des dessins sur ton lit avec du dentifrice.

Connard.

Bonne journée.

CHAPITRE 15

EVIE

Si, jusque-là, j'étais en colère contre Carter, maintenant, je me sens humiliée. Depuis deux jours, je passe beaucoup trop de temps à repenser aux quelques secondes pendant lesquelles il s'est penché vers moi et m'a regardée comme si je n'étais pas l'ennemi. J'ai dû avoir l'air d'être sur le point de tomber en pâmoison.

Après chaque échec amoureux, on a des regrets, on repense aux bons et aux mauvais moments. On croise parfois l'autre par hasard en ville parce que, même si Los Angeles est immense, c'est en réalité un mouchoir de poche. Mais travailler avec son ex, c'est une autre histoire. Le croiser dans le couloir, le voir pendant les réunions, être forcée de passer du temps avec lui dans un espace minuscule pour organiser un séminaire ensemble…

J'entre dans la petite salle de conférences la première et m'assieds à une extrémité du canapé, près des fenêtres. Ça me permet de voir arriver Carter dans le couloir – ce qui n'est pas une punition –, escortant l'organisatrice de *Corporate Fun*.

Elle est assez lisse, jolie sans l'être, mais Carter – parce que c'est le diable – déborde de sensualité. Il avance les mains dans les poches, l'air nonchalant et sûr de lui, un demi-sourire aux lèvres. Est-ce que je ne résiste pas à son charme parce que ma vie sexuelle est réduite à néant ? Probablement. Ou est-ce juste *sa* personnalité qui me subjugue ? Son pantalon noir moulant ses quadriceps lui va parfaitement, il le porte bas sur les hanches. Je jure que je distingue la forme de sa bite sur sa cuisse. Sa chemise est bleue, avec de discrets motifs blancs, on dirait qu'elle a été taillée pour lui, elle lui va si bien. Quand il sourit plus largement à l'organisatrice, tout son visage s'illumine et il redevient adorable.

Je suis perdue, je le sais maintenant. J'envisage avec amertume les années qui m'attendent, travaillant ici ou ailleurs, incapable de me remettre de mon coup de cœur si douloureux pour Carter Aaron. Ou pire encore, je l'imagine avec quelqu'un d'autre. Je suis maudite.

Je me lève en lissant ma jupe quand ils entrent, je serre la main de la femme, Libby Truman, qui semble déjà amoureuse du rejeton de Satan et de son visage si stupidement parfait. Elle lui touche le bras et glousse en lui disant à quel point elle l'a trouvé drôle sur le chemin.

Sur le chemin dans le couloir. Trente secondes, maximum. Impressionnant, sans nul doute.

Nous nous installons, nous lui expliquons en détail ce que nous attendons et, honnêtement, on aurait pu se contenter d'en parler au téléphone. Nous avons besoin de quelqu'un pour organiser des activités ludiques pour un groupe de cinquante personnes sur deux jours. Des activités qui a) ne nous feront pas grimacer, b) éviteront de déchaîner nos instincts naturels carnassiers. Nous avons besoin d'alcool. Et c'est tout. Simple comme bonjour.

Mais chaque fois qu'ils en ont l'occasion, les gens aiment se pointer dans les bureaux de P&D pour leurs rendez-vous. C'est pour cette même raison que je vois Libby jeter des coups d'œil incessants à travers les murs de verre de la pièce : elle espère croiser une célébrité.

Malheureusement pour elle, la seule personne qui se manifeste est Justin, qui passe la tête par l'embrasure de la porte au bout de cinq minutes.

– Jett Payne est arrivé, il nous attend à l'étage. Et Kylie voulait que vous sachiez qu'elle a commandé trop de capsules de café pour la salle commune, donc vous pouvez récupérer une ou deux boîtes pour les rapporter chez vous.

Carter se lève et sourit.

– Merci, Justin.

J'en reste bouche bée.

– Tu as calé deux rendez-vous en même temps ?

Je lui souris avec l'air de dire *va te faire foutre.*

– Il faut croire que oui. Désolé. (Il lance cette dernière phrase comme si c'était un pur hasard et qu'il était trop désordonné pour bien gérer son planning. Il se lève, tend la main à Libby.) Ravi d'avoir fait votre connaissance, Libby. Evie pourra voir le reste avec vous. Et assurez-vous qu'elle valide votre carte de parking. J'ai hâte de savoir ce que vous aurez prévu toutes les deux !

Libby, un peu à bout de souffle, s'exclame :

– Ça va être génial !

***

À peu près une heure plus tard, j'en termine avec Libby, en continuant à fulminer, et me dirige vers mon bureau pour jeter un coup d'œil au planning du reste de ma journée sur mon téléphone.

Je dispose de quarante-cinq minutes pour traverser la ville et retrouver Sarah Hill pour son rendez-vous chez le coiffeur. Nous venons d'obtenir à Sarah un rôle dans l'adaptation d'une histoire de fugue adolescente qui est devenue un best-seller, et la production insiste pour que ses cheveux soient d'une teinte spécifique de bleu. Il est stipulé dans son contrat que son agent *et* le producteur doivent être présents pour contrôler la qualité de la coloration. Ce qui signifie en gros que je vais passer quatre heures dans un salon de coiffure, à m'efforcer de distinguer les subtiles différences entre quinze nuances de bleu.

Je passe devant le bureau de Carter et m'arrête net en voyant qu'il a déjà posé deux boîtes de capsules de café sur son bureau.

Quand j'étais plus jeune, mon père était très sévère : l'exact opposé du père de Daryl qui la laissait faire à peu près tout ce qu'elle voulait. Je n'avais pas le droit de sortir avec des garçons et, même quand j'ai atteint l'âge requis, les règles étaient strictes : je pouvais fréquenter autant de garçons que je voulais, mais je n'avais pas le droit d'avoir un *copain*, ce qui signifiait pas plus d'un rendez-vous avec le même mec. J'imagine qu'il voulait m'empêcher d'entretenir une relation trop sérieuse avec un seul garçon, parce qu'une relation sérieuse augmente le risque d'avoir des relations sexuelles. Leur plan a fonctionné, dans les grandes lignes : à dix-sept ans, je n'avais toujours pas perdu ma virginité. J'en étais même loin.

Et puis j'ai rencontré Kai Paialua. Je me suis arrangée pour le voir autant que je pouvais, loin du regard scrutateur de mes parents. Le soir du bal de promo de terminale, nous nous sommes retrouvés dans une chambre pendant une fête. Dans la pièce contiguë, des chansons de Santana tournaient en boucle, des accords de guitare tellement sensuels et… j'ai eu envie de coucher avec Kai. Nous étions sur le point de passer à l'acte, il avait baissé son pantalon et vérifiait la date de péremption du préservatif qu'il gardait dans son portefeuille depuis la première. Je savais que j'étais à la croisée des chemins. Si je décidais de me lancer, on couchait ensemble, il n'y avait plus de retour en arrière possible. Je pouvais aussi remettre ma robe et sauver mon hymen.

Nul besoin de préciser que je n'ai jamais revu ma virginité.

Devant le bureau de Carter, sur lequel sont posées d'innocentes boîtes de capsules, je ressens le même mélange d'excitation et de crainte. Si je vais jusqu'au bout du plan qui se forme dans mon esprit, je perdrai mon innocence.

Et donc, cinq minutes plus tard, j'intervertis les capsules qui ne correspondent plus du tout à ce qui est inscrit sur les boîtes. Et je suis en route pour le salon de coiffure, l'air de rien.

Même goût délicieux... mais en décaféiné !

***

Vendredi, je passe la meilleure journée de ma vie, parce que c'est le jour où le cerveau de Carter Aaron a cessé de fonctionner.

C'est un peu comme regarder un lion qui boite : il s'agit d'un fait assez inhabituel pour qu'on ait beaucoup de mal à détourner les yeux. Il ne plaisantait pas lorsqu'il m'a avoué qu'il ne pouvait pas survivre sans caféine. Apparemment, il est entré dans les toilettes et a fixé le mur, choqué que les urinoirs aient disparu, jusqu'à ce que Jess émerge d'une cabine et le redirige dans la bonne direction.

Il a bégayé pendant une conférence téléphonique avec Smashbox Studios à propos de l'organisation du shooting photo de *Vanity Fair* pour vendredi prochain et, ensuite, il s'est arrêté dans le hall, perplexe, avant d'entrer dans son bureau et de s'asseoir pour boire la tasse de décaféiné que j'avais gentiment posée sur son bureau.

Je me demande si je suis en train de me transformer en monstre, parce que j'apprécie chaque seconde de ce spectacle. Qui orchestre de tels coups bas ? Eh bien, presque tout le monde dans ce milieu.

Mais… je ne me suis jamais comportée ainsi et quand je repense aux extrémités auxquelles je suis réduite, loin de mes idéaux, la culpabilité commence à me ronger.

Je compose le numéro de Steph et remercie le Ciel qu'elle réponde à la première sonnerie.

– Je suis une personne abominable, dis-je au lieu de la saluer.

– Tu penses à quelque chose en particulier ou c'est une observation générale ?

Je réfléchis pendant quelques secondes.

– Un peu des deux.

– Tu veux m'en parler ou dois-je te détromper tout de suite ?

J'entends des voix et des bruits de verres et de couverts qui tintent en fond sonore. Je suppose qu'elle déjeune avec quelqu'un et qu'elle ne dispose pas de beaucoup de temps.

– Tu es occupée ? Je peux passer et te faire mes aveux ce soir.

– J'attends un agent pour organiser un casting. Et au fait, tu ne devineras jamais ce que m'a raconté mon assistante ce matin.

Je me penche sur la droite pour voir Carter devant son bureau, occupé à fixer un crayon d'un regard vide.

– Quoi ?

– Elle a couché avec le frère de Carter hier soir.

Je sursaute.

– Non ! (Je me redresse.) *Ton* assistante.

– Ouaip.

– Seigneur, cette ville est minuscule. Comment est-ce arrivé ?

– Ils se sont rencontrés dans une soirée. Ils n'ont pas beaucoup parlé, mais elle a compris qui il était ce matin.

Honnêtement, si je ne détestais pas Carter Aaron, je lui enverrais immédiatement un message pour partager cette information et en rire ensemble.

Incapable de résister, je me penche encore pour jeter un coup d'œil en direction de son bureau. Cette journée est incroyable.

– Et ?

– Et… d'après ce qu'elle m'a dit, la famille Aaron mérite des félicitations. Ce que tu pourrais vérifier par toi-même si vous arrêtiez de tourner autour du pot.

Je grogne.

– Ne m'en parle pas. En parlant de son frère, nous avons prévu un shooting avec lui la semaine prochaine. Maintenant, je vais l'imaginer en train de baiser Anna.

Steph éclate de rire.

– Passe-lui le bonjour de sa part !

– Mouais, je ne crois pas.

– D'accord. Alors, dis à Carter que son costume est pendu dans ma salle de bains. Il en a besoin pour vendredi.

– Son costume ?

– Il a emmené Morgan faire la chasse aux friandises à Halloween pour qu'on puisse sortir, et elle lui a vomi dessus. J'aurais dû l'engueuler parce qu'il l'a laissée manger un paquet entier de bonbons, mais j'ai eu droit à une soirée d'adultes et à une partie de jambes en l'air dans une chambre d'hôtel, donc…

– Non, Madame J'en-Raconte-Trop, pas aujourd'hui. Ne me parle pas de ta vie sexuelle et ne me raconte pas des choses mignonnes au sujet de Carter. C'est le diable.

– Continue à te le répéter. Bon, l'agent que j'attendais vient d'arriver. Je t'adore, et arrête d'être un monstre.

Pourquoi l'univers me fait-il endurer de telles choses ? J'étais en train de jouir de voir Carter en manque de caféine et d'efficacité et on me rappelle que ce n'est pas un sale type. Je ferais sûrement mieux de m'avouer que j'ai déconné et que Steph a peut-être raison : *c'est moi qui suis un monstre.*

L'angoisse monte pendant mon déjeuner avec Adam Elliott. À table avec l'idole vieillissante favorite des Américains, je ne peux pas me permettre d'être distraite, même pas un peu.

Carter n'est pas dans son bureau quand je reviens, je ne peux donc pas passer aux aveux, je ne peux même pas lui offrir la tasse de café authentique que je lui ai achetée chez Joe après mon déjeuner. J'ouvre mes mails et attrape mon tube de lotion d'un air absent. Mais au lieu de me concentrer sur mon courrier ou de me laisser submerger par la culpabilité, je repense à Carter qui a oublié le prénom de Brad ce matin quand ils se sont croisés dans le couloir. C'était assez génial.

Je m'enduis les mains et me mets un peu de crème sur les coudes, le visage et les jambes quand je me souviens que Jessie m'a raconté que Carter est sorti de l'ascenseur au mauvais étage et s'est assis devant le bureau d'Evan Curtis du département juridique.

Il m'a fallu plus d'une demi-journée pour réaliser ce que je devais faire : remplacer le café et cracher le morceau. Le karma est une garce, et je n'ai pas intérêt à la laisser se venger de moi.

Je tends la main pour attraper mon téléphone, appeler Jess et tout lui raconter, lui demander si elle est d'accord pour procéder à l'échange des capsules quand l'appel que j'attendais m'interrompt.

Quarante-cinq minutes de flatteries plus tard, on frappe à ma porte.

– Entrez.

J'ai les yeux fixés sur mon écran d'ordinateur quand la porte s'ouvre.

– Au fait, as-tu reçu le mail au sujet de l'aud… *bordel !* halète Jess.

Elle a les yeux écarquillés.

– Quoi ? *Quoi ?*

Elle secoue la tête et plaque une main sur sa bouche.

– Evie. Oh mon Dieu. Je reviens tout de suite.

Elle se rue hors de mon bureau et revient quelques instants plus tard avec Daryl sur ses talons. Elles ferment la porte derrière elles.

– Que se passe-t-il ? Pourquoi me regardez-vous comme ça ?

Daryl contient son fou rire avec difficulté.

– Qu'as-tu fait pour te retrouver dans cet état, Garfield ?

– Je… *quoi ?* (Je m'apprête à attraper le miroir de poche que je garde toujours dans mon tiroir quand je comprends. Mes mains, surtout mes paumes et mes poignets, sont orange.) Oh Seigneur.

– Tu ressembles à un cône de signalisation, dit Daryl avant d'éclater enfin de rire, en ajoutant avec difficulté : Tu me donnes envie de manger des ailes de poulet.

– Seigneur, tu vas *la fermer ?*

Mes mains tremblent tellement que je manque faire tomber mon miroir par terre.

Mon *visage* est également orange. Un orange scintillant, presque pailleté. Je ressemble à un marshmallow en forme de cacahuète chatoyante.

Daryl se lève pour se tenir à côté de moi.

– Que t'es-tu mis sur le visage ?

– Rien !

Je me fige en tendant la main vers la crème que j'ai utilisée un peu pus tôt.

Non.

J'ouvre le bouchon et sens la lotion.

Non.

Au lieu de l'odeur subtilement vanillée à laquelle je suis habituée, je remarque une senteur vaguement chimique.

– Noooooon, je grogne, d'une voix rauque et sauvage. Je vais le *tuer.*

– Il a mis de l'autobronzant dans ton tube de crème ? murmure Daryl, horrifiée... mais aussi un peu impressionnée.

Jess sort en vitesse puis revient à la rapidité de l'éclair. Elle contourne le bureau et s'agenouille à côté de moi en sortant une lingette démaquillante de son emballage plastique.

– OK, le plus gros s'en va. Tu as juste l'air bronzée.

Daryl éclate de rire.

– Attends huit heures pour voir.

– Oh Evie, que s'est-il *passé ?*

Une voix moqueuse et grave s'élève, et nous levons les yeux vers un Carter tout sourires, appuyé au chambranle de la porte. Jess est à deux doigts de tomber à la renverse, elle se rattrape de justesse.

– C'est toi qui as fait ça !

– Qui a commencé, à ton avis, Chef Décaf ?

Je glousse malgré moi.

– Pardon ?

Il entre dans mon bureau et s'approche. Daryl et Jess s'éloignent. Un choix dicté par la sagesse.

– Je suis rentré chez moi à l'heure du déjeuner pour me faire un café parce que celui du bureau ne semblait pas faire d'effet. Mais bien sûr, *chez moi*, il n'y avait aussi que du décaféiné. Sur le parking du supermarché, je n'ai pas réussi à me souvenir de l'endroit où j'avais garé ma voiture et j'ai manqué me faire arrêter par le vigile en essayant d'entrer dans une autre Audi argentée.

Une bouffée de fierté me submerge.

– Vraiment ?

Il sourit en secouant la tête.

– Vraiment. Pas cool.

Je tends le bras pour qu'il le voie.

– Vous n'avez aucun droit d'entrer ici et de jouer à la victime, Monsieur.

– Je n'oserais pas.

Il s'approche si près de moi que je sens la chaleur de sa peau à quelques centimètres de la mienne. Mon humeur joyeuse se dissipe et je sens l'intensité de son regard lorsqu'il regarde mes lèvres.

Comme s'il allait m'embrasser.

Hors de question. Mais j'imagine que nous savons tous les deux que ça n'arrivera pas.

– Tu me plaisais, murmure-t-il.

Une douleur naît entre mes côtes à ces mots, et ma réponse m'échappe avant que je n'y aie réfléchi à deux fois :

– Tu me plaisais aussi.

Il me dévisage sans ciller.

– Evie…

– Je suis juste contente d'avoir compris qui tu étais vraiment avant de commencer une histoire avec toi.

***

Au fond de la baignoire de Steph, remplie de bulles, je lance à l'attention de tout le monde, avec le plus de conviction dont je suis capable :

– Je vais le tuer.

Nous sommes toutes ici, amassées dans la petite salle de bains de Michael et Steph : Daryl, Amélia, Jess, Steph et bien sûr, moi. Nue et légèrement moins orange.

– Tout va bien se passer, ma chérie, dit Daryl en me tendant une autre loofah à travers le rideau de douche. Mais ne fais rien de définitif ce soir.

– Vous devez admettre que c'était assez malin de sa part, lance Amélia. Trouver comment utiliser ton fétichisme de la crème hydratante contre toi.

Je jette un coup d'œil à l'eau trouble autour de moi. Le maquillage a empêché le gros de l'autobronzant de pénétrer la peau de mon visage et il est parti assez facilement. Mais mes mains et mes coudes sont toujours orange – une nuance un peu atténuée d'orange.

– Je n'ai pas de fétichisme. C'est un tic nerveux. Et il n'a pas eu besoin de réfléchir bien longtemps. Je lui ai *parlé* de mon truc avec la crème. Il a utilisé un détail que je lui ai confié contre moi. Vil traître.

– Ouais, ça ne t'a pas trop dérangée non plus, Evie. C'est toi qui as commencé, me rappelle Amélia. Son être décaféiné est rentré dans un mur devant mon bureau.

Je sors la tête du rideau de douche.

– Vraiment ?

J'aurais vraiment aimé voir ça.

Mon sourire s'élargit, elle me dévisage d'un air sévère en levant un sourcil.

– Allez… je gémis, en craquant sous la pression. C'était du café. J'ai commencé avec du *café*. N'oubliez pas qu'il m'a volé Dan Price, engagé son *frère* en tant que photographe sans me consulter et n'a pas assisté à notre réunion commune avec l'insupportable organisatrice du séminaire. Je voulais qu'il sache que je ne comptais pas me laisser faire.

– Donc quoi, il a riposté ? dit calmement Amélia. Si je ne me trompe pas à ton sujet, tu songes déjà à des représailles.

– Bien sûr que oui. N'est-ce pas, Jess ? Je vais avoir besoin de ton aide pour ourdir d'immondes stratagèmes.

Elle me jette un coup d'œil du comptoir de la salle de bains.

– Vais-je être obligée de faire quelque chose d'illégal ?

– Hum… Je ne sais pas encore.

Elle lève les yeux au ciel.

– Te dénonceras-tu si je suis prise en flagrant délit ?

– Absolument.

– J'aimerais affirmer devant témoins que je pense que c'est une mauvaise idée, mais d'accord, je suis partante.

– Tu sais, en tant qu'amie de Carter, j'ai l'impression que je devrais intervenir, ajoute Steph.

Je secoue la tête.

– Tu veux voir l'état de ta baignoire ?

Elle lève les mains pour m'empêcher de bouger.

– Non, non. Pas nécessaire. (Elle regarde par-dessus son épaule en entendant retentir la sonnette de la porte d'entrée.) Je reviens.

– Avant que j'oublie, renchérit Jess. Je venais dans ton bureau aujourd'hui pour te demander si tu avais vu le mail de la compta. Ils font un audit, et j'ai besoin des exemplaires de tous tes rapports de dépense.

– Un audit ? répète Daryl.

– Ouais, explique Jess. Ça a quelque chose à voir avec la boîte de Private Equity qui a appuyé P&D pendant la fusion. J'imagine que les investisseurs ont envie de regarder les comptes d'un peu plus près. Ils veulent les dossiers de tout le monde, même les miens.

– Ils font un bilan des comptes post-fusion. Rien d'étonnant, explique Amélia.

Des pas retentissent dans le couloir, je jette un coup d'œil en écartant le rideau : Steph entre dans la salle de bains suivie de l'assistant de Daryl, Éric.

Je hurle en me cachant derrière le rideau.

– Qu'est-ce que vous *foutez* ?

– Je ferme les yeux, s'exclame Éric. Je devais déposer ces contrats à Daryl.

Et comme pour illustrer le fait que ses yeux sont bien fermés, il se cogne contre un mur.

– Ici, s'écrie Daryl en tendant le bras dans sa direction. Merci d'être venu, Éric.

– Mais qu'est-ce que *vous* fichez, d'ailleurs ? (Éric ouvre un œil pour regarder dans la salle de bains.) Une réunion secrète… dans une salle de bains ? (Il referme les yeux en m'apercevant dans la baignoire et me fait un petit signe de la main.) Oh, bonsoir, mademoiselle Abbey.

– On complote pour se venger de l'un des tiens, lui dit Daryl, un bouchon de stylo coincé entre les dents. (Elle le fait pivoter, s'appuie sur son dos musclé pour signer les documents en l'utilisant comme une écritoire.) Tu te demandes peut-être pourquoi Evie se trouve dans un bain orange.

– Je dois avouer, répond-il posément, que la question m'a traversé l'esprit, mais Mlle Baker de RH est ici, donc j'ai pensé qu'il s'agissait d'une situation se passant de commentaire.

Amélia hoche la tête.

– Bon instinct.

– Quelqu'un a mis de l'autobronzant dans le flacon de crème d'Evie, explique Daryl. (Éric ne parvient pas à retenir son hilarité.) Carter.

Amélia se frotte le visage.

– Daryl, ne donne pas les noms aux civils… fais-je un peu trop fort.

– Détends-toi, me morigène-t-elle. Éric s'en fiche. Il pourrait même avoir des idées à partager avec nous ! (Elle le fait encore tourner sur lui-même pour lui rendre les documents signés.) Tu ne sais peut-être pas te servir d'un téléphone, mais tu es un génie quand on te met un ordinateur entre les mains. (Elle lui offre un grand sourire.) Sans vouloir t'offenser.

– Peux-tu créer un programme qui met automatiquement en relation les dépenses avec les factures ? demande Jess, intéressée.

Daryl la fait taire d'un signe de la main.

– Ennuyeux, Jess. On parle de *sabotage*…

Il hausse les épaules.

– Je pourrais faire partie de l'équipe Œstrogènes. À quoi pensez-vous ? Je pourrais effacer la cote de solvabilité de Carter. Créer un mandat d'arrêt ?

Mon ventre pétille d'excitation.

– Tu pourrais *faire ça* ?

Il lève le menton d'un air sexy.

– Bien sûr. Je peux faire à peu près n'importe quoi.

Une pièce pleine de femmes fixe Éric lorsqu'il prononce ces mots, le prenant *complètement* au sérieux.

Finalement, Amélia se bouche les oreilles.

– Ça va mal finir, c'est sûr !

– Amélia a raison. Et j'apprécie tes propositions, mais je ferais mieux d'en rester aux frasques farfelues plutôt que de tirer avantage de ton cerveau criminel.

Steph lance l'une des serviettes de Morgan dans ma direction, et le groupe sort de la salle de bains pour me laisser me sécher et planifier ma revanche dans l'intimité. Je sors de la baignoire, lève les yeux et malgré la buée sur le miroir, je vois quelque chose qui pend à la porte derrière moi.

Le costume de Carter.

Je souris à mon reflet. Frasques farfelues donc. Il me surnomme *Evil*, après tout.

Si je penche vers le côté obscur, autant faire ça bien.

CHAPITRE 16

CARTER

Cela fait deux jours, et je n'arrête pas de penser à ce qu'Evie m'a dit.

– Tu continues, n'est-ce pas ?

Je mens.

– Non.

Michael Christopher lève les yeux au ciel. Il est assis en face de moi, à la *Crème de la Crêpe.*

– Si. (Il hoche la tête dans la direction de Jonah.) Il fait toujours ça, n'est-ce pas ?

Jonah acquiesce. Je les regarde tous les deux.

– Qu'est-ce que je fais toujours ?

– Te torturer à cause de ce que quelqu'un a dit ou de la possibilité que – Seigneur… – tout le monde ne t'adore pas. Tu as toujours fonctionné ainsi. C'est peut-être la raison pour laquelle tu fais n'importe quoi avec Evie. Elle ne semble pas t'apprécier, donc tu t'assures que ce soit en raison de tes actes plutôt que de ta personnalité.

Waouh. Il appuie là où ça fait mal.

– Non, elle a été assez claire sur ce point : je lui plaisais, mais elle est heureuse d'avoir découvert qui j'étais vraiment avant d'aller trop loin. En gros, que je suis un connard.

– Tu n'es pas un connard, minaude Michael en agitant une cuillère devant les yeux de Morgan, pour faire diversion. Tu es juste stupide.

– Ne lui mens pas, MC. C'est un *vrai* connard, dit Jonah, et je lui lance un regard noir.

En dehors de quelques messages pour organiser le shooting photo, Jonah et moi n'avons pas vraiment discuté depuis que j'ai découvert ses petits problèmes d'argent. Je l'ai invité à se joindre à nous pour lui parler des détails de la séance photo pendant le petit déjeuner et lui répéter à quel point il est essentiel qu'il ne déconne pas. Jusqu'ici, il s'est contenté de fixer son téléphone et de m'envoyer des vannes.

J'angoisse à l'idée des enjeux que je laisse entre les mains de mon frère. Brad pense que je l'ai engagé parce que j'ai un plan secret, ce qui signifie que si Jonah déconne et joue à la diva, Brad sera *forcément* au courant. Il n'y aura pas de retour en arrière possible. Le nouveau contrat sera pour Evie, et je me retrouverai dans un avion pour New York.

– Ce n'est *pas* un connard, dit Steph à Jonah. (Apparemment, elle a entendu la fin de la conversation en revenant des toilettes.) Pourquoi penserais-tu une chose pareille ?

Entendre Steph et MC me défendre me fait chaud au cœur, mais soyons honnêtes, je mérite quelques réprimandes après ce que j'ai fait à Evie l'autre jour.

Je renchéris :

– Tu es bien silencieuse. Tout va bien ?

– Ouais, juste… tu sais. Le travail.

Elle tourne compulsivement sa paille dans son verre.

Elle semble ailleurs, mais vu ce qu'elle mange, qui pourrait la blâmer ? Son mari entame le Oh là là – un énorme plat de gaufres surmontées de Nutella, de fraises, de morceaux de bananes et de mangue – alors qu'elle a commandé une omelette de blancs d'œufs avec des épinards sautés. Ensuite, elle file au yoga. *Au yoga.* Le pire dans cette histoire, c'est qu'elle s'apprête à faire du sport le ventre presque vide.

Je pense que je réalise seulement maintenant à quel point il est épuisant d'être une femme. Trop mince ou pas assez mince. Vous avez le droit de faire votre job à la perfection, mais ne vous hasardez pas à en mettre plein les yeux à un homme. Faites-vous entendre, mais ne soyez pas garce. *Souriez.* Et puis il y a des gens comme Brad qui sont incapables de jouer le jeu.

J'effleure mon verre d'eau du bout du doigt en regardant les gouttes de condensation retomber sur le dessous de verre. Jouer ce jeu, même contre mon gré, me fait déjà suffisamment culpabiliser.

– Ça vous est déjà arrivé de faire quelque chose qui vous a semblé une bonne idée sur le moment, mais qui vous a donné ensuite l'impression de vous être comporté comme un enfoiré fini ?

Michael répond sans tarder :

– Tous les jours.

Jonah lève les yeux de son téléphone, comme si mes échecs étaient le seul sujet digne de son attention.

– Qu'as-tu fait ?

Je plante ma fourchette dans une saucisse.

– Rien. Laisse tomber.

– Allez, insiste-t-il. Au cas où tu ne l'aurais pas remarqué, j'ai une vie de chiottes en ce moment. Je suis un putain d'enfoiré, alors tu peux m'envoyer un os.

Il me surprend, honnêtement.

– C'est juste une série de choses vraiment stupides qui se sont télescopées. Et maintenant, j'ai légitimement peur d'aller travailler lundi.

Steph tousse.

– OK… fait Jonah.

– Voyons voir, par où commencer ? J'imagine que je pourrais parler du jour où notre patron a jeté le petit déjeuner d'Evie dans la poubelle parce que c'est un enculé sexiste. Je l'ai regardé faire sans réagir. Ou la fois où je l'ai laissée assister à une réunion sans lui dire que deux des boutons de sa chemise s'étaient ouverts. Deux boutons très importants, je clarifie.

– Elle ne m'en a pas parlé, lance Steph.

Et son expression est un peu terrifiante.

– À quoi ressemblent ses seins ? demande Jonah en revenant aux sujets importants. Belle poitrine ?

Avant que je puisse tendre la main pour lui en mettre une, Steph lui donne une gifle et se tourne vers Michael.

– Tu étais au courant ?

– J'ai… appris que… quelque chose… d'inopportun avait eu lieu, bégaye-t-il en choisissant ses mots avec précaution. Je lui ai dit que c'était mal. *Très* mal.

Il me lance un regard de reproche qui me laisse penser qu'il pourrait me tuer dans mon sommeil si je prononçais un mot supplémentaire.

Steph grogne.

– Je savais pour Jonah et la situation gênante liée à Dan Price. Elle m'a aussi raconté que tu avais filé pendant une réunion avec l'organisatrice du séminaire.

– Je…

– Tout ça, c'était de l'ordre du professionnel. Mais cautionner le sexisme de Brad ? Je ne suis pas fière de toi, Carter. Il est assez difficile pour une femme d'être prise au sérieux dans un milieu qui considère toute personne de sexe féminin comme un objet. Les hommes peuvent se comporter comme si nous étions en 1960 et que toutes les femmes qui les entourent étaient leurs secrétaires. Evie doit être plus intelligente, plus rapide et meilleure dans son domaine que toi, pour potentiellement un salaire moins important et encore moins de reconnaissance, et tout ça en faisant bonne figure.

J'aimerais me cacher sous la table.

– C'est exactement ce que je lui ai dit, renchérit Michael en hochant frénétiquement la tête. Ça nuit à sa crédibilité. Ne te l'ai-je pas répété, Carter ? Tu devrais avoir honte. C'est très décevant de ta part.

– Je me suis senti pris à mon propre piège. Si j'avais dit quelque chose, n'aurait-elle pas été encore plus gênée ? En plus, elle aurait su que je regardais ses seins.

– Ce que tu faisais certainement, ajoute Steph.

– Eh bien ouais. Parce qu'elle a de superbes *seins*.

Elle tend la main, pour me frapper cette fois.

– Je ne vois pas quel est le problème, réplique Jonah. Rien de tout cela ne me semble vraiment gênant.

– Toi, tu ne fais rien pour m'aider, je contre-attaque et me tourne vers Steph. Comme je l'ai dit, ça va de plus en plus loin. Je ne sais pas comment tout a commencé. J'étais au supermarché pour acheter du vrai café pour le bureau et, l'instant d'après, je tombe sur le présentoir des autobronzants. En bref, je vais finir dans un fossé quelque part.

– Attends… on parle de la fille de la soirée ? demande Jonah, la bouche pleine de pommes de terre. (*Mes* pommes de terre.) La fille avec qui tu n'as pas réussi à aller jusqu'au bout ?

Je lui jette un regard glacial.

– Que fais-tu là, toi ?

– Tu m'as *demandé* de venir, connard. Tu voulais me faire la leçon à cause de cette stupide séance photo. Tu te rends compte que c'est mon truc, n'est-ce pas ? (Il se redresse, signe qu'il s'énerve.) Tu penses peut-être que je suis arrivé là où j'en suis grâce à tes conseils ?

Je suis irrité, mais je fais de mon mieux pour me contenir. J'ai une réaction similaire à celle qu'Evie a provoquée en me conseillant d'approcher Dan au plus vite.

– Rappelle-toi seulement que j'ai tout fait pour respecter tes obligations, et que j'ai fixé le rendez-vous à 11 heures, pour que ça cadre avec ton planning. Le maquillage commence à 8 h 30. Sois là à 9 heures. *Pas de retard.* Et pas de conneries. Je me suis mouillé pour toi. J'ai impliqué Evie.

– Bordel, je serai là, Carter. (Mon frère fourre son téléphone dans sa poche et se lève.) Pourquoi joues-tu tout le temps au con ?

– Con ! s'écrie la petite Morgan, et nous regardons Jonah se ruer hors du restaurant.

– Tant qu'on y est, lance Steph en regardant sa montre, mon cours commence à 10 heures.

Elle nous embrasse tous sur le front – Morgan à deux reprises – attrape son sac de sport et s'éloigne.

Michael Christopher découpe sa gaufre et glisse quelques morceaux dans l'assiette de sa fille. Mais Morgan, qui en a assez de rester assise, se déplace sur mes genoux. Michael nous regardc, l'expression pleine de tendresse. Je sais ce qu'il pense, il veut la même chose pour moi. Il veut qu'on se retrouve le dimanche pour regarder nos enfants jouer ensemble au petit déjeuner, il veut que nos femmes soient meilleures amies. Il ne faut pas être un génie pour deviner qu'il pense qu'Evie serait la candidate idéale. Je mentirais si je prétendais que ce n'est pas ce que je veux, moi aussi. Je n'ai jamais été sur la même longueur d'onde que Gwen, mais quelque chose me dit que je pourrais être en phase avec Evie. Nous commencerions probablement par nous écharper mais, qui sait, ça pourrait faire partie du plaisir.

– Tu fais ta tête de papa.

– *Non*, pas du tout.

– Oh que si. (Je lève une main pour dessiner un cercle autour de son visage.) Tes yeux brillent et tu as soudain l'air sentimental, comme si tu brodais mentalement nos noms sur un kilt.

– Toutes ces histoires de sabotage ne vont pas m'aider à préparer mon toast pour votre mariage.

– Désolé de briser tes rêves, mais je pense que ce bateau a fait naufrage au moment où j'ai rempli son flacon de crème avec de l'autobronzant, vendredi dernier.

Michael prend son mug et me contemple, content de lui.

– À la fac, j'ai oublié que Steph avait un chat pendant une semaine alors qu'elle était partie en voyage, et je suis toujours là. On ne sait jamais. D'ailleurs, tu sembles étrangement optimiste – si j'ose dire, joyeux – pour un mec qui a perdu tout espoir. On pourrait penser que tu t'amuses au moins un petit peu.

Je fais non de la tête, mais mon rythme cardiaque s'accélère et je réalise qu'il a raison. Evie me découperait les couilles et me les apporterait sur un plateau si elle pensait que ça pouvait lui conférer un avantage. Et même si ce n'est pas très tentant, l'idée que je dois garder à l'esprit est la suivante : Evie est plus intelligente que moi et mon adrénaline grimpe en flèche à la simple idée de devoir m'efforcer de toujours la devancer.

Si seulement je savais comment faire.

***

Obsédé par la prochaine étape, je ferme à peine l'œil de la nuit. J'ai l'impression d'être une bombe à retardement le lendemain matin.

Je ne sais pas à quoi m'attendre. Des sacs d'excréments sur mon porche ? Me faire agresser dans la cage d'escalier par des Ninjas qu'elle aurait engagés ? Ces deux possibilités semblent peu probables et, pourtant, je regarde à travers le judas avant de partir, j'observe les alentours en descendant les escaliers et vérifie qu'il n'y a rien sous ma voiture avant de démarrer.

Reprends le contrôle, Carter.

J'essaie de rire pour me détendre en mettant le contact. Le moteur rugit sans exploser. Les meilleures représailles seraient peut-être une absence de représailles. Va te faire voir, Evie.

Il y a moins d'embouteillages que d'ordinaire, et après ma deuxième tasse de café, j'ai un peu repris mes esprits.

Justin est en arrêt maladie aujourd'hui, je discute avec des stagiaires dans le couloir. Kylie semble lessivée, mais je l'évite, en m'arrêtant face à la machine à café de la salle de repos avant de commencer officiellement ma journée.

C'est du vrai café. Je vérifie deux fois.

Ma porte est encore verrouillée, un bon signe. La lumière du bureau d'Evie est allumée, mais sa porte est fermée et si je fais attention à ne pas agiter mes clés et à être discret, c'est parce que je suis poli, pas effrayé.

Rien n'a changé. Mon ordinateur se trouve là où je l'ai laissé ; mon agrafeuse est toujours sur le coin de mon bureau. Les mots « Meurs Carter, meurs » ne sont pas inscrits sur le mur en lettres d'excréments ou de sang.

C'est une victoire.

Je ferme doucement la porte et avance à pas de loup en direction de mon bureau. Je me connecte sur le serveur en grimaçant, mais mon ordinateur semble fonctionner normalement, lui aussi. Je cherche une adresse et réponds à quelques mails, attrape les documents dont j'ai besoin et me penche sur le côté, pour essayer de voir les jambes d'Evie. Peine perdue !

Je suis sur le point de sortir quand mon téléphone sonne.

– Ici Carter.

– Allô ?

La voix à l'autre bout du fil est étouffée. J'augmente le volume.

Je répète :

– Allô. Ici Carter Aaron. Allô ? (La voix est tellement faible que je plisse les yeux en tentant de mieux entendre.) Désolé, la connexion est mauvaise. Pouvez-vous me rappeler ? Allô ?

La ligne se déconnecte et se remet à sonner quelques instants plus tard.

– Carter Aaron.

– Carter.

Je devine qu'il s'agit de Caleb.

Caleb Ferraz, le manager de Dan Price. Nous nous ratons sans arrêt depuis deux semaines.

– Caleb… il y a… Vous m'entendez ? Mon téléphone a un problème. (Je hurle, fixe le combiné avant de le coller à nouveau contre mon oreille.) Pouvez-vous m'appeler sur mon portable ?

Je crois entendre :

– Impossible. On décolle. (Il parle encore, mais je ne suis pas sûr de bien comprendre ou d'inventer le sens de ses paroles.) Dan… parler… voyage… semaines…

Putain.

– Caleb, envoyez-moi un texto quand vous pourrez et nous discuterons.

Je pense qu'il me dit au revoir, mais je ne suis même pas sûr. Je raccroche et compose le numéro de Michael Christopher. Il répond et c'est à peu près la même chose. Je pense qu'il m'entend, mais je ne peux pas en être tout à fait sûr parce que moi, je ne l'entends pas. Je lui envoie un message pour lui dire que je lui donnerai des explications plus tard.

J'attrape les dossiers dont j'ai besoin, et sors, un peu déçu que la porte d'Evie soit toujours fermée. Pourquoi ai-je tellement hâte de la croiser ? Je suis certain qu'elle est furieuse et que la dernière chose que je verrai avant de mourir sera une Evie de couleur orange, en train de m'étrangler.

Comme Justin est absent, je m'arrête devant la porte du bureau de Kylie. Elle parle à un type du bureau de tri, donc je sors mon téléphone en attendant qu'elle finisse.

– Je voulais m'assurer que tout le courrier arrive directement sur le bureau de M. Kingman, d'accord ? Il a été très clair sur ce point.

– Le courrier. Compris, dit le gamin en notant quelque chose sur la petite machine qu'il tient dans la main. À plus, Ky.

Kylie attend que l'employé s'éloigne et me sourit largement.

– Carter ! Comment vas-tu ?

– Très bien, et toi ?

– Au top ! Tu veux qu'on déjeune ensemble aujourd'hui ?

Je fais mine d'être déçu alors qu'en réalité, je suis soulagé d'avoir une bonne excuse pour refuser :

– Je vois un client. (Elle fait une moue sexy. Quelque chose me dit que cette expression marche à tous les coups, en temps normal.) Je m'apprêtais à partir, mais je voulais te demander si quelqu'un pouvait jeter un coup d'œil à mon téléphone.

– Ton téléphone ?

– Il y a un problème avec le volume sonore.

Elle me suit dans le couloir, attrape le combiné et l'approche de son oreille en augmentant le volume puis elle le dévisse.

– Oh. (Je m'approche.) Il y a du scotch là-dedans. C'est bizarre.

Elle l'enlève avec précaution et réassemble le combiné.

Je fixe le plastique dans sa main.

– Ouais. *Bizarre.*

Elle commence à s'éloigner, puis s'arrête sur le seuil.

– Heureuse d'avoir pu t'aider. N'hésite pas à m'appeler si tu, euh… as besoin d'autre chose. (Elle se tait en entendant la porte d'Evie s'ouvrir.) Ou si tu veux qu'on déjeune ensemble un de ces jours…

Evie sort dans le couloir et s'arrête juste devant Kylie, en tendant l'oreille.

Avec un petit sourire, je lance calmement :

– Salut, Evie.

Kylie s'éloigne dans le couloir.

Elle s'appuie sur le chambranle et croise ses bras d'une couleur normale (Dieu merci) sur sa poitrine en me souriant.

– Je ne voulais pas vous interrompre. Ferme ta porte la prochaine fois.

Je l'ignore et lui dis :

– C'est amusant, mon téléphone ne fonctionnait pas. Kylie m'a aidé à comprendre pourquoi. On dirait que quelqu'un avait mis du scotch dans le combiné. Je me demande bien qui ça pourrait être.

– Aucune idée, fait Evie en haussant les épaules. Je viens d'arriver. Mais il y a pas mal de gens qui auraient intérêt à ce que tu te ridiculises.

– Qu'est-ce que ça signifie ? (Je suis authentiquement offensé maintenant, je la suis quand elle s'éloigne en direction de la salle de repos.) Les gens m'apprécient. *Toi*, tu leur fais peur.

Elle attrape un mug dans le placard et se sert une tasse de café.

– OK, Carter.

– Qu'est-ce que tu veux dire… ? (Je m'arrête net.) Arrête ça tout de suite.

Elle verse lentement la crème dans sa tasse et lève les yeux vers moi.

– Arrêter quoi ?

– Arrête de prétendre que rien ne t'atteint. Arrête de lancer ces défis puérils.

– C'est toi qui m'as suivie, là.

Indifférente, elle range la crème et se dirige vers la porte.

– À plus.

– À plus.

Son rire diabolique retentit dans le couloir.

CHAPITRE 17

EVIE

Steph... Steph...
Scotcher le combiné du téléphone de Carter était une super idée.

Tellement simple et efficace.

Peut-être mon idée la plus brillante.

Evie, as-tu fait quelque chose au costume de Carter ? Celui qui était dans la salle de bains ?

Quoi ? Je ne t'entends pas.

Je suis dans le Laurel Canyon.

Tu m'envoies des textos, poufiasse.

Alors ?

Peut-être un peu.

Dans ce cas, je vais changer ma réponse précédente et dire que C'ÉTAIT ÇA mon idée la plus brillante.

Soupir.

Ne t'inquiète pas.

Je me suis un peu amusée, rien de grave.

Tu réalises que ce n'est pas un comportement normal, n'est-ce pas ??

CHAPITRE 18

CARTER

Ces derniers temps, ça n'a pas été joli joli chez P&D. Lundi, il y a eu l'incident stupide du scotch. Mardi, j'ai ajouté une dose assez peu homéopathique de sauce piquante Dave Ghost Pepper dans le burrito d'Evie et pas mal apprécié son petit grognement sexy et furieux lorsqu'elle s'est ruée dans la salle de repos pour boire le demi-litre de lait qui traînait dans le frigo. Elle m'a renvoyé l'ascenseur mercredi en mouillant ma chaise de bureau pour que mon cul soit visiblement trempé pour le reste de la journée.

Elle n'est pas venue directement au bureau jeudi, je n'ai donc pas eu le plaisir de la voir recouverte des paillettes que j'avais placées dans les ventilateurs de sa voiture, mais il faisait froid et je suis certain que les paillettes se sont bien collées à sa peau lorsque l'air chaud a pulsé. Évidemment, après ça, j'étais tellement parano à l'idée qu'elle ait piégé mon bureau que je n'ai rien touché sans une grimace d'appréhension. Elle est passée me saluer à la fin de la journée, les cheveux encore un peu scintillants, juste pour me voir croquer dans la pomme d'amour de Kylie qui était en réalité un oignon d'amour d'Evie.

Je mourais d'envie de l'assassiner quand j'ai appris que Steve Gainor du département Écriture et Adaptation audiovisuelle venait d'être licencié. Rien de mieux qu'une dose de réalité pour remettre les choses en perspective.

Nous sommes censés arriver au shooting de Jonah à 8 h 30 vendredi, mais à cause de ma paranoïa evilesque, j'arrive à 8 heures et attends devant le studio fermé en frissonnant à cause du froid. Ma veste me semble trop serrée, mon pantalon aussi, et m'entourer de mes bras ne m'aide en rien à lutter contre le temps hivernal.

Super. Mon comportement alimentaire compulsif dû au stress commence à avoir des conséquences.

La moitié de l'équipe arrive quelques minutes après moi, y compris le manager de Jamie qui, dès que nous entrons, commence à se disputer avec le directeur artistique de *Vanity Fair* et l'un des assistants de Jonah au sujet de la lumière.

– Salut Carter, lance Allie en s'excusant de ne pas m'avoir salué avant.

Les traiteurs commencent à peine à installer les victuailles sur des tables derrière moi.

– Salut.

Comme Brad l'a indiqué quand il a placé Jamie dans ma liste, Allie est ce qu'on pourrait appeler une manager de terrain. Alors que certains managers (des hommes en majorité) se contentent de s'assurer que leurs clients ne posent pas de problèmes, Allie, elle, s'implique dans presque tous les aspects de la carrière de Jamie. Ça me simplifie vraiment la tâche.

– À quelle heure Jamie va-t-elle arriver ?

– Elle vient d'arriver. (Elle hoche la tête en direction de la porte qui mène à l'habillage.) Elle est là-bas avec son coach.

– Super.

– C'est comme ça que ça marche. (Elle suit des yeux les traiteurs qui commencent à décharger les cartons. Elle tapote sur l'épaule de l'une des responsables qui vient de sortir un plateau de cookies et pointe du doigt le reste de la nourriture, encore emballée dans de la cellophane.) Il n'y a pas de raisin dans les cookies, n'est-ce pas ?

La fille jette un coup d'œil à l'étiquette sous le plateau, puis consulte un bloc-notes.

– Allergie alimentaire ? Je ne l'ai pas vue mentionnée sur la commande.

– Actrice capricieuse, la corrige Allie, et le traiteur lui offre un sourire compréhensif.

– Voyons voir, dit-elle en parcourant les documents avant de trouver la liste. Nous avons du café, du thé, des sodas, des jus de fruits, des eaux citronnées, des boissons énergétiques, des cookies aux pépites de chocolat, un assortiment de gâteaux, des barres de céréales… (Elle énonce une liste qui semble infinie avant de sourire à Allie.) Les seuls raisins seront dans le mélange de fruits secs, et il y aura une étiquette dessus.

Allie lève le pouce dans sa direction et se tourne vers moi. J'attrape un cookie avant de m'arrêter net. Mon costume me semble très serré, j'ai l'impression d'être pris dans un étau. Ai-je tant grossi que ça ? Distrait, je palpe mon ventre.

– Jamie fait des caprices à cause des raisins ?

Allie acquiesce.

– C'est l'une des actrices les plus détendues avec qui j'ai travaillé mais, Seigneur, elle est compliquée avec la nourriture. (Je lève un sourcil, et Allie esquisse un geste pour clarifier.) Ne t'inquiète pas, ce n'est pas une diva et elle ne cause jamais d'ennuis pendant les séances photo, elle est juste *vraiment* compliquée quand il s'agit de son régime alimentaire.

– Compliqué du genre à péter les plombs ?

– Borderline ? (Elle sourit.) Mais tu vois, c'est la raison pour laquelle je suis là. (Son téléphone tinte, elle passe le doigt sur l'écran.) Je ne peux pas en dire autant de Seamus. Je m'occupe de Jamie, assure-toi qu'il se comporte bien aujourd'hui.

– Seamus relève de la responsabilité d'Evelyn Abbey, pas de la mienne.

Je jette un coup d'œil discret pour chercher *Evil* par-dessus l'épaule d'Allie, sans savoir si je devrais être satisfait ou déçu de ne pas la voir.

– Bonne chance, c'est tout ce que j'ai à lui dire. Il est tellement habitué à ce qu'on lui passe de la pommade depuis le lancement de sa chaîne YouTube qu'il ne supporte pas qu'on lui dise *non*. Je sais que c'est le mal de notre époque, mais il s'est lancé sur la même plate-forme que celle où ma fille de neuf ans charge ses vidéos *Qu'y a-t-il dans mon sac à dos*. Les gamins d'aujourd'hui veulent être célèbres. Et quand tu leur demandes « célèbres pour quoi faire ? », ils s'avèrent incapables de répondre. Savais-tu que pendant le premier shooting photo YouTube de Seamus, il a demandé sa propre lunette de toilettes et l'album *Graduation* de Kanye en boucle, et quand il n'aime pas le choix des couleurs du plateau, il explique qu'il reviendra quand on aura repeint. (Allie jette un coup d'œil dans la pièce.) Il perdra les pédales un jour, crois-moi sur parole.

Je hoche la tête, je connais toutes ces histoires et même pire.

– Si tu as un avis aussi négatif sur lui, pourquoi as-tu encouragé Jamie à accepter ce rôle ?

Elle baisse la voix.

– Parce que Jamie a besoin de ce rôle, et en ce moment Seamus est en vogue. Qu'il paie cent dollars un réflexologue hipster pour lui souffler de la fumée de marijuana au visage et rééquilibrer ses putains de chakra, je m'en fous. Mais, aujourd'hui, il a intérêt à se pointer, à tenir ses engagements et à ne pas péter une durite. Et il ferait mieux ramener sa fraise maintenant.

J'éclate de rire.

– Je ne manquerai pas de faire part de tes impressions à ma collègue. Et éloigne ces raisins de Jamie.

– Aussitôt dit, aussitôt fait. (Allie verrouille son téléphone et le glisse dans sa poche.) Préviens-moi quand le photographe sera là.

Je lui souris en réalisant que Jonah n'a toujours pas fait son apparition.

– Bien sûr.

Je me tourne et manque rentrer dans Evie.

Merde.

– Oups, je n'avais pas vu que tu m'épiais.

– T'épier ? (Elle s'écarte avec un sourire amusé.) Oh, Carter. Tu n'as pas besoin de moi pour t'écouter parler.

Comme s'ils étaient dotés d'un pouvoir de décision autonome, mes yeux la parcourent de haut en bas. Elle porte une robe-chemise sans manches, les deux premiers boutons sont ouverts, découvrant ses omoplates et le haut de son décolleté. Je perds momentanément mes mots à cause de la vue de ses épaules *et* de sa poitrine. Quand je croise son regard, elle grimace. Je sais que j'ai été pris en flagrant délit.

– Tu n'as pas de problèmes de boutons aujourd'hui.

– Tu vois ? Ce n'était pas si difficile. Tu commences à comprendre les subtilités de ce boulot, mon vieux.

Je me tourne lorsqu'elle me passe devant. Je m'écrie dans son dos :

– C’était simplement un choix entre les subtilités du boulot et une absence totale d’intérêt. Et l’absence d’intérêt a gagné.

Elle s’arrête et se tourne lentement dans ma direction. Je sens la sueur perler dans mon cou. Mon costume semble rétrécir encore davantage. Instinctivement, je serre un peu plus le cookie dans ma main, mon téléphone dans l’autre, en voyant tous mes textos stupides envoyés à Michael Christopher défiler devant mes yeux. J’ai peur d’être si transparent que mes pensées s’inscrivent sur mon front.

J’ai presque fourré mon nez dans les seins d’Evie dans son bureau.

Rappelle-moi que c’est le diable.

Oui. Le diable.

Rappelle-toi, Carter : c’est elle ou toi.

– Ai-je appuyé là où ça fait mal ? fais-je, nonchalant.

Elle contracte légèrement la mâchoire, si discrètement que ce mouvement serait passé inaperçu pour quiconque n’aurait pas mémorisé chacun des traits de son visage.

Sa posture se détend un peu, son expression s’adoucit.

– Comment te sens-tu aujourd’hui ? Bien ?

Perplexe face à son changement de tactique, j’ai instinctivement envie de protéger mes couilles. À la place, je me redresse et recule imperceptiblement.

– Pourquoi ?

– Sans raison apparente. (Elle hausse les épaules.) Tu as l'air un peu, je ne sais pas… plus boudiné que d'ordinaire.

Elle insiste sur le mot boudiné et j'ai l'impression de me balader tout nu. Son regard inquisiteur m'effraie. Elle me prend le cookie des mains.

– Es-tu déprimé ? (Elle le jette dans la poubelle et me sourit tendrement en minaudant.) Carter, tu n'as pas besoin de ça, *crois-moi.*

Il me faut une minute pour comprendre là où elle veut en venir – *Comment te sens-tu aujourd'hui ? Bien ? Plus boudiné que d'ordinaire* – et je comprends soudain : Evie a fait quelque chose à mon costume.

Je l'étranglerais sur-le-champ si j'avais une plus grande liberté de mouvement dans cette veste étriquée. Je dois me contenter de la regarder s'éloigner dans le couloir d'un air triomphant, alors je sors mon téléphone de ma poche, ouvre le post sauvegardé sur mon navigateur et appuie sur « soumettre ».

Un…

Deux…

Elle s'arrête net lorsque son téléphone sonne.

– Evelyn Abbey. (Elle se tait et fronce les sourcils.) Quoi ? Non, il y a erreur. Je ne vends pas ma voiture.

Je me balance d'un pied sur l'autre. Ma mauvaise humeur vient de s'évaporer.

– Non, répète-t-elle. Je vous l'ai dit, je ne vends pas… oui, c'est mon numéro, mais je ne vends pas de voiture. Et encore moins à ce prix.

Elle raccroche, se tourne pour partir, mais son téléphone se remet immédiatement à sonner.

– Allô ?… Non, il y a erreur, quelqu'un a juste… Non, je ne vends pas de voiture. Puis-je vous demander où vous avez trouvé cette annonce ? Craiglist… et *The Times* ? (Elle se tourne pour me décocher un regard noir.) Et que disait l'annonce ? (Silence.) Tesla Modèle S… Mille dollars ou meilleure offre ? hurle-t-elle en raccrochant. C'est toi qui as fait ça !

À mon tour de hausser les épaules.

– Fait quoi ? Je ne savais pas que tu vendais ta voiture. Tant mieux pour toi, tu pourras profiter des transports en commun de Los Angeles !

– C'est ça, Aaron, grogne-t-elle en revenant vers moi, un doigt menaçant pointé dans ma direction. Plus de cadeaux, plus d'aide. À partir de maintenant, tu te débrouilles tout seul.

– Tu es un peu narcissique, non ?

Elle s'approche de moi et je sens son parfum. Ces effluves me rendent nostalgique et m'étourdissent un peu.

– Fais ton job aujourd'hui, d'accord ? grince-t-elle. Assure-toi que ton frère ne fasse pas tout foirer et que Jamie ne ralentisse pas Seamus.

***

Aux alentours de 9 h 30, Jonah n'a toujours pas fait son entrée. À 10 heures, j'ai fait les cent pas avec tant d'insistance que mes empreintes doivent être gravées sur le sol – j'ai peut-être aussi fait craquer les coutures de ma veste – quand il arrive enfin.

En parlant au téléphone.

Une tasse de café à la main, des lunettes noires sur le nez.

Evie, Dieu merci, se trouve dans le vestiaire de Seamus, occupée à essayer de calmer l'acteur.

– Qu'est-ce que tu foutais, Jonah ? (Je marche dans sa direction. Le tissu crisse entre mes cuisses à chaque pas. *Frou frou frou.*) Merci d'être passé nous voir !

Il lève les yeux en baissant un peu ses lunettes.

– Détends-toi.

Je répète, furieux :

– Détends-toi. (Je me tourne et passe une main dans mes cheveux. Les coutures de ma veste protestent.) Nous avons avancé l'heure du rendez-vous pour nous adapter à *ton* programme.

– Tu veux bien te calmer ? lance-t-il, visiblement agité. Mon assistant a tout mis en place et j'ai déjà passé en revue la liste des photos avec le directeur artistique. Je vais vérifier les lumières et on va pouvoir commencer. À 11 heures, exactement comme c'était prévu. Fous-moi un peu la paix.

Si mon frère était doté d'une notice explicative, elle stipulerait : *A des problèmes relationnels.*

À l'école, il se bagarrait presque tous les jours avec les enfants qui se moquaient de lui à cause de l'appareil photo qui ne le quittait pas. Maintenant qu'il est adulte, il n'en a plus rien à faire de ce que les gens pensent de lui. Tant qu'il gagne de l'argent, tout va bien. C'est quelque chose que je n'ai jamais pu concevoir. Son assistant le supporte, mais ce que Jonah n'arrive pas à comprendre, c'est qu'un jour, quelqu'un décidera qu'il n'en vaut plus le coup. Maintenant, l'équipe est en colère parce qu'ils ont dû attendre, les acteurs sont retournés dans leurs loges, plus ou moins furieux, les rédacteurs en chef tapent à toute allure sur leurs téléphones parce que le photographe que *j'ai* demandé les met en retard et Evie, quand elle n'est pas occupée à affirmer qu'elle ne vend pas sa voiture, promène sa moue *je te l'avais bien dit* depuis qu'elle est arrivée à 8 h 30, sans le moindre signe de mon frère à l'horizon.

Dieu merci, j'ai posté l'annonce ce matin. Le bonheur de voir Evie à deux doigts de l'implosion est la seule chose qui m'aide à tenir le coup.

Je suis dans le couloir à deux pas de la loge de Jamie quand j'entends des cris stridents.

– Qui a osé mettre un raisin dans ce cookie !

Je toque à la porte entrouverte et passe ma tête à l'intérieur.

– Tout va bien ?

Jamie est en train de tenter théâtralement de se faire vomir au-dessus d'une poubelle et Allie se tient près d'elle, en lui frottant le dos.

– Il y avait un raisin dans le cookie, me dit Allie avant de se tourner vers Jamie. Ma chérie, on aurait tout intérêt à se calmer avant que les gens ne commencent à faire des commentaires. Si je dois demander aux maquilleuses de retoucher ton visage, je vais perdre la tête.

– Ce ne sont pas les cookies du service traiteur, n'est-ce pas ? je demande en en prenant un pour l'examiner avant de me retourner. Nous avons tout vérifié. On dirait que quelqu'un a ajouté un raisin dans le cookie. Dans beaucoup de cookies. Il n'y avait pas de raisins ce matin.

Je regarde en direction de la porte.

– Je reviens tout de suite.

Je repose le cookie et commence à m'éloigner avant d'ajouter.

– Allie, le photographe est arrivé. Peux-tu aider Jamie à se préparer ? Je suis vraiment désolé.

– Carter, ce sont des raisins, pas des amphétamines. Ça ira.

Je hoche la tête en souriant encore une fois d'un air navré à Jamie avant de m'écarter et de fermer la porte derrière moi. Je suis furax.

Evie se trouve avec Seamus et son assistant dans sa loge. Si j'avais encore un doute sur sa culpabilité, il disparaît lorsque je la regarde en face. Ses yeux s'illuminent, elle se met à rougir.

– Désolé de vous interrompre, je grommelle en passant la tête dans la pièce. Evie ? Je dois te parler.

– Désolée, Carter, nous sommes occupés.

Elle détourne le regard d'un air nonchalant.

– Malheureusement, ça ne peut pas attendre. Vous voulez bien nous excuser une minute, les gars ?

Avec un calme qui me surprend, j'attrape Evie par le bras et la pousse dans un petit couloir puis dans le studio d'enregistrement pour le mixage son, vide en dehors de quelques câbles, de néons fluorescents dans un coin et de l'équipement au fond de la pièce. Mon pantalon crisse pendant tout le trajet.

– C'est quoi ce bruit ? demande-t-elle avec un sourire, mais je l'ignore.

Ma main tremble tant je suis hors de moi.

Hors de moi… et excité. Très excité. Mon pantalon est hyperserré.

– Tu es impossible, putain !

– Qu'est-ce que tu fais ? dit-elle. Nous sommes sur le point de commencer les essais lumière.

La porte se ferme derrière nous. Il n'y a quasiment pas de lumière ici. Evie dégage son bras.

– Nous n'avons pas le temps pour ça.

– On peut prendre cinq minutes pour parler, putain.

– Alors vas-y, parle.

– Voilà où nous en sommes arrivés ? Allons-nous continuer à nous rendre la vie impossible ?

– Oh, je suis désolée… (Elle plante ses poings sur ses hanches.) J'ai du mal à écouter tes pleurnicheries après les *soixante-quinze* coups de fil de gens intéressés par l'achat d'une Tesla imaginaire.

– T'ai-je joué le tour de l'autobronzant pour me venger de toi et de ton plan sans caféine au bureau ? Ouais. Est-ce que je regrette ? Bon Dieu, non. J'entends encore ton grognement frustré à l'autre bout du couloir.

Elle avance vers moi, arrogante.

– Ça doit être dur pour un type habitué à plaire à tout le monde. Tu as tellement besoin de l'approbation des autres que c'en est pathétique…

– Ça doit être une première pour toi, n'est-ce pas ? (Je me penche en avant.) Prêter attention à ce que les gens pensent ?

– Je n'ai pas besoin d'être la meilleure amie de tout le monde pour bosser.

– Ni celle de *personne*, d'ailleurs.

Son visage est si proche de moi, ses yeux lancent des éclairs.

– Va-t-on encore reparler de ça ? (Elle secoue la tête.) Carter, regarde la situation de mon point de vue. Personne ne demande jamais à un homme d'être sympa au travail pour gravir les échelons.

J'ouvre la bouche pour répondre, puis la referme. Evie s'approche encore plus, elle est si près de moi qu'elle doit incliner la tête pour me regarder. Nous pourrions nous enlacer. Je dois user de toutes mes forces pour ne pas contempler son corps dans cette robe.

– J'ai essayé d'être sympa, Carter, et me voilà obligée de me battre pour garder mon boulot, un job pour lequel je suis plus que qualifiée, pour être honnête. Tu es peut-être celui que tout le monde apprécie, mais je suis la personne qui soulève des montagnes. Alors, reste en dehors de mon chemin.

Ses mots résonnent dans la petite pièce silencieuse, et je suis abasourdi. La vérité de ce que Steph a dit sur la condition des femmes dans ce milieu me revient en pleine face et le poids de la culpabilité me submerge, ce qui est risible parce que la dernière chose qu'Evie attend de moi, c'est de la pitié.

– Bien.

Elle ne s'attendait clairement pas à cette réponse.

– Bien ?

J'acquiesce.

– Ouais. (Je m'éloigne de quelques pas pour m'appuyer contre le mur. J'ai besoin d'un peu de distance.) Tu es bonne dans ce que tu fais. Moi aussi. Depuis le début, nous sommes d'accord sur le fait que ce n'est pas le problème. Brad a lancé cette compétition de merde, et nous nous sommes fait avoir. Je ne savais pas que ça deviendrait un affrontement sexiste, et je déteste ça. Vraiment. (J'avance à nouveau vers elle.) Mais tu prétends que le système nul à chier de virilité toxique est la raison pour laquelle tu te comportes si mal avec moi, alors que tu ne supportes simplement pas que les choses aient changé entre nous.

Elle ne répond pas, je me penche en avant.

– Alors, voilà le truc, Evie : si nous fonçons tête baissée, si nous bossons comme il le faut et si nous nous arrangeons pour ne pas nous croiser, alors nous pourrons être de simples collègues.

Elle hausse les épaules d'un air agressif.

– OK. Ça me semble une bonne idée.

– Collègues. C'est tout.

Ses épaules s'affaissent un peu lorsqu'elle comprend où je veux en venir. Mon cœur bat si fort que j'ai l'impression que mes côtes sont sur le point de se briser. Je retire ma veste de costume pour relâcher l'emprise du vêtement sur moi. Evie m'observe retirer ma veste et la laisser tomber à côté de nous, l'air fascinée, puis elle me regarde à nouveau dans les yeux.

– On se croise dans le couloir, on bavarde, on s'envoie des mails de boulot. Et tout se passera bien. Tu n'as peut-être pas apprécié l'explosion des paillettes dans ta voiture, mais au moins, tu savais que je pensais à toi quand j'ai tout organisé. (Je me tais pour déglutir.) Au moins maintenant, tu sais que je ne peux pas *cesser* de penser à toi.

Je n'arrive pas à croire que je viens de prononcer ces mots. Et je n'arrive pas à croire que je viens seulement de m'en rendre compte maintenant. Sommes-nous vraiment à ce point immatures ? Seigneur, on dirait bien que oui. Avec cet aveu, la cage dans laquelle se trouvait ma poitrine s'ouvre, je laisse échapper un long soupir.

– Voilà, dis-je calmement, c'est mon aveu théâtral de la journée.

Je m'attends à ce qu'Evie ricane, victorieuse, ou que s'ensuive un silence gêné et abasourdi. Je ne pourrais donc pas être plus surpris lorsqu'elle m'attire à elle, glisse une main dans mes cheveux et pose sa bouche sur la mienne.

Je suis immédiatement, *complètement*, partant. Elle mordille ma lèvre inférieure, la suce juste assez fort pour mettre le feu aux poudres. Je plaque mes hanches contre les siennes, et le soupir qu'elle laisse échapper m'enflamme complètement.

Je suis en feu.

– Nous n'avons pas le temps.

Elle murmure ces mots contre mes lèvres tout en montant sur la pointe des pieds et en se plaquant contre moi. Elle m'attrape la main, pour que je la touche.

« Nous n'avons pas le temps. » Sa main est comme une pince autour de mon poignet, elle l'attire sur sa poitrine, sous sa robe, sur sa cuisse. Contre ma bouche, ses lèvres me semblent être une expérience spirituelle, elle paraît si excitée que je ne dois pas être le seul à penser tout le temps au sexe.

Mes doigts trouvent la dentelle de sa culotte, se glissent dessous. Elle halète. Je lis dans ses pensées : *caresse-moi, fais-moi jouir, vite.*

Je ris d'excitation, ravi de sentir que je n'ai rien oublié d'elle. Son corps, la manière dont elle s'agite contre ma main. C'est seulement la deuxième fois que je la touche, mais nous voilà à nouveau connectés. Sa main glisse sur mon pantalon – qui est devenu un instrument de torture –, elle glousse dans ma bouche.

– Je suis désolée, murmure-t-elle entre deux respirations entrecoupées.

Je me fous de mon putain de costume. Je me fous même de sa main qui relâche la pression et glisse dans mon dos. Elle m'attrape par les cheveux. Son cou est chaud, je sens son pouls sous mes dents. J'aimerais la mordre pour qu'elle jouisse et sorte du local avec une marque, mais je veux aussi qu'elle quitte cette pièce rassérénée et que le fait qu'elle ait joui sous mes doigts tout en s'agrippant à mes épaules, dans un gémissement discret, soit notre petit secret.

Après l'orgasme, je ralentis le rythme mais n'éloigne pas ma main. Evie a les yeux fermés, le visage tourné vers le plafond. Je la tiens par mon bras libre, l'empêche pratiquement de s'effondrer et j'ai soudain l'impression qu'elle est aussi fragile que je suis fort.

C'est ce que j'aime chez elle. J'aime la sentir sur des charbons ardents, prête à riposter.

– Nous n'avons pas le temps, répète-t-elle.

– Eh bien…

Elle lève la tête et me regarde de ses yeux un peu fous :

– Eh bien.

Evie s'écarte et je retire ma main de sa culotte, pour la laisser partir. Elle vérifie les boutons de sa robe, la lisse, passe une main dans ses cheveux. Je ramasse ma veste à regret.

– Merci.

Et puis elle se mord les lèvres. J'éclate de rire, elle se met à sourire.

– Je t'en prie.

Et maintenant, on fait quoi ?

Elle ouvre la bouche pour parler, mais on frappe à la porte et nous sursautons tous les deux, effrayés.

– Carter !

Je me frappe la poitrine. Ce n'est que Jonah, mais je viens de perdre trois ans d'espérance de vie.

Je me penche pour ouvrir la porte. Les lumières du couloir entrent dans la pièce, je plisse les yeux dans sa direction.

Il prend une photo rapide de la scène devant lui.

– Nous sommes en train de prendre des photos sur écran vert avant de mettre en place le décor. (Il affiche un petit sourire.) Je pensais que vous auriez envie d'être présents tous les deux.

Je lui demande :

– Tout va bien ?

– Tu penses que je suis un idiot fini ?

Je le dévisage en silence. Jonah lève les yeux au ciel et jette un coup d'œil à Evie, derrière moi.

– Tu dois être la *fem-meuh* qui le rend fou.

– Tu dois être le *frè-reuh* insupportable.

Il sourit, ravi.

– L'amour de Carter ressemble pas mal à de la haine, n'est-ce pas ?

Evie éclate de son grand rire génial, et je me penche pour lui donner une pichenette.

– Comment as-tu deviné qu'on était ici ?

Jonah tourne les talons en riant et s'éloigne dans le couloir. Il lance, par-dessus son épaule :

– C'est l'endroit où tout le monde baise dans ce studio.

CHAPITRE 19

EVIE

Les réunions du lundi matin vont commencer à poser problème.

Carter est assis en face de moi, penché sur une feuille de calcul, à côté d'Aimée. Non seulement j'ai le temps de remarquer que ses cheveux sont un peu décoiffés sur son front, mais aussi qu'il les a coupés sur les côtés et… Cette vue me plaît. Aujourd'hui, il porte une chemise bleu pâle et je ne sais pas s'il l'a fait exprès, mais les deux boutons du haut sont ouverts, m'offrant une vue imprenable sur ses pectoraux. Malheureusement, je ne peux plus vraiment lui en vouloir pour le Désastre-de-la-Blouse-d'Evie-de-Fin-Octobre, parce qu'il est hors de question de lui dire que je vois ses clavicules. Je ne voudrais pas qu'il les recouvre. Il a remonté ses manches, exhibe ses avant-bras et fait maintenant un truc fascinant : faire tourner son stylo entre ses doigts.

D'avant en arrière.

D'avant en arrière.

Il m'a fait jouir avec ces doigts.

D'avant en arrière.

Ma poitrine se serre, maintenant que je réalise à quel point je rougis et à quel point je m'emballe. Parce que qui sait ce qu'il y a entre nous ? Nous n'avons pas reparlé de ce qui s'est passé vendredi.

Quand Jonah nous a surpris, nous avons quitté le studio d'enregistrement en silence. Nous avons marché dans le couloir et compris que nous ne servions à rien : Jonah et son équipe géraient la séance photo d'une main de maître, et nous avons terminé pile à l'heure.

Après un échange de regards étonnés, Carter est retourné à sa voiture, moi à la mienne, et nous sommes partis chacun de notre côté. Il ne m'a pas appelée, je ne l'ai pas appelé et nous ne nous sommes plus regardés dans les yeux depuis. Mais, heureusement, nous n'avons pas repris notre sabotage puéril. Oh non. Je me radoucis à nouveau en pensant à lui, ce qui ne peut vouloir dire qu'une chose : j'ai baissé les armes. Il serait probablement plus sage de faire la liste de toutes les manières dont il m'a offensée, au niveau personnel et professionnel.

1. Il est beaucoup trop sexy pour un collègue.
2. ~~Il ne sait clairement pas boutonner ses chemises~~. Effacé car hypocrite.
3. Il

Je lève les yeux et fixe d'un regard vide les doigts qui font tourner le stylo d'avant en arrière.

Je continuerai la liste plus tard.

Je suis aussi légèrement irritée par Kylie, et je m'en veux parce que je déteste le cliché des deux filles qui s'affrontent pour séduire un garçon. Elle est assise en bout de table, près de l'accoudoir de Brad. Elle attend comme nous tous que le boss apparaisse, mais elle n'essaie même pas de faire preuve de discrétion en jetant des œillades à Carter. Qu'elle entretienne ou non une liaison avec Brad, elle a clairement envie de coucher avec Carter. Je suis cent pour cent contre ce plan, parce que, juste avant que je mette le feu à son pantalon trop serré, j'aimerais coucher avec lui.

Ça m'aiderait peut-être à l'oublier.

– Comment s'est passée la séance photo pour *Vanity Fair* ? demande Brad en entrant dans la salle.

Carter et moi sursautons. Nous nous exclamons à l'unisson :

– Super bien !

Brad plisse les yeux, et Carter sourit.

– Ça s'est passé sans anicroche.

J'acquiesce.

– Aucun problème.

– Et pas de malaise, ajoute Carter en s'efforçant de ne pas sourire.

Je fixe la table en me retenant d'éclater de rire. Le frisson euphorique provoqué par l'allusion de Carter à notre petit jeu de vendredi me donne envie de sauter sur la table et de commencer à regarder la chaîne YouTube de la rappeuse black Missy Elliott.

Du coin de l'œil, je vois Brad se redresser :

– Ah ouais ?

– Ils ont pris toutes les photos dont ils avaient besoin. Tout le monde était content, précise Carter.

– Pour ma part, j'étais totalement satisfaite.

Carter tousse, et un silence lourd envahit la salle.

Glacial, Brad plisse les yeux et nous scrute l'un après l'autre, Carter et moi, au moment où nous faisons un effort pour ne pas nous regarder.

– J'ai loupé quelque chose ?

– Rien, répondons-nous en chœur.

– Je n'ai pas envie d'en savoir plus.

Brad se tourne vers Ashton.

Les autres se dandinent d'un air gêné sur leur siège, avec l'air de se demander ce qu'ils ont raté. Personne ne s'intéresse à la séance photo, ces événements s'accompagnent toujours d'une dose raisonnable de drames, mais les agents sont rarement en cause. Nos collègues ont l'air de cochons à la recherche de truffes. Ils sont morts de curiosité ou convaincus qu'ils savent quelque chose, mais personne ne semble indifférent. Pas dans ce milieu.

Je jette un coup d'œil à Kylie qui fait la moue tout en contemplant Carter. Il semble voir la même chose que moi, il la dévisage un instant avant de reporter son attention sur son téléphone.

Et je vois qu'il me glisse un regard en coin, les yeux brillants.

– Ashton, dit Brad. As-tu des nouvelles de Joe Tierney de chez Paramount ?

– Il a été transféré chez DreamWorks la semaine dernière, fais-je d'un air absent, en détournant le regard de Carter.

Le silence se fait.

Une règle non écrite stipule qu'on ne peut pas corriger son boss. Ou on doit le faire beaucoup plus subtilement que ça. Brad est le chef de la meute. Brad est le premier à tout savoir. C'est la règle, comment ai-je pu l'oublier ?

– Non. Je ne crois pas, dit Brad en baissant ses lunettes pour me fusiller du regard. Il y reste jusqu'en mars.

Je grimace en secouant la tête et en m'enjoignant mentalement de la fermer. La dernière chose dont j'ai besoin, c'est de donner une autre raison à Brad de me détester. J'ajoute :

– Il est parti plus tôt que prévu. Son contrat a été écourté.

J'essaie d'alléger l'ambiance avec un petit sourire, mais Brad me dévisage sans ciller pendant plusieurs secondes, totalement silencieux.

– Son contrat a été rompu. Quelle idée intéressante ! (La salle est aussi silencieuse que grave.) Merci pour la clarification, dit-il en clignant des yeux en direction de ses notes et en y griffonnant quelque chose.

Ma bonne humeur s'évanouit. Qu'ai-je fait ?

***

En dépit de notre flirt lors de la réunion de lundi, le reste de la semaine, Carter et moi avons la tête dans le guidon, nous bossons comme des fous. C'est la fin de l'année, le moment où nous luttons tous pour finaliser les derniers contrats avant qu'Hollywood ne s'endorme pendant un mois, aux alentours de Noël. On dirait que chaque fois que je suis au bureau, Carter est en rendez-vous extérieur. On ne se croise même plus dans les couloirs ni sur le parking.

Pour être honnête, c'est mieux comme ça. Ce moment d'abandon inattendu, vendredi dernier, ne change rien au fond, comme Brad me l'a élégamment rappelé lundi. Quand j'y repense, j'ai raté le début de la séance photo parce que Carter me donnait du plaisir et j'ai perdu un peu de mon intégrité professionnelle en jouant sur les mots avec lui devant tout le département Longs-Métrages. Sans parler de notre petit jeu de sabotage. Dieu merci, nous nous sommes arrêtés avant de perdre un client, ou pire encore.

Je n'ai jamais fait passer un homme avant ma carrière. Certes, l'impact de cette décision me revient parfois à l'esprit : si vous privilégiez toujours votre carrière, vous finirez par ne plus avoir que votre carrière. Malheureusement, dans le cas présent, c'était mon mec ou mon job.

Vendredi après-midi, tout le monde se prépare pour la réception qui va suivre. Tous les ans, en novembre, Brad organise une soirée chez lui. Cette année, les festivités sont prévues pour ce soir, ce qui ajoute un peu de peps à l'atmosphère générale. Dans le couloir, l'ambiance est détendue, voire euphorique. Je perçois l'enthousiasme qui règne, le soulagement face à la perspective de s'amuser et d'oublier les revirements de ces derniers mois. Malheureusement, il faut que je rappelle encore sept personnes et parcoure trois contrats avant de pouvoir partir et me joindre aux réjouissances.

Après avoir fermé ma porte, j'appuie sur la barre d'espace pour rallumer mon écran d'ordinateur et tente d'étouffer un grognement en voyant les soixante-quinze nouveaux mails que j'ai reçus en moins d'une heure.

Un coup discret retentit, et Carter passe sa tête dans l'embrasure de la porte.

Mon cœur se met à battre plus fort, mon ventre se serre, un frisson me parcourt l'entrejambe. Il m'a plus manqué cette semaine que je suis prête à l'admettre.

– Nous sommes tous là, ensemble…

Il incline la tête et m'adresse un sourire hésitant.

Je préférerais qu'il s'asseye et qu'il… reste avec *moi*.

– Entre.

Il s'exécute en refermant presque la porte derrière lui.

Il parcourt mon bureau du regard pendant quelques instants.

– Comment vas-tu ?

– Bien. (J'ai l'impression qu'il perçoit la force des battements de mon cœur à cette distance.) Comment vas-tu ?

Carter hoche la tête.

– Bien. Tu viens te joindre à nous ?

– J'étais en rendez-vous client tout l'après-midi, il faut que je règle quelques détails avant de partir.

– Tu veux que je t'apporte une bière ?

Comme pour me rappeler à quoi je vais me confronter, la voix de Brad retentit dans le couloir. Je grimace. La dernière chose dont j'ai envie, c'est d'être avec Monsieur Esprit d'Équipe quand je suis stressée et que ma *to-do list* est aussi grande que l'État de Californie.

– Ça ira. Merci.

Carter soupire en jetant un coup d'œil en direction de la porte.

– D'accord.

Il serre les dents. Même irrité, il est superbe.

Attendez. Pourquoi est-il irrité ?

– D'accord ? (Je répète, en imitant son ton de voix.) Que se passe-t-il ?

Il me regarde, et son expression s'adoucit un peu.

– Tout le monde a terminé sa journée. Mais toi, non.

– Je travaille, lui dis-je doucement. (Je suis surprise et heureuse qu'il veuille que je sois avec lui, mais la sollicitude semble avoir laissé place à la colère.) Je suis sous l'eau.

Ça semble l'irriter encore plus.

– Nous sommes *tous* sous l'eau. Mais si tu venais avec les autres, tu ne te sentirais peut-être pas aussi isolée. J'essaie de *t'aider*, Evie. Seigneur…

Je tente de me concentrer sur mon écran sans succès. Une tristesse sourde me submerge quand je l'entends sortir de mon bureau pour prendre part au début des festivités.

Je suis tentée de le suivre, de m'énerver contre lui, mais une petite voix dans un recoin de mon esprit m'intime de ne pas négliger le travail si je veux rester dans le coup. Si je me relâche un instant, je me ferai distancer.

***

La voie d'accès à la maison de Brad, bordée de petits lampions scintillants, mesure près d'un kilomètre. Je suis déjà venue. Une année, sa femme, qui est cadre chez Warner Bros., avait organisé une réception pour un film dans lequel l'un de mes clients jouait. Ce soir-là, malgré le champagne, les hors-d'œuvre et la musique live, j'avais vu Brad s'isoler avec la copine de mon acteur.

Brad a croisé mon regard quand il est sorti des toilettes et a descendu l'escalier. Il a tout de suite compris que je l'avais pris en flagrant délit. Il s'agit de l'une des choses compromettantes que je sais sur lui, même si je n'en ai jamais parlé à personne.

Règle numéro un : ne pas s'investir ni s'impliquer dans les vies privées de ses acteurs ou de son patron.

Les pneus de ma Prius crissent sur le gravier, et je m'arrête devant la maison avant de tendre les clés au voiturier en le remerciant d'un sourire.

Des souvenirs de soirées, de trahisons et de la folie pure et simple qui régit les relations personnelles dans cette ville affleurent à mon esprit quand j'entre par la porte d'entrée. En comparaison, mes problèmes avec Carter sont insignifiants. L'équivalent de batailles d'oreillers au bureau, qui nous ont permis de grandir un peu et de nous calmer. Même quand je fais mon cinéma – c'est le cas de le dire –, je le fais *discrètement.*

Ce qui m'inquiète le plus, c'est que je ne vois pas comment ça pourrait s'arranger. Nous sommes tous les deux sur des charbons ardents et le terme de nos contrats approche dangereusement. Perdre ce poste me dévasterait, c'est une évidence, mais ce n'est pas comme si j'allais me réjouir non plus si Carter était licencié. J'apprécie peut-être de le regarder souffrir, mais je ne veux pas qu'il soit malheureux.

Parce qu'il te plaît, souffle la voix dans mon esprit. *Il te plaît vraiment beaucoup.*

Mon cerveau est un connard.

La femme de Brad, Maxine, m'accueille dans l'entrée, prend mon manteau et m'explique où trouver l'alcool et, avec beaucoup moins d'emphase, la nourriture. Je m'efforce de ne jamais être ponctuelle à ce genre d'événement, mais jeter un coup d'œil aux alentours m'apprend que je suis l'une des dernières à arriver.

Je cherche mes bouées de sauvetage du regard, Amélia en l'occurrence, qui répond parfois présente à ces événements mondains. Il n'y a que cinquante personnes, mais le brouhaha des conversations donne l'impression que l'espace est saturé. Comme d'habitude, Maxine a engagé un groupe pour donner un concert et a choisi le meilleur traiteur de la ville. Le service est impeccable. Les flûtes de champagne circulent sans arrêt parmi les invités, la fête bat son plein. Le salon est immense, il se trouve en face d'un jardin disposant d'une vue imprenable sur les collines d'Hollywood. Trois baies vitrées sont ouvertes dans la nuit, mais des chauffages d'extérieur sont placés dehors pour éviter que les invités aient froid.

C'est magnifique. Tout est vraiment superbe. En de pareilles occasions, j'ai conscience de ma chance et des aspects positifs de ce job. C'est un monde de privilèges et d'excès et, chaque fois que je réalise à quel point tout est facile pour nous, je me rends compte que je ne devrais pas me plaindre à cause des quelques connards qui existent malgré tout dans ce milieu. La majorité des invités sont des gens bien. L'univers du cinéma n'est pas un jardin d'enfants, mais, malgré les apparences, les agents ne sont pas des monstres. Seuls le doute et la concurrence nous dressent les uns contre les autres. Rien d'autre.

Je devrais le savoir depuis le temps.

Aucune trace d'Amélia. Je repère Carter parlant avec Brad de l'autre côté de la pièce, près des portes ouvertes. Je sais qu'il a grandi à New York et me demande ce qu'il pense des natifs de Los Angeles qui frissonnent quand la température passe en dessous de dix-huit degrés et portent des manteaux de fourrure pour aller dîner. Je me demande aussi ce qu'il ressent à l'occasion de cette célébration, sans ses anciens collègues, dans cette nouvelle entreprise. La réorganisation a été lente, mais la première phase vient de se terminer ; la majorité des coupes ont été faites du côté de CTM.

Il s'est changé et a enfilé une chemise bleu saphir, qu'il a roulée sur ses avant-bras. Une partie de son corps que j'ai envie de lécher ou d'amputer selon les moments.

Je déteste l'idée que tout cela était inévitable. Je sens la tension monter entre nous quand il lève les yeux et me voit marcher dans sa direction. Mon ventre se serre.

Son expression trahit sa joie de me voir ici, puis s'assombrit, et il se concentre sur sa conversation avec Brad. Je n'ai pas songé un seul instant que j'allais interrompre une conversation privée entre Carter et le boss… parce que ce n'était nullement mon intention et que Brad ne m'intéresse pas. Tout ce qui m'intéresse, c'est parler avec Carter. Bien sûr, il ne peut pas le deviner.

Mais l'hésitation dans son expression *me* fait hésiter, et j'esquisse un détour en direction du plateau de verres de vin. J'en attrape un, je salue plusieurs collègues et admire l'immense sapin de Noël de l'autre côté de la pièce.

Chaque ornement est doré, les petites comme les grosses boules ; des chevaux, des traîneaux, des flocons de neige complètent la décoration. Le sapin scintille dans la lumière de la pièce.

La voix de Brad me parvient. Il faut croire qu'il ne sait pas parler à voix basse.

– Donc, tu es toujours partant ?

– Un trip golf à Vegas ? demande Carter. C'est le rêve.

– Tu as de la suite dans les idées. Avec toi dans l'équipe, on ne va pas s'ennuyer.

Un séjour entre mecs à Vegas ?

Je lève les yeux au ciel et avance dans leur direction. Les choses sont assez tendues comme ça et je sais que je devrais laisser tomber, mais j'en suis incapable.

– Salut les mecs !

– Evie ! coasse Brad en se penchant pour m'embrasser sur la joue comme il ne le ferait jamais au bureau.

Carter ne m'embrasse pas sur la joue, mais il me gratifie d'un demi-sourire.

– Salut, Evie.

Je lui rends son sourire avant de me tourner vers Brad.

– Je viens d'entendre votre conversation, un voyage entre collègues à Vegas ? Cool !

Mon expression de bluff est bien en place. Je préférerais ne pas y être forcée, mais je suis incapable de baisser la garde. Je suis prête à parier une grande partie de mon salaire qu'il ne l'a mentionné ni à Rose, ni à Aimée, ni au reste des filles. Les seuls vagins qu'ils veulent fréquenter dans ce voyage sont ceux qui se trémousseront à quelques centimètres de leurs visages dans les clubs de strip-tease.

– Ouais, répond Brad, l'air légèrement déçu, mais le cachant bien. (Il est fort à ce jeu-là, lui aussi.) Ça te tente ?

– Quand est-ce, déjà ?

Je lui souris en lui laissant l'opportunité de sauver la face et de prétendre qu'il m'avait déjà proposé de venir.

– La première semaine de mars.

Il se dandine d'un pied sur l'autre. Il devait supposer que les agents de sexe féminin qui n'ont pas été invités ne seraient pas intéressés par des parties de golf avec gueule de bois à Las Vegas. En bonus ? Nous serons à Los Angeles pour régler les problèmes qui se présenteront. Pour ceux dont les contrats seront renouvelés, en tout cas… et mon contrat se termine en février.

Celui de Carter sera caduc en mars. Intéressant.

– Ça devrait le faire pour moi.

Je souris à Carter dont l'expression me dit qu'il a deviné que les dames n'étaient pas conviées.

J'aimerais lui faire un câlin pour lui prouver ma reconnaissance. Il a enfin pris conscience du sexisme de Brad, mais il mériterait aussi que je lui chantonne à l'oreille : *Bien sûr que Brad n'a invité aucune de « ses filles », mon chéri.*

– Super ! s'exclame Brad en arrêtant un serveur pour lui demander un whisky sec. Au fait, j'ai pensé à toi. L'un de mes amis produit un podcast local qui s'appelle *Yeah, Here Today*. Tu en as entendu parler ?

Je secoue la tête.

– Non.

– Eh bien, il fait une série sur les accidents de carrière et je lui ai dit que tu pourrais être une excellente invitée.

Carter grimace ostensiblement. Il rougit, gêné. Pour ma part, j'espère que le sang ne me montera pas aux joues.

Je me force à sourire.

– Pourquoi pas ?

– Super, super, s'exclame-t-il en attrapant son verre. Je vous mettrai en contact. Tu te prends des coups, mais même au centième dessous, tu arrives toujours à refaire surface. C'est ce que j'aime chez toi, ma vieille. Un plaisir de parler avec toi, Carter.

Et sur ces mots, il nous tapote tous les deux l'épaule et s'éloigne.

Carter semble furieux. Son regard me met dans tous mes états, il me dévisage calmement de ses yeux verts d'une franchise sans faille. Être ici avec lui, dans ce cadre mêlant le travail et le plaisir, est à la fois agréable et dangereux. Nous formons une équipe soudée : Nous contre Eux.

Je ne peux pas lui résister quand il me regarde ainsi. Il est superbe. Ses lèvres sont humides de bière, ses yeux pétillent, comme s'il était capable de lire dans mes pensées les plus profondes et qu'il s'en amusait beaucoup.

J'aimerais bien parvenir à être comme lui, et je réalise soudain à quel point ce n'est pas naturel pour moi. J'ai toujours été bonne dans ce que je faisais, mais Carter est décontracté, et je ne peux pas imiter sa nonchalance. Il semble simplement… bien dans sa peau, dans son esprit. Je dois travailler dur avec chaque client, chaque contrat, chaque seconde pour garder la tête hors de l'eau. J'apprécie de pouvoir le rendre fou parfois, mais ça ne peut plus durer.

Pourtant… je semble l'atteindre en tant que personne.

Je me mords les lèvres en envisageant la possibilité que Carter puisse être peut-être, lui aussi, un peu obsédé par moi.

– On dirait que tu as l'esprit ailleurs.

– Ah oui ?

Il hausse les épaules et s'approche.

– On dirait que tu hésites entre m'embrasser et me frapper.

Cette réponse d'une franchise implacable me bouleverse, j'ai du mal à respirer.

– C'est une lutte quotidienne.

Il semble ravi.

– Vraiment ? Je plaisantais. En dehors de vendredi, je pensais que tu rêvais de me rouer de coups, tous les jours.

– Oui, j'avais un peu cette idée derrière la tête.

– Si ça peut t'aider à te sentir mieux, je vis la même chose. (Il boit une gorgée de bière.) Hélas, je penche plus pour les baisers.

Je déglutis en m'efforçant de ne pas lui montrer mon trouble. Mes épaules se contractent, je porte mon verre à mes lèvres pour faire passer ce réflexe pour un frisson à cause du froid.

– Devrions-nous en parler ? demande-t-il calmement.

J'ouvre la bouche pour dire « oui, assurément, mais pas ici » lorsqu'un bras mince passe autour de ma taille. Je sursaute, Rose apparaît à côté de moi, exhalant une forte odeur de tequila.

– Evie !

– Salut, Rose.

Je souris lorsqu'elle dépose un baiser mouillé sur ma joue.

Aimée arrive sur ses talons, j'ai la sensation qu'elle surveille la consommation d'alcool de Rose.

– Salut, les amis !

Rose s'approche un peu plus.

– Tu es juste géniaaaaale.

Le mot s'étire, je sens le citron *et* la tequila dans son haleine chaude.

J'éclate de rire en m'écartant délicatement.

– Oh, merci.

– Non, vraiment. Tu es mon héroïne.

Je lève les yeux vers Carter et ravale un éclat de rire lorsque je lis l'amusement sur son visage. Pour une fois, il ne semble pas ennuyé d'entendre quelqu'un me faire un compliment.

– Juste ton héroïne ? demande Carter en riant.

– Mon *héros* tout court…

– Rose s'est vraiment beaucoup amusée ce soir, renchérit Aimée avec un sourire et un hochement de tête. Rose, ma chérie ? Es-tu prête à partir ? Je peux te déposer sur la route.

Rose fait signe que non et regarde Carter très longuement, l'air encore plus ivre.

– Salut, Carter.

Il rit, ses joues virent au rouge pivoine.

– Salut, Rose.

Il glisse une main dans sa poche et me regarde à nouveau. Quelque chose se tend en moi, je me sens comme dans un carcan. Son attention est une affirmation claire de la raison pour laquelle il est ici… et de ce qu'il pense.

Je suis fascinée par ce regard.

– Evie, me chuchote Rose à l'oreille, et je frissonne à cause de son haleine mouillée dans mon cou. Peut-on être des sœurs esquimaudes ?

La question me fait l'effet d'une douche glacée, et je m'écarte en secouant la tête.

– Je ne vois pas vraiment ce que ça a à voir avec moi.

Je lève les yeux vers Carter sans savoir s'il l'a entendue. J'ai envie d'ôter le verre des mains de Rose, de l'asseoir sur un canapé où elle pourra se détendre, respirer, peut-être dessoûler.

Quand je me tourne, je heurte la poitrine de Brad.

– Je vois que Rose en est déjà à sa cinquième margarita, ironise-t-il avec un petit rire entre réprimande et fierté.

– Quatrième, réplique Rose avant d'ajouter : Mais elles sont très *chargées.*

Sans préambule, Brad lève le menton vers elle et lui demande :

– Tu vas trouver ta vitesse de croisière, Rosie.

Mon visage vire à l'écarlate lorsque j'entends le *Rosie* paternel et le doute émis sur ses performances professionnelles. En plein cocktail.

Rose rougit, elle aussi et répond :

– Oh ouais, *Q3* n'était qu'un accroc.

Elle regarde ailleurs, en direction des portes, sirote son verre alors que le silence se fait entre nous.

– Eh bien, ça ne m'a pas *semblé* être un accroc, continue Brad en revenant à sa marotte. Le reste de l'équipe signe des contrats à droite à gauche. Ashton en a décroché trois ce mois-ci. Carter a dégoté à Jett Payne un rôle récurrent dans une série Netflix et un premier rôle dans un film de Ridley Scott.

Evie s'occupe de Sarah Hill qui vit sa plus belle année et fait fureur parmi les adolescents. Je pense que tu vas devoir essayer de trouver ta place dans cet échiquier.

– Si j'y arrive, dit Rose. (Je souhaiterais disparaître.) Parfois, j'observe quelqu'un comme Evie et je me demande si je suis faite pour ce job. Bien sûr, j'adore mon job, d'accord ? Mais…

Carter et moi nous jetons un coup d'œil avant de détourner rapidement le regard. Entendre ces mots nous fait mal au cœur. J'ai envie de dire à Rose de se taire. J'aimerais lui faire comprendre qu'elle est allée trop loin, qu'il s'agit d'une conversation privée, qu'elle pourrait avoir avec moi ou quelqu'un de compatissant, mais pas ici. Sept jours sur sept – même les jours fériés –, Brad est là pour gagner. Il ne va pas s'inquiéter des apparences et l'apaiser. C'est un prédateur. Si vous lui montrez que vous saignez, il vous poursuivra jusqu'à vous dévorer les entrailles.

Un peu imagé, mais vrai.

– Il faut juste que tu parviennes à déterminer si être une ratée ou une dégonflée te convient, ajoute Brad sur un ton aussi calme que menaçant.

Je termine mon verre de vin en sachant que je vais regretter l'avoir bu si vite, mais le choc est tel qu'il n'aurait pas pu en être autrement. Parce que j'ai besoin de m'échapper, d'oublier que Brad passe en revue la fin d'année assez catastrophique d'une fille *adorable* et impressionnable, en pleine soirée.

J'attrape un autre verre sur un plateau et me détourne pour observer le sapin de Noël, je fais mine de l'admirer et m'éloigne pour ne plus entendre un mot de cette conversation.

Je sens que Carter est sur mes talons, il s'arrête juste derrière moi, silencieux, tandis que nous reprenons notre souffle.

– Waouh, fait-il calmement, et je hoche la tête.

Quelques secondes s'écoulent encore avant qu'il ne murmure :

– Evie ?

– Ouais ?

– C'est quoi, des sœurs esquimaudes ?

Je pivote dans sa direction. Son expression horrifiée est si exagérée que j'éclate de rire.

– Deux filles qui couchent avec le même mec.

Si c'était possible, l'expression de terreur peinte sur son visage s'intensifie.

– Et ce mec serait… *moi.*

– Je suppose. Même si *je* ne suis pas devenue une sœur.

Il redevient sérieux.

– Seulement à cause de circonstances extérieures.

– J'imagine que quand deux personnes ne couchent pas ensemble, c'est d'une manière ou d'une autre à cause de circonstances extérieures.

– Oui, répond-il, à nouveau détendu. (Il sourit, les yeux pétillants de malice, ses clavicules bien en valeur.) Mais ces circonstances sont entièrement différentes de celles qui font que je n'ai pas couché avec Rose.

Je jette un coup d'œil à Rose qui parle toujours avec Brad, avec qui nous l'avons abandonnée. J'aimerais continuer à plaisanter, rester légère avec Carter, mais c'est impossible dans la mesure où la pression du travail semble nous poursuivre partout. Je n'ai jamais été licenciée. Je ne sais pas comment je réagirais face à cette éventualité.

– Ça va ?

J'acquiesce, groggy.

– Parfois, je n'arrive pas à croire que c'est le genre de chose que je fais pour vivre.

Il fronce les sourcils.

– Tu n'adores pas ton travail ?

Par instinct, je réponds avec précaution. Pourquoi la personne à qui j'ai le plus envie de me confier est-elle aussi celle qui pourrait utiliser mes états d'âme contre moi ?

– Je l'adore. J'adore participer à la création des films. J'adore les clients et leur talent. C'est l'aspect politique que je ne supporte pas. L'équipe derrière le rideau est de plus en plus… désagréable. Je n'ai pas envie de devenir comme ça.

Il pose une main chaude sur mon épaule. Cette caresse est le geste le plus intime qu'il peut esquisser maintenant, plus intime encore que m'embrasser. Je me rappelle que sa bouche s'est posée là. Je me rappelle que Carter aime mes épaules. Je me souviens de ses yeux qui s'enflammaient quand il les a vues dénudées dans cette robe, pendant ce rendez-vous, et vendredi, encore une fois.

Il se contente de me toucher, mais c'est comme s'il me massait.

– Tu n'es pas comme ça, Evie.

Mais quand je lève les yeux vers lui, il sourit un peu, avec un air de regret.

Je sais que nous pensons la même chose : *Mais j'ai été comme ça avec toi.*

CHAPITRE 20

CARTER

Après des journées de dix-huit heures et une absence patente de vie sociale, me voilà dans un avion pour New York. Nous sommes le 21 décembre et les seules soirées de Noël auxquelles je suis allé à Los Angeles étaient des événements liés au travail. Cela fait-il de moi un carriériste génial ou un célibataire pathétique ?

Michael Christopher et Steph en ont organisé une – sans costumes cette fois, malheureusement –, mais elle a coïncidé avec la soirée de Paramount. Jonah m'a invité dans son nouvel appartement de West Hollywood, mais le seul soir où j'étais libre, il avait rendez-vous avec un avocat expert en faillite. Nous avons fini par nous offrir nos cadeaux à l'heure du déjeuner, devant un food truck en face de mon immeuble.

J'ai à peine vu Evie, mais il semble que nous ayons enterré de manière tacite la hache de guerre.

Peut-être parce que je l'ai masturbée. Ou parce que je lui ai dit qu'elle avait une graine de pavot entre les dents avant une réunion un lundi matin. Elle m'a lancé un regard reconnaissant du genre « tu n'es plus Satan ». Pour une raison ou une autre, nos relations se sont apaisées et je lui suis tellement reconnaissant que j'ai presque envie de pleurer. Je n'ai jamais été aussi pris par un job de toute ma vie, aussi désireux de prouver mes qualités et de me rendre indispensable. Croiser Evie dans le couloir ou entendre sa voix a rendu ces trois dernières semaines un peu plus supportables.

Ça n'a aucun sens, j'en suis conscient. Sa voix devrait être celle qui me rappelle que le temps presse, que la notification de salaire que je trouve dans ma boîte de réception toutes les deux semaines n'a rien d'éternel. Et pourtant, sa présence me rassérène et me fait du bien. Je suis terrifié à l'idée que, quoi qu'il advienne, elle ne sera peut-être plus ma collègue pendant longtemps. Donc, j'enclenche le mode autruche et je n'y pense plus.

***

Noël arrive dans deux jours, je fais les boutiques avec ma famille. Le centre commercial est bondé, mais l'ambiance de chaos de dernière minute met les gens de bonne humeur, malgré la foule qui se rue dans les magasins.

Doris et Dolores sont mes deux tantes favorites. Ce sont les sœurs de mon père, des jumelles bien sûr, et même si elles semblent identiques, elles ne pourraient pas être plus différentes. Depuis toujours, si Doris a chaud, Dolores a froid. Si Doris a envie de burgers, Dolores veut manger du poisson. Si l'une a envie de regarder une comédie, l'autre est d'humeur à regarder un film de science-fiction.

– Pourquoi es-tu aussi taciturne, mon chat ? lance Doris, en ignorant apparemment le fait que j'approche de la trentaine. (Elle me jette un coup d'œil de l'autre côté d'un portant de vêtements. Ses lunettes sont si épaisses que ses yeux bleus semblent trois fois plus gros.) À quoi penses-tu ?

Dolores effleure des polos colorés pliés sur une table et lève les yeux vers sa sœur.

– C'est un garçon. Il ne pense à rien.

Je feins de lui jeter un regard noir.

– On se calme, Dolores.

Les chansons de Noël tournent en boucle, Doris plisse les yeux.

– Regarde-le. Il ne tient pas en place.

Ma mère pose une main délicate sur mon épaule.

– C'est ton travail qui te stresse, mon chéri ?

D'après ma version des faits, tout se passe bien au travail. Je ne lui ai pas expliqué que ces deux derniers mois, son fils a fait bronzer une femme sans son consentement, acheté des paillettes de contrebande et de la sauce pimentée. Je ne lui ai pas parlé de mon boss et des désagréments liés au fait de travailler avec Ron Burgundy[8] dans la vraie vie. Je ne lui ai certainement pas parlé non plus de la possibilité que je sois transféré ici parce que le sabotage auquel Evie s'est adonnée serait une pâle copie des moyens que ma mère pourrait déployer pour que je sois effectivement muté à NY. Et je ne lui ai pas confié non plus que la fille que j'ai rencontrée à la fête il y a plusieurs mois est devenue ma bulle d'oxygène et que j'ai un peu le mal du pays, à force d'être si loin d'elle.

– Je me demande juste… (je désigne la pile de polos dans laquelle fouille Dolores) quel genre de monstre met les piles de vêtements sens dessus dessous pendant la séance de shopping pré-Noël.

Dolores me lance un regard noir.

– Ne sais-tu pas combien de temps il faut pour plier l'une de ces choses, Double D ?

J'ai commencé à surnommer ainsi mes tantes avant de savoir, ou de comprendre, ce que ça signifiait. Elles m'ont toujours trouvé hilarant, mais après plus de vingt ans à les côtoyer, ma mère, pour sa part, ne trouve plus les Double D – les jumelles – amusantes pour un sou. Elle jette un regard de reproche à mes tantes qui m'encouragent en riant. Je la suis vers une autre table en prenant garde de ne pas oublier mes sacs.

---

8. Allusion au héros antipathique de *Présentateur vedette : La légende de Ron Burgundy*, Adam McKay (2004).

– Mon chéri, commence-t-elle. Raconte-moi ce qui te chagrine. As-tu des ennuis ? Tu sais, j'ai vu cet épisode de *Law & Order* où ils parlent des dessous d'Hollywood. (Elle baisse la voix, et ses boucles d'oreilles tintent tandis qu'elle inspecte les chemises.) Ils parlaient des prostituées, des gangs et des dealers. (Elle me regarde en écarquillant les yeux.) Ce n'est pas ça, n'est-ce pas ?

– Non, Maman. Les bas-fonds de Los Angeles se trouvent à l'opposé de là où je vis. Vers chez Jonah.

Cette fois, c'est moi qu'elle réprimande du regard.

– Maman, tout va bien. Je pensais à lui, justement. Je me demandais s'il allait passer Noël tout seul.

Je suis excellent pour manipuler les gens et si j'ai appris une chose en grandissant dans cette famille, c'est qu'il n'y a rien de mieux, pour changer le cours d'une conversation, que de la faire dériver sur Jonah.

Ma mère fronce les sourcils et même si elle devine mes intentions, son désir de défendre son fils qui n'a jamais tort l'emporte :

– Tu sais à quel point il est occupé, explique-t-elle à mon intention, mais aussi pour que Dolores et Doris l'entendent. Il m'a dit que tout irait bien. Il a des amis. Je suis certaine qu'il a été pris par un travail important, comme c'est la période de Noël, etc.

Je hoche la tête en ne faisant aucun commentaire sur le planning de Jonah. L'ancien Carter aurait balancé tous les détails à propos de la descente aux enfers de son frère, ses problèmes d'argent, ses aventures de banqueroute parce que, au moins pendant quelques minutes, je serais le fils prodigue. Mais je ressens un étrange instinct de protection. Envers *Jonah.* Enfin, je crois… serait-il possible que je commence à bien l'aimer ?

– Il a beaucoup de pain sur la planche, c'est vrai.

Ma mère repose une chemise particulièrement hideuse et me dévisage avec un air scrutateur.

– C'est normalement le moment où tu dis du mal de lui et où tu comptes les jours qui nous séparent de sa dernière visite.

– J'ai peut-être grandi.

– Ou alors tu parles pour ne rien dire.

Et voilà la petite étincelle que j'adore chez elle. Ses reparties cinglantes. Je me demande jusqu'à quel point ma mère connaît la vie de Jonah. Ils discutent souvent au téléphone – après tout, c'est lui qui lui a appris l'existence d'Evie –, mais il rentre rarement à la maison. Par ailleurs, envisager que mes parents montent dans un tube métallique de la mort piloté par des alcooliques (selon leurs propres mots) est peu probable.

J'ai vingt-huit ans et je suis parti de chez mes parents il y a dix ans, mais ma mère me manque parfois, tout comme mon père et le reste de ma famille loufoque. Je ne suis pas sûr que ce soit le cas de Jonah. À moins qu'il ne les protège. S'il venait à la maison, ma mère devinerait probablement que sa vie est sens dessus dessous. Il préfère peut-être rester à leurs yeux le parfait Jonah dont ils se souviennent, plutôt que la personne qu'il est devenu.

– Los Angeles est juste une ville… épuisante.

Cette phrase est nulle. Mais elle doit exprimer ce que ma mère pense, parce qu'elle hoche la tête en repliant l'horrible chemise.

– Assure-toi juste de ne pas devenir épuisant toi-même.

Je m'installe à côté de Doris sur la banquette arrière pour rentrer à la maison. Au bout de dix minutes, elle s'endort, ce qui n'est pas génial pour discuter, mais ça me permet de parcourir mes messages et de me morfondre un peu sans que personne ne regarde par-dessus mon épaule.

Inutile de me leurrer : ouvrir ma fenêtre de conversation avec Evie me déprime profondément. Ça me rappelle tout le temps qui s'est écoulé depuis l'époque lointaine où nous avions un futur devant nous. Je commence à relire certains de nos messages en me demandant s'il est possible que j'aie exagéré l'humour d'Evie, son intelligence, son sex-appeal.

Mais non. L'Evie de ces messages est identique à celles de mes souvenirs et à celle que je vois tous les jours – peut-être avec un peu plus de panache.

***

Mon téléphone sonne alors que je porte les sacs dans la maison et je me fige en voyant le nom qui s'affiche sur l'écran.

Zach Barker est l'un de mes clients passé du théâtre au cinéma. On lui a proposé un rôle dans un film d'action à la dernière minute, lorsque l'un des acteurs secondaires a dû être remplacé. Même si sa femme Avya et lui vivent à New York en attendant la naissance d'un deuxième enfant, il a dû se rendre immédiatement sur le tournage. Ce n'est pas la situation idéale, mais d'après ce que je sais, Avya a décidé de rester chez eux, le temps que leur fils termine son trimestre d'école avant de rejoindre Zach en Californie, aux alentours de la date prévue pour l'accouchement.

– Salut Zach, dis-je en regardant la neige qui commence à tomber. Tu es de retour à New York ?

– Je suis encore à Los Angeles. Avya et Josh sont à New York. C'est pour ça que je t'appelle.

Mon rythme cardiaque s'accélère et j'imagine plusieurs désastres.

– Que se passe-t-il ?

– Jason s'est cassé la cheville.

Je grimace.

Jason Dover, le rôle principal.

– OK, qu'est-ce que ça signifie ?

J'arrive au bout de l'allée.

– Le tournage est presque terminé, donc ils pensent pouvoir tourner les dernières scènes avec lui et utiliser une doublure pour le reste, mais ils ont dû modifier le planning de tournage et je ne serai pas de retour avant demain.

– Tu veux que j'appelle quelqu'un ou… que veux-tu que je fasse ?

– J'ai une faveur à demander à Carter mon ami, pas Carter mon agent.

– Ouais, tout ce que tu veux.

Il éclate de rire.

– Tu risques de regretter ces paroles dans quelques secondes.

– Je t'écoute.

– J'étais censé être de retour hier, à temps pour me rendre au cours d'accouchement d'Avya ce soir.

– Au *quoi ?*

J'éclate de rire, et un nuage de condensation flotte dans l'air en face de moi. Le petit jardin de ma mère a gelé, les vignes sont recouvertes de glace et de neige ; des adolescents se sont regroupés au coin de la rue à quelques maisons de là, la fraise d'un joint scintille dans le crépuscule.

– Ouais… lâche Zach avant de se remettre à rire. Je te l'avais dit.

Je ferme les yeux et me pince le nez.

– Non, non, aucun problème.

– Tu es un affreux menteur.

– Es-tu sûr que ça convienne à Avya ?

Avya et moi nous connaissons depuis longtemps, avant même qu'elle ne commence à sortir avec Zach, mais je n'ai pas envie de la mettre mal à l'aise.

– C'est elle qui a suggéré que tu l'accompagnes.

J'ouvre les yeux en contemplant le ciel nuageux, d'où tombe la neige. J'adore interagir avec mes clients. C'est juste… une demande bizarre.

Comment pourrais-je refuser ? Je vais donc aller à un cours d'accouchement.

***

Si on m'avait demandé ce que je comptais faire ce soir, j'aurais pu énumérer un éventail varié de réponses : Xbox avec mes cousins, emballer des cadeaux avec Double D, relire encore et encore les vieux messages d'Evil jusqu'à ce que j'aie terminé un pot de glace en rejetant la faute sur mon père.

La possibilité de me retrouver avec la femme d'un autre dans une salle pleine de futures mamans accompagnées par leur partenaire ne me serait pas vraiment venue à l'esprit.

Et pourtant, j'y suis.

Je retrouve Avya devant l'entrée et nous nous saluons d'un câlin, nous échangeons quelques plaisanteries et quelques commentaires sur la météo. C'est un petit peu étrange au départ, parce que je ne sais pas bien où regarder ni quoi dire, encore moins comment faire un câlin à une femme très *très* enceinte.

Comme toujours, Avya brise la glace.

– Prêt à parler de mon accouchement par voie basse ? s'exclame-t-elle, son tapis de yoga roulé sous le bras.

Je ne sais pas quoi répondre. Avec un sourire, j'ouvre la porte et lui fais signe de me précéder.

Même si je ne connais rien aux cours d'accouchement, celui-là semble plutôt prometteur. Il se tient dans une grande salle, et j'ai l'impression de traîner en jogging dans le salon d'un ami. C'est un plus, quand on essaie de faire les choses simplement, j'imagine.

La *simplicité* semble un thème porteur : gérer la douleur du mieux qu'on peut grâce à des méthodes naturelles sans juger quiconque – y compris vous-même – si vous changez d'avis au dernier moment. Mais si la science moderne trouve un jour le moyen de faire en sorte que les hommes expérimentent le miracle de la naissance, je refuserai de me prêter à l'exercice. Si j'y suis obligé, je n'hésiterai pas à opter pour la péridurale. La plus puissante possible.

La prof s'appelle Meredith. Elle semble qualifiée, parle d'une voix douce et marche d'un couple à l'autre pour ajuster leur posture, donner plus d'amplitude à une position, bouger un pied ici et là. Nous faisons des exercices d'étirement, les premiers à genoux, en balançant délicatement nos hanches dans une sorte de mouvement circulaire, et je suis *tellement* reconnaissant à l'Univers qu'Avya et moi n'ayons jamais couché ensemble, même avant qu'elle rencontre Zach.

– Très bien, lance Meredith en nous regardant. Cambrez le dos, roulez les hanches en forme de huit. Ressentez le mouvement. D'avant en arrière, d'avant en arrière. Appréciez ce mouvement parce que qui sait quand vous ressentirez une telle détente la prochaine fois, n'est-ce pas ?

Avya me jette un coup d'œil et nous éclatons de rire.

– Seigneur, Evie n'en reviendrait pas.

J'aide Avya à se mettre dans la prochaine position.

– Evie, Evie, répète-t-elle doucement. Je n'ai pas l'impression que Zach m'ait parlé d'elle.

– C'est une agente de Los Angeles.

– Même agence ?

– Ouais. En quelque sorte. C'est une longue histoire.

– Tu sors avec un agent avec qui tu bosses ? Ma vie est tellement ennuyeuse… Dieu merci, j'ai obligé Zach à te demander de venir aujourd'hui.

– Je ne *sors* pas avec elle.

Mon ton de voix semble dire « ah, les femmes ».

– Barbant ! se plaint Avya en se penchant en avant. (Ses longs cheveux noirs lui cachent le visage.) Alors pourquoi s'intéresserait-elle à ce cours ? Distrais-moi, Carter.

– Elle bossait chez P&D avant la fusion. (Avya hoche la tête.) Il lui est déjà arrivé d'accompagner la femme et le fils de l'un de ses clients à un séminaire d'éveil à Beverly Hills.

– Laisse-moi deviner : ils ont payé l'équivalent de ce que coûte un mois de loyer dans le Queens pour que leurs enfants jouent à des jeux basiques, du type pudding ou des draps ?

– Des pâtes, pour tout te dire. Comment as-tu deviné ?

– J'ai participé à un truc similaire avec Joshua quand il était petit, avec des parachutes.

– Des parachutes ?

– Nous avons adopté Joshua quand il était encore nouveau-né, explique-t-elle, donc je n'ai pas vécu l'expérience de l'accouchement avec lui. D'où ce séminaire. (Elle sourit encore.) Nous avons allongé les bébés pour former un grand cercle, et toutes les mamans ont soulevé cet énorme parachute ressemblant à un chapiteau de cirque par-dessus eux, en le déployant au-dessus de leurs corps. Ça semble génial en théorie, mais les enfants étaient bien trop jeunes pour y prendre plaisir. En gros, tu agites ce parachute au-dessus de leurs visages pour les effrayer. La moitié des bébés criaient, quelques-uns essayaient de s'enfuir et les autres étaient trop terrorisés pour bouger.

– Seigneur. (Je me mords les lèvres en jetant un coup d'œil au professeur. La dernière chose que je souhaite, c'est que la femme d'un client soit exclue de son cours d'accouchement parce que je la fais parler.) Je suis désolé, ce n'est pas drôle.

– Oh si, c'est à mourir de rire. En tant que parents, nous faisons vivre les expériences les plus bizarres à nos enfants en pensant leur donner un avantage dans la vie.

Le professeur demande aux futures mères de se mettre en position de squat – on dirait qu'elles sont assises sur des toilettes – et explique les bénéfices de cette position, y compris les effets sur le périnée et autres détails sur lesquels je suis incapable de me concentrer.

– Comment va le périnée ? j'ajoute. Bien ?

Avya secoue la tête comme si elle n'arrivait pas à croire à ce que nous sommes en train de faire.

– Détendu. Merci. Maintenant, parle-moi de cette Evie.

Je soupire avant de tout lâcher :

– Pour faire court, Evelyn Abbey est mon ancienne presque-petite-amie-devenue-ennemie-jurée-devenue-alliée-hésitante que je voudrais vraiment séduire.

L'expression ravie d'Avya me presse de continuer :

– C'est une longue histoire très compliquée qui comprend des premiers rendez-vous suivis d'une compétition féroce au boulot, pour un même poste, et du sabotage.

– OK, c'est clairement moins drôle que ce que j'imaginais.

– Le truc, c'est qu'elle est drôle, belle, intelligente et très bonne dans ce qu'elle fait, ce qui s'avère rageant. En gros, on nous a dit qu'un seul d'entre nous conserverait son job, ce qui nous a transformés en fous dangereux. Je l'écoute pendant une réunion, totalement fasciné, puis je m'immisce dans la conversation et j'ai envie de l'étrangler parce qu'elle me distrait de mon but.

– Et ton but est…

– La destruction totale, bien sûr.

Nous changeons de position, Avya est assise devant moi, entre mes jambes, le dos appuyé contre ma poitrine.

– Et maintenant ?

– Maintenant, c'est la personne que je préfère là-bas.

– Avez-vous…

Elle laisse la question en suspens tout en pratiquant ses exercices de respiration.

– Euh… presque ? Il y a eu quelques caresses sous les vêtements qui ont abouti à des choses sympathiques, si tu vois ce que je veux dire.

Elle ricane.

– Et c'était bien ?

Putain.

– Ouais.

– J'imagine que tu aimerais recommencer.

– Tu ne devrais pas te concentrer sur quelque chose de plus intéressant ?

– Comment veux-tu que je me concentre alors que tu me parles d'amour impossible et de nostalgie languissante ?

– Tu peux te concentrer parce qu'à ce stade, j'ai bien peur qu'il y ait plus de chances pour que j'aboutisse à des choses sympathiques avec l'une de ces femmes – je désigne les futures mères qui nous entourent – qu'avec Evie.

– Pourquoi ? À cause du boulot ? Ça me semble être un détail.

– Pourtant, c'est un détail très *important*. Nous sommes tous les deux mariés à nos jobs. Des jobs qui ne seront peut-être plus les nôtres d'ici trois mois. Sans mentionner le fait que le séminaire de Big Bear arrive à grands pas. J'ai envie de passer du temps avec elle, mais nous nous affrontons en permanence. Je n'ai pas envie que nous finissions par nous poignarder. Elle est trop autoritaire pour survivre en prison, et je ne sais pas dire non.

– OK, donc la grande question, c'est : serais-tu avec elle s'il n'était plus question de travail ou de quoi que ce soit d'autre ?

– C'est un *si* assez improbable, Avya.

– Tu n'as pas répondu à la question, Carter.

– Serais-je avec Evie si rien ne m'en empêchait ? Probablement. (Je me gratte la joue en grimaçant.) Non. Pas « probablement ». Bien sûr.

– Alors, arrange ça.

– Seigneur, pourquoi n'y ai-je pas pensé avant ?

– Carter, les femmes ne sont pas si compliquées, dit Avya en se tournant vers moi, un sourire aux lèvres. Plus intelligentes ? Oui. Compliquées ? Pas tant que ça. Nous avons envie que les choses évoluent, pas que tout soit parfait.

***

Ce soir, chez mes parents, je repense à ce qu'Avya a dit.

Évolution et non-perfection.

Je ne dois pas être parfait, je n'ai même pas nécessairement besoin de tout régler avec Evie, mais je peux au moins admettre que je regrette certains de mes actes. Je peux essayer d'être un peu plus sympa.

J'attrape mon téléphone sur le lit, là où il charge sur la table de nuit. Je parcours les conversations avant de trouver celle appelée *Evil,* et je l'ouvre.

Je calcule mentalement l'heure dans ma tête, un peu après 22 heures ici, environ 19 heures là-bas. Il n'est pas trop tard.

Salut.

Je retiens mon souffle en fixant mon téléphone avec l'espoir de voir apparaître les petits points indiquant qu'elle tape. Je finis par laisser échapper un grand soupir et je vais reposer mon téléphone, quand soudain, la bulle apparaît. Mon rythme cardiaque s'accélère.

Salut, toi.

Voilà, j'ai envie de vider mon sac.

J'ai l'impression que je devrais revenir en arrière.

Pour commencer : J'aurais dû te parler de Dan Price tout de suite.

J'aurais dû te dire que ta chemise était déboutonnée. J'aurais dû te DEMANDER si Jonah pouvait faire les photos.

As-tu vu passer l'esprit de Noël ?

Quelque chose comme ça.

Eh bien, merci.

De rien.

Mais je ne compte pas m'excuser pour les paillettes.

Les paillettes, c'était super.

Et honnêtement, je suis désolée, moi aussi.

Mais pas pour l'oignon.

Je te pardonne.

L'oignon, c'était affreux/génial.

Le studio d'enregistrement, très agréable en revanche.

Apprécie-t-elle l'euphémisme ? Est-elle d'accord avec moi ? Une autre minute s'écoule. Les battements de mon cœur se répercutent dans mes tempes. Finalement, mon téléphone se remet à vibrer.

Tu peux répéter ça ?

Je soupire et roule sur mon oreiller. *Dieu merci.*

Tu es à New York ?

Ouais. Tu fais quoi ?

J'ai dîné avec Daryl et je dois terminer de compiler mes notes de frais avant de partir à Burbank demain.

Notes de frais pendant les vacances ? Beurk.

Je sais, mais je crois que je suis la dernière dont ils attendent les notes pour finir l'audit.

Que pensent-ils trouver ? La vodka que j'ai achetée après une réunion avec Brad ?

J'imagine qu'il s'agit de beaucoup de vodka.

Ouais, mais il s'agit de vodka pas chère.

Tu vas voir Michael et Steph tant que tu es là-bas ?

Ils s'installent en général chez les parents de Steph, donc ouais.

Est-il étrange que je sois si content à l'idée de les voir ici ?

Genre, on vit dans la même ville.

C'est ridicule.

C'est parce que faire la fête à Aréole te manque.

Je plaque une main sur ma bouche pour étouffer mes éclats de rire, car j'avais oublié que je lui avais parlé de ça. Sommes-nous en train de flirter ? Est-ce de cela qu'il s'agit ? Elle fait allusion à nos conversations et je suis… quoi ? Charmé ? *Pense à quelque chose d'intelligent, Carter.*

Tout à fait.

Je le savais.

Peux-tu me faire une faveur un peu nulle ?

J'adore les faveurs nulles.

Si tu vas dehors, peux-tu prendre la neige en photo ?

Ce n'est pas nul.

Je suis déçu.

Passer Noël en Californie ne comble pas tes attentes ?

Peut-être bien…

Eh bien, je dessinerai un ange dans la neige et j'écrirai ton nom à côté. Qu'en dis-tu ?

Tant que ce n'est pas en jaune.

En jaune ?

Tu vas comprendre.

Quel est le liquide capable d'écrire en jaune sur la neige ?

Oh. OH.

Bingo !

Tu es folle.

Et tu adores ça.

Bonne nuit, Carter.

Bonne nuit, Evie.

CHAPITRE 21

EVIE

Quand je reprends le travail après Noël, je suis une boule de nerfs. Impossible de garder mon calme, de me raisonner, c'est comme si j'avais perdu tout contrôle sur mes émotions.

Carter arrive à l'agence dans ce qui me semble être un nouveau costume si j'en crois mes tendances de stalkeuse, et il est… d'une beauté à couper le souffle. Son pantalon gris anthracite est coupé slim, il s'arrête juste au niveau des chevilles et dévoile des chaussettes de couleur exubérante. Les mecs ont-ils fini par adopter, eux aussi, le flirt par la cheville ? Je suis tout à fait pour. Il porte une chemise violette à imprimés et son apparence générale est bien trop branchée, même dans un espace où transitent les poids lourds d'Hollywood.

Je me tiens sur le seuil de la salle de repos, je l'observe s'éloigner de l'ascenseur, complètement fascinée, et ma respiration se coupe lorsqu'il s'arrête devant mon bureau pour y jeter un coup d'œil.

Évidemment, je n'y suis pas. Je l'appelle, et mon cœur se loge dans mon vagin lorsqu'il se retourne au son de ma voix. Il me sourit.

Seigneur ! Je suis mal.

– Je t'ai rapporté quelque chose. (Il marche dans ma direction et me tend un paquet enveloppé dans du papier cellophane. Le scotch tient à peine et le ruban semble avoir été utilisé comme poignée.) Des cookies. De la part de ma mère.

– Tu m'as rapporté des cookies de New York ?

J'attrape le petit paquet avec précaution.

Que ce soit ou non volontaire, Carter semble se rendre compte de ce que cela sous-entend.

– Je… Il y en avait beaucoup en rab. (Il me sourit de son adorable sourire plein d'autodérision.) Je t'ai mise mal à l'aise, n'est-ce pas ?

Mon cœur bat la chamade, je rougis, et la tentation de l'attraper par le col et de l'embrasser clignote dans mon esprit comme un panneau à néons de Las Vegas.

– Non, c'est mignon.

J'ouvre l'emballage avec précaution. L'odeur de chocolat et de beurre me chatouille les narines.

– Carter ! s'exclame Kylie, essoufflée parce qu'elle a couru. Je suis heureuse que tu sois déjà là.

Il se tourne vers elle.

– Je viens d'arriver. Quoi de neuf ?

– Brad voulait savoir si tu avais eu l'occasion de jeter un coup d'œil aux scénarios qu'il t'a envoyés.

– Oh, pas encore. (Elle le prend clairement de court.) J'ai vu le mail hier soir seulement.

Kylie rit.

– Il voulait que je te le rappelle. Je lui ai dit, genre « Brad, il y en a cinq ! Laisse-lui un peu de temps ! »

Carter rit, à l'aise, mais mon propre sourire est complètement forcé. Un seau d'eau glacée n'aurait pas changé plus rapidement le cours de cette conversation.

Le problème n'est pas seulement que Brad n'envoie pas de scénarios à un agent quand il a en tête un acteur qu'il représente. C'est juste qu'il n'en envoie pas *cinq,* à *un seul* agent.

J'essaie de rester calme. S'agit-il encore de complicité masculine ? Comme pour le week-end de golf ?

Je lui demande :

– Brad t'a envoyé des scénarios ?

– Ouais, il veut faire un retour aux scénaristes et m'a demandé mon avis.

– Je vois.

Je pose les cookies sur une table tout près.

– Brad souhaite aussi que Carter l'aide à décider comment les attribuer à l'équipe, ajoute gentiment Kylie.

Je me mords la lèvre inférieure pour m'empêcher d'ouvrir la bouche avec un air ahuri.

Donc, maintenant je dois faire du charme à Carter pour qu'il donne un rôle à mes propres clients ?

Quand je suis certaine que je peux poser la question sans hurler, j'articule :

– Juste Carter ?

– Oui, juste Carter, répond Kylie en haussant les épaules.

Donc, nous y voilà. Je ne peux même pas dire que je suis surprise.

– *J'ai* de l'expérience là-dedans, renchérit-il avec délicatesse. À New York, j'ai bossé avec des dramaturges. Pour ce que ça vaut, j'ai aussi l'œil pour sélectionner les talents pour les rôles…

Je hoche la tête, en me forçant à sourire. Pourquoi Carter et moi nous entendons toujours bien mieux quand nous ne sommes pas dans la même pièce ? Après notre échange de textos, j'étais impatiente de le voir. Maintenant, je ne sais même plus qui il est. C'est comme si le destin ne cessait de nous mettre des bâtons dans les roues.

Il jette un coup d'œil rapide à Kylie qui nous observe avec beaucoup de curiosité.

– Eh bien, fais-je, en ravalant mon orgueil, n'hésite pas si tu as besoin d'aide, OK ?

Carter hoche la tête, mais je m'éloigne avant qu'il ait le temps d'ajouter quoi que ce soit.

Je suis tellement en colère que j'ai du mal à me concentrer. Le pire, quand je m'énerve, c'est que je perds toute raison. J'entends Carter parler au téléphone, la porte de son bureau ouverte, et j'ai envie de lui envoyer une agrafeuse à la figure parce que sa voix me dérange. J'entends Brad remercier Kylie pour le café qu'elle lui apporte dans le couloir et j'aimerais crier : « Si c'était *un* assistant, lui demanderiez-vous aussi souvent de vous apporter des cafés ? »

Et je suis tellement furieuse que lorsque mon portable vibre – un texto de Carter –, je ne prends même pas la peine de le lire. Je retourne mon téléphone quand j'en reçois un second, un troisième puis un quatrième et m'absorbe dans la tâche de répondre à des mails, rappeler des gens et signer des contrats. En gros, la hargne me donne de l'énergie et, si je n'ai pas cinq scénarios de folie dans ma boîte de réception, je peux au moins affirmer que je suis productive.

C'est seulement quand je rentre chez moi, bien après 21 heures, un verre de vin de la taille d'un aquarium à la main, que je lis ce qu'il m'a écrit.

Il est temps d'arrêter ça.

Je ne sais pas quel jeu joue Brad.

Mais je comprends que je suis favorisé parce que je suis un mec. Et c'est nul.

Tu me plais. Notre relation me plaît.

Je ne sais pas comment gérer cette compétition bizarre. J'ai besoin que tu me dises comment arranger ça.

Le problème, quand on décide de stopper un cercle vicieux, c'est que c'est plus facile à dire qu'à faire. Je pourrais répondre à ses messages, me confier à lui, mais c'est de la triche. Nous *savons* que nous pouvons communiquer. Nous savons que nous nous entendons bien en dehors du travail. Ce que nous ne parvenons apparemment pas à faire encore, c'est interagir comme des êtres humains rationnels quand nous sommes ensemble au bureau et étant donné que 98 % de ma vie – approximativement – tourne autour de mon job, je ne peux pas accepter l'approche textos-mignons-en-dehors-du-travail de notre relation.

Je réponds donc simplement, avant d'aller me coucher :

> Je ressens la même chose.
> Reparlons-en en tête à tête,
> c'est dans ces moments-là
> que nous n'y arrivons jamais.

***

La vie doit suivre son cours et parce que nous avons pris des jours de congé pour voir nos familles pendant les vacances de Noël, nous devons gérer un million de choses. Il faut prendre des nouvelles d'un nombre infini de producteurs, planifier la haute saison, appeler des metteurs en scène et des acteurs, les cajoler, élaborer des plannings.

Ça me donne envie d'assommer Brad qui a décidé que la mi-janvier était le moment opportun pour le séminaire du département. Chaque jour qui passe sans dire un mot à Carter augmente mon état de nervosité. J'ai l'impression que la Décision de New York de Brad surgit comme un nuage menaçant au-dessus de nos têtes.

Big Bear se trouve à seulement deux heures de voiture de Los Angeles, mais parce que nous avions prévu d'y aller par nos propres moyens, et que tout le monde travaille jusqu'à la dernière seconde, nous finissons par partir à la pire heure : 16 heures un vendredi. Je sors et m'étonne de voir mes collègues s'entasser joyeusement dans les limousines garées devant l'immeuble.

Un trajet plein d'esbroufe pour aller au séminaire : une surprise de Brad.

– Des limousines ! s'écrie Rose.

L'enfant intérieur qui perdure en moi comprend totalement son excitation même si mon moi de trente-trois ans reste cynique.

– Faut bien que je prenne soin des miens, n'est-ce pas ? lance Brad, magnanime, avant de me donner une tape dans le dos. J'ai bon espoir que ce séminaire soit le meilleur de la décennie. Ne me laisse pas tomber, petite !

– Et Carter ! ajoute ce dernier avec un rire nerveux, mais Brad ne l'entend pas.

Carter et moi échangeons un bref regard et même si nous ne prononçons pas un mot, je sais que nous pensons la même chose : Brad n'accepte pas d'augmenter notre budget pour le déjeuner, nous devons donc tous nous contenter de sandwichs insipides, et pourtant il joue au grand prince et nous offre des limousines pour aller au séminaire ?

Jess m'attrape par le bras au moment où nous nous apprêtons à partir, en me tendant des dossiers :

– Les factures de cette petite aventure, s'exclame-t-elle, à bout de souffle. Désolée de ne pas m'en être occupée avant, mais ils étaient destinés à Brad et j'ai dû plus ou moins me battre pour les obtenir. (Elle ouvre la chemise du dessus.) Il y a quelques fournisseurs dont le nom ne me dit rien, donc jette un coup d'œil pour t'assurer que tout est bien là. Nous en discuterons à ton retour.

– Merci, Jess. (Je prends une grande inspiration. Je me répète que je peux le faire.) J'aurais tellement aimé que tu viennes avec nous.

– Ah ah. Sans vouloir te faire de la peine, *non merci.* Bon courage et… (elle jette un coup d'œil à Carter qui monte dans une voiture) amuse-toi bien.

Ouais. *M'amuser.*

Amélia et Daryl se tiennent sur le trottoir, elles me font des signes de la main avec des sourires qui signifient « bonne chance, tu vas en avoir besoin ». Je leur lance un regard qui veut dire : « j'aimerais que vous souffriez avec moi, pétasses », avant de monter dans la limousine.

Même s'il n'aurait pas été inutile de discuter pour régler les détails de dernière minute pendant le trajet, Carter et moi sommes assis chacun à une extrémité de la limousine. Andrew et Carter fixent le minibar avec l'air de se demander dans combien de temps ils pourront ouvrir le champagne. Selon Andrew, cette durée correspond approximativement au temps qu'il nous faut pour démarrer.

Pour ma part, je chante alléluia et hurle intérieurement *bon Dieu oui*, parce que nous devons faire en sorte que toute l'équipe s'amuse le plus possible, ce qui signifie qu'enivrer les gens *immédiatement* est la première étape.

Une flûte de champagne à la main, incapable de travailler dans la voiture de peur d'être malade, je me vois contrainte de prendre part aux potins.

Timothy se moque d'Ed Ruiz de chez Alterman pendant un moment – apparemment, il a fait des trucs tordus pour lui voler un potentiel client – et j'apprécie silencieusement cette histoire, parce qu'Ed est un enfoiré total.

– Tu n'as pas déjà travaillé avec lui ? me demande Andrew.

– Si, mais pas directement.

Et je m'en tiendrai là. Je ne vais pas leur raconter qu'il a vomi sur mes chaussures dans un taxi à l'issue d'un dîner de boulot ou qu'il a couché avec l'assistante de Ken Alterman et a conçu une telle obsession pour elle qu'il a gardé sa culotte dans un tiroir de son bureau. Je ne rentrerai pas non plus dans les détails de la fois où il a rassuré un client de sa liste en lui expliquant qu'il n'y avait aucun problème même s'il avait « accidentellement » couché avec une fille de dix-sept ans. Ed lui a même proposé de l'aider à effacer les preuves.

Cancaner, c'est drôle – ne croyez pas que je n'adore pas ça – mais je suis rarement la personne qui partage des anecdotes excitantes. Donc, quand Andrew commence à nous raconter qu'il a vu une actrice très connue dans un sex-club, totalement à poil, sur les genoux d'un réalisateur tout aussi connu, et très vieux, je range cette histoire dans la petite boîte à bijoux de ma mémoire.

Personne ne prend la peine de se demander pourquoi diable *Andrew* y était, bien entendu.

Après que tout le monde y est allé de sa petite anecdote, il nous reste encore une heure de trajet et le silence se fait, au moins trois d'entre nous s'endorment à cause du champagne. Kylie prend son courage à deux mains et se rapproche de Carter, j'ai l'impression d'assister à une parade de séduction d'oiseaux. Elle se déplace sur la banquette de sa place à côté de moi au fond de la limousine, en s'approchant lentement de lui, et se penche en faisant mine de lire par-dessus son épaule. Mais… enfin… il lit un *contrat,* je le devine en raison de la facture légale du document et de la manière dont est placé le trombone. Ce n'est pas une lecture facile. Il s'agit d'une tirade de jargon juridique qui se déverse dans les pages comme une violente coulée de boue.

Kylie s'étire comme un chat, d'une manière un peu bizarre, et glisse un bras derrière elle pour coller sa poitrine à son épaule.

Carter sursaute et s'écarte instinctivement. Je respire à nouveau.

– Salut, dit-elle en le regardant comme si elle s'admirait dans un miroir de poche.

– Salut, répond-il en souriant brièvement avant de se concentrer à nouveau sur les documents qu'il a posés sur ses genoux.

– Ce voyage t'emballe ?

Il acquiesce.

– Ouais. Ça devrait bien se goupiller.

– Tu as déjà dormi au Big Bear Lodge and Suites ?

– Nan.

– C'est vraiment sympa. Bar énorme, réception très cosy… grandes chambres.

Et maintenant, être témoin de cet échange me met mal à l'aise pour eux deux, parce que, Seigneur, elle n'y va pas avec le dos de la cuillère. Il lève les yeux et réalise que je les écoute, je détourne donc le regard un peu trop vivement et dois faire semblant d'avoir une poussière dans l'œil pour justifier mon sursaut – ce qui n'est pas le cas et il le sait aussi bien que moi.

Quand je regarde à nouveau Carter, il s'est écarté de Kylie et me contemple toujours, en se demandant clairement jusqu'à quel point je suis jalouse. Le sourire de Carter n'est ni arrogant ni taquin, il est authentique. Du bonheur pur. Peut-être qu'arrêter de s'affronter ne sera pas impossible, après tout.

***

Pour une fois, l'endroit est à la hauteur de sa réputation : l'hôtel est vraiment beau. Installé à flanc de montagne, l'édifice principal comporte un énorme bâtiment type chalet, entouré de quelques petites cabanes de luxe. D'immenses pins jaunes encerclent la bâtisse principale et l'air est si pur que j'ai l'impression de respirer pour la première fois depuis des lustres. Le bassin de Los Angeles est très pollué, comme chacun sait. La ville est coincée entre les montagnes et le front de mer, et même s'il y a beaucoup moins de pollution que lorsque j'étais enfant, on oublie facilement la sensation de l'air vraiment pur.

Je me sens assez optimiste lorsque nous sortons des limousines, en plissant les yeux à cause du soleil. Il y a peu de neige cette année, mais juste assez pour nous dépayser. Et même si le concept de ce week-end est insupportable, l'endroit est beau et plein de promesses de beuveries.

Brad nous arrête devant la grande entrée décorée avec des glands dorés et un tapis rouge impeccable qui mène jusqu'à l'intérieur.

– Bienvenue au Septième Séminaire Annuel de la division Longs-Métrages de P&D.

Nous applaudissons poliment : les applaudissements les plus gênés qu'on pourrait imaginer.

– Merci d'avoir pris le temps de vous joindre à moi ce week-end, continue-t-il. Je veux remercier chacun de vous pour votre engagement envers notre agence et pour votre dévouement constant. Il va sans dire que cette année a été intéressante.

Le groupe laisse échapper un petit rire.

– L'euphémisme de la décennie, n'est-ce pas ? ajoute-t-il en jetant un coup d'œil au groupe. Mais rien de tout cela n'a d'importance, parce que ça, maintenant ? C'est de ça qu'il s'agit : avoir mon équipe autour de moi, prête à montrer au monde comment nous travaillons. Nous n'avons jamais eu autant besoin de talents polyvalents – TV, films, réseaux sociaux – et ces partenaires exigent une équipe aussi polyvalente qu'eux pour les soutenir. C'est pourquoi je vous ai tous réunis, dans un endroit où vous pouvez apprendre comment vous épauler et devenir imparables. Comment y arriverons-nous ?

– En travaillant en équipe, s'exclame quelqu'un, et Brad acquiesce.

– C'est vrai. Pas comme une entreprise scindée en deux, en équipe. (Brad s'arrête pour jeter un coup d'œil aux alentours avant de me faire signe d'avancer.) Maintenant, viens, Evie. Tu as très bien bossé pour planifier cet événement. Dis-nous à quoi nous devons nous attendre ce soir. Éblouis-nous.

Carter me regarde en fronçant les sourcils.

– Un dîner de bienvenue se tiendra dans le chalet. (Je jette un coup d'œil à ma montre.) Dans environ trois quarts d'heure. Ce qui vous laisse le temps de déposer vos affaires dans les chambres et de vous reposer. Les véritables réjouissances commencent demain à 10 heures.

À côté de moi, Brad hoche la tête, enthousiaste.

– Je suis impatient. Maintenant, je sens que vous avez hâte que les hostilités commencent ! Allons récupérer les clés de nos chambres, en équipe !

Je lève les yeux et croise le regard de Carter. Son expression est maussade, il a l'air de désapprouver.

Brad me tape dans le dos en me poussant vers les portes d'entrée.

– Ouvre la voie, petite !

Bon sang de bonsoir, ce week-end va être unique en son genre.

***

Quand nous nous séparons tous, clés en main, j'ai l'impression d'être un agent de la CIA – je plisse les yeux pour voir dans quelle direction se dirige Carter (et aussi peut-être dans quelle direction va Kylie) en célébrant silencieusement le fait qu'ils empruntent deux couloirs opposés.

Je fais rouler ma petite valise derrière moi jusqu'à la chambre 207, à quelques portes de celle de Rose. À l'intérieur, tout est magnifique, un énorme lit se trouve au centre de la chambre spacieuse dotée d'un balcon avec une vue sur le lac à couper le souffle. Je félicite mentalement Kylie d'avoir réussi à passer un accord si intéressant avec cet hôtel, et je sors pour me repaître de la vue.

Il ne fait jamais assez froid pour que le lac gèle, l'eau d'un bleu profond lèche délicatement les rochers recouverts de gel sur les rives. Le feuillage des arbres est d'un vert intense, tacheté de blanc, et pendant un instant – un instant bref et puissant –, je suis ravie d'être ici.

Je dispose de quelques minutes et en profite pour sortir les documents que Jess m'a donnés. Son système d'archivage est en général parfait, mais quand je jette un coup d'œil aux fournisseurs de service des séminaires auxquels elle a fait allusion, je comprends ce qu'elle veut dire : je ne me souviens pas de la plupart d'entre eux, moi non plus. Je m'apprête à lui envoyer un mot pour vérifier quelques données avec Kylie quand mon téléphone se met à vibrer sur la table avec un message qui m'est adressé – uniquement à moi – de la part de Brad :

Peux-tu s'il te plaît venir au restaurant
du chalet pour t'assurer que
tout est en ordre ?

Je prends trois profondes inspirations en pensant *qu'est-ce que fout Brad exactement ?* avant de trouver mon sac, mes clés, et de me diriger au rez-de-chaussée.

***

Étrangement, le dîner s'avère parfait. Du moins, après les remerciements de Brad et après qu'il m'a demandé de venir près de lui pour présenter le menu. Je me lève de mon siège, mais la tension monte en moi puisqu'il me traite comme son assistante, ou une simple organisatrice.

– Je serai ravie de vous donner le menu, interrompt Carter en commençant à se lever.

Brad secoue la tête.

– Laisse Evie le faire.

J'entends clairement le message que veut me faire passer Brad : *Tu es* ma marionnette. *Tu t'exécuteras* si tu veux continuer à avoir un job lundi.

Carter se rassied lentement, le visage écarlate. Je hoche la tête dans sa direction et souris, reconnaissante qu'il ait essayé, avant d'énoncer les plats. Salade. Viande. Pommes de terre. Haricots verts. Ça ne nécessite clairement pas d'explication. Carter a eu raison d'insister pour que nous restions *classiques* vu notre budget limité, car il se doutait que la cuisine de l'hôtel ferait les choses bien. Nous avons aussi choisi un vin blanc et un vin rouge, mais les stocks sont épuisés avant la fin de l'entrée.

Heureusement qu'il y a le bar, n'est-ce pas ?

Les couteaux et les fourchettes tintent et crissent sur la porcelaine, les gens mâchent. Nous sommes installés sur plusieurs grandes tables au centre d'une salle aux allures de caverne, mais personne ne peut me blâmer pour ce détail, parce que dîner ici faisait partie des requêtes de Brad. Un dîner, ensemble. Comme une *équipe*.

Un feu de bois crépite dans une cheminée de pierre si énorme que je pourrais probablement tenir debout à l'intérieur. Sept serveurs s'occupent discrètement de nous, sans trop insister. C'est l'Effet Brad Kingman. Pas besoin de savoir qui il est pour être légèrement terrifié par lui.

Pendant le dîner, Carter est assis à ma gauche, je ressens une impression étrange à être dans une salle remplie de gens et de bruit tout en étant aussi consciente de sa présence. Son bras effleure le mien lorsqu'il coupe son steak, lorsqu'il attrape son verre de vin, lorsqu'il remet sa serviette sur ses genoux. *Essaie-t-il* de me toucher ? Plus je bois de vin et plus mon cerveau crie « OUI ! », et je commence à faire discrètement de même, en me penchant vers lui, en posant mon bras gauche sur la table pour qu'il puisse y avoir accès plus facilement.

Des trucs subtils. Je suis une Ninja de la séduction.

Je suis tellement concentrée sur ce que Carter fait et dit, et sur son incroyable parfum, que je sursaute en voyant les serveurs commencer à débarrasser les assiettes : j'ai à peine touché à la mienne.

La fête continue sur la terrasse extérieure, où des lampes chauffantes scintillent à plusieurs endroits et où des lanternes en papier encadrent la vue du lac tout proche.

Il est suffisamment rare que Brad se laisse aller au point d'être ivre pendant ce genre d'événements, mais quand il le fait, il se transforme en l'un de ces ivrognes qui semblent avoir un haut-parleur arrimé au bras qui tient leur verre. Vers 22 heures, la majorité du groupe a atteint un degré raisonnable d'alcoolémie, mais Brad n'est pas juste discrètement pompette, il hurle.

Ne vous méprenez pas : peu de gens de ce milieu connaissent des anecdotes plus intéressantes que Brad Kingman et, sobre, sa bouche est aussi scellée qu'une tombe vieille de deux cents ans, donc nous sommes tous intrigués, y compris ceux qui le détestent. Ce soir, il est vraiment sur une bonne lancée.

Voici quelques anecdotes :

Sa femme a payé ses frais d'université en faisant du strip-tease. (Je suis sûre que Maxine, la directrice exécutive du studio, serait ravie d'apprendre qu'il a raconté ce détail.)

Il a vu l'un des acteurs les plus célèbres de l'histoire du cinéma (cinq Academy Awards pour être exacte) « fourrer sa tête dans le cul d'une strip-teaseuse de Vegas ».

La première fois qu'il a rencontré l'un des producteurs les plus puissants de l'industrie, ce dernier était tellement défoncé qu'il s'est endormi sur sa salade, avant de se réveiller en prétendant que rien ne s'était passé. Il a terminé le rendez-vous avec des carottes râpées dans les cheveux et un peu de sauce de salade sur la joue. Le film dont ils discutaient a gagné quatre Academy Awards et deux Golden Globes, et a rapporté près d'un milliard de dollars dans le monde entier.

Quelques autres anecdotes plus tard, il est minuit, le bar extérieur ferme et mon verre de vin est vide. Un serveur m'offre de le remplir, mais j'ai trouvé l'excuse parfaite pour rentrer dans le bar intérieur, où il fait chaud et où l'ambiance est plus calme, pour avoir quelques minutes à moi.

Le barman s'approche et se penche vers moi, l'air interrogateur :

– Quel est votre poison, ma belle ?

– Votre meilleur vin rouge. (Je lis l'étiquette portant son prénom : Woody.) J'étais au pinot, mais je crois que les stocks sont épuisés.

Woody sourit en révélant deux rangées de dents parfaitement blanches et régulières… mais il lui manque la dent de devant. C'est un paradoxe étrange, je suis instantanément *fascinée.* A-t-elle été arrachée ? Si oui, *pourquoi ?* Comment une dent peut-elle être dans un état si terrible alors que les autres sont parfaites ?

Ce sont les choses auxquelles je pense alors que je pourrais réfléchir à des répliques cinglantes quand Brad m'appelle « petite » ou « ma vieille » et insiste en prétendant que jouer en équipe signifie que je dois offrir ma commission à quelqu'un d'autre.

– Je vous servirai le Ravenswood zin alors, dit-il en effleurant le bar de la main. Il ne reste plus beaucoup de choix, mais celui-là n'est pas mal.

Woody s'éloigne pour aller chercher une bouteille et je m'appuie contre le bar en me demandant si je peux éventuellement poser ma tête là et faire une petite sieste.

Le vin me donne envie de dormir.

Et me remplit de tendresse, apparemment, parce que ce soir, Carter est plutôt…

– Comment ça va par ici ?

Je me redresse, il est là, devant moi, qui s'approche et tire le tabouret de bar le plus proche de moi.

Je dois faire un effort surhumain pour regarder son visage, le regard hagard, plutôt que de m'absorber dans la contemplation de ses clavicules saillantes.

– Je suis épuisée. Et pompette. J'ai juste envie d'aller me coucher.

– Moi aussi. (Il jette un coup d'œil en direction de la porte par laquelle il est entré.) Mais je crains que la soirée ne fasse que commencer.

Je me laisse légèrement aller contre lui et ris contre son épaule. Seigneur, il sent bon.

– De jeunes chiens fous. Nous ne pouvons pas nous contenter de disparaître. Parce que nous sommes les hôtes, tout ça.

Il éclate de rire.

– Comment avons-nous réussi à nous en sortir ?

– Je n'en ai pas la moindre idée.

Il baisse les yeux, dessine du bout du doigt sur le comptoir.

– Brad persiste à te traiter comme son assistante.

– Je sais.

Je me mords les lèvres en regardant ailleurs.

– Evie, murmure-t-il. Je suis tellement désolé. J'ai contribué à créer cette situation en l'ignorant. Je ne veux plus continuer ainsi.

En entendant ces mots, je me raidis et reste sur la défensive.

Tout va bien.

Tu es juste le petit nouveau, Carter.

Je supporte Brad depuis des années, je connais ses travers.

Arrête tes conneries, Evie.

Je laisse échapper un petit sifflement de vulnérabilité en avouant :

– D'habitude, ça m'énerve mais, ici, ça me rend anxieuse. Je n'arrive pas à m'ôter l'idée de la tête qu'il essaie vraiment de me mettre à la porte.

Il acquiesce.

– Je vois. Je vois. Et je ne sais pas quoi faire.

Ma poitrine se serre.

– Je ne supporte pas d'avoir l'impression d'être impuissante.

Je ne m'attendais pas à ce que ce soit notre moment. Dans les films, ces aveux adoucissent les gens ou au contraire les endurcissent, mais ils sont rarement confessés aussi calmement, leur impact n'en est pas moindre pour autant.

J'ai tellement attendu ce moment.

Carter se penche et me caresse la joue, puis il s'enhardit et m'embrasse comme j'en rêve sans cesse depuis la fameuse nuit dans mon appartement. Ce baiser est différent des baisers furieux du studio d'enregistrement, brutaux et précipités. Ces baisers ressemblaient à une trahison secrète et violente de nos instincts, nous enjoignant de ne pas le faire.

Mais ça. Nous nous goûtons, nous nous bécotons comme si nous étions en train de dialoguer. Ces baisers disent « je suis désolé et que faisons-nous ? et pouvons-nous continuer toute la nuit ? » Je ne remarque même pas que Woody a posé mon verre sur le bar, parce que Carter m'y tient appuyée.

Mais je *remarque* quand Carter s'éloigne de moi pour sortir un billet de vingt dollars.

Je plaque une main sur ma bouche comme pour conserver la sensation de ses lèvres contre les miennes.

– Tu n'as pas à payer pour mon verre de vin.

– J'ai intérêt à régler l'addition pour qu'on puisse partir.

– Je croyais qu'on ne pouvait pas quitter notre soirée.

– Tant pis pour la fête.

Je me mets à glousser d'une voix aiguë, comme une fille prépubère, très excitée à l'idée que nous partions tous les deux, ensemble.

– Qu'as-tu dit ? je demande, en faisant mine d'être scandalisée.

– Tu m'as entendu.

Des rugissements de gens ivres nous parviennent, suivis du bruit caractéristique de quelqu'un qui se jette à l'eau.

– Bain de minuit ! hurle Kylie, et un chœur de félicitations masculines suit ce cri.

Carter regarde toujours ma bouche.

– Salut.

– Salut.

Il sourit.

– Il y a deux grands lits dans ma chambre.

Mes yeux scintillent et mon sourire s'élargit.

– Bien, mais j'ai un *king-size*.

***

Nous entrons dans la chambre en riant, à bout de souffle parce que nous avons couru jusqu'à la boutique de l'hôtel pour acheter des préservatifs et donné beaucoup trop d'argent à l'adolescent ahuri qui travaille de nuit. J'ai l'impression d'être remplie de petites bulles ou d'étoiles scintillantes : mon corps entier est en éveil.

Quelque part, malgré le nombre de mois qui ont passé et le jeu que nous avons joué, aucune gêne n'entrave nos gestes. Nous sommes ensemble, nous sourions entre deux baisers, nous nous déshabillons, à l'aise comme un couple ensemble depuis une éternité, aussi excités que des puceaux. Son corps est superbe, je ne peux pas m'empêcher de le toucher, de l'apprendre par cœur comme si mes mains étaient un scanner enregistrant chaque détail sur un disque dur externe. Je donne la permission à mon cerveau d'effacer autant de choses que nécessaire, ma capacité à faire du vélo ou du tricot, par exemple. Les monts et les creux du ventre de Carter sont bien plus importants.

– Est-ce qu'on va trop vite ? demande-t-il en s'arrêtant une seconde après avoir retiré mon soutien-gorge.

Je ris.

– Seigneur, non.

Il avance dans la chambre en me tenant contre lui et m'allonge dans les draps frais, en montant sur moi.

Il m'embrasse dans le cou.

– Pouvons-nous être amis maintenant ?

La sensation de ses lèvres contre ma peau ne m'aide pas à formuler des phrases intelligibles, mais je déglutis, m'efforce de me concentrer et demande.

– Est-ce ce que tu veux ?

Je prendrais cette question un peu plus au sérieux s'il n'avait pas déjà défait sa ceinture. La boucle de métal pend entre nous.

– Des amis ?

– Oui, répond-il en me mordillant l'épaule. Et non. (Il s'écarte pour me regarder.) Tu vois ce que je veux dire ?

– Je crois.

Je termine de retirer son pantalon en faisant glisser l'étoffe sur ses hanches, souriant lorsque sa peau se couvre de chair de poule à cause de l'air frais. Il l'enlève et ce ne sont plus que des jambes nues contre des jambes nues, poitrine contre torse.

Il dit autre chose tout contre mon épaule, contre mes seins, tout en descendant le long de mon corps. Je me cambre lorsqu'il referme la bouche sur mon téton et laisse échapper un cri qui me surprend.

Putain. Pourquoi avons-nous gâché autant de temps ?

Je pense brièvement que nous devrions être discrets, que bientôt Rose sera seulement à deux portes de là, que quelqu'un que nous connaissons est peut-être déjà rentré dans la chambre contiguë, mais je n'entends même plus les cris des baigneurs de minuit, et le lac est juste *dehors*.

Nous sommes dans une forteresse.

La bouche de Carter est partout à la fois : il embrasse mes seins, suce un téton en triturant l'autre du bout des doigts. Il me contemple de son regard un peu fou, croise le mien en descendant chaque fois plus bas, en enlevant ma culotte et en s'installant finalement entre mes jambes. Il hésite un instant, puis l'avidité surpasse tout le reste et il me dévore comme si j'étais le dessert le plus exquis qu'il ait jamais goûté. Je sens ses soupirs et ses gémissements tout contre ma peau et j'aimerais ne faire plus qu'un avec lui pour les sentir vibrer dans ma colonne vertébrale, irradier ma cage thoracique. Je me sens vide. J'ai peut-être prononcé ces mots à voix haute parce qu'il enfonce ses doigts en moi au même instant.

Le monde extérieur cesse d'exister pendant quelques secondes. L'idée du séminaire qui se déroule dehors me semble presque comique, surréaliste. Le poids de l'univers me retombe dessus quand je sens sa langue sur mon clitoris. La chaleur monte dans mon dos, je l'attrape par les cheveux, me cambre sous ses mains et tente de lui dire que je suis près, si près…

– Carter…

Je gémis en l'attrapant encore et, Seigneur, je jouis… jouis… si fort et, putain, je ne comprends pas pourquoi nous avons cessé de faire ça. Aucun job ne vaut la peine de perdre *ça*.

Une vague d'air frais me caresse la peau, Carter m'embrasse comme si j'étais son oxygène. Mon goût sur ses lèvres. J'ai encore plus envie de lui, si c'était envisageable.

Il attrape la boîte sur la table de nuit, tâtonne, l'ouvre les yeux fermés sans cesser de m'embrasser.

De mon côté, je suis incapable de fermer les yeux, ne serait-ce qu'une seconde. Je suis incapable de m'empêcher d'enregistrer les détails que je rejouerai plus tard dans ma tête. La courbe de son épaule, la manière dont son bras se fléchit lorsqu'il tend la main entre nous, déroule le préservatif avant de presser son pénis contre moi.

Le soulagement se peint sur son visage lorsqu'il me pénètre. Mon esprit est vide. Je n'arrive plus à penser à quoi que ce soit, je suis submergée par la sensation de son corps. J'aurais du mal à me souvenir de mon propre prénom.

Je lève les yeux vers lui, me concentrant sur son cou et sa gorge, sur sa tête renversée en arrière et sur le mouvement de sa pomme d'Adam lorsqu'il avale sa salive.

Il me recouvre complètement de son corps, je disparais sous lui, contemple sa bouche ouverte, me repais des petits soupirs qui lui échappent. Il va et vient, en me tenant par les hanches, contractant les biceps et enfonçant les mains dans le matelas lorsqu'il me prend plus vite et plus fort et, putain, c'est tellement bon que je me demande si je peux rester ici tout le week-end.

Nos peaux trempées de sueur, rougies par l'épuisement, glissent l'une contre l'autre. Mes muscles se tendent et se relâchent, ma jambe glisse de sa hanche et il m'attrape par le genou, pour me prendre plus fort.

Je ne reconnais pas ma propre voix lorsqu'elle m'échappe, aiguë et surprise, résonnant dans la chambre silencieuse. Mes cris le font bander encore plus, il me prend plus fort, plus vite, et quand je me laisse finalement aller sous lui, le plaisir est si puissant qu'il m'atteint par surprise. J'écarte les jambes, puis referme les genoux autour de ses hanches, et il s'enflamme : ses bras et ses hanches s'agitent, il m'attire contre lui, me pilonne, le souffle court. Je me laisse aller contre lui, en haletant contre son épaule lorsqu'il prononce mon prénom, et oui, et s'il te plaît, et puis nous jouissons tous les deux en même temps, sans pouvoir reprendre notre souffle. Je me demande si je pourrai reprendre mon souffle un jour.

***

Son visage dans mon cou, Carter soupire de soulagement, en tremblant contre moi.

Il tente de se dégager et siffle avant de me chuchoter dans l'oreille :

– Seigneur.

Je laisse échapper quelques grognements lui signifiant mon accord, incapable de connecter mon cerveau et ma bouche.

– Je crois que j'ai trouvé ma religion.

Je glousse. Je n'ai pas envie qu'il bouge d'un centimètre. Mes jambes sont restées autour de ses hanches, elles glissent lentement, et il m'embrasse en souriant, entre deux soupirs. Mes jambes sont lisses, les siennes sont recouvertes de poils doux, et la sensation de nos jambes glissant l'une contre l'autre, la chaleur de son corps lourd contre le mien, la sensation de son sexe déjà dur à nouveau entre mes jambes ravivent quelque chose en moi, enflammant le désir d'en obtenir toujours plus.

Quand il s'écarte, juste un peu, la faible lumière dessine des ombres sur son visage.

– Je reviens tout de suite.

– Ne pars pas.

Il rit et m'embrasse sur le bout du nez.

– Je vais enlever ça.

Oh. Le préservatif.

Après un petit grognement de protestation, je le laisse s'éloigner et sortir du lit. Il avance dans la chambre. Son corps ressemble à une étude d'ombres et de géométrie : des lignes droites qui encadrent les muscles de son dos, des triangles sur ses épaules, la courbe de son dos.

Je m'absorbe dans la contemplation de ses épaules tandis qu'il est de dos. Il attrape un mouchoir dans une boîte sur la commode et jette le tout dans une corbeille.

Dans la lumière douce, je le vois hésiter, prendre une grande inspiration.

Carter se redresse et se tourne vers moi. Depuis qu'il est sorti du lit, j'ai froid et je tremble de peur qu'il s'éloigne, s'éclaircisse les idées et revienne à la raison.

– Tu as mal ?

La seule chose que je ressens, c'est du désir. Je réponds d'une voix rauque :

– Non.

Il plisse les yeux et me dévisage de l'autre côté de la pièce.

– Es-tu en train de paniquer ?

Je n'arrive toujours pas à reprendre mon souffle et je réalise soudain ce que nous venons de faire et à quel point j'ai envie qu'il revienne dans le lit avec moi.

– Pas pour les raisons que tu crois.

Il s'approche, puis se fige tout en me regardant.

– Est-ce que *tu* paniques ?

– Un peu. (Il s'étire, se gratte le cou tandis que mon estomac se dissout dans mon corps.) Je dois…

Encore de l'hésitation. Mes poumons sont en feu.

– J'y ai beaucoup pensé, m'explique-t-il. J'ai tant rêvé de toi. Je suis amoureux de toi, Evie. Et tu es finalement là avec moi. Je n'ai aucune envie de dormir.

Je me redresse, consciente qu'il me verra mieux grâce à la lumière de la lune qui filtre par la fenêtre derrière lui. Les draps tombent et je m'agenouille.

J'entends sa respiration se couper, mais je n'ai pas besoin de lui demander de me rejoindre dans le lit, lui assurer que tout va bien, qu'il n'a pas à s'inquiéter. Il s'approche de moi et sa peau douce glisse contre la mienne quand il m'attire à lui et me grimpe dessus une nouvelle fois.

CHAPITRE 22

CARTER

Je me réveille dans des draps défaits, sous un plafond qui ne m'est en rien familier, avec le genre d'obscurité artificielle qu'on ne peut obtenir qu'avec des rideaux épais. Quelqu'un bouge à côté de moi et, pendant un instant de panique, je me souviens de Kylie, de ses lèvres brillantes de gloss et de son irrespect total pour mon espace vital. Mon cœur s'arrête de battre et se remet à palpiter quand je reconnais Evie endormie à côté de moi.

Une décharge électrique me parcourt quand je me rappelle comment nous sommes arrivés là, à quel point nos baisers m'ont donné l'impression de me noyer et de ne plus jamais pouvoir revenir à la surface.

Evie est tellement mignonne endormie. *Mignonne* n'est peut-être pas le mot approprié, mais son visage est empreint d'une tranquillité que je ne lui ai jamais vue, comme si elle avait baissé la garde et que je pouvais toucher sa peau et sentir ses os.

Elle est si proche de moi – nous sommes presque nez à nez – que je distingue tous ses cils, je peux compter ses taches de rousseur. Elle est nue, ce qui me ravit, pourtant je ne peux pas m'empêcher de me demander comment elle réagira quand elle se réveillera et verra que je suis nu, moi aussi.

Sommes-nous encore amis aujourd'hui ?

M'a-t-elle entendu quand je lui ai dit que j'étais amoureux d'elle ?

Je devrais être encore plus effrayé que je ne le suis. Il serait bien plus facile d'admettre une bonne fois pour toutes que nous avons fait n'importe quoi. Mais mon esprit et mon corps confirment que je suis *amoureux d'Evie.* Le drap a glissé dans son dos, ses cheveux bruns sont emmêlés sur l'oreiller. Nous avons couché ensemble quatre fois hier. J'étire les jambes, contracte les abdominaux. J'ai plutôt l'impression que nous avons baisé vingt fois.

J'effleure sa main placée sous son menton, caresse doucement son bras, elle commence à bouger.

Je réalise soudain que je n'ai aucune idée de ce que je vais dire et je ferme les yeux, régule ma respiration pour qu'elle pense que je dors toujours. Quelques moments de silence s'écoulent avant que la curiosité ne l'emporte. Je me sens ridicule : je suis un homme adulte qui fait semblant de dormir pour éviter une conversation d'adultes. Je me mets à sourire et entrouvre un œil. Nous éclatons de rire tous les deux en voyant l'autre faire exactement la même chose.

Elle me repousse d'une main sur mon visage.

– Tu es un imbécile.

La chaleur envahit ma poitrine.

– Je *suis* un imbécile ? As-tu vu tes cheveux ? Tu n'as pas fière allure.

Je tends la main pour les lisser, elle rit en tentant de s'échapper.

– As-tu vu les tiens ? demande-t-elle avec un sourire.

Je me fige, sérieux un instant.

– Tu paniques encore ?

Elle joue avec sa lèvre et hésite avant de répondre.

– Un peu. Et toi ?

Je lui dis la vérité.

– Un peu.

– Veux-tu… que nous nous arrêtions là ?

Je me penche et l'embrasse sur le coin de la bouche avant de croiser son regard.

– Non…

– OK, répond-elle en fixant mes lèvres. Veux-tu éviter cette conversation en remettant ça ?

Je grimpe sur elle, en m'émerveillant de l'étendue de la surface de son corps que je peux couvrir avec le mien. Je regarde entre nous, où ses jambes sont passées sur mes hanches. Je me balance d'avant en arrière, lentement, et sens la manière naturelle dont je glisse sur sa peau, douce et déjà mouillée.

Elle grogne doucement et je connais déjà ce son. Je me souviens de l'avoir entendu résonner dans la chambre.

Elle glisse les mains sur mon ventre, ses ongles se promènent sur mes côtes, puis de mes pectoraux à mes épaules. Elle m'attire par le cou et l'espace entre nous disparaît, même l'air ne pourrait pas passer.

Pendant un instant, je pense qu'il serait si facile de jouir ainsi, nos deux corps se mouvant l'un contre l'autre, à la vitesse parfaite, comme nous l'avons fait cette nuit-là dans son appartement. Mais ce n'est pas ce que je veux.

Evie doit être sur la même longueur d'onde parce qu'elle a déjà tendu le bras en direction de la table de nuit et attrape la boîte de préservatifs que j'ai posée là.

Je lève les yeux au ciel lorsqu'elle roule le latex sur mon sexe et lui jette un regard de reproche en écartant sa main. Je ne peux plus attendre. Nous nous enfonçons sous les draps, comme dans une tente blanche. Mon cœur bat plus vite et elle monte sur moi pour me chevaucher, s'empale et commence à se mouvoir avant de trouver le rythme parfait pour obtenir ce qu'elle cherche.

Elle s'appuie contre ma poitrine en allant et venant, encore et encore, et c'est tellement agréable que je l'attrape par les hanches pour tenter de me distraire, redessine les contours de son nombril du bout des doigts. J'accompagne ses mouvements et la pénètre, de plus en plus fort, et sa bouche s'ouvre, la tête de lit frappe contre le mur, les ressorts du matelas craquent. Elle a fermé les yeux, ses lèvres sont entrouvertes et je me demande pourquoi on a attendu si longtemps, comment on a réussi à laisser s'interposer tant de choses parce que *ça*, putain, c'est ce qu'il y a de meilleur au monde.

Elle roule des hanches, dessine de petits cercles autour de mon sexe et jure, en le caressant sensuellement.

Je lui demande dans un souffle, excité à la vue de ses tétons qui se dressent.

– C'est toi qui me baises ?

Elle me répond sans prononcer un mot, un petit halètement discret qui se perd dans ses propres gémissements quand elle s'empale encore plus profondément sur mon sexe. Je la contemple, m'adapte à son rythme et sens mes abdominaux se contracter, la pression monter.

Ses cheveux sont trempés de sueur sur son front, ils bouclent sur sa poitrine et je pense qu'elle y est presque, elle aussi. Ses mouvements perdent de leur cohérence, elle s'agrippe à moi, devient frénétique.

– Ouais ?

Je pose les doigts près des siens et la caresse.

– Ça… commence-t-elle à répondre quand on frappe bruyamment à la porte.

Nous nous regardons dans les yeux, figés, incapables de respirer.

– Oh mon Dieu ! Ai-je verrouillé la porte hier soir ? chuchote-t-elle. Les femmes de ménage pourraient…

Mais ce n'est pas le service de nettoyage, c'est un million de fois pire, parce qu'après un autre coup et un grattement, nous entendons retentir la voix de Brad.

Brad, notre boss, de l'autre côté de la porte.

– Evie ? appelle-t-il avant de se remettre à frapper.

Je n'ai jamais agi si rapidement de toute ma vie. Dans une rafale de bras et de jambes, de draps et d'oreillers. Evie enfile un T-shirt et un pantalon de jogging à une vitesse qui me semble surhumaine. Pour ma part, je suis nu, un préservatif sur la bite, et toujours *dur* quand elle me pousse en direction du placard.

– Une seconde ! s'exclame-t-elle avant de chuchoter : Je vais me débarrasser de lui. Reste ici et ne bouge pas.

Son visage est empourpré, ses joues ont viré à l'écarlate et sont recouvertes d'une fine couche de sueur. La raison pour laquelle elle se trouve dans cet état saute tellement aux yeux.

Je lève une main pour faire une objection, mais elle m'enferme à l'intérieur. *Merde.*

Je ne vois presque rien de la chambre, seul un petit interstice laisse passer l'air et la lumière. La situation est assez terrifiante, mais je choisis d'être optimiste et de considérer la chose moins comme « voilà comment Brad pourrait me trouver nu avec un préservatif sur la bite et plus dans le genre voilà l'endroit d'où vient l'oxygène ».

On dit que quand on est privé d'un sens, les autres s'aiguisent. Ça doit être vrai, car non seulement je perçois le parfum d'Evie lorsqu'elle le diffuse dans la chambre – bonne idée – mais j'entends ses pas résonner lorsqu'elle avance pour ouvrir la porte, je l'entends ouvrir le verrou et je peux presque sentir le moment où Brad fait irruption dans la chambre, à moins d'un mètre de là où je me trouve.

– Brad, salut ! (Evie s'éclaircit la gorge.) Désolée, j'étais en train de m'habiller. Il est… (Elle se fige et je l'imagine jeter un coup d'œil à sa montre avant de lui offrir son meilleur sourire passif-agressif.) Waouh, il n'est pas encore sept heures. Que puis-je faire pour vous ?

J'entends des bruits étouffés, et puis Brad crie :

– Bear, reviens ici !

– Vous avez amené votre chien ? murmure Evie, et j'étouffe un grognement.

Brad a un dogue allemand qui a à peu près la taille d'un cheval et, s'il a réussi à échapper à Brad et à entrer dans la chambre, qui sait ce qu'il y trouvera. Moi, par exemple. Une image mentale de Brad ouvrant les portes du placard et en me tirant par la peau des fesses hors de la chambre me submerge brièvement.

– Maxine l'a amené hier soir. *Bear*, crie-t-il encore, avant de se décourager. Ça ira, continue-t-il plus calmement: il renifle juste un peu partout.

Je voulais te demander ce que donnait le programme aujourd'hui. Qu'as-tu prévu ?

J'entends la voix étouffée d'Evie énumérer le programme et alors que j'aimerais être furieux à cause de la manière dont il lui parle, il y a des choses plus pressantes. Bear a clairement compris que quelque chose ne tournait pas rond dans ce placard et il renifle la porte, son nez et ses yeux sombres apparaissent dans la petite ouverture.

Je presse silencieusement Bear de s'en aller à l'instant exact où il trouve quelque chose de plus intéressant et s'éloigne. Depuis que je n'entends plus la respiration lourde du chien et le bruit de ses halètements qui résonnent dans le placard, je peux me concentrer sur la conversation.

– Mais je ne comprends pas pourquoi vous me posez la question, dit Evie. L'organisatrice de l'événementiel a établi et monté le programme de toutes pièces, nous nous sommes contentés de donner le feu vert et de choisir entre viande et poisson. Pour être honnête… (une pause) Brad, qu'est-ce qu'il fait ? Il fouille dans la poubelle.

– Bear, sors de là ! crie Brad en claquant des doigts. Qu'est-ce que tu manges ?

D'après le tintement de son collier, je pense que Bear est revenu vers Brad. Il continue :

– Je voulais aussi te parler de ton assistante, dit-il.

– Jess ?

– Pourquoi lui as-tu demandé d'envoyer un mail à Kylie au sujet des fournisseurs ? Kylie n'a pas le temps de s'occuper de ces détails, et franchement, toi non plus.

– Je voulais qu'elle vérifie certains des…

– Tu sembles oublier que je suis le coach et que c'est moi qui décide de la manière de jouer et du plan d'attaque. Envoie toutes les factures et les reçus à Kylie pour qu'elle les archive, là où était censée être leur destination. Je t'ai mise aux commandes de cet événement et c'est tout ce dont tu devrais d'inquiéter. Pas…

– Carter… interrompt-elle, et je cesse de respirer.

Ma demi-érection n'est plus un problème.

– Vous m'avez mise aux commandes *avec Carter* et pourtant je suis la seule à devoir vous rendre des comptes. Et vous devez avoir conscience que ça ne fait absolument pas partie de mes attributions.

Il y a un long silence et j'ai peur de faire le moindre geste, de cligner des yeux. Je me demande si les battements bruyants de mon cœur s'entendent à travers la porte du placard.

– N'as-tu pas entendu ce que j'ai dit hier soir, Evie ? réplique Brad d'une voix glaciale. À propos du travail d'équipe ? De l'équipe que nous formons.

– Si, j'ai parfaitement tout entendu.

– Alors, tu devrais te donner la peine de réfléchir à ce que ça signifie. Il ne te reste plus de joker.

– Quel joker ai-je utilisé jusque-là ? demande-t-elle, à court de patience. *Field Day,* c'était il y a deux ans et une quinzaine de producteurs ont été impliqués. J'ai rapporté plus d'argent que quiconque cette année, hommes et femmes confondus.

– Tu joues la carte féministe, je vois. Tu sais ce que j'en pense.

Il se tait et, quelques instants plus tard, un claquement retentit, j'entends les pattes du chien qui s'éloignent et la porte qui se referme, la chaîne qu'on remet à sa place.

Evie ouvre le placard et une bouffée d'air frais me submerge.

– Dieu merci, je m'exclame, une main sur le torse, en tentant de calmer les battements de mon cœur. Qu'est-ce qui s'est passé ? C'est quoi son problème ?

Les dents serrées, Evie jette un coup d'œil à la porte fermée.

– Franchement, pendant un instant, j'ai cru que j'allais le balancer par-dessus la rambarde du balcon. Juste le pousser un peu, il aurait rebondi comme une balle de tennis.

– Waouh. (Je me redresse.) Je ne sais pas ce que ça dit de moi, mais je suis complètement de ton côté, *Evil.*

– C'est un enfoiré, murmure-t-elle. *Un enfoiré.* (Elle marche en direction du lit, attrape un oreiller et le balance contre le mur.) Heureusement, nous n'étions pas assez proches du balcon pour que je passe à l'acte. Et je suis trop du genre à culpabiliser pour être un bon assassin.

– Enfin, techniquement, c'est la gravité qui l'aurait tué, donc tu aurais juste dû déployer la force nécessaire pour le pousser dans le vide.

Elle balance un autre oreiller.

– Pourquoi est-il venu dans ma chambre ? Est-il allé taper à la porte de la tienne en premier ?

Je soupire.

– Je suppose que nous connaissons tous les deux la réponse à cette question. Je te promets que je serais intervenu si je n'avais pas été nu et…

Je désigne le préservatif qui semble s'être intégré à ma bite.

Elle grimace et je me dirige dans la salle de bains où je prends quelques instants pour me rafraîchir.

– Bien sûr, il a laissé son chien-cheval détruire ma chambre d'hôtel, continue-t-elle. La prochaine fois, il voudra que… (Elle se tait avant de laisser échapper un cri horrifié.) *Oh mon Dieu !*

Je sors la tête de la salle de bains. Evie est figée au milieu de la chambre, fixant le sol.

– Qu'est-ce qui ne va pas ?

Elle lève les yeux dans ma direction, horrifiée.

– Combien de fois avons-nous baisé hier soir ?

– Ah, voilà un sujet intéressant. (Je lui souris d'un air victorieux.) Tu viens de réaliser que tu as couché avec l'ennemi ?

– Non. (Elle désigne le sol.) Bear a renversé la poubelle. J'essaie de deviner combien de préservatifs il a mangés.

***

Sommes-nous des assassins de chien ?

Enfin… je pense que non. J'ai cherché sur Google et si Morgan a pu avaler une pièce de monnaie-souvenir de la taille de sa trachée, qui est ressortie intacte de l'autre côté de son tube digestif, Bear n'en mourra pas. Je pense.

Evie est légèrement moins convaincue que moi et m'oblige à effacer mon historique pour que, dans l'éventualité d'une catastrophe, on ne puisse pas utiliser cette preuve contre nous. Je dispose encore d'un peu de temps avant notre première activité de *team-building,* j'en profite pour prendre une douche dans ma chambre avant d'ouvrir mon ordinateur pour consulter mes mails. J'en ai reçu un du directeur artistique de la séance photo de *Vanity Fair* et j'ai peur de l'ouvrir.

Je ne devrais pas, parce que malgré l'entrée de Jonah en diva et notre moment d'égarement, quand avec Evie nous nous sommes sauté dessus dans le studio d'enregistrement et de mixage-son, les photos sont géniales. Tellement belles, en fait, qu'ils veulent engager Jonah pour une autre séance photo. Mon frère est peut-être un immense connard la plupart du temps, mais il a clairement assez de talent pour compenser son comportement.

Il est tôt, mais je tente ma chance en l'appelant. Il décroche après quatre sonneries. J'entends le bruit d’une tondeuse au loin, donc je suppose qu’il doit être dehors.

Bon signe.

– Jonah, dis-je, surexcité. As-tu consulté ta boîte mail ? Nous avons reçu les épreuves de *Vanity Fair* et les photos sont super. Ils veulent te proposer un autre job.

Le silence se fait à l’autre bout du fil. Je regarde l’écran de mon téléphone pour m’assurer que nous n’avons pas été coupés.

– Tu m’as entendu, Jones ? Ils veulent te faire bosser.

– J’ai vu.

Mais il n’ajoute rien d’autre.

– Tu as vu ? C’est tout ? Mec, c’est exactement ce que nous voulions. Ce que *tu* voulais, du *travail.* Pour continuer à mener le train de vie auquel tu t’es habitué.

– Je ne suis pas sûr que ce soit ce que je veux, répond-il. Faire des séances photo avec des acteurs.

Je suis bouche bée, je fixe le mur de ma chambre d’hôtel sans le voir.

– Mais ce n’est pas comme ça que tu peux payer tes factures ?

– Ouais, mais… Je suis allé dans cette galerie l’autre jour, qu’un ami d’ami dirige, et il y avait des choses qui me plaisaient vraiment. Pas des photos de mode ni de cinéma mais genre, des photos abstraites et des portraits.

– Tu veux dire que tu veux revenir au type de photos que tu prenais au lycée ?

Je suis perplexe. La raison pour laquelle Jonah est venu à Hollywood n'était-elle pas de devenir une star ? J'ai du mal à imaginer comment le fait de participer à des expositions médiocres puisse constituer une avancée pour lui.

– Tu te souviens de la photo qui m'a permis d'obtenir une bourse pendant ma scolarité ? demande-t-il, et je sais exactement de quelle photo il parle puisqu'elle est toujours accrochée chez mes parents.

– Les lignes électriques. C'est ce que tu veux faire ?

– Quelque chose dans le genre, par-ci, par-là. Je pourrais continuer les séances photo pour payer mes factures, mais faire d'autres trucs à côté. Être exposé dans une galerie, peut-être.

Je me rassieds dans mon fauteuil. Ce doit être la chose qui ressemble le moins à Los Angeles que mon frère m'ait dite depuis ses dix-huit ans.

– Qu'en penses-tu ? demande-t-il.

Je reviens à moi et me rends compte que je n'ai toujours pas répondu.

– Ouais, Jones. Si tu penses que c'est ce qui te rendra heureux, alors tu devrais foncer. Et si tu peux faire les deux et continuer à gagner ta vie, eh bien, c'est encore mieux. Ce que je suis en train de te dire, c'est que tu peux choisir, grâce à *Vanity Fair*.

– Ouais.

– On verra bien. (Mon téléphone bipe et je regarde l'écran. Un appel de Caleb, le manager de Dan.) Écoute, Jonah, j'ai un autre appel et c'est plutôt important. Je peux te rappeler ?

– Pas de problème. (Je pense qu'il va raccrocher quand il se remet à parler.) Oh, eh Carter ? (Il se tait.) Merci.

Il raccroche.

Je n'ai pas le temps de m'attarder sur cette nouvelle vulnérabilité que mon frère, d'ordinaire si présomptueux, me manifeste, je réponds à l'autre appel en commençant à faire les cent pas.

– Caleb, salut.

– Salut. Je suis avec Dan. On peut se dire un mot ?

– Absolument.

J'entends de vagues bruits quand le téléphone change de mains, puis Dan répond.

– Carter, nous arrivons enfin à nous parler !

– Dan, comment ça va, mec ?

– Bien. Je viens de finir de lire un scénario et il est très mauvais. (Il rit.) Tous ceux qu'on m'a proposés ces derniers temps sont mauvais, pour être honnête.

Le dernier film dans lequel Dan a joué était un film d'action à gros budget qui se déroule dans un navire pétrolier en plein naufrage. Et avant ça, il a incarné un policier tentant d'arrêter un cartel de narcotrafiquants et je suppose que les scénarios qu'on lui a envoyés sont des répliques de ce qu'il a déjà fait. Je prends note d'essayer d'en avoir le cœur net.

– Que recherches-tu, exactement ?

Je parcours mentalement la pile de scénarios géniaux que Brad m'a récemment envoyés.

– Ce que je cherche, c'est un agent qui comprenne qui je suis, mais aussi qui je peux devenir. Jared Leto a gagné un Oscar pour *Dallas Buyers Club*, mais il a aussi joué le Joker.

– C'est aussi une rock-star. (Dan éclate de rire.) Il donne des concerts plutôt sympas, si tu as l'occasion d'y aller.

– Exactement. Personne ne lui dit qu'il ne peut pas sortir de son personnage du Joker. Même s'il a souhaité l'interpréter et que ce rôle a été très important dans sa carrière.

– Il a aussi le talent nécessaire pour évoluer.

– Et tu penses que moi, non ?

– Je ne serais pas en train de discuter avec toi si c'était mon avis. Du moins en tant qu'acteur. Mais je dois être honnête, Dan. Tu serais une rock-star de merde.

Il rit encore.

– C'est ce que je cherche. Un agent qui m'obtient les rôles dont j'ai besoin, mais aussi ceux que j'attends. Un agent qui saura me dissuader d'accepter des rôles qui ne fonctionneront pas.

– Lécher des bottes n'a jamais aidé personne. Personne n'en tire profit.

– Tu penses être mon homme ?

– Je suis certain d'être ton homme. Tu es une carrière, pas seulement un rôle.

– Alors, c'est parti, dit-il. Je dois repartir sur le tournage, mais Caleb s'occupera des détails. Faisons des films ensemble, mec !

– Et gagnons des prix ! je réponds en récoltant un « Seigneur, ouais » avant qu'il ne passe le téléphone à Caleb.

Quand je raccroche, je me demande si je n'ai pas rêvé.

Il y a encore quelques détails à finaliser, mais je suis le nouvel agent de Dan Printz.

Moi.

Je passe une main dans mes cheveux et continue à faire les cent pas avant d'attraper mon téléphone, prêt à appeler Evie pour lui annoncer la bonne nouvelle, quand je m'arrête net et le lance sur le lit.

Je ne peux absolument pas raconter ça à Evie aujourd'hui. Elle pense que Brad est en train de la pousser à démissionner, et après avoir assisté à leur petite altercation ce matin, je suis d'accord avec elle. Non seulement je lui ai piqué Dan d'une manière assez louche, mais je suis certain que je peux faire des choses pour lui parce que j'ai accès à un lot de scénarios géniaux qu'Evie n'a pas eu l'occasion de lire.

Mon téléphone pèse dans ma main. Puis-je m'accorder une période de grâce de vingt-quatre heures avant d'annoncer à ma nouvelle copine une nouvelle dévastatrice pour sa carrière ?

J'ouvre l'application calendrier et envoie à Justin un mot pour bloquer un rendez-vous mardi, après avoir confirmé les détails avec Dan. Il vaut mieux ne pas se précipiter. Je vais passer mon week-end ici, revenir à Los Angeles et parler à Evie le plus tôt possible.

***

Les week-ends de *team-building* sont régis par un objectif unique : faire passer un groupe d'adultes plutôt performants dans leur travail pour des idiots pendant une période de quarante-huit heures, au nom de la fabrication corporate de liens en entreprise. Ce week-end n'est en rien différent des autres.

Ce n'est pas que les jeux soient stupides en soi – ils sont même vraiment marrants – mais il est difficile de comprendre quelle en est l'utilité dans le monde réel. Vraiment, comment se battre contre un zombie dans une salle de conférences fermée à clé va-t-il m'aider à expliquer à mon collègue de manière calme et raisonnable que je lui en veux d'avoir mangé mon sandwich ?

Le premier jeu est donc le bien nommé Zombie Escape. Un « zombie » est attaché au centre de la pièce et on lui donne graduellement de plus en plus d'espace. Les autres membres de l'équipe sont censés résoudre plusieurs puzzles avant que le zombie ne soit libéré. Le meilleur moment de ce jeu a été le sacrifice d'Ashton par l'équipe d'Evie pour obtenir trois minutes supplémentaires.

L'organisatrice, Libby, leur donne des bonus pour avoir résolu des problèmes de la vie courante, mais leur rappelle que ce n'était pas exactement l'esprit du jeu. Mais soyons clairs : j'aurais fait la même chose dans la vie réelle. Ashton est un connard.

Nouvelle activité, Office Trivia. Nous sommes répartis en équipes et nous gagnons des points en répondant correctement à des questions. Au départ, les questions sont assez simples, elles sont destinées à tester nos capacités d'observation et notre mémoire : à quel étage se trouvent les toilettes mixtes ? De quelle couleur est le canapé du bureau d'Evie ?

Vous voyez ? Simple comme bonjour.

Mais quand l'exercice se transforme en une scène tout droit sortie de Cards Against Humanity[9], avec des questions comme « Qui correspond le plus à la description : "un moment agréable, parfait pour un déjeuner" » et que la moitié du groupe crie « Rose ! », il est temps d'arrêter.

Accessoirement, la réponse correcte était : du yoga dans la salle de repos.

J'ai du mal à m'empêcher de regarder Evie pendant toutes ces activités, je m'approche de son

---

9. Cards Against Humanity est un jeu américain de questions-réponses utilisant des mots ou des phrases volontairement offensantes ou politiquement incorrectes présentées sur des cartes à jouer.

équipe et trouve des excuses pour la toucher. Après le déjeuner, quand tout le monde se retrouve pour une promenade autour du lac, si on avait cherché mes empreintes digitales sur Evie avec les techniques des experts, il n'y aurait pas un seul endroit sans traces bleues.

La température est fraîche et, en bons petits soldats californiens, nous revêtons nos vêtements d'hiver achetés exprès pour ce voyage et commençons la promenade. Je cours pour rejoindre ma copine – *ma copine !* – et lui prends discrètement la main.

Les joues d'Evie sont roses à cause du froid et je m'approche aussi près d'elle que je peux. Nous ne pouvons pas nous toucher aussi librement que nous le voudrions.

– Qu'est-ce que tu veux ? demande-t-elle en souriant.

Alors que nous laissons s'accroître la distance entre le groupe et nous, je glisse une main hors de ma poche et attrape son petit doigt.

– J'avais juste envie de te tenir la main.

– Tu es tellement mignon, se moque-t-elle.

Mais elle serre quand même mon doigt.

Et soudain… Bear traverse le groupe en courant alors que nous marchons le long du lac. Au bout d'un moment, il s'arrête au bord de l'eau et s'accroupit.

– Oh bon sang, je murmure en donnant un coup de coude à Evie.

Elle se tourne pour suivre mon regard et laisse échapper un soupir.

Les pattes arrière du chien tremblent, il se cambre et, si je jouais aux devinettes, je dirais que Bear a des problèmes intestinaux.

– Bear ! crie Brad. (Tout le monde jette un coup d'œil discret au chien qui fait ses besoins.) Qu'est-ce que tu fous ? Sors de l'eau, elle est glacée !

Bear ne bouge pas d'un pouce. Il avance un peu plus, s'accroupit, gémit en nous lançant un regard désespéré.

Evie me jette un coup d'œil et l'horreur se peint sur nos visages tandis que Brad continue à vociférer et que Bear continue à… eh bien, faire ses besoins. L'assemblée se trouve au bord de l'eau comme s'ils voulaient être témoins de l'incident. Personne ne semble capable de détourner le regard.

Je lâche la main d'Evie et marche vers l'avant du groupe, sur le point de tout avouer et de suggérer qu'on emmène Bear chez le vétérinaire le plus proche, quand le problème se résout de lui-même. Bear aboie joyeusement, se redresse avant de sauter dans la neige.

– Eh bien, c'était décevant, lance Kylie. Je pensais qu'il allait accoucher ou quelque chose du genre.

Toutes les têtes se tournent vers elle, avec la même expression confuse, quand quelqu'un pousse un cri.

– Oh Seigneur, Brad, dit Rose. Je pense que Bear a des vers.

Nous regardons tous, parce qu'au point où nous en sommes, pouvons-nous faire autre chose ? Quatre choses vert pâle flottent sur la surface de l'eau.

Je grimace en regardant Evie au moment où quelqu'un dit :

– Est-ce que… attendez, ce sont des *préservatifs* ?

***

Inutile de dire que je n'ai jamais autant attendu la fin d'un voyage que maintenant. Le séminaire a été agréable en soi – super, si on compte deux nuits et huit préservatifs (dont sept utilisés jusqu'au bout) – mais dire que j'étais distrait serait un grossier euphémisme. Ce week-end m'a paru un peu comme un test, mais en dehors de l'Incident Capotes, comme nous avons décidé de l'appeler, et de la petite altercation entre Brad et Evie dans sa chambre, ça a été un succès retentissant.

Tout le département a plié bagage et savoure une dernière tasse de café avant que les voitures n'arrivent pour nous récupérer. Le feu crépite dans la cheminée, les valises attendent, rangées en ligne près de l'entrée, et je compte les minutes jusqu'à ce qu'Evie et moi soyons seuls. J'ai envie d'être seul avec elle pour lui parler de Dan, oui, mais aussi pour discuter, digérer tout ce qui s'est passé entre nous et établir ensemble un plan concernant Brad.

Evie est au téléphone avec les chauffeurs et je me trouve près de la cheminée, je la regarde aussi discrètement que possible. Brad et Kylie discutent dans un coin, j'entends des bribes de leur conversation, même si je n'y prête pas particulièrement attention. J'ai hâte de me tirer d'ici.

– Je ne sais pas, dit Kylie, je leur ai spécifiquement demandé que tout vous soit directement adressé. (Brad acquiesce.) Je ne vois pas pourquoi ils auraient fait autrement. Je leur ai dit, Brad.

– Je sais. (La douceur dans le ton de sa voix attire mon attention.) Les gens ont trop de pain sur la planche, je m'en occuperai.

Je ne réalisais pas que je les dévisageais avant que Brad jette un coup d'œil par-dessus l'épaule de Kylie et croise mon regard. *Merde.*

Il congédie Kylie en lui demandant de vérifier que tout le monde est prêt, et s'approche de moi.

– Carter, lance-t-il, les sourcils froncés, en jetant un coup d'œil au bar. Tu n'étais pas là l'année dernière, mais penses-tu que ce séminaire a été un succès ?

– Absolument. Evie mérite des félicitations.

Il s'appuie contre la cheminée et attrape des bonbons à la menthe dans un saladier avant d'en enfourner plusieurs dans sa bouche.

– Ne te sens pas obligé de la couvrir, tu sais. Si elle n'a pas fait ce qu'il fallait, tu peux me le dire. Je sais que tu l'aimes beaucoup, Carter, et moi aussi. Evie est une fille super. Mais elle a aussi une réputation dans le milieu.

– Vous voulez parler de *Field Day*.

– Exactement. Et je n'aimerais pas que tu sois mêlé à une situation qui pourrait mettre en danger ta carrière. Surtout parce que j'aimerais que nous parlions du renouvellement de ton contrat.

Je me redresse et recule d'un pas.

– Avec tout le respect que je vous dois, Evie est l'une des…

Je suis coupé par des hourras et des applaudissements dans le hall de la réception. Les voitures viennent d'arriver, une Evie souriante s'approche de nous.

– Il est temps de partir, dit-elle, et son sourire s'éteint un peu en nous regardant. Tout va bien de votre côté ?

Brad lui sourit de ce sourire si particulier.

– Nous parlions justement du déroulement du week-end.

– Ouais ? Un succès, n'est-ce pas ?

Elle nous offre un sourire fier.

– C'était incroyable. Je disais justement à Brad que même si nous avons tout planifié ensemble, tu m'as vraiment impressionné : gérer tout ça, en plus du reste.

Son visage s'illumine.

– Merci.

Elle regarde Brad en attendant une confirmation quelconque.

Qui, bien sûr, ne vient pas.

– On dirait qu'il est temps de filer, dit-il platement. Je vous verrai tous les deux demain. Profitez du reste de votre journée.

Le visage d'Evie se ferme et je sais que ses peurs viennent d'être confirmées. Pour une raison que j'ignore, Brad s'attendait à ce qu'elle déconne.

Soudain, je comprends que l'animosité de Brad n'est pas due seulement au fait qu'Evie est une femme. Il ne s'agit pas de sexisme.

Enfin, c'est partiellement le cas. Evie n'est pas folle quand elle parle de deux poids deux mesures. Brad n'essaie pas de se débarrasser de *toutes* les femmes de la boîte, même s'il les traite toutes mal. Donc sa dent contre elle ne se réduit pas à cela.

Non. Evie sait un truc sur Brad.

Reste à savoir si elle a en conscience ou non.

CHAPITRE 23

EVIE

Je me considère comme une personne particulièrement intuitive, mais même un nouveau-né percevrait la tension entre Brad et moi. Lundi matin, il n'aborde pas le sujet du séminaire. Il ne semble même pas me remarquer quand nous nous croisons dans le couloir. Et le sourire sympathique de Kylie signifiant *je t'aime vraiment bien quand même !* est encore plus éloquent que le silence glacial de Brad. Il n'est pas inhabituel d'avoir des relations tendues au travail, même – peut-être même spécialement – avec son boss, mais étant donné que j'ai fait tout ce qu'il me demandait et plus encore, son comportement me laisse perplexe.

J'ai beau adorer le boulot d'agent et apprécier à leur juste valeur l'ampleur des ressources de P&D, je dois admettre que je commence à avoir du mal à tout encaisser.

Carter et moi avons baisé toute la nuit, vendredi et samedi, nous nous sommes envoyés en l'air samedi matin, bien sûr, et chez moi, dimanche, nous n'avons pas quitté le lit. Je me concentre là-dessus plutôt que sur le reste. Être enivrée de plaisir est certainement plus agréable que se laisser submerger par le stress au boulot. J'ai l'impression d'être un personnage de dessin animé se promenant avec un halo d'étoiles autour de la tête, mais au lieu d'avoir été assommée par une enclume, j'ai été pilonnée par le pénis magique de Carter.

***

Mardi matin, Rose annonce qu'elle quitte le milieu du cinéma, rentre en Iowa et ouvre une librairie. La réaction des autres consiste en un discret *Okaaaaay ?* qui traîne en longueur. Pas étonnant dans la mesure où il s'agit d'un virage à cent quatre-vingts degrés de sa carrière. D'ailleurs, personne ne se doutait que Rose lisait. Ou qu'elle s'intéressait, même de loin, aux livres.

Elle annonce la nouvelle au milieu du couloir, devant seize assistants et stagiaires bossant dans la zone commune. L'assistance soupire de surprise et de déception – les stagiaires adorent Rose, parce qu'elle leur raconte toutes les anecdotes croustillantes qu'elle connaît.

Rose pose une main tremblante sur sa poitrine.

– Je sais, dit-elle. C'est difficile pour moi aussi. Vous allez *tellement* me manquer.

De l'autre côté du couloir, je sens le regard de Carter se poser sur moi. Nos yeux se croisent, et nous devons faire un effort surhumain pour nous retenir de sourire.

Ça signifie qu'il y a un agent de moins à L.A.

Ça signifie que Brad pourrait peut-être nous garder tous les deux.

Mon téléphone vibre dans ma main – un appel d'un producteur de Sony –, attirant mon attention. Je me précipite dans mon bureau pour répondre.

– Evie, lance la voix. Ici, Frank Nelson.

– Frank, je suis heureuse d'avoir de tes nouvelles.

– Écoute, je suis sur le point d'entrer en réunion, mais je voulais te dire deux mots rapidement. J'ai un scénario sous le coude que j'aimerais que tu proposes à Trent Vanh. C'est une énorme production de Michael Bay et nous avons déjà signé avec Keira Knightley. Trent serait l'acteur principal, s'il est partant.

Mon cœur ne bat pas dans ma poitrine, il fait des loopings.

– J'adorerais y jeter un coup d'œil. (Je réponds aussi calmement que possible.) Envoie-le-moi avec les détails de l'offre et je te tiendrai au courant.

– Super.

Il raccroche. Facile. Rapide. À point nommé.

Cette proposition pourrait changer la donne.

***

– Entrez, s'écrie Brad de l'autre côté de la lourde porte de chêne.

Je pénètre dans son bureau, les mains encore tremblantes. Il lève les yeux, impassible.

– Evie.

– J'ai une super-nouvelle à te communiquer.

Il me prie de continuer en descendant ses lunettes sur son nez et en croisant les mains devant lui.

– Frank Nelson vient de m'appeler pour offrir à Trent le rôle principal dans le nouveau film de Bay.

La réaction de Brad se résume en un haussement de sourcils et une grimace discrète. Il y a six mois, il se serait levé pour me faire un câlin.

Mais tout ce que j'obtiens, c'est :

– Bien. Bien.

– Il m'envoie le scénario, et l'offre, aujourd'hui.

Brad acquiesce en souriant imperceptiblement.

– Très bien. (Il inspire brièvement, se penche en arrière sur sa chaise pour me dévisager.) L'as-tu dit à Carter ?

Mon cœur s'arrête et je deviens livide. Mon instinct m'incite à répondre avec précaution. Me pose-t-il la question parce qu'il sait que je couche avec Carter ? Ou parce que Trent sera bientôt dans la liste de Carter et que je ferai mes cartons ?

– Je suis venu te le dire en premier. Je le lui dirai quand je le verrai.

Brad sourit.

– Lui aussi est sur un gros coup, qui ne va pas tarder à se concrétiser. T'en a-t-il parlé ? Il a débauché Dan Printz samedi.

Je suis Alice, je traverse le miroir. Je suis Thelma qui fonce en direction de la falaise.

– Ah oui ?

Ah oui ?

Ah oui ?

Pourquoi ne me l'a-t-il pas raconté ? C'est précisément ce que je *voulais* pour lui ! Mes joues sont brûlantes. Seigneur, je dois être toute rouge. Je dois filer d'ici en vitesse.

Brad remet ses lunettes avec un sourire authentique, cette fois.

– Donc, félicite-le. C'est une super-nouvelle pour nous.

***

Je réagis de sept mille manières différentes à cette nouvelle, et tout se télescope dans mon corps. Confusion, surprise, colère, tristesse, inquiétude, culpabilité, bonheur. Je me laisse submerger par les émotions.

Je m'enferme dans les toilettes, m'assieds et me prends la tête entre les mains.

Réfléchis, Evie.

Réfléchis à ça.

Pourquoi ne te l'a-t-il pas dit ?

Je sais pourquoi : la situation est compliquée et notre relation vient juste de passer du stade Coupe-Gorge à Sexe-À-Tout-Va.

Carter est-il vraiment ce mec ? Suis-je si aveuglée par mes sentiments que je ne vois même pas qu'il me baise tout en me volant mon travail ? Mon cerveau hurle, je me frotte les tempes.

Je sais que penser à une différence de traitement due à mon sexe est un réflexe pavlovien. Le plus triste, c'est que j'ai raison la plupart du temps. Mais il s'agit de *Carter*. Je l'ai vu dans ses meilleurs moments, dans ses pires moments, je le *connais*, n'est-ce pas ?

Je ferme les yeux en m'enjoignant d'arrêter de divaguer.

Si la situation était inversée, lui aurais-je déjà appris la nouvelle ? Peut-être, mais probablement pas. Je voudrais d'abord voir la signature en bas de la page. Je voudrais être sûre que Dan Printz deviendra mon client, parce que le nombre de films de Michael Bay dans lesquels Trent jouera n'est pas si important. Dan Printz représente l'avenir. C'est le nouveau Brad Pitt, le nouveau Clooney. Ce type n'est pas une petite étoile, c'est un soleil.

Qu'est-ce que ça implique pour moi ?

Après le départ de Rose, qui sait ? Mais ça signifie probablement que je passe à la seconde place après le golden-boy et que ce golden-boy est mon petit ami. Puis-je accepter ça ?

***

Je ne trouve pas Carter dans son bureau lorsque j'arrête de paniquer. Je me mets à faire les cent pas dans le mien, réponds à des mails tout en me calmant progressivement. Il est seulement midi et j'ai une *to-do list* démesurée, mais quand je me demande par quoi commencer, rien ne me vient à l'esprit.

J'appelle Jess, lui demande de parcourir et de prioriser ma monstrueuse liste d'appels à passer et me concentre le plus possible. Le travail m'aide à revenir sur terre. Comme aiguiser un couteau ou tailler une haie.

Jess s'arrête devant ma porte.

– As-tu eu l'occasion de parcourir les factures du séminaire ?

Je grimace.

– Merde ! C'est au programme aujourd'hui. Merci de me le rappe…

Les chaussures de Carter crissent sur le marbre quand il sort de l'ascenseur, je saute sur mes pieds et me mets à courir dans sa direction. Le rire de Jess me suit dans le couloir.

Je trottine dans sa direction, lui attrape le bras.

– Carter.

– Salut, Folle Dingue, lance-t-il en riant.

Mais son expression redevient sérieuse, comme s'il savait que je savais, et il lève le menton pour désigner son bureau.

Il ferme la porte derrière lui.

– Evie…

– Je viens de parler avec Brad, lui dis-je, à bout de souffle. On a offert un rôle à Trent dans la nouvelle production de Bay et il m'a parlé de Dan et…

– J'allais te le dire, me coupe-t-il, et son expression d'affolement m'attriste. Je viens de déjeuner avec lui et j'allais…

– Je ne suis pas en colère, je réponds calmement en l'interrompant. Je l'étais. Mais je me suis calmée.

Carter s'assied lourdement sur sa chaise.

– Je savais que tu le courtisais. Et, pour être honnête, j'ai dit à Dave du magazine *Vine* de t'envoyer un mail pour rentrer en contact avec toi.

Il fronce les sourcils et déglutit.

– Ah bon ? Quand ?

– Genre pendant ta deuxième semaine, peut-être ? (Je hausse les épaules.) Dave pensait que Dan allait atterrir dans ma liste. Je l'ai dirigé vers toi.

Il secoue la tête, abasourdi.

– Tu n'avais pas à faire ça.

– La fusion venait de se produire et tu n'avais que de petits clients. Je voulais gagner, mais en jouant à armes égales. J'avais peut-être sous-estimé la menace que tu pouvais représenter. Je ne sais pas. Mais je suis ravie que tu travailles avec Dan. Je pense que vous vous entendrez très bien. Je ne suis pas en colère parce que tu ne me l'as pas dit. Je te le promets.

Il semble perdre pied quelques secondes, puis demande calmement :

– Je n'arrive pas à croire que tu aies fait ça pour moi.

J'éclate de rire, ce qui le surprend, parce que mon rire ne passe jamais inaperçu. C'est un éclat de rire retentissant *à la Evil*.

– Comme je te l'ai dit, je voulais te battre à armes égales.

Il lève un sourcil taquin en m'entendant dire que je comptais le battre. Mon rythme cardiaque s'accélère et je songe soudain que Daryl a raison. *J'aime* être en compétition avec lui. Qui aurait pu le deviner ? Et, oh mon Dieu, nous en parlons comme des adultes, *en personne*. Nous en parlons.

– En outre, tu me plais. Imbécile.

Il tend le bras, m'attrape par les hanches et m'attire contre lui.

– Je te « plais », c'est tout ?

– Peut-être un peu plus.

Il grogne, se penche pour m'embrasser sur le ventre à travers ma robe puis un peu plus bas.

– Comment puis-je *te* convaincre de signer avec moi ?

– Continue comme ça.

Et il m'embrasse, il s'excuse, me caresse les fesses, les cuisses – *se souvient* –, il plonge les doigts dans mes cheveux et je ferme les yeux en levant la tête en direction du plafond.

Je n'en ai rien à faire de ce bureau. Je n'en ai rien à faire de cette agence.

Je tiens à mes clients. Je tiens à cet homme.

– Dan n'a pas encore signé le contrat, mais il m'a donné son accord au téléphone. Il veut travailler avec moi. (Carter hésite.) Il voudrait que je joue le rôle de manager, en plus d'être son agent. Tu sais que, légalement, je ne peux pas faire les deux. Caleb veut que je déménage à New York. Je dois voir si ça peut fonctionner.

J'acquiesce, mais il ne le voit pas. Mon silence ne semble pas le gêner. Il me serre un peu plus contre lui, pose son visage contre ma hanche. Mais il semble soudain se souvenir de quelque chose et s'écarte, levant les yeux vers moi.

– Si tu n'es pas en colère, pourquoi avais-tu l'air aussi paniquée quand je suis arrivé ?

Quand j'essaie de sourire, mon sourire ressemble davantage à une grimace, donc je laisse tomber et hausse les épaules.

– J'ai le sentiment que je ne vais pas rester ici encore très longtemps.

Il me contemple, silencieux.

– Quelque chose ne tourne pas rond avec Brad. Entre Brad et toi, je veux dire.

Je ris.

– Tu crois ?

– Non, sérieusement. (Carter se lève et regarde derrière moi pour s'assurer que sa porte est bien fermée.) J'y ai pensé tout le week-end. Pourquoi réagit-il ainsi avec toi en particulier ?

Aucune idée.

Je hausse les épaules.

– Sais-tu quelque chose sur lui ?

– Beaucoup de petits détails désagréables. Mais rien d'énorme. Rien que j'aie partagé avec quiconque.

– Et il le sait. (Il se frotte le visage.) Alors, vraiment je ne comprends pas.

***

Parce que Carter est apparemment le meilleur petit ami du monde, il m'emmène prendre un petit déjeuner à l'heure du dîner. Devant mon énorme pile de pancakes au *Griddle Cafe*, nous discutons de tout sauf du travail, interrompus fréquemment par les textos remplis d'emojis enthousiastes de Mike et Steph. Nous leur avons envoyé un selfie de nous un peu plus tôt : moi, louchant, les joues gonflées, tandis que Carter m'embrasse sur la joue. Il a écrit *Je vous présente ma copine, Evil*, avant d'appuyer sur « envoyer » dans la conversation de groupe.

Je suppose que j'ai reçu le message que nous formons un couple et que nous ne sommes plus en train de comploter la mort de l'autre.

Nous parlons de nos familles, parce qu'il y a une possibilité très réelle pour que nous les rencontrions bientôt, peut-être même pour qu'ils se rencontrent. Il me raconte qu'il a été fiancé une fois, qu'il adorait cette fille, mais pas assez pour tout abandonner pour elle. Elle voulait une vie ordinaire et Carter aspirait à briller. Nous parlons du fait que Steph avait raison et que j'arrive toujours à trouver des défauts chez les hommes avec qui je sors – *Trop enthousiaste ! Pas assez enthousiaste !* – et du soulagement que je ressens en général en les plaçant dans la colonne « non comestible ». En prétendant que c'est de leur faute et non de la mienne. Nous parlons de Daryl et d'Amélia, de leur importance dans ma vie. Du fait que je connais Daryl depuis toujours et que j'aime Amélia presque autant.

– T'ont-elles vue depuis vendredi ? demande-t-il fièrement. Parce que si elles te voyaient marcher…

Il me mime en train de chanceler, les jambes arquées, avec ses deux doigts sur la table, et je lui envoie une fourchette d'œufs brouillés à la figure.

Il ramasse les œufs et les mange.

Il est possible que je sois vraiment amoureuse de lui.

– Désolé, dit-il soudain en me prenant la main. Ça t'a dégoûtée ?

– Quoi ? Non.

– Alors, pourquoi sembles-tu sur le point de vomir ?

– Parce que je t'aime.

Il rit, ravi.

– C'est terrible.

– Je… ne pars pas, fais-je soudain.

– Partir où ?

– N'importe où.

Il se lève pour se pencher par-dessus la table. Ses lèvres ont le goût de sirop d'érable, son sourire me semble tellement familier.

Son téléphone se met à vibrer.

Carter s'écarte en souriant, se rassied lentement avant de jeter un coup d'œil à l'identité de la personne qui l'appelle. Il lève un doigt, l'air de dire « juste une seconde », et répond.

– Salut, Dave.

En deux secondes, les joues rosées de Carter deviennent blêmes.

– Quoi ? Non, ce n'était pas moi. Absolument pas.

Il se tait en secouant la tête.

– Putain, non. Ça… il n'a même pas encore *signé.* (Il hoche la tête.) Juste au téléphone. Et c'était à toi de l'annoncer, une fois que je me serais occupé des papiers.

Finalement, il me jette un coup d'œil et murmure.

– Ouvre *Variety.* Maintenant.

Je fouille dans mon sac pour trouver mon téléphone et j'ouvre le navigateur. La page se charge lentement, mais quand le contenu s'affiche enfin, Carter a raccroché et attrape le téléphone que je lui tends.

J'ai déjà lu le titre.

Je n'ai aucune idée de ce qui se passe, mais Carter semble sur le point de vomir ses pancakes sur la table, et ce n'est pas parce que je lui ai déclaré mon amour.

C'est parce que *Variety* vient d'annoncer que Dan Printz a signé avec Carter.

Je murmure :

– Que se passe-t-il ?

Carter secoue la tête, lisant et relisant l'article avant de me rendre le téléphone en sifflant :

– Meeeeeeeeeerde !

Je parcours l'article. J'en ai la nausée.

L'homme le plus sexy de l'année quitte Lorimac

Dan Printz à l'affiche du blockbuster *Global*, récemment élu L'Homme le Plus Sexy de l'Année par le magazine *People*, a signé avec l'agent artistique Carter Aaron.

Printz s'est révélé comme l'un des acteurs les plus incontournables d'Hollywood, après le succès au box-office de *Under a Stony Sky*, où Printz joue le rôle d'un cyborg menaçant qui sauve une famille d'une corporation cherchant à éliminer leurs enfants qui sont des génies. À ce jour, le film a rapporté plus de 750 millions, à l'international.

Printz était représenté par Joel Meyer chez Lorimac, qui a lancé sa carrière avec *Edge*, produit par Universal et réalisé par George Stan. Lorimac était en pourparlers avec Sony et Fox pour obtenir à Printz un rôle dans plusieurs films à gros budget, mais d'après le porte-parole de Printz, ces contrats seront transférés à Carter Aaron, à compter d'aujourd'hui.

Aaron, originaire de New York, travaille pour la nouvelle société issue de la fusion de P&D et de CTM.

Je fixe l'écran, abasourdie.

– Pourquoi est-ce dans *Variety ?*

C'est une question stupide, mais je comprends maintenant pourquoi Dave a appelé Carter. Dave était censé obtenir le scoop. Dave allait écrire un article important dans l'édition imprimée de *Hollywood Vine* en échange de la primeur de la nouvelle.

– Aucune idée.

Sa voix est saccadée. Carter sort son portefeuille, pose à la hâte deux billets de vingt dollars sur la table. Ses mains tremblent.

Je me dépêche de le suivre quand il s'éloigne en direction de la porte. Quelques clients se retournent pour nous regarder.

– Pourquoi… ?

Tant de questions me passent par l'esprit. Pourquoi est-ce sorti maintenant ? Comment *Variety* a-t-il pu obtenir le scoop ? Et pourquoi Carter est-il mentionné aussi clairement ?

Ce n'était pas censé se produire, mais… Carter ne ferait pas ça, n'est-ce pas ? Il sait que ça ne se fait pas.

Il *doit* le savoir. C'est la règle numéro un parmi les agents.

– Lorimac savait ?

Carter se rue hors du restaurant.

– Non, je ne pense pas. Enfin, Dan ne pouvait pas s'engager avec moi avant d'avoir viré Joel, mais il lui a notifié sa décision la semaine dernière et j'ai eu l'impression que Joel le cachait à Lorimac, certain que Dan reviendrait. Je n'apprécie pas Joel, mais ce n'est pas une bonne manière de découvrir le pot aux roses. *Putain.* (Il lève le poing d'un air furieux.) *Putain !*

Quitter une agence n'est jamais facile pour un acteur. Le processus est très *complexe.* Surtout quand il s'agit de talents comme Dan, qui emportent plusieurs millions de dollars avec eux. Non seulement son départ affectera les résultats de l'agence, mais il ternira leur réputation. Cette annonce est mauvaise pour Lorimac, oui, mais elle pourrait être tout aussi dommageable pour P&D parce que l'article nous laisse entendre que nous sommes des connards sournois magouillant pour voler des acteurs : rien de tout cela n'aurait dû être rendu public avant que nous soyons sûrs que les dirigeants de Lorimac étaient au parfum et avaient eu le temps de préparer leur propre déclaration.

Mais, plus encore, ça fait de *Carter* un sale con sournois, parce qu'il est mentionné spécifiquement et que P&D apparaît à peine dans l'article. L'article semble le désigner comme le responsable de ce revirement. Lui et non l'agence.

Je cours derrière lui en tentant de formuler une autre question :

– Carter, pourquoi…

Il se tourne vers moi, écarlate.

– Je n'en ai aucune idée, putain, Evie, d'accord ? *Je n'en ai aucune idée !*

Il s'écarte et pose les mains sur ma poitrine.

– OK ! *Seigneur.*

Il soupire et m'attire contre lui. Je suis encore abasourdie et me laisse faire avec un peu de réticence.

– Je suis désolé, murmure-t-il en m'embrassant dans les cheveux. Je suis désolé. Je ne sais pas. Je n'ai aucune idée de ce qui vient de se passer, bordel. J'ai dit à Dave qu'il aurait l'exclusivité. J'ai vu Dan aujourd'hui et nous nous sommes serré la main, je lui ai même parlé de la possibilité de l'annoncer à travers *The Vine* – il était ravi –, mais il n'a pas encore signé. Je n'ai jamais parlé à Ted Statsky de *Variety*, je n'ai aucune idée d'où il tient ses informations.

Je lui prends la main pour l'attirer vers ma voiture.

– Allons au bureau pour éclaircir les choses.

Il est presque 20 heures quand nous atteignons le cinquième étage, mais toutes les lumières sont éclairées et j'entends la voix de Brad qui retentit jusqu'aux ascenseurs.

Carter pâlit et me jette un coup d'œil avant d'avancer dans la direction de son bureau.

Je le suis et, même si je suis presque sur ses talons, je reste dans le couloir. Je n'ai rien à voir avec cette crise en dehors du fait que je soutiens

Carter. Je suis prête à passer des coups de fil pour gérer la crise.

La voix de Brad tonne.

– Qu'est-ce que c'est, Aaron ? Qu'est-ce qui se passe ? As-tu lu le putain d'article de *Variety* ?

– J'ai eu Dave au téléphone. (Carter tente de rester calme.) Ce n'était pas moi. Ce n'était pas nous. C'est une fuite extérieure.

– Impossible ! crie Brad. Tu as voulu marquer ton foutu territoire avec cet article ! Tu as écrit ton putain de nom avec une putain de calligraphie de fillette sur cette lettre d'amour pour *Variety*. P&D est à peine mentionné, putain. C'est bien ici que tu travailles ? Tu fais partie de mon département, ou merde ?

– Bien sûr, Brad.

– Eh bien, pas d'après cet article ! Pas du tout ! Nous avons eu droit à la dernière ligne. Personne ne lit la putain de dernière ligne !

Carter, avec raison, ne lui fait pas remarquer que tous les collaborateurs de Lorimac liront cette ligne.

– Je suis censé retrouver ma femme ce soir pour un événement où elle va gagner un putain de prix, hurle Brad, mais voilà que je suis obligé de rester *ici* – et j'essaie de comprendre pourquoi cette calamité m'est tombée dessus. Seigneur, Carter, c'est un vrai merdier.

Je sais que je ne devrais pas – je *sais* que je ne devrais pas –, mais j'entre dans le bureau. Mon cœur se gonfle de colère.

– Ce n'était pas Carter, Brad. Je suis avec lui depuis qu'il a déjeuné avec Dan.

– Déjeuner avec Dan ? dit Brad en se retournant vers Carter. Donc, il a signé ?

– Le département juridique est encore en train d'élaborer le contrat, répond Carter en tentant de le calmer. Brad, nous sommes mardi. Il m'a donné son accord au téléphone il y a trois jours. Il l'a reconfirmé en personne en me serrant la main. Je ne suis pas assez stupide pour aller voir *Variety* – ou quiconque – avec une poignée de main…

Carter laisse sa phrase en suspens, parce que Brad ne l'écoute plus. Il me dévisage et je suis prise d'une sueur froide. Ce que je lis dans son regard m'effraie.

Je lance, en m'efforçant de rester calme :

– Est-ce que vous vous *foutez* de ma gueule ?

– Je t'ai annoncé la nouvelle *aujourd'hui,* grogne-t-il. Je t'ai parlé de Dan Printz *aujourd'hui,* Abbey, et voilà ce que tu fais ? Tu es tellement jalouse que tu veux pourrir la vie de Dave, Dan, Carter et P&D en même temps ?

Carter recule d'un pas comme s'il venait de recevoir un coup de poing. Je tremble de tous mes membres. Je serre les poings, puis me concentre pour me détendre et m'empêcher de frapper Brad.

– Brad, c'est *impossible*, commence Carter.

– Prenez une grande inspiration, Brad, je l'interromps, furieuse. Ce n'était pas Carter et ce n'*était* pas moi.

Il lève le menton, l'air de me dire d'aller me faire foutre, et pouffe.

– C'est bas, même pour toi.

Qu'est-ce que ça signifie, putain ?

Je me tourne et m'éloigne sur mes jambes tremblantes.

– Vous avez perdu la tête, Brad. Rentrez chez vous. La nuit porte conseil. J'attendrai vos excuses demain matin.

CHAPITRE 24

CARTER

Après avoir quitté le bureau de Brad, Evie marche calmement jusqu'au sien, disparaît à l'intérieur pendant un moment puis claque si fort la porte que les tableaux sur les murs du couloir tremblent.

Je frappe à la porte et passe la tête dans l'embrasure. Elle a la tête baissée, mais elle lève les yeux dans ma direction. Des larmes coulent sur ses joues.

– C'est n'importe quoi, Carter.

J'entre en fermant la porte derrière moi.

– Bien sûr. Je n'y ai pas cru une seule seconde.

Elle se frotte les yeux. Je demande :

– Que puis-je faire ?

– Tu as tes propres problèmes à gérer, répond-elle, d'une voix étouffée. Je dois juste reprendre contenance avant de sortir d'ici et rentrer chez moi.

J'ai toujours pensé qu'Evie et moi étions deux loups dangereux, avec des atouts différents qui se complètent, formant l'équipe parfaite. Mais maintenant, je réalise que nous sommes les mêmes. Bien sûr, elle ne veut pas lécher ses blessures devant témoin.

– Tu m'appelles plus tard ?

Elle acquiesce en s'essuyant le visage.

– Et dis-moi si tu as besoin de quoi que ce soit. Je vais cesser de pleurer dans une minute et je me remettrai en action.

J'embrasse sa joue humide.

– Je n'en doute pas.

Sur le chemin du retour, je passe quelques appels. Dan ne répond pas au téléphone, Caleb non plus. J'envoie mon adresse à Evie puis je fais les cent pas jusqu'à ce que le portier la fasse entrer dans le hall, les bras pleins de plats à emporter.

– Je ne sais pas pourquoi j'ai acheté à manger, dit-elle en me tendant un sac qui sent l'indien. (Elle inspire profondément.) Ce n'est pas vrai. Je vais devoir manger tout ça.

Je pose le sachet sur la table et l'attire contre moi en l'embrassant sur les tempes.

– Tu te sens mieux ?

Elle se laisse aller contre moi, pose la joue sur mon torse et entoure ma taille de ses bras.

– Je me sens mal. Et toi ?

– J'attends des nouvelles de Dan ou de Caleb. (Je pose mon menton sur sa tête.) Tu veux parler de ce qui s'est passé avec Brad ? Ou manger jusqu'à ne plus penser à rien ? Regarder un film ? Baiser comme des adolescents qui n'ont pas à s'inquiéter de problèmes comme le travail ou le paiement du loyer ?

Elle me regarde en souriant, son premier sourire depuis la publication de l'article de *Variety*.

– Ma réponse par défaut sera la nourriture, mais maintenant que je couche avec quelqu'un d'autre que moi-même, je ferais peut-être mieux de revoir me priorités.

Je lui prends la main et la guide jusqu'à la cuisine.

– Et si on commençait par discuter, et puis nous pourrons manger *pendant que* nous couchons ensemble ?

– Si on allume la télé en même temps, je ne quitterai jamais cet appartement. (Elle me regarde sortir deux assiettes.) Es-tu sûr d'être prêt à me supporter éternellement ?

Evie dispose la nourriture dans les assiettes, je vais chercher deux bières dans le frigo. Puis je me souviens qu'elle n'aime pas la bière et lui apporte un verre d'eau à la place.

– Je n'étais jamais venue chez toi. (Elle jette un coup d'œil autour d'elle.) C'est bien plus ordonné que ton bureau.

– À part Michael Christopher et Steph, tu dois être la première personne à y mettre les pieds.

– Tu rigoles.

– Disons que ces derniers temps, ma vie sociale a été assez peu active.

Elle prend une grande inspiration et sourit, comme si c'était exactement ce qu'elle avait besoin d'entendre.

– Eh bien, je le trouve très charmant.

– J'ai ma propre place de parking. Des plans de travail en granit. (J'effleure la surface devant moi.) Cuisine en acier inoxydable, une chambre, un sol refait à neuf et une pomme de douche à six paramètres dans une salle de bains moderne. Je ne dis pas ça pour me la jouer, mais pour que tu récupères mon bail si je perds mon job.

Evie fronce les sourcils en repoussant la nourriture de sa fourchette.

– Je ne pense pas que tu doives t'en faire. Brad a du mal à oublier *Field Day*.

– J'ai compris ça. Ça me semble juste tellement…

– Mesquin ? finit-elle pour moi.

– Ouais, enfin, ce n'est pas comme si P&D avait perdu de l'argent dans cette histoire. La commission était la même. Alors, pourquoi Brad est-il si obsédé par ce film ? C'est ce que je ne comprends pas.

– Je pense que c'est parce qu'il sait qu'il peut l'utiliser contre moi. Ça a tué la carrière de Mark Marsh, donc c'est comme une reconnaissance de dette que Brad peut ressortir chaque fois qu'il a besoin de se sentir supérieur.

– C'est nul. C'est comme donner à quelqu'un un carnet de coupons « Massages gratuits du dos » sur du papier quadrillé.

Elle me sourit dans le genre *tu es fou.*

– Ce n'est pas vraiment ça, en fait.

– Mais tout le monde commet des erreurs. Parmi toutes les personnalités de ta liste, des acteurs à la production, dans combien de films as-tu été impliquée d'après toi ?

Elle soupire en regardant par la fenêtre.

– Plus de cent, facile.

– Exactement. Les statistiques veulent qu'au moins l'un de ces films soit un échec.

– Donc ?

– *Donc*, fais-je en attrapant le samossa dans lequel elle n'a fait que croquer, c'est la raison pour laquelle je pense qu'il y a autre chose qui se trame entre Brad et toi. Sinon, c'est incompréhensible.

– Je ne vois pas ce que ça pourrait être, répond-elle en haussant les épaules. Il ne cesse de parler de *Field Day*. (Elle s'essuie la bouche avec sa serviette, puis repousse l'assiette.) Quoi qu'il en soit, ça n'a aucune importance. Il suffira que Brad me soupçonne d'avoir quelque chose à voir avec la fuite de *Variety*, et ce sera fini. Plus personne ne voudra travailler avec moi.

– Mais tu n'es même pas mentionnée dans cet article.

– Ça n'a aucune importance. C'était peut-être ton nom, mais Dave m'a contactée en premier et je lui ai passé ton contact. Tout le monde sait que Dave et moi nous connaissons depuis des lustres. Quoi qu'il arrive, on aura l'impression que j'avais une idée derrière la tête. (Elle se frotte les yeux.)

Seigneur, ça craint. Et ça te fait apparaître comme un manipulateur. C'est surréaliste.

– Je sais. (Je l'attire contre moi.) Mais qui a pu donner l'info à *Variety* ? C'est incompréhensible. Je n'en ai parlé qu'à Brad.

– Dan est entouré d'idiots. Son manager est un type sympa, mais le reste de son entourage est constitué de connards de première classe. Je ne serais pas étonnée d'apprendre qu'ils ont lâché l'information à une fille avec laquelle ils avaient envie de coucher. Ils ont peut-être parlé à la mauvaise personne.

– Et on fait quoi maintenant ? Je n'arrive pas à contacter Dan ou Caleb. Dave a disparu de la circulation et il va falloir attendre demain pour essayer de raisonner Brad.

Evie se lève et apporte les assiettes dans l'évier avant de me prendre la main.

– Nous verrons bien. Pour l'instant, j'ai vu la cuisine, le comptoir en granit, la place de parking et le parquet. Tu pourrais peut-être me montrer la pomme de douche ajustable ?

– Il n'y a pas de télé dans la douche, *Evil*. Donc, si tu cherches à faire plusieurs choses en même temps, ça ne va pas être possible.

Je peux entendre chacun de mes pas résonner dans ma tête et mon pouls battre dans mes oreilles quand j'avance dans le couloir avec Evie.

Je n'attendais pas de visite, et je réalise seulement maintenant que j'aurais dû vérifier sur ma check-list que tout soit en ordre chez moi pour ma copine. Je soupire en trouvant ma chambre parfaitement rangée : dessus-de-lit fraîchement lavé, draps et oreillers bien mis. Mon esprit s'égare et je ne pense plus qu'à Evie dans ce lit, enroulée dans les draps ou sans draps du tout, ses jambes contre les miennes.

Nous sommes sur la même longueur d'onde, Evie a déjà enlevé son pull et commence à retirer son T-shirt. Nous nous dévisageons en souriant, illuminés par la lumière des lampadaires, lorsque nous enlevons nos vêtements un à un.

– On devrait mettre de la musique, dit-elle en souriant.

– Je pourrais faire de la percussion vocale.

– Non.

Elle me pousse en arrière et grimpe sur mes genoux, en me chevauchant. Ses baisers sont doux, sa langue glisse contre ma peau. Elle me mordille dans le cou. Il y a à peu près deux cellules fonctionnelles dans mon cerveau et je dois les mobiliser pour trouver le tiroir de ma table de nuit.

– Préservatif ? demande-t-elle, et je m'écarte en soupirant lorsqu'elle continue à m'embrasser dans le cou.

– Je cherche.

J'ouvre complètement le tiroir et fouille à l'intérieur. Mes mouvements deviennent plus frénétiques et je manque faire tomber Evie à la renverse lorsque j'attrape la boîte avec un air de triomphe.

Je la replace confortablement sur le matelas, monte sur elle et ris dans son cou.

– Désolé.

Elle frétille sous moi, m'entourant de ses jambes et de ses bras. Je m'écarte un peu et, même dans le noir, je peux voir le bonheur se peindre sur son visage. Nous avions besoin de cette occasion de nous laisser aller pour oublier.

Je lui tends le préservatif et elle l'examine très attentivement pendant quelques instants avant d'attraper ma main entre nous.

Et puis, en l'espace d'une seconde, je suis en elle, elle attire mon visage dans son cou. Je n'arrive pas à savoir quelle partie d'elle j'ai envie de caresser d'abord, mes mains avides l'attrapent par les fesses, fort, pour pouvoir la baiser plus profondément. J'effleure son ventre, ses hanches, ses tétons. Elle se tortille et se cambre sous moi, en se mouvant en rythme et en m'éblouissant. Je plonge les mains dans ses cheveux, ses gémissements résonnent dans mes oreilles. Je suis émerveillé par la façon dont je perturbe sa respiration.

Nous parvenons à enlever les draps aux quatre coins du lit.

– Alors, le tour du propriétaire t'a plu ? je lui demande, une main derrière son genou, ses yeux bruns lumineux fixés sur moi.

Je sens son rire se répercuter dans mon corps, elle me serre plus étroitement contre elle et je souris dans la pénombre. Je ne me suis jamais autant amusé… vraiment jamais. Elle m'attire contre elle, en remontant les jambes dans mon dos, nos hanches se joignent, et je jouis soudain, bien trop profondément en elle pour me sentir gêné par la puissance de l'orgasme.

Je me retire et rampe entre ses jambes, elle plonge les mains dans mes cheveux et crie mon nom. Tout est pardonné.

***

Evie a un rendez-vous matinal pour parler à Trent du scénario de Bay, donc elle rentre dormir chez elle. Un peu après minuit, je m'éloigne de son corps et m'habille. Je descends avec elle jusqu'à sa voiture, prends son visage entre mes mains et l'embrasse avant de la supplier de remonter dans mon appartement.

– Encore une heure, dis-je contre ses lèvres. Une demi-heure. Dix minutes. Nous savons tous les deux que je le mérite. Pourquoi pas debout, par-derrière ?

Sa respiration se coupe, elle pose les mains sur ma poitrine et s'écarte imperceptiblement.

– Tu es un danger public. Je dois y aller.

Je passe encore trois heures à réfléchir, totalement éveillé. Je fixe le plafond, avec la tête qui tourne après tout ce qui est arrivé aujourd'hui.

Mes pensées sont désordonnées et je ne sais pas sur quoi me concentrer : ma relation si géniale avec Evie, le fait que Brad ait apparemment perdu la tête, que je sois l'agent de Dan Printz, la possibilité d'avoir perdu toute chance avec Dave et *Hollywood Vine* ou que quelqu'un – encore inconnu de nous – ait vendu l'histoire à *Variety*, putain.

Seigneur, pourquoi ne puis-je pas trouver le sommeil ?

Épuisé mais trop préoccupé pour m'endormir, je commence à parcourir les applications de mon téléphone.

Michael Christopher s'enorgueillit peut-être d'avoir vingt-sept, voire dix-neuf ans, mais toutes les photos qu'il poste, partout, sont des photos de Morgan. Morgan au parc, Morgan dans la baignoire, Morgan jouant à se déguiser avec papa. J'en enregistre une où il porte un diadème, parce que ce sera sa carte d'anniversaire.

Je tombe sur un post de Becca, son pouce pointé vers un tapis de course, suivi d'une photo d'un beignet et d'un pouce en l'air. Je ris dans l'obscurité.

Le post date d'il y a seulement un quart d'heure – il est encore relativement tôt – donc je décide de lui envoyer un message, pour voir.

Tu es réveillée ?

Au fait, c'est Carter.

Ça se voit que je lève les yeux au ciel ?

Je sais que c'est toi.

Tu as un nouveau job, tu n'es pas mort. Et je n'ai pas effacé ton numéro.

Je souris à mon écran. Seigneur, elle m'avait manqué.

Tu as un moment ?

Mon téléphone sonne presque immédiatement.

– Salut, tout va bien ? dit-elle sans me laisser le temps de la saluer. Il est genre 3 heures du matin. Je sais pourquoi je ne dors pas, mais toi ?

– J'étais un patron insupportable, en fait ?

Silence. Elle tousse.

– Es-tu ivre ?

Je grogne :

– Si seulement.

– OK, dis-moi ce qui se passe.

– Juste… un tas de vélos dans la tête.

– Je déteste le genre de nuit où on n'arrive pas à arrêter de penser et où on se met à questionner toutes les décisions qu'on a prises depuis l'adolescence.

– C'est à peu près ça. Dis-moi comment se passe ton nouveau job ?

– Tu sais, la même merde, tous les jours. Mon nouveau boss est un imbécile. Mais bon, l'ancien l'était aussi, donc je ne suis pas dépaysée.

– Très drôle.

– Alors, qu'est-ce qui te préoccupe ? Travail ou vie privée ?

– Les deux. J'ai rencontré quelqu'un.

– Sans blague.

– Ouais. Elle est… elle est géniale. Tu l'apprécierais. On pourrait dîner ensemble un de ces jours.

– Waouh, Carter. Présenter ton nouveau coup de cœur à ton ancienne assistance. C'est du sérieux.

Je ricane.

– Je ne réalisais pas à quel point c'était sérieux avant cet instant précis.

– Alors, je t'ai aidé à mettre le doigt sur quelque chose ? Parce que le mois prochain, c'est mon anniversaire et tu connais l'adresse de mon magasin de chaussures préférées.

Je ris.

– Certes.

– D'accord, va te coucher ou tu seras en rogne toute la journée demain, et je ne serai pas là pour t'apporter un café. Tiens-moi au courant, d'accord ?

– Ouais, merci, Becca. Tu me manques, tu sais.

– Tu me manques aussi.

Je raccroche et m'endors en quelques secondes.

***

Quand l'alarme du réveil retentit, je suis épuisé, mais je me lève et me force à aller courir.

Il fait assez froid pour devoir mettre une veste, la brume sur la mer est encore épaisse à l'horizon et le soleil n'est pas assez puissant pour tout dissiper. J'emprunte un itinéraire différent aujourd'hui, avec une longue portion de route au pied d'une colline et beaucoup d'arbres. Il y a pas mal de voitures dans cette zone, mais il est suffisamment tôt pour que ce ne soit pas gênant.

Je suis de retour à l'appartement en un temps record, je me douche, me change et prends un petit déjeuner avant de sortir.

Quelques messages m'attendent, dont l'un de Michael et Stéphanie proposant un dîner de couples ce week-end et un autre d'Evie, stressée à l'idée d'aller à un rendez-vous au lieu de se rendre directement au bureau où Brad pourrait s'excuser auprès d'elle et se mettre à genoux devant tout le monde.

Je suis un peu inquiet à l'idée que ça n'arrivera pas, mais je fais de mon mieux pour la distraire, suggérer qu'elle *m'envoie* des photos de ses fesses. Je lui dis que je peux lui décrire comment je compte l'embrasser plus tard, mais elle ne mord pas à l'hameçon. Son anxiété transpire, et je ne supporte pas l'idée qu'elle doive passer par de tels moments. Si *mon* esprit est sens dessus dessous à cause de ce qui s'est passé, j'ose à peine imaginer ce qu'elle doit ressentir.

Je bois trois tasses de café et arrive au bureau, fébrile, avec un monologue prêt pour Brad.

Je marche dans le couloir d'un air décidé, mon discours préparé avec précaution tourne en boucle dans ma tête. Je m'arrête devant le bureau de Kylie. Derrière elle, la pièce est plongée dans l'obscurité.

– Salut, Kylie. Brad est-il déjà arrivé ?

Mon ventre se noue. Elle secoue la tête en me souriant timidement. Cette fille supporte Brad tous les jours, quelque chose me dit qu'elle est passée maître dans l'art de s'excuser pour son boss.

– Il n'arrivera pas tout de suite.

Putain.

– Tu sais à quelle heure il sera là ?

J'anticipe déjà le massacre qui va avoir lieu si Evie l'intercepte et le voit avant moi.

Kylie tape sur son clavier et lève les yeux vers moi.

– Dans environ une heure et quelques. Il a une réunion à 11 heures, il y sera.

– Peux-tu me glisser dans son programme ?

Elle grimace, puis fronce les sourcils.

– Il n'a pas le temps aujourd'hui. Mais je peux lui dire que tu es passé.

– Tu sais, je n'en ai que pour quelques minutes.

Je lui souris avant de m'éloigner dans le couloir.

La tension est palpable au bureau. Tout le monde a entendu parler de l'article de *Variery* – et de ses répercussions – et personne ne sait s'il faut me féliciter ou grimacer à cause des conséquences négatives que ça pourrait entraîner. Je n'en suis même pas sûr, moi-même.

Justin est installé devant son bureau quand j'arrive. Il me tend une pile de messages, mais je refuse de discuter de mon planning de la journée.

Je vais avoir besoin qu'il me mette en relation avec une personne après l'autre jusqu'à ce que tout se soit éclairci.

Justin tente d'avoir Dave au téléphone. Sans surprise, il tombe sur son répondeur. Parce que je ne suis apparemment pas encore assez angoissé, je me connecte à mon ordinateur et lance une recherche Google. Bien sûr, l'info est relayée partout.

– Hé, Justin ? (Je crie, et il passe la tête dans l'embrasure de la porte.) Peux-tu me dire si tu vois Brad ou Evie arriver ? Discrètement, d'accord ?

Il hoche la tête.

– Tu veux que je ferme la porte ? demande-t-il, sur le seuil.

Je secoue la tête et il s'éloigne en me laissant dans des abîmes de solitude.

Le problème, quand tous les assistants sont réunis dans le même bureau, c'est qu'ils deviennent très bruyants. (Ils ne sont pas moins de seize, on dirait une horde de chevaux sauvages.) Les téléphones n'arrêtent jamais de sonner. Ajoutez à ça le bruit des claviers d'ordinateur, les sonneries des textos, beaucoup de conversations à côté de la fontaine à eau et mon absence totale de concentration, je suis incapable de faire quoi que ce soit. Dieu merci, à peine une heure plus tard, on frappe à ma porte.

C'est Justin, il jette un coup d'œil dans mon bureau puis regarde derrière son épaule, d'un air complice.

– M. Kingman vient d'arriver. Voulez-vous que je lui dise quelque chose ?

– Non, je m'en occupe. Merci, en tout cas.

Je sauvegarde mon document et, les mains moites, je sors de mon bureau.

Kylie me jette un coup d'œil et m'offre un sourire compatissant qui, je suppose, signifie que Brad est d'une humeur de chien.

– Il est dans son bureau ?

Elle hoche la tête. Il lève les yeux quand je m'éclaircis la gorge et me gratifie d'un regard à peine plus plaisant que celui qu'il a lancé à Evie.

– Que puis-je faire pour toi, Aaron ? Je me doute que je n'ai pas besoin de t'expliquer à quel point nettoyer tout ton merdier me prend du temps.

– C'est de cela que je voulais vous parler.

J'entre dans la pièce.

Il enlève ses lunettes et les pose sur son bureau avant de se redresser, attendant que je parle.

– Je sais que la situation semble désespérée et que la coïncidence entre le moment où vous avez parlé de Dan Printz à Evie et la sortie de l'article tombe on ne peut plus mal, mais je peux vous garantir qu'elle n'a rien à voir avec la fuite.

– Vraiment ?

– Oui. Nous avons eu nos différends par le passé, mais elle ne mettrait jamais en danger son intégrité ou celle de quiconque. Elle connaît les enjeux, comme moi, et vous respecte bien trop, ainsi que [illegible] boulot, nos clients et nos contacts.

– Qu'est-ce qui se passe, Carter, putain ? (Brad se penche en avant, les yeux plissés.) Pourquoi es-tu venu me dire ça ? Tu joues au chevalier servant pour la fille que tu baises ? C'est pour ça ? (J'ai soudain le cœur au bord des lèvres.) Tu veux qu'on parle des mystères de la vie, maintenant ?

– Non, Brad. Je voulais juste clarifier…

Brad lève une main pour m'arrêter.

– La seule chose qui a besoin d'être clarifiée, c'est que tu travailles pour moi. Et maintenant, je veux que tu foutes le camp de mon bureau et fasses exactement ça – *travailler*. C'est la raison pour laquelle je t'ai engagé. Tes états d'âme ne m'intéressent pas. Evie a déconné, point, et ce n'est pas la première fois. (Il effleure son bureau de la main.) N'essaie pas de lui sauver la peau.

Je repense au jour de la fusion et à ma joie d'avoir encore un travail. Je me souviens du soulagement que j'ai ressenti en apprenant que je n'allais pas être licencié. Dans cette même pièce, je comprends que tout va de travers. Nous avons fait exactement ce que Brad espérait que nous ferions, c'est-à-dire nous sauter à la gorge, avec l'espoir que seul l'un de nous deux survivrait au massacre. Je suis choqué de comprendre que je suis apparemment le seul survivant. Je reprends la parole :

– En fait… (plus je pense à ce que je suis sur le point de faire et plus je sens que c'est la chose la plus naturelle au monde)… je ne crois pas que je puisse continuer ainsi. J'en ai ma claque.

Brad sursaute, abasourdi.

– Ne joue pas à l'imbécile, Carter. Réfléchis-y ce soir. Ne joue pas au héros pour regretter demain une décision que tu auras prise à la légère. Que tu sois là ou non, elle n'y sera plus.

***

Mon téléphone sonne quand je sors du bureau, mais je l'ignore. Je ne prends pas la peine d'emporter quoi que ce soit avec moi, en me disant que j'ai tout le temps de récupérer mes affaires ou que je peux demander à Justin de m'envoyer mes cartons… quelque part. Je suis bouleversé et je n'ai aucune idée de ce que je vais faire maintenant, mais au moins, j'ai repris le contrôle.

J'emprunte les escaliers pour parvenir au niveau 2 du parking sous-terrain et j'ouvre ma voiture. Je m'installe à l'intérieur. Mon téléphone se remet à vibrer et je l'attrape, en pensant que ça pourrait être Evie.

Mais non.

CHAPITRE 25

EVIE

– Tu ne peux pas continuer à le laisser te traiter ainsi, lance Amélia, qui fait les cent pas sur le nouveau tapis de Daryl. Je vous ai observés et je n'ai rien dit jusque-là parce que c'est ton boss et qu'il faut parfois tendre l'autre joue, mais ça suffit ! Tu dois *faire* quelque chose.

Je ferme les yeux et appuie la tête sur le dossier du fauteuil moelleux de Daryl. J'ai lu le scénario, vu Trent, déjeuné avec Sarah Hill, appelé environ sept mille personnes, décidé qu'il vaudrait mieux éviter Brad avant d'être sûre de ce que je veux faire, puis j'ai quitté le bureau à 17 heures, pour la première fois depuis des années, pour venir directement ici.

Heureusement, j'ai des amies prêtes à m'écouter me plaindre, à me défendre et à me servir beaucoup de verres de vin. Il n'est que 18 heures et j'en suis à mon troisième.

– Que veux-tu que je fasse ? Il reste moins de quarante-cinq jours sur mon contrat. Brad est un connard, mais il n'a jamais rien fait dont je puisse me plaindre officiellement. Aller lui en parler maintenant, alors qu'on est en train de me mettre sur le dos un énorme faux pas qui va se répercuter sur l'image de l'agence, me donnerait l'air d'un bébé en train de chialer, incapable de se comporter comme une adulte. Hors de question de lui donner ce genre de satisfaction.

Daryl grogne.

– Malheureusement, je suis d'accord avec elle. Brad n'est pas un imbécile et il s'est efforcé de ne jamais être pris en faute.

J'acquiesce en avalant une gorgée de vin, avant d'ajouter :

– C'est un environnement de travail hostile, clairement. Mais c'est le lot d'Hollywood.

Amélia se laisse tomber sur l'immense canapé blanc de Daryl et donne un grand coup de coude dans l'un des coussins.

– Nous sommes trois filles brillantes qui avons réussi. Il doit bien y avoir quelque chose que nous puissions faire.

– Mon grand-père *connaît des gens,* renchérit Daryl.

Je lève un sourcil.

– Ce qui signifie ?

Daryl sourit innocemment.

– Meurtre ?

– Une fois encore, dit Amélia en fusillant Daryl du regard, tu vas trop loin.

On frappe à la porte et comme je n'ai pas bougé depuis un moment, je me lève pour aller ouvrir.

– Au moins, je pourrai manger trois repas par jour en prison et m'offrir de petits plaisirs de fille ? dis-je en traversant le salon. J'aurai un toit sur la tête.

– Tu as du mal à regarder la série *Orange is the New Black* sans avoir envie de vomir, me rappelle Amélia. Nous n'en sommes pas encore à te trouver un surnom de prisonnière.

J'ouvre la porte, surprise de trouver Éric, deux cartons de pizzas à la main.

– Salut. (Je m'écarte pour le laisser entrer.) Alors, tu te balades avec des pizzas ou…

– Je suis tombé sur le livreur de pizzas au rez-de-chaussée, explique-t-il en saluant Amélia avant de se diriger vers la cuisine. J'ai pensé que je pourrais vous les monter.

– C'est adorable, le remercie Daryl en sortant des assiettes et en nous faisant signe de nous servir. Voilà comment mon film porno préféré débute.

Je les regarde retourner dans la cuisine tous les deux avec une curiosité accrue. Ils chuchotent. Amélia croise mon regard, avec la même question en tête : *est-ce qu'ils baisent ?* J'observe Daryl et Éric lorsqu'ils reviennent.

– Est-ce que vous, hum, bossez tous les deux ce soir ?

J'attrape une part de pizza et mords dedans.

Daryl acquiesce en mâchant, mais Éric répond :

– En fait, je suis content de te trouver ici, Evie. J'ai besoin de ton aide.

Je me désigne d'un doigt incertain.

– De mon aide ?

Il hoche la tête et Daryl explique :

– Tu te souviens que Jess lui a demandé à brûle-pourpoint de créer un programme mettant en rapport les dépenses avec les factures ?

Je plisse les yeux.

– Plus ou moins.

Elle fait un geste vague de la main.

– J'ai trouvé que c'était une excellente idée, vu l'enfer qu'a été cet audit. Éric a donc créé le programme le plus ingénieux du monde. Il permet de croiser tous les frais et de les attribuer au bon client, de les mettre en rapport avec la facture appropriée et le compte des dépenses de l'entreprise.

Je songe au temps qu'a duré l'audit et au miracle qu'un tel programme pourrait représenter.

– Seigneur, c'est génial.

– Donc, je me suis occupé de tes comptes pour aider Jess, m'explique Éric. C'est pour ça que… hum, je suis venu. (Il se gratte la joue.) Tu vois, il y a quelque chose qui cloche parce que nous avons trouvé des frais sur ta carte qui ne correspondent à aucune commande ni aucune facture. Je ne voulais pas t'en parler au bureau.

– Que veux-tu dire par « ne correspondent pas » ? (Je me redresse. Mon euphorie alcoolisée m'empêche de paniquer.) Sur *mes* comptes ? Je n'ai pas eu une minute pour les parcourir cette semaine, mais Jess m'a parlé de dépenses bizarres.

Éric sort son ordinateur de son sac et s'installe sur le bar.

– Voyons voir. (Il ouvre le programme.) OK, il y en a une de septembre. Une dépense liée à une compagnie de traiteurs, on a vu tellement d'anomalies qu'on a tout vérifié. La facture dit que tu as dépensé cent vingt-trois dollars pour l'événement de Debbie…

– Mais d'après les notes de Jess sur ton planning, l'interrompt Daryl, ce jour-là, tu étais avec un client pour une voix off et ça n'a duré que deux heures. Il n'y avait aucun traiteur en plateau, parce que ce n'était pas *en plateau*. Vous vous êtes vus au studio. C'était quoi, l'autre, Éric ? La facture de nettoyage ?

– Hollywood Linen, répond-il.

Je me fige. Ce nom me rappelle quelque chose.

– Exactement, dit Daryl. Et ce n'est pas un montant affriolant. Aucun de ces montants n'est très important, genre cinquante dollars par ici, deux cents par là, mais ils sont récurrents et s'additionnent les uns aux autres. Tu ne l'aurais probablement jamais remarqué si tu n'avais pas dû faire tes comptes pour l'audit.

– C'était quoi le nom de l'entreprise, déjà ?

Je m'écarte du comptoir pour chercher dans mon sac. Les factures du séminaire que Jess m'a fait passer sont toutes là.

Celles que Brad m'a dit d'ignorer et d'envoyer directement à Kylie.

– Hollywood Linen.

– Ouais… je l'ai trouvée. (Je trouve le montant et le pointe sur mon relevé le plus récent.) Voilà, c'est effectivement ma carte qui a été débitée. Il y a une facture pour les nappes de la salle à manger alors que nous n'avons pas réglé les nappes pendant le séminaire. C'était inclus dans les prestations de l'hôtel.

Je m'assieds sur le canapé, ouvre le dossier et pose les factures sur la table basse devant moi.

– Peux-tu me donner d'autres noms ?

– Bien sûr, lance Éric en cliquant sur la feuille de calcul. Il y a Ever Beauty…

Je cherche dans ma liste, trouve le nom et dessine une croix rouge à côté. Elle date de deux jours avant le séminaire.

– OK.

– Celebaby.

– C'est un service de garderie ? je demande en cherchant sur la liste.

– Ouais, répond Amélia.

Et voilà. Encore une croix rouge, pendant le séminaire. Inutile de préciser que personne n'a eu l'idée d'amener son enfant pendant ce week-end.

– Roar PR.

– OK.

Croix rouge.

Putain ?

– Glamband.

Amélia s'approche, me voit trouver le nom et le cocher.

– Bordel de merde. (Elle croise mon regard.) Ça fait beaucoup de coïncidences.

– Je parie que si je vérifie toutes mes dépenses, je trouverai d'autres frais qui ne correspondent à rien.

Je jette un coup d'œil à Éric en attendant qu'il confirme. Il hoche la tête.

– C'est ce que je pense.

Je me lève, me mordille un ongle en avançant vers la fenêtre. Mon esprit ressemble à un jeu de Tetris, des petits blocs partout et un compte à rebours, tandis que j'essaie de comprendre. Je me tourne pour faire face à mes amis.

– Donc, ces entreprises facturent à P&D des services qui n'existent pas ?

Éric hausse les épaules puis acquiesce.

– Enfin… ouais.

Horrifiée, je lâche :

– Vous savez que je ne ferais jamais ça ?

Éric sursaute, comme s'il n'avait jamais pu imaginer que ce soit moi, et Daryl et Amélia secouent la tête avec insistance.

Mon cœur bat la chamade.

– Est-ce que quelqu'un *peut* faire ça tout seul ?

– Ça demanderait beaucoup de travail, mais c'est clairement envisageable, explique Éric. Ce doit être quelqu'un de l'entreprise. Quelqu'un qui a accès à plusieurs comptes de dépenses et qui dispose d'assez de pouvoir pour empêcher les gens d'y regarder de plus près.

Les propos de Carter se mettent à résonner dans mon esprit.

Pourquoi réagirait-il ainsi avec toi, en particulier ?

Sais-tu quelque chose sur lui ?

Alors, vraiment je ne comprends pas.

Je laisse échapper un petit soupir et trois paires d'yeux se posent sur moi.

Je suis presque sûre qu'ils pensent tous la même chose.

***

– Es-tu sûre que tu ne veux pas que j'appelle mon grand-père ? demande Daryl, allongée à côté de moi sous une couverture élimée et sale, à l'arrière du pick-up d'Éric Kingman.

Amélia tend la main pour lui donner une petite tape sur l'épaule.

– Je jure que si on se fait prendre et que je dois appeler mon ex-mari pour payer la caution parce que je suis entrée par effraction dans une propriété privée, je retrouverai ton vieux nez et je te l'enfoncerai sur le visage.

Daryl laisse échapper un soupir effaré.

– Espèce de monstre !

Je ravale des éclats de rire et Daryl prend une grande inspiration.

– En outre, nous sommes avec Éric, donc je ne pense pas que, *techniquement*, on puisse considérer que nous sommes en train d'entrer par effraction, mais…

– Chhhh… lance Éric à travers la fenêtre intérieure du pick-up restée ouverte alors que nous nous approchons du poste de sécurité.

– Bonsoir, M. Kingman, dit le garde.

Nous restons toutes les trois complètement immobiles sous la couverture, en tentant de devenir aussi minuscules et invisibles qu'il est humainement possible.

– Je ne pense pas que votre oncle soit déjà rentré. Mais votre tante est là.

– Merci, Jerry. Je demanderai à tante Maxine de vous faire emballer les cookies que vous adorez. Bonne soirée.

Le pick-up se remet à avancer, lentement, sur l'allée interminable menant à la maison de Brad Kingman.

Nous n'avons pas perdu la tête. Nous sommes juste certaines que si Brad est derrière tout ça, il ne conserve pas les dossiers de ces entreprises fictives au *bureau.* Je suis sur le point de perdre mon boulot. Chez Daryl, en une demi-heure, nous avons trouvé plus de cinquante mille dollars en factures imaginaires sur mon compte de dépenses.

Pas étonnant qu'on fasse l'objet d'un audit ! Brad a-t-il mangé à tous les râteliers ?

Je remercie soudain le Ciel de la quantité de vin ingéré qui m'aide à conserver mon calme. Les pièces du puzzle s'assemblent enfin. Tout d'abord : je suis le bouc émissaire de Brad. Pas étonnant qu'il m'ait gardée, en supposant que si je découvrais son petit plan de retraite, les accusations que je porterais seraient moins crédibles dans la mesure où elles viendraient d'une employée mêlée à une sale affaire. Me faire porter le chapeau à cause de Dave et Carter, c'est une chose, mais il est hors de question de me laisser accuser pour une fraude d'une telle importance.

– La voie est libre, chuchote Éric à travers la fenêtre, à bout de souffle. Comment ça va derrière ?

Nous respirons plus tranquillement.

– La couverture sent la vidange et mon boss vole de l'argent via mon compte de dépenses tout en me faisant porter le chapeau d'une série d'échecs de la boîte. Mais à part ça, tout va bien. Et toi ? Ça boume ?

– Tu déconnes ? chantonne-t-il dans la nuit. C'est génial !

– Mais es-tu sûr de vouloir faire ça ? Tu pourrais te contenter de te garer, nous jeter dehors et foutre le camp d'ici.

– Ça ne risque pas. Je ne supporte pas la manière dont Brad traite Maxine, c'est juste n'importe quoi ! Sentez-vous l'adrénaline qui monte ? (Il hulule dans la cabine du pick-up.) Sus à l'ennemi !

Je murmure :

– On dirait qu'Éric est partant.

Amélia rit à côté de moi.

– Tu crois ?

Le pick-up s'arrête et Éric remonte la fenêtre avant d'éteindre le moteur.

– Très bien. Je vais entrer. Les femmes de ménage ne seront pas là, donc je pourrai laisser la porte d'entrée ouverte sans que personne ne s'en rende compte. Le bureau de Brad se trouve à l'étage, quatrième porte sur la droite. Vous vous souvenez du plan ?

– Oui, confirme Amélia.

– Rappelez-vous que vous devez laisser à Maxine le temps de me proposer d'aller grignoter un truc dans la cuisine. J'espère vous dégager au moins un quart d'heure. Ça suffira ?

– Il faudra bien, dit Amélia.

La porte s'ouvre et le pick-up tangue lorsqu'Éric en sort.

– OK. (Il fait quelques pas avant de s'arrêter.) Est-ce qu'on devrait… synchroniser nos montres ou un truc dans le genre ?

– Si on chante *Swinging on a Star* pour se chronométrer, ce serait comme dans *Hudson Hawk, gentleman et cambrioleur* avec Bruce Willis et Danny Aiello.

Amélia me jette un regard noir dans l'obscurité.

– Evie. En général, j'apprécie ces petites anecdotes cinématographiques mais dans ce cas précis, je préférerais que tu la fermes.

– Vas-y, Éric ! chuchote Daryl.

– OK, OK. J'y vais.

Le bruit des pas d'Éric crissant sur le gravier résonne dans la nuit, il frappe à la porte.

Tandis que nous attendons, Amélia me tapote l'épaule.

– Carter sait-il que tu es ici ?

– Ah… non. Je ne lui ai pas parlé depuis ce matin. Nous sommes habillées comme des cambrioleuses et nous nous cachons à l'arrière du pick-up du neveu de mon patron. Il vaut mieux que j'omette certains détails quand je lui raconterai ma journée.

Des voix attirent notre attention, nous nous raidissons, l'oreille tendue. La porte d'entrée s'ouvre et nous entendons une femme s'exclamer :

– Éric, mon chéri ! Quelle surprise !

Mon cœur bat très fort, j'écoute leurs voix s'estomper avant que le silence ne revienne.

Je souffle :

– C'est parti.

Je sors de dessous la couverture et m'assieds lentement en regardant les alentours pour m'assurer que nous sommes bien seules. Je suis la première à émerger de la voiture, penchée en avant. Je jette des coups d'œil angoissés autour de moi. La Mercedes de Maxine est garée de l'autre côté de l'allée mais, Dieu merci, il n'y a aucun signe de la Ferrari jaune et très voyante de Brad.

Amélia me suit, s'agenouille à côté de moi. Nous observons la maison, Daryl tombe lourdement du pick-up sur le gravier.

– Doucement, murmure Amélia.

– Désolée, répond Daryl. On m'a virée du cours de yoga.

Être ici sans les voituriers et les lumières de Noël, sans la musique festive et les voix venant de l'immense maison, s'avère très étrange. Le silence se fait, le chant des criquets bruisse dans les buissons. Puis, quand nous nous approchons, un rire étouffé qui s'échappe de la maison nous parvient.

Merci, Éric.

Un petit rai de lumière jaune se dessine sous le porche, nous avançons toutes les trois, en jetant des coups d'œil furtifs dans l'entrée imposante. La voie est libre.

Je regarde Amélia, pose une main sur le bois glacé en grimaçant quand les vieilles charnières grincent. Je me demande si Éric l'a entendu, parce que je remarque qu'il parle plus fort, avec plus d'enthousiasme.

Un large escalier nous fait face. Je fais signe à Daryl et à Amélia de passer devant, en m'attardant juste assez pour refermer délicatement la porte. Nos baskets sont presque silencieuses sur les marches tandis que nous montons les escaliers en jetant des coups d'œil discrets de tous les côtés avant de tourner à droite en haut des marches.

À côté de moi, Amélia désigne une porte un peu plus loin. Je hoche la tête et regarde sa main gantée tourner la poignée.

La porte s'ouvre.

Même dans l'intimité de son foyer, le bureau de Brad Kingman est une preuve de sa mégalomanie. Son bureau est énorme, recouvert de livres et de piles de documents. La lumière qui filtre par la fenêtre illumine plusieurs trophées de golf et tous les prix et les récompenses qu'il a reçus, jusqu'aux coupures de presse fièrement exhibées dans cette pièce dédiée à la célébration de soi. Des photos encadrées sur les étagères, ayant toutes un point commun : Brad est la star de chacune d'entre elles.

– Même ce bureau est un connard prétentieux, remarque Daryl en refermant la porte derrière nous. (Elle allume sa lampe de poche et la dirige partout.) Y a-t-il un coffre-fort ?

Je suis son regard, puis dirige ma propre lampe en direction du bureau, en m'arrêtant devant la série de tiroirs verrouillés.

– Vous cherchez la clé du tiroir à documents et je m'occupe de l'ordinateur ? Je peux essayer de deviner son mot de passe.

Amélia accepte et commence à fouiller dans tous les coins. Elle et Daryl regardent sous les livres, les documents, dans les tiroirs, derrière tous les cadres, tandis que j'allume l'ordinateur. Il faut entrer le mot de passe.

Je commence par le nom de Brad, nom et prénom, puis celui de sa femme, et toutes les combinaisons possibles. Je tente son anniversaire, le nombre d'Oscars que ses clients ont gagnés, même des combinaisons de son nom avec son handicap de golf. (Oui, nous avons *tous* entendu les récits de ses exploits au Country Club ces dernières années.) Je fais chou blanc.

– Je crois que j'ai trouvé quelque chose ! s'exclame Daryl en passant la main sous un tiroir.

Comme je suis coincée derrière le bureau, je me tourne pour la regarder et manque exploser de bonheur quand elle exhibe une petite clé en cuivre.

– Quel genre de personne scotche une clé sous un tiroir dans sa propre maison ? murmure-t-elle en s'approchant de l'armoire de classement et en glissant la clé dans la serrure.

– Quelqu'un qui a quelque chose à cacher, répond Amélia.

Nous retenons notre souffle lorsque Daryl tourne la clé. Le verrou cliquette.

– Et qui pense que personne n'aura les couilles de venir fouiller son bureau, ajoute-t-elle.

– Dieu merci, lance Amélia, sa lampe torche à la main lorsqu'elle se concentre sur les documents. Il faut trouver quelque chose en rapport avec les noms des entreprises que nous avons découvertes, les numéros d'identification de TVA, les sociétés d'hébergement Web, les comptes en banque, n'importe quoi. Si ça semble louche, on prend une photo.

Je me remets à la tâche face à l'ordinateur, déterminée à trouver le mot de passe. J'essaie encore quelques mots et phrases que j'associe à Brad et quand rien ne fonctionne, je m'arrête pour réfléchir. Brad est trop égocentrique pour choisir un mot de passe au hasard, ça doit vouloir dire quelque chose…

Soudain, une tempête se déclenche dans mon esprit et je tape les mots :

BRADUPRISING

C'est le film sur lequel il travaillait quand j'étais assistante, avec le premier client qu'il a piqué à la concurrence.

Mot de passe correct.

Seigneur, quel connard !

Je fouille son disque dur pour trouver les documents associés aux entreprises du programme d'Éric. J'ouvre son Google Drive et cherche aussi dedans. Après quelques essais infructueux, *bingo.*

Un document Excel avec le nom des entreprises et les numéros d'identification de TVA, à côté de la colonne des montants facturés. Et il a le culot de me faire la leçon au sujet de l'esprit d'équipe.

– Mon Dieu !

Je tourne la tête en entendant l'affolement dans la voix de Daryl. Elle regarde par la fenêtre, horrifiée. Des phares remontent l'allée sinueuse.

– M… merde ! dis-je en insérant la clé USB d'une main tremblante. Dépêche-toi ! Tu as trouvé quelque chose ?

– J'ai quelques factures, répond Amélia, en prenant des photos sous sa jupe pour que le flash ne se voie pas. C'est un sacré foutoir.

Daryl et Amélia s'agitent dans le bureau en remettant les photos à leur place, en lissant le tapis et en essuyant les étagères avec leurs manches pour effacer leurs empreintes.

Je jette un coup d'œil par la fenêtre avant de me concentrer à nouveau sur l'écran. Combien de fois ai-je vu la même scène dans un film en me disant *les dossiers se transfèrent vraiment vite, c'est peu réaliste ?*

J'en suis seulement à soixante-treize pour cent. Et je panique totalement.

La lumière des phares entre dans la pièce et Brad gare sa voiture jaune à côté du pick-up d'Éric. *Allez, allez.*

– Tu as fini, Evie ?

Daryl me tire par le bras, je tremble de tous mes membres.

– Ouais, juste… une seconde.

– Evie, on doit y aller ! s'écrie Amélia en regardant par la fenêtre.

Je siffle entre mes dents :

– Quatre-vingt-quinze pour cent…

– Dépêche-toi !

Un bruit de portière qui se ferme. Des voix dans l'entrée.

– Evie, *viens* ! dit Daryl.

– Voilà, j'y suis presque. Putain ! Comment se fait-il qu'une personne aussi riche ait un ordinateur aussi lent ? Qu'est-ce qu'il fait de son argent ?

– Éric !

Nous nous figeons en entendant la voix de Brad retentir dans l'entrée.

Je lève les yeux vers Daryl et Amélia, sur leurs visages illuminés par l'écran d'ordinateur et, pendant une seconde de panique, je me dis que si je les ai vues, il y a une chance pour que Brad les ait également vues de l'extérieur.

Mon attention revient à l'ordinateur qui tinte lorsque le transfert se termine, je ferme le drive et toutes les fenêtres aussi vite que je peux.

Daryl avance jusqu'à la porte et l'entrouvre pour entendre ce qui se passe au rez-de-chaussée.

– Je pense qu'il est dans la cuisine, murmure-t-elle, et nous attendons d'en être sûres.

Le silence se fait, j'ouvre la porte et avance à pas de loup dans le couloir.

Du haut des escaliers, je ne vois que le sol de marbre étincelant de l'entrée. Aucun signe de Brad. La porte principale se trouve juste en bas des escaliers, si nous arrivons jusque-là, nous sommes sauvées. Je me fiche de savoir si nous devrons marcher jusque chez moi.

J'articule : *On peut y aller ?* Amélia hoche la tête, Daryl nie frénétiquement.

J'ai descendu une marche quand j'entends la voix d'Éric retentir dans la maison.

– Attends, Oncle Brad, je voulais te montrer ma cicatrice ! crie-t-il.

Je manque tomber à la renverse en tentant de revenir en arrière, nous disparaissons chacune dans une chambre différente.

– Éric, qu'est-ce qui t'arrive ? Tu te drogues ?

– Je… ne… me drogue pas, balbutie Éric, écarquillant les yeux quand il voit ma tête pointer par l'embrasure de la porte. (Il enlace Brad et me fait signe de courir.) Tu m'as juste manqué !

Je me glisse dans la chambre d'amis en direction du garage. Daryl et Amélia sprintent derrière moi et glissent sur le parquet, me rentrant dedans. Je m'écrase contre la fenêtre en laissant échapper un *ouf* bruyant.

Les voix se taisent.

– Il y a quelqu'un là-haut ? demande Brad.

– Non, répond Maxine. Nous sommes seuls ce soir.

Mon cœur bat à cent à l'heure, j'ai l'impression d'être faite de cristal.

– Je suis sûr d'avoir entendu quelque chose. Je vais aller jeter un coup d'œil.

– Mais nous étions sur le point de grignoter un bout ! dit Éric. Tu dois avoir faim. As-tu perdu du poids ?

– Brad, on ne voit jamais Éric. Viens dîner avec nous.

Un moment de silence, puis les pas s'éloignent sur le sol de marbre. Je ferme les yeux en priant pour que Brad ne monte pas et ouvre la fenêtre.

– Qu'est-ce que tu fais ? siffle Daryl.

– Nous allons devoir sortir par là et descendre le long de la treille.

– La quoi ? Comment pourrait-on…

Amélia l'ignore.

– As-tu perdu la tête ? murmure-t-elle.

Je regarde par la fenêtre. C'est haut, mais pas suffisamment pour que nous soyons en *danger de mort.* Et il faut vraiment qu'on se tire d'ici.

– Venez. (Je passe une jambe sur le rebord de la fenêtre.) Faites comme moi.

Je pose un pied sur le toit du garage avec précaution – hésitant au début, avec la peur de glisser – avant de m'agripper à la treille sur laquelle pousse une vigne. Ma plus grande appréhension disparaît lorsque je tire sur la structure légère et que je sens qu'elle est fermement accrochée au mur.

– Allez, je les presse en continuant à descendre quand je vois la jambe de Daryl sortir par la fenêtre et son corps émerger sur le toit.

Amélia suit juste derrière.

De retour à l'arrière du pick-up, nous nous allongeons, en fixant le ciel sans parler, écoutant nos respirations laborieuses. Nous devons attendre qu'Éric termine son dîner impromptu avec son oncle et sa tante, pour laisser libre cours à notre fou rire hystérique.

***

Carter arrive devant ma porte, un peu nerveux, comme s'il pensait que boire un expresso à 22 heures était une bonne idée.

Il me passe devant, se dirige droit dans la cuisine et ouvre le placard qui contient les assiettes.

– Où ranges-tu l'alcool ?

– Doucement… Au-dessus des plaques de cuisson, mais ne te fais pas d'illusions. Il n'y a que du Bacardi, du rhum, du whisky et…

Je laisse ma phrase en suspens en le voyant sortir une bouteille de vodka dont j'ignorais l'existence, attraper un verre, y plonger quelques glaçons et se servir un énorme shot.

Il l'avale d'un trait. Je suis arrivée il y a seulement une demi-heure, j'ai envie de lui raconter notre folle aventure à la Bonnie and Clyde et ce que nous avons trouvé, mais il semble préoccupé.

– Que se passe-t-il ?

J'embrasse sa bouche au goût d'alcool.

– J'ai démissionné.

Je m'écarte, abasourdie.

– Pardon ?

– Tu m'as bien entendu. J'ai démissionné. Je n'ai aucune idée de ce que je vais faire de ma vie, mais j'ai dit à Brad qu'il ne fallait plus compter sur moi.

– Je… je. *Waouh*.

– Je t'aime, mais je ne l'ai pas fait pour toi. (Il écarquille les yeux.) Je l'ai fait, parce que je ne peux pas supporter l'idée de travailler dans cette boîte une minute de plus, putain. Brad est une ordure.

– Eh bien, oui.

Je m'éloigne d'un pas et le regarde attraper à nouveau la bouteille.

– Je suis allé voir Brad pour lui parler de son attitude avec toi.

Je grogne.

– Carter, tu n'as pas à me défendre.

– Je sais. S'il y a une chose dont je suis sûr, c'est qu'*Evil* Abbey n'a besoin de personne. Mais… je devais dire quelque chose. Je ne pouvais pas *ne pas* le faire. Et sa réaction a été inacceptable.

Eh bien. Il mérite un baiser pour ça. Ça semble le calmer un peu, aussi. Je ne peux pas lui en vouloir d'avoir bu de la vodka. Il doit sécréter plus d'adrénaline qu'un cheval de course.

– De toute manière, disons qu'il n'a pas été très ouvert à la conversation, je m'y attendais…

– Sans blague.

– Et j'ai réalisé une chose. (Il secoue la tête.) Je *déteste* travailler là-bas. J'adore ce que je fais, je t'aime, mais je déteste P&D. C'est comme travailler en jouant au ballon prisonnier.

J'éclate de rire et le pousse hors de la cuisine jusqu'au salon. Il s'assied sur le canapé et je l'imite, avant de m'asseoir sur ses genoux.

– Donc, nous sommes dans un sacré merdier, dit-il en m'embrassant dans le cou. Mais j'ai eu des nouvelles de Dan aujourd'hui.

Il sort son téléphone et me montre les textos de Dan Printz.

Salut mec.

Désolé de ne pas avoir répondu
au téléphone aujourd'hui.

J'ai parlé à Ted de *Variety*,
il m'a dit que l'annonce venait
d'une boîte de relations publiques
appelée Roar.

Qui sait ? Mais en gros :
je me fiche de l'agence dans laquelle
tu travailles, j'ai juste très envie
de travailler avec toi.

Je dois aller à un événement presse
ce soir, donc rappelle-moi demain.

Signons le contrat et faisons
des films ensemble !

Roar PR. Je me fige.

– C'est Brad qui a vendu la mèche.

Carter écarquille les yeux.

– Pardon ?

Je m'étire sur le canapé et attrape ma sacoche d'ordinateur.

– Eh bien… j'ai vécu une petite aventure ce soir.

Je pose l'ordinateur sur la table basse, l'allume, ouvre le document de Jess et tourne l'écran dans sa direction.

– D'accord, répond-il en jetant un coup d'œil à l'écran. Qu'est-ce que c'est que tout ça ?

– Il faut que je te raconte une petite histoire.

***

L'ancien cadre de l'agence artistique Price&Dickle, Brad Kingman, a été arrêté mardi à Los Angeles pour fraude, détournement de fonds et vol d'identité. D'après les procureurs, Kingman avait mis en place un réseau d'entreprises fantômes, qu'il utilisait pour fabriquer des fausses factures qu'il soumettait à son agence pour des services qui n'étaient jamais rendus. Ces entreprises fantômes allaient du maquillage et de la coiffure aux promeneurs de chien et aux services de garde d'enfants.

Le procureur général Emery Ridge a déclaré : « Le FBI a obtenu les mails et les contrats de vente prouvant que Kingman utilisait ces identités volées et ces faux numéros d'identification de TVA pour soumettre des factures frauduleuses et masquer ses crimes. Ce n'est pas la simple affaire d'un employé qui piquerait quelques dollars dans la caisse. Kingman est accusé d'avoir blanchi près de deux millions de dollars. »

L'édition papier de *Hollywood Vine* est étalée devant nous et Daryl, Amélia et Steph la fixent en silence. Nous nous sommes réunies pour le Super Bowl et la télévision diffuse les publicités qui font l'admiration des masses, mais aucune d'entre nous n'est capable de regarder ailleurs qu'en direction de l'article, là sous nos yeux.

– Deux millions de dollars, répète calmement Steph. J'imagine qu'il ne s'agissait pas seulement de dépenses en ton nom.

– Il s'était juste concentré sur moi ces derniers temps. Les autres employés qu'il utilisait étaient partis.

– Et maintenant, bye bye Brad, lance Daryl.

Le lendemain de notre petit voyage chez Brad, Éric est entré comme une fleur dans son bureau vide, a envoyé quelques mails au FBI en mettant en pièces jointes les documents que je lui avais transférés. Le FBI ne saura jamais que j'ai eu quelque chose à voir là-dedans mais Brad, si.

J'ai eu des douzaines d'orgasmes incroyables avec Carter, mais je ne nierai pas que je ne me suis jamais sentie aussi euphorique que lorsque j'ai vu le FBI faire irruption à notre étage dans un silence horrifié et se précipiter dans le bureau de Brad pour que justice se fasse.

Ils ont frappé à sa porte en ignorant les petits cris de Kylie disant qu'il était occupé. Pour tout dire, deux des agents ont immédiatement identifié Kylie, l'ont prise à part et l'ont emmenée dans la salle de conférences pour l'interroger.

Brad a ouvert la porte, le visage fermé, et m'a regardée dans les yeux. J'ai levé le menton et j'ai souri.

– M. Kingman, nous avons quelques questions à vous poser. (La voix de l'agent qui dirigeait l'opération a résonné dans le couloir.) Si vous voulez bien nous suivre, nous pourrons procéder à l'interrogatoire dans un endroit un peu plus discret.

Je voulais que Brad refuse. Je voulais qu'ils lui posent les questions ici, devant moi. Mais j'ai apprécié l'observer partir devant les yeux ébahis de toute la boîte. Il s'est éloigné dans le couloir, entouré par les forces de l'ordre.

Les portes de l'ascenseur se sont refermées sur lui, et il est parti.

Bye, Brad.

J'ai choisi de quitter P&D le jour même.

– Maintenant, je dois déterminer ce que je vais faire, dis-je à mes amies en repliant le journal et en le rangeant dans mon sac.

– Tu pourrais revenir chez Alterman, propose Steph avec un sourire plein d'espoir.

– Tu pourrais venir travailler *avec moi.*

La voix a retenti derrière moi, et nous nous tournons toutes les trois en même temps. Carter vient de faire son entrée et il est… *superbe.* Les joues rouges d'émotion, il sort d'une réunion : costume bien repassé, chemise au col ouvert, cravate défaite. Nous soupirons toutes à l'unisson.

Un soupirunisson.

– Ou bien, continue-t-il en avançant dans notre direction, je pourrais travailler *avec toi*. (Il s'assied sur le tabouret de bar à côté de moi.) Ou alors, je ne sais pas, on pourrait essayer de trouver un moyen de travailler ensemble.

Carter sort un document de sa poche. Il l'ouvre et le lisse sur le bar pour que nous le parcourions. C'est un contrat entre Dan Printz et Carter Aaron. Juste Dan, juste Carter.

– J'ai obtenu vingt pour cent de 50 millions, dit-il avec un sourire. Si je continuais seul, je pourrais m'occuper d'un ou de deux clients. Ça m'aiderait beaucoup si tu te joignais à moi pour, disons, m'apprendre les ficelles.

Je le dévisage, les yeux embués de larmes, et il fait mine d'être choqué par ma réaction.

– Est-ce oui ? Allons-nous nous encanailler ?

Je surprends mes amies en me jetant sur Carter, mais personne ne se formalise. Nous savons toutes que j'ai travaillé toute ma carrière pour ça, pour cette opportunité unique.

CHAPITRE 26

CARTER

Comme je l'ai découvert bien assez tôt, on ne peut pas gérer la carrière d'une étoile montante depuis la cuisine de son appartement minuscule de Beverly Hills.

J'ai mis environ deux semaines à arriver à cette conclusion. Deux semaines pendant lesquelles Evie et moi avons partagé la joie déshabillée de ne pas être obligés d'aller au bureau tous les matins, de ne pas être surveillés par un patron et de pouvoir baiser sur la table de la cuisine chaque fois qu'on en avait envie, sans même être obligés de fermer la porte.

Ça a été épique.

Mais on a dû finir par se rhabiller et décider comment faire fonctionner tout ça. J'avais besoin d'un endroit où voir Dan et quelques autres clients, un endroit pour… travailler.

Evie a hésité à retourner chez Alterman, mais elle était déjà arrivée à la conclusion que si elle adore les gens qui travaillent là-bas ainsi que le poste, elle n'a plus envie de se confronter aux jeux de pouvoir qui dominent les grandes entreprises. Par chance, Adam Elliott et Sarah Hill avaient signé avec Evie des projets P&D sans droit de suite et il semblerait que ces deux-là soient prêts à la suivre n'importe où.

Et boum, nous voilà avec une agence.

Nous encanailler signifie donc que nous allons avoir besoin d'un bureau.

C'est le moment où j'ai réalisé à quel point Evie avait des contacts utiles. Elle m'a déjà aidé à trouver un super conseiller juridique, et elle nous a dégoté des bureaux vides à bas prix dans… un très joli bâtiment situé juste à côté de P&D.

***

Nous n'avons pas organisé de soirée d'inauguration officielle pour Abbey & Aaron, mais la connexion Internet a été établie le mardi et j'ai obtenu le mot de passe du système de sécurité le lendemain, ce qui nous suffit. Nous avons fait repeindre tous les bureaux, décoré les murs de la réception avec les nouvelles photos en noir et blanc de Jonah et installé la meilleure machine Keurig du marché dans la salle de pause. Nous n'avons pas besoin d'une myriade d'assistants, nous avons seulement besoin de Becca et Jess.

Becca et Evie se parlent trente minutes au téléphone et se comprennent tout de suite, deviennent les meilleures amies du monde grâce à l'énumération du Top-Dix-Des-Moments-Les-Plus-Embarrassants-De-La-Vie-De-Carter-Aaron. Evie lui propose un job et Becca, Dieu merci, l'accepte. Je suis extatique. Je serai entouré par les deux femmes qui m'insultent le plus, mais je ne serai plus jamais désorganisé ni en manque de caféine.

La première matinée dans notre bureau officiel est surréaliste, putain. Le ciel est exactement identique à celui du premier jour que j'ai passé à L.A. – un bleu poudré avec juste quelques nuages au loin –, je me gare dans le garage. Je tourne à droite au lieu d'aller à gauche et me dirige vers le Bâtiment A, le lieu de nos nouvelles aventures.

Je jette un coup d'œil à mon reflet dans la porte vitrée. Cheveux : bien. Cravate : porte-bonheur, pas de tentative d'innovation. J'ai jeté la dernière que j'avais achetée.

C'est la mi-mars, mais je suis frappé par le flux d'air glacial quand j'entre. Mon sang bouillonne, mon estomac est noué lorsque je traverse l'entrée au sol de marbre.

Dans le Bâtiment B – qui appartient à P&D –, il y a des écrans géants sur lesquels défilent des portraits et des posters des clients les plus importants que l'entreprise représente. Mais dans le Bâtiment A, l'ambiance est plus feutrée. Une simple plaque dorée fixée au mur liste les différents bureaux, et nous voilà : Abbey & Aaron, suite 303. Alors que P&D nécessite des étages et des étages de personnel et un poste de contrôle auquel il manque seulement un scanner à rétines, ici, il n'y a que nous deux, le conseiller juridique que nous avons embauché, Becca et Jess, et avec un peu de chance, Steph, si on arrive à la convaincre de nous rejoindre.

Je n'ai pas vu Evie depuis que j'ai quitté l'appartement ce matin, et mes doigts fourmillent de désir. Je rêve de la toucher tout le temps. Nous nous sommes tous retrouvés hier pour l'anniversaire de Morgan à Griffith Park, encombré de food trucks et du plus grand château gonflable que j'aie vu de ma vie.

Les personnes qu'Evie préfère au monde côtoyant les personnes que je préfère au monde. Les voir tous ensemble – mon futur et mon passé – me donne l'impression que j'ai fait le bon choix. Michael Christopher est déjà occupé à planifier mon enterrement de vie de garçon. Ce qui… n'est pas officiel ni rien, mais… on ne sait jamais.

À la fin de la soirée, j'ai suivi Evie jusqu'à son appartement. Ses baisers avaient toujours le goût du soleil et du gâteau d'anniversaire. Elle a gloussé lorsque j'ai fait l'inventaire de son corps pour voir s'il avait aussi le goût de glaçage. Je suis parti ce matin un peu avant 5 heures, épuisé comme il le faut, en l'embrassant sur la bouche et en lui disant que je la verrais au bureau. Encore une chose géniale que je peux dire maintenant.

Becca est là quand je sors de l'ascenseur, un sentiment étrange de nostalgie mêlée à de l'espoir me submerge.

– Voilà ton planning, lance-t-elle en me tendant plusieurs documents. (Je suis à peine capable de les lire, mais je les prends avec joie.) Tu dois rappeler quelqu'un tout de suite. L'un des amis de Jamie Huang veut te parler et Allie Brynn semble si excitée qu'elle est sur le point de faire des chatons.

– Super. Evie est-elle arrivée ?

– Salle de conférences. (Elle plisse les yeux.) C'est tellement bizarre de te revoir comme ça, dans ton costume, avec ton regard brillant post-caféine. C'est assez génial. Ou alors, je suis juste émue de travailler dans un bureau avec un In-N-Out en bas de la rue.

Je souris.

– Je suis aussi plus que ravi que tu sois là.

– Idem. (Elle jette un coup d'œil à son bureau avant de me tendre du courrier.) Maintenant, au boulot.

– Oui, madame.

Les bureaux sont silencieux lorsque j'avance jusqu'à la salle de conférences. La porte est entrouverte, je passe la tête dans l'embrasure de la porte tout en frappant, attendant qu'Evie lève les yeux vers moi.

Elle est assise sur le rebord qui longe la fenêtre, illuminée par le soleil, un contrat devant elle. Elle est resplendissante, semble pleine de confiance, heureuse, et même si je ne compte pas recommencer mes attouchements sur notre lieu de travail, il n'y a presque personne ici. Nous pourrions revisiter mon fantasme et nous embrasser là si on en avait envie, et être réprimandés par Becca, feignant l'horreur. J'ai entendu que les tables des salles de conférences étaient très confortables.

– Salut, toi, chantonne Evie en me faisant signe d'entrer.

J'aimerais pouvoir affirmer que je garde mon calme, mais je cours presque vers elle en me penchant pour déposer un long baiser sur ses lèvres.

– Salut.

Elle m'effleure le torse et touche ma cravate avant de lever les yeux avec un sourire. J'insiste :

– Cette cravate *fonctionne.*

– J'ai un rendez-vous important avec Paramount dans une heure, dit-elle en la lissant encore. Si elle est aussi efficace que tu le penses, tu peux la porter tous les jours, et je ne me plaindrai pas.

– Je peux te la prêter plus tard. Elle te portera peut-être chance.

Elle sourit.

– Pourquoi pas ?

Je désigne les pages devant elle.

– Es-tu prête ?

– J'ai un dossier de fou sous la main, il ne me reste plus qu'à entendre leur oui. Au fait, tu es au courant que Seamus a foncé dans un photographe à l'aéroport hier soir ?

J'écarquille les yeux.

– Foncé ?

– Genre, en *voiture*. Je laisse P&D gérer celui-là, c'est leur problème maintenant.

– Ils ont du pain sur la planche. Je suis ravie de ne plus devoir m'y coller.

Elle replace ma cravate et lève le menton.

– Amen.

– Que penses-tu de venir à New York avec moi cet été ? Il fera chaud à crever, mais c'est l'anniversaire de mariage de mes parents et j'ai envie que ma famille me fasse honte devant toi. Ça risque d'être carabiné.

Evie incline la tête et me dévisage pendant un moment.

– Tu veux m'accompagner à Burbank ce week-end ? Le volume de la télé sera trop fort et mon père te harcèlera en te disant qu'il déteste les Yankees. Ma mère te proposera de te couper les cheveux. Tu vivras sûrement un mauvaismoment.

Elle plonge ses yeux dans les miens, et je sais sans avoir à lui poser la question qu'elle n'a jamais été aussi heureuse ou sûre d'elle de toute sa vie.

– Nous devrons faire avec, je réponds en souriant avant de l'embrasser.

REMERCIEMENTS

On nous demande souvent comment nous pouvons écrire si vite. Évidemment, être deux, ça aide, mais certains livres viennent plus facilement que d'autres. *Wicked Sexy Liar*, par exemple, nous a presque coulé des doigts. *Dirty Rowdy Thing,* aussi. Nous l'avons écrit en quelques semaines.

Hélas, *Dating You / Hating you*… n'a pas été l'un de ces livres.

Nous avons terminé la première ébauche en décembre 2015 et le manuscrit ne ressemblait absolument pas au livre que vous tenez à la main. Nous avions une idée si claire de ce que nous voulions – deux agents d'Hollywood tombent amoureux et sont contraints de se battre pour un job –, mais le livre que nous avions commencé à écrire ne correspondait pas à nos attentes. C'est un peu comme si nous avions tenté de faire une tarte aux cerises et qu'un pain de viande sorte du four. Et soyons réalistes : se résoudre à manger un pain de viande quand on a envie d'une tarte aux cerises, c'est à peu près impossible.

C'est alors qu'Adam Wilson, Holly Root et d'innombrables commentaires sur le document Word sont entrés en jeu. Pour tout dire, à certains moments, on aurait dit qu'on avait renversé une boîte de crayons de couleur sur le livre. Notre éditeur et notre agent ont passé autant de temps que nous sur ce manuscrit. Nous espérons qu'ils savent que chaque fois que nous nous installons pour écrire, nous sommes conscientes de la chance que nous avons de bénéficier du soutien d'une équipe si extraordinaire.

Erin Billings Service lit chaque mot à peu près sept mille fois, nous donne son avis à partir des premières versions, les plus mauvaises, jusqu'à la dernière mouture la plus élaborée, et elle parvient toujours à débusquer les scories dans les dernières pages. Sérieusement, Smister, tu es une rock star.

Kristin Dwyer, nous te dédions ce roman parce que les aventures que nous avons déjà vécues nous semblent surréalistes. Peux-tu imaginer celles qui nous attendent ? C'est le premier bébé livre que nous écrivons pour commencer cette nouvelle étape et nous sommes tellement excitées pour tous les gens qui y ont participé. Continuons comme ça !!

Merci à notre équipe Gallery : Carolyn Reidy, Jen Bergstrom, Louise Burke, Paul O'Halloran, Theresa Dooley, Liz Psaltis, Diana Velasquez, Melissa Bendixen, la force de vente de Gallery qui se démène en coulisse pour mettre nos livres sur les rayonnages et les propulser sur Internet. Tous nous remerciements également au merveilleux département graphique qui a si bien rendu visuellement cette nouvelle étape dans la trajectoire de l'équipe CLo. Vous êtes tous fantastiques et nous espérons que vous viendrez dîner à la maison parce que nous avons préparé des lasagnes pour tout le monde.

Nous ne pourrions rien accomplir sans la communauté des auteurs et des lecteurs de romances. Honnêtement, la force et l'enthousiasme de ce groupe sont incroyables et nous sommes tellement reconnaissantes envers les lecteurs, blogueurs, graphistes et à tous ceux qui prennent le temps de nous envoyer un tweet, un mail ou une critique. Vous nous donnez l'envie de continuer. Nous adorons ce job et nous vous adorons.

Finalement, à nos maris, qui sont tous les deux patients et chanceux. Patients les jours où les mots affluent, et chanceux les jours où ce n'est pas le cas et où nous décidons de passer la journée à faire de la pâtisserie à la place. Merci d'être si fiers de ce que nous faisons.

PQ, on n'écrit pas des romans comme ça tous les jours, mais j'ai l'impression qu'il a changé quelque chose entre nous, qu'il nous a rendues plus fortes. Bon sang, c'est marrant. Continuons sur cette lancée.

Lo, ce livre, putain. Certains romans viennent plus facilement que d'autres et avec certains, on a l'impression d'accoucher. Je suis sûre que nous avons toutes les deux été forcées de mordre dans un morceau de cuir à cause de celui-là. Je t'aime comme Bella aime McFlurry, et quiconque nous connaissait en 2009 sait que ce n'est pas RIEN. Merci d'être la Lo de ma C. Rendez-vous à la première place.

Composition et mise en pages
Nord Compo à Villeneuve-d'Ascq